行者玄奘

乱世佛子

昌如 著

北京联合出版公司
Beijing United Publishing Co.,Ltd.

目录

CONTENTS

第01章

凤凰谷的孩子

这是个不可思议的地方，狂风裹挟着沙粒在空中飞舞，整个世界都变得混沌起来，如同天地初开时的景象。空气中弥漫着尖啸的声音，那是鬼魂们在不甘地号叫。

或许，在这样的地方，也只有鬼魂才可能存在吧。

风渐渐弱了下来，地上的流沙如金色的水银般流动着，不经意间冲刷出一具惨白的头骨，为这个亘古荒芜的地方增添了一分死寂。

可就在此时，这毫无生机的大漠里竟然出现了生命的迹象：

一匹瘦弱的老马，正在沙丘中努力地想要站起来，它浑身瘦骨嶙峋，原本红色的鬃毛已被沙尘染黄，看上去长短不齐疙疙瘩瘩。细细的淡黄色沙粒不断地从它的鬃毛里抖落下来，落在那已被沙土埋了半截的另一个生命体的身上。

那是个年轻的僧人，衣衫褴褛，满面尘土，背上背着一只破烂的带着黑色纱幔的斗笠，一双黑亮的眼睛闪耀着灵动的光芒。

刚才太可怕了！从没有见过这么大的风！

搓了搓已冻得麻木的手和耳朵，僧人双手撑地欲坐起来，忽觉手感有异，回头一望，自己的左手竟恰好按在了那具头骨上。

头骨瞪着空洞的眼睛，盯着他，一副心有不甘的样子。

这一路上，他已经见过无数的白骨——人的马的骆驼的，它们争先恐后地向他诉说着一个又一个悲壮的故事。然而眼前这个离他最近，又是在刚刚经历了一场沙漠风暴之后出现在他的身边，他在死里逃生的余悸中望着这个不幸者，感慨万分。

不知道这是一个商人还是僧人，自己是该叫他“檀越”[1]还是“大师”呢?

嗯，他是这片沙海中的先行者，还是叫“前辈”吧。

他合掌施礼：“弟子玄奘，拜见前辈。”

言罢叩下头去。

“弟子孤身西行，欲前往婆罗门国求法，不期于此地得遇前辈，也是前世有缘。前辈无论是何因缘置身于此沙河之中，都是大勇，弟子心中既感且佩。祈望前辈已往生极乐，弟子……弟子……”

他本欲祈请这位不知名的前辈保佑自己西行顺利，但想了想，还是把嘴边的话咽了下去。

诵上一段《往生咒》，玄奘站起身，茫然四顾——

周围除了沙子还是沙子，波涛般高低起伏的沙丘，一模一样的景致，让他感到有些眩晕。身上的僧服被狂风撕裂多处，早已看不出原来的色彩，只有与这茫茫大漠融为一体的黄沙色。

风完全停了，天边露出一抹乳白色的天光，照着这苍茫大地上的一人一马，仿佛整个世界就只剩下了这两个生灵。

这便是令西域和河西商人闻名丧胆的“莫贺延碛”，它还有一个名字，叫作流沙河。

这个白天热风如火，晚上寒风如刀，干得没有一滴水的地方居然以“河”来命名，这不是太奇怪了吗?

玄奘摇头苦笑了一下，为上天的这个玩笑。

其实他进入这条沙河只有短短两天时间，却感觉已经漫长得让真正的河流在他的记忆里变得模糊起来，仿佛那真的已经是很遥远很遥远的事情了……

那是一条他叫不上名字的河，是他此生记忆的起点，河水清澈透亮，宛如九天之上飘下来的银河之水，在轻缓地流淌，阳光洒在水面上，泛起点点辉光。

一条漂亮的船，正划开水波，缓缓行驶过来，船舷上倚靠着一个小男孩儿，他只有三四岁的样子，一双清澈纯净的眸子专注地望着船下那柔亮得像绿缎子一样的河水。

陪在他身边的，是一个十一二岁的小姑娘，眉目清秀，一脸紧张地扶着他，生怕他会掉到河里去。

“姐姐快看！多漂亮的花啊！”小男孩稚声稚气地叫了起来。

他们的船正驶过一片长满莲花的地方，那随风摇曳的白色莲花映衬着孩子粉雕玉琢般的小脸儿，显得分外好看。

“是啊，真是漂亮。”女孩也被这美丽的花儿吸引了，“咱们摘几朵，回去插在船舱里，好不好？”

说着，细长的手指伸向一朵沾满露珠的花朵。

谁知尚未碰到，一双小手已经抱住了她的胳膊：“姐姐别摘！”

“怎么了？”女孩儿缩回了手，不解地看着他，“祎儿不是喜欢吗？”[2]

“开得好好的，摘了多可惜啊。”小男孩一脸不忍地说道，“就在这里看，不好吗？”

女孩儿觉得有些可笑：“可是，船一过了这儿，祎儿就看不到了啊。”

“那就留给别人看吧。”祎儿认真地说道。

那是他们随父亲去江陵赴任的路上发生的情形。如此琐碎的事情，居然还历历在目，恍如昨日，那些美丽清净的莲花仿佛就静静地开放在他的心灵深处……

想起父亲陈慧，玄奘便不由得为之叹息，那是个满腹经纶的儒士，平日里褒衣博带，颇有几分魏晋名士的做派。潜心三坟五典，沉醉于学问之中，州郡曾举荐他为孝廉，朝廷也曾任命他做江留县令。但官场黑暗，他不愿置身其中，因此往往做不了多久，便挂冠还去，毅然决然地回到故乡，过着耕读课子的隐居生活。

这一次不知因何缘故朝廷又授他为江陵县令，祎儿记得，自打接到这纸任命后，父亲便一直郁郁寡欢，连带着母亲也是一脸的忧愁。

一家人刚刚上路的时候，看着骑在马上忧心忡忡的父亲，他曾天真地问母亲：“我们这是要去哪儿啊？”

“去江陵。”母亲郁郁地回答。

“江——陵——”他重复着这个名字，“那里好吗？”

“好。”母亲说。

“你骗人。”祎儿突然说道，“一定不好！不然父亲为什么不高兴？”

母亲仿佛被惊醒，把他紧紧地搂在怀里：“是啊，一定不好。”

她轻掀车帘，看着车窗外那水墨画一样的山色，美丽的大眼睛满溢着浓浓的忧郁。

“祎儿，你父亲是难舍故土，他不愿离开凤凰谷，不愿离开这平静的生活啊。”

听了母亲的话，祎儿也觉得舍不得离开家乡了。在他小小的心灵中，再没有比家乡更好的地方了——那是个位于中原地区的美丽山谷，梧桐树荫、淡淡雾霭中的小小村庄，村外林中被各色花草簇拥着的弯弯曲曲的小径，是他童年的王国。他小小的身体灵活地穿梭在绿树丛林间，带着无忧无虑的快乐，就连阳光也仿佛被他感染了，透过斑驳的树叶洒在他的身上、脸上，留下串串明亮的光点，一切都是那样生机勃勃……

祎儿从小就相信，家乡的阳光是有香气的，这香气就隐藏在那片山林之中，花的香，草的香，泥土的清香全是它赐予的，还有无数美丽的生灵：呼扇着翅膀的蝴蝶、会唱歌的小鸟，都到这香香的地方来安家。

还有他自家院落里的那口水井，清凉甘甜的井水伴着他长大。村里人都说，那井里的水有神力，所以陈家小公子才会这么聪明。他们给那口井起了个名字，叫作“慧泉”。

喝了慧泉的水真会变聪明吗？他不知道，但村里的孩子们都信以为真，羡慕得不得了。于是他便用小桶装了水挨家挨户地送去，让他们也都尝尝这慧泉的水……

对了，还有凤凰，家乡有个好听的名字，叫凤凰谷，听老人们说，曾经真的有凤凰飞来过，而且，就在自己出生的那一天。[3]

“当时，天空中涌起了层层霞光，凤凰台上瑞光普照，百鸟聚集，久久不散。打东南方向飞来一只凤凰，在村前的那个土台上盘旋鸣叫三声，随后翩翩起舞……”村里的老人们都会讲古，描绘起当时的情景绘声绘色，恍如亲见。

“后来呢？”祎儿被这个故事所吸引，他想，那个传说中的神鸟一定美极了！

“后来？后来小公子就出生了，大家都说，陈家小公子可不是一般的人哪！”

“那只凤凰呢？”他还在穷根究底。

“凤凰嘛，在那个土台子上待了三天，然后就拍拍翅膀飞走了，所以咱们都管那个台子叫凤凰台。”

“再后来呢？”祎儿还在继续问，“就没有再飞回来吗？”

老人们都乐了：“小公子真会开玩笑，凤凰可是神鸟，来了一次，已是咱陈河村莫大的福气。要是经常飞来，那还叫凤凰吗？听老辈人说，凤凰要五百年才鸣叫一次呢，小公子出生时赶上了，那叫有祥瑞为伴……”

隔着车帘，祎儿仰起小脸望着车窗外纯净的天空，痴痴地想：我出生的时候真的有凤凰飞来？现在我离开了故乡，若是再有凤凰飞来，可就看不见了啊。

小小年纪的祎儿第一次感到了遗憾和不舍，在他身下，车轮吱吱扭扭地行过，留下一路的叹息和无奈……

车窗外，一道浅灰色的院墙在绿树的掩映下忽隐忽现，那便是灵岩寺了。[4]

“母亲，我们还去灵岩寺上香吗？”祎儿问。

“不去了。”母亲答道，“昨天不是已经跟师父们告别了吗？”

“师父们还送我书呢。”望着远处那座渐行渐远的寺院，祎儿心中很是不舍。

他还记得第一次去灵岩寺的情景，那时，父亲刚刚接到去江陵的任命，虽然心中不喜却也不敢违抗圣命。母亲说，那就去灵岩寺里拜拜菩萨，顺便求个签吧，看看此行是吉是凶。父亲点头同意了。

于是，那天一大早，他们一家就来到了灵岩寺的山门前。

当时天还没亮，一盏弯弯的月亮还挂在半空中。父亲下了马，母亲和哥哥、姐姐也都相继下车，祎儿困意正浓，眼睛半睁半闭的，偎在母亲怀里。

寺中住持寂空大师立于山门前，他穿着一袭浅色僧袍，大袖飘飘，就像个老神仙，说起话来中气十足又充满慈悲：

“阿弥陀佛，陈施主请。”

一家人鱼贯着步入大殿，母亲把还没有醒过来的袆儿放在一个蒲团上，然后同家人一起分列礼佛，殿上钟磬清脆地响了起来。

父亲、母亲、大哥、三哥，还有姐姐，每个人都满怀虔诚，一个菩萨一个菩萨地拜着……

随着钟磬声声，袆儿的困劲儿渐渐散去，他没有哭闹，只将两条腿盘起来，两只小手合十在胸前，在这蒲团上静静地坐着，活像一尊小小的罗汉。

“这样坐还真是稳当。”他想，“难怪二哥总喜欢这样……”

就在几个月前，出家为僧的二哥陈素刚刚回家探视过父母，送给袆儿一尊木制的小菩萨像，一边给他挂在脖子上一边逗他：“这就是我的四弟吗？记得刚离家的时候，你还不会走路呢，怎么现在都能满地跑了呢？”

袆儿觉得很不好意思，他可是直到那时才知道，自己还有个和尚哥哥的。

可惜二哥在家只待了一天就走了，对于他出家前的模样，袆儿自然没有半点印象，便是那次回乡省亲时的记忆也有些模糊不清，只记住了他打坐时的模样，就像那尊菩萨像一样。

如今，父亲要去江陵当官了，我们都要一起去，二哥再回家，不就找不到我们了吗？

袆儿正痴痴地想着，耳边突然传来一个声音，那是一种既熟悉又陌生，既浑厚又空灵的声音，从悠远的地方传来，宛如波浪一般，一直进入到他的心灵深处。

初闻天籁，袆儿只觉得全身都被甘露遍洒，有一种说不出的清凉舒适。他不由自主地站了起来，慢慢后退，凝神听着这海潮般的声音。

不知不觉，殿门被他推开了，门外斑驳的树影落到地上，一缕金色阳光洒在他小小的身体上，暖暖和和的，带着几分香气——阳光的香气！他一步跨出殿来，跑到院中央。

那声音又大了些，仿佛就在耳边，夹杂着清脆的钟磬之声。

袆儿循声朝后跑去。

穿过钟鼓楼，再穿过第二重大殿，一口气跑到第三重大殿前，他终于站住了——

殿中，僧人们正在诵经，他们的神情专注而又平和。

看着青烟缭绕，听着梵音清爽，袆儿不觉痴了……

大殿上，父亲陈慧从寂空大师手中接过签筒，虔诚地摇着，全家人的目光都集中在那只签筒上，没人注意到袆儿已经跑出大殿了。

终于，一支竹签从筒内跳出，掉在地上。

旁边的母亲伸手将签拾起，签上赫然写着一个字：凶！

陈慧忧心忡忡，与寂空长老并肩走在廊下。

长老道："施主天性刚直，嫉恶如仇，确是不适合为官的。"

陈慧轻轻叹息："慧何尝不这么认为，只是……"

寂空道："我观施主，命中多舛，宜避尘缘哪。"

陈慧默然不语。

做完早课的僧人们，一出殿门就注意到了站在殿外的小小孩童。

"小菩萨，你在这里做什么？"

祎儿明亮稚气的眼睛闪动着，好奇地看着这些同二哥一样打扮的僧人，一言不发。

一名僧人手捧经卷，走到他的面前蹲下："小菩萨，你怎么一个人在这里？你的爹娘呢？"

祎儿仍不说话，只是目不转睛地看着僧人手中的经卷。

"你也喜欢听经？"僧人问。

祎儿用力点点头。

僧人将手中的经卷展开："认得这上面的字吗？"

祎儿看着经卷，再次点头。

见僧人们都是一脸不信的样子，祎儿小声念道："佛说阿弥陀经。"

他家的正屋堂上就挂着一幅"南无阿弥陀佛"的卷轴，他早就认得这些字了。

僧人大喜："真是佛子！这部经书就送给你了。"

当然，指望一个三四岁的幼童读懂《阿弥陀经》，无异于天方夜谭。好在父亲那段日子常到灵岩寺去，祎儿便趁机将心中的疑问向寺僧们请教。

僧人们也不知该如何跟一个这么小的孩子解释佛经，只觉得这小施主十分有趣，便指点他去找寂空长老求教。

"小菩萨在看佛经？"看到一个小小孩童捧着经卷走进大殿，寂空长老惊讶地合掌，"阿弥陀佛！"

"祎儿看不懂，长老可以给祎儿讲解吗？"

"你这可难死老衲了。"长老笑着说，"佛法浩如烟海，该从何处讲起呢？"

"佛是什么？"祎儿主动提出了问题。

寂空长老惊奇地看着这个小孩子，实在不知道该怎样给他解答这个看似简单实则不简单的问题。

"佛是佛陀。"思忖片刻，寂空长老还是决定正面回答他，"佛陀就是觉者。佛是高尚的人，是具有大智慧的人，是引领众生脱离苦海登上彼岸的人。"

"彼岸……"祎儿竟被这个词触动了，小小的心灵似乎有所了悟——我们现在是在苦海里吗？那么彼岸到底是个什么地方，又是什么样子的呢？

寂空长老饶有兴致地看着这个小孩子沉思的模样："小菩萨还想知道些什么？"

"什么是菩萨？"祎儿歪着头问，"姐姐说菩萨就是供在大殿里的那些神像。祎儿不信，为什么长老和师父们也管祎儿叫菩萨？祎儿又不是神像。"

寂空微笑道："因为，你本来就是菩萨啊。"

佛前的长明灯一闪一闪的，映着祎儿专注的小脸。

寂空长老端坐在一个蒲团上，与祎儿相向而坐，缓缓说道："菩萨呢是梵音，具足的说法应当是'菩提萨埵'。'菩提'是觉，'萨埵'是有情，因此，菩萨就是觉悟了的有情人。"

祎儿觉得奇怪："菩萨怎么会是有情人呢？"

寂空长老感叹道："世间最有情的就是佛菩萨了。他们行大乘道，普度众生。宁愿自己受苦，也要让众生得到快乐和幸福。你说，这是不是有情人呢？"

祎儿没有回答，只眨着一双明亮的眼睛看着长老。

"菩萨还可以有另外一种解释，就是使有情觉悟。这里的'有情'就是指众生了。"

"众生也有情吗？"祎儿问道。

"有啊。"长老道，"众生都是有情的。这种情就是喜怒哀乐，欢喜这件事，不欢喜那件事；欢喜这个人，不欢喜那个人。所以众生虽有情，这情却是狭隘的，有分别的；而佛菩萨的情则是博大的，利他的，他们公平地看待世间一切众生，以众生的苦为自己的苦，想尽一切办法，让众生去掉执著，去掉贪悭，去掉愚痴，因为这些都是痛苦的根源。然后，菩萨告诉大家，你们最终都会觉悟，都会成为像佛菩萨那样的人的。"

听到这里，祎儿似乎有点懂了："菩萨就像个先生，对吗？"

"对，对！"寂空为祎儿出色的领悟力感到高兴，"菩萨就像个先生，一个诲人不倦的先生。所以古人才有这么一句话：不俗即仙骨，多情乃佛心啊。"[5]

"不俗即仙骨，多情乃佛心。"祎儿玩味着这句话。

"我知道了，菩萨多情，所以才会舍身饲虎、割肉喂鹰。"他想起了二哥曾经给他讲过的这两个让他震撼的故事。

"是啊，只有菩萨才有这样的无我大悲，才能做这等常人做不到的事情啊。"

"如果常人也有这样的大悲心，也就是菩萨了。是吗？"祎儿问道。

寂空长老惊讶得说不出话来，这孩子的悟性太好了！

“你说得对！”他的语气有些激动，“念念为自己，还是念念为众生，这便是凡夫与佛菩萨的区别！”

说到这里，长老将手中的经卷重新放到陈祎手上，郑重地说道：“这世上不管什么人，只要他能发起上求佛果，下化众生的心，只此一念，他就是菩萨了，就是初发心菩萨。陈祎，你若也能生此一念，那么寺里的师父们叫你菩萨，便是无碍的。”

祎儿捧住经卷，用力点了点头。

出发前一天，一家人去向寂空长老辞行，长老送给祎儿一卷更容易看懂的经书——《百喻经》。

《百喻经》，顾名思义，就是由一百篇寓言小故事来阐发佛教的深刻理义，因而又名《百句譬喻经》。

坐在马车上甚是无聊，祎儿索性拿出《百喻经》来读，读着读着，突然咯咯地笑出声来。

“怎么了祎儿？”一直郁郁寡欢的母亲被他的笑声感染了，慈爱地问道，“什么故事这么有趣？”

“这个。”祎儿把书卷举起来，“母亲也看看，好玩极了！”

“母亲不喜欢在车上看书，祎儿说来听听。”

“好。”祎儿把刚才看的那一段朗声背了出来，“一富家见别人家楼阁好，二楼更甚，是以造楼，却谓工匠‘不作一楼，只作二层’，夫有不造一而得二者乎？”

听到这里，母亲也忍不住笑了出来：“这个人果然可笑，祎儿不会这么笨吧？”

“当然不会，盖楼阁要先从最底层开始，祎儿早就知道了。”

“那么娘跟你说，其实不光是盖楼阁，读书做学问也是这样的。有的人好高骛远，看不上简单的，一开始就要学很难很难的，结果就像这空中楼阁一样，到底是一场空。”

祎儿恍然大悟！原来，这些看上去很有趣的故事，还有这样的道理在里面哪。

一路跋涉，终于到了古城江陵。

这里是荆州的首府，不仅是历史名城，也是当时的中南重镇，西上巴蜀，东下淮扬，北去京洛，南往湘黔，均须由此经过，可谓是东西南北的交通要枢。

这样一座城市，本该是个商旅云集、市井繁华的富庶之地，可为什么呈现在他们眼前的，却是一副冷冷清清、凄凄惨惨的模样呢？

理由无他，那一年，隋炀帝杨广下江南途经江陵！

那个皇帝在位十四年，住京的时间却不到一年，大部分时间都是在巡游中度过的。他爱热闹，讲排场，曾三次大张旗鼓南下江都。出行时携带后妃宫女、文武百官、僧道巫师以及庞大的宫廷卫队数万人，乘坐豪华游船近千艘，沿大运河而下，逶迤数十里，如同蝗虫一般，走一处蚕食一片。沿河五百里的百姓被迫献食贡物，吃穿用度被洗劫一空。地方官吏为讨好皇帝，大肆横征暴敛，强令百姓预交数年赋税！

祎儿初到江陵，印象最深的便是街上那些凶神恶煞的官差，他们到处抓人、打人。说圣上要沿运河到这里来巡幸，巡幸途中需要有人服侍，需要很多的劳力很多的美女很多的金银……

由于前几年挖运河、征辽东，这一带的壮劳力已经被征得差不多了，官差们就抓那些老人，还有十几岁的少年；

这里的女孩子个个不敢出门，即使待在家里也是提心吊胆，不梳妆不打扮，还要往脸上擦锅灰，才有可能避免被抓走的厄运；

这里的家家户户都是破败萧条，没钱给官差，官差们就不管值钱不值钱，什么都抢……

陈慧到任后的第一件事，就是制止了官差的抓人、抢人行为，他上表朝廷，说江陵县这几年人口锐减，已经不堪重负，希望朝廷体谅，能够让江陵县喘口气，休养生息一阵。

年幼的祎儿还不太明白什么，他的心就像家乡那眼“慧泉”中流出的清泉一样透明澄澈，世间的痛苦还影响不到他，《百喻经》里的故事也只是些好玩的故事而已，他并不经常去想那里面蕴含着什么复杂的道理。可是，当他看到父亲一天天衰老下去，母亲忧心紧张，也病倒了，小小的心灵还是蒙上了一层恐惧的阴影，到底恐惧什么，他也说不上来。

多年以后他才知道，父亲也是一位菩萨，做常人做不到的事情，且明知不可为而为之。

那一天他永远也忘不了，他看到疼爱他的母亲静静地躺在床上，就像睡着了一般，他似乎意识到自己一直以来恐惧的是什么了——从父亲痛苦的眼神中，从哥哥、姐姐那一片撕心裂肺的哭喊声中，他隐约知道，母亲走了，永远地走了，她再也不会柔声地喊着“祎儿”，为他擦去脸上的泪水；再不会握着他的小手，一笔一画地教他写字；再不会带着醉人的微笑，听他稚声稚气地念着：“大学之道，在明明德，在亲民，在止于至善……”

《佛说阿弥陀经》中说，西方有个极乐世界，那里没有悲哀只有欢乐，只要信愿具足就可以往生那里。

记得母亲病重时，父亲曾哽咽着对他说：“祎儿，你不是会读佛经吗？读给你娘听听吧。”

于是，他坐在母亲床边，两只小手合在胸前，开始背诵自己读过的经——

“如是我闻。一时佛在舍卫国，祇树给孤独园。与大比丘僧，千二百五十人俱，皆是大阿罗汉，众所知识……”[6]

他声音清晰，一字一句地背诵着，父亲和哥哥、姐姐们都呆住了，他们暂时忘记了悲伤，凝神听他诵经——

“尔时，佛告长老舍利弗：从是西方过十万亿佛土，有世界名曰极乐，其土有佛，号阿弥陀，今现在说法。

“舍利弗，彼土何故名为极乐？其国众生，无有众苦，但受诸乐，故名极乐……”

袆儿沉浸在经中描绘的世界里，他的声音奶声奶气却具足庄严，美丽的小脸上闪动着辉光，如同一尊小小的佛。

母亲慈爱地望着他，苍白的脸上露出一丝微笑，大概也被爱子口中那个“无有众苦，但受诸乐”的极乐世界给吸引住了吧。[7]

她一直相信袆儿有神佛护佑，这孩子刚会跑的时候，曾不慎跌落村中的一口井里，幸而大难不死。村民们把这件事传得神乎其神，绘声绘色地描述说，当时井中突然长出一朵大莲花，袆儿就好端端地站在莲花上冲大伙儿笑呢……

“袆儿，娘刚才做了一个梦。”她喃喃地说着，目光有些迷离，“梦见你长大了，穿着白衣，骑着一匹漂亮的白马，一直向西，去了很远很远的地方……”

袆儿眨着眼睛，有些茫然。

母亲望着他，脸上带着虚弱的笑容：“佛陀……会保佑我的袆儿一生……平安……”

带着欣慰和不舍，她离开了她的亲人们，离开了这个被苦难塞满的娑婆世界。[8]

虽然已经从佛经中隐约地知道死亡是怎么一回事，但母亲的死还是带给袆儿极大的震动与哀痛，毕竟，他还只是个五岁的孩子，还无法坦然面对亲人的死亡。

父亲再一次称病辞官，带着母亲的灵柩，带着悲伤的一家人，踏上了返乡的征程……

陈袆从来不知道，他美丽的家乡还有这样一个地方——衰草、枯树、叫声嘶哑的乌鸦、风中飘动的白幡，以及那衰草丛中一个个鼓起的小土包，处处透着凄凉和悲伤。

陈慧带着儿女们站在一座新的土包前，那上面没长草，只有纯粹的黄土——母亲就在那里面。

陈袆目不转睛地注视着那个小土包，他无法想象母亲一个人孤独地躺在里面的情形。

原来，这里有那么多的小土包，里面包裹的都是曾经生机勃勃的生命啊！他们是别人家的母亲、父亲，或者别的亲人……

一个守墓的老人颤颤巍巍地在这些土包间穿梭，在各个墓上依次培着新土。

走到他们身边时，父亲给了他一点钱，低低地说一声：“有劳了。”

老人佝偻着腰点了点头，转身离去。

不知为何，祎儿盯着这个老人的背影看了很久——

“有一天，我的身体也会像这个老爷爷一样变老吗？有一天，我的生命也会在这个世界上消失，就像母亲一样吗？”

这念头竟像魔障一般侵入他小小的心灵。

母亲从这个世界上消失了，她会到哪里去了呢？

---

[1]檀越，指施主。“檀”是“布施”，“檀越”是指通过布施的手段越过痛苦的苦海。

[2]关于玄奘的俗名，有两种说法，一说是陈祎（yī衣），一说是陈袆（huī灰)。两个字只相差一个点，读音和意思却完全不同。“祎”为美好之义，且多用于人名；“袆”则是一种祭服。本书采用第一种说法。有人认为应该是第二种，原因是玄奘的二哥长捷法师俗名陈素，“素”指的是白色的生绢，兄弟的名字都是一种服饰。但第一种也可以解释得通，“素”为朴素，“祎”为华美，兄弟的名字互为反义词。况且长捷法师的俗名是否真叫陈素还不一定。

[3]关于玄奘的故里，目前存在一定的争论，本书采取的是河南洛州缑氏，即今天的河南偃师。

[4]灵岩寺，即今天的河南偃师的玄奘寺，原为灵岩寺，后改为唐僧寺，再后来由赵朴初居士改为玄奘寺。

[5]此段参考南怀瑾居士的《圆觉经略说》。另，广州白云山能仁寺十一副对联之一：“不俗是仙骨，多情乃佛心。”

[6]节选自《佛说阿弥陀经》，姚秦三藏鸠摩罗什译。

[7]“极乐世界”，指阿弥陀佛之净土。关于该净土的情况，在《佛说阿弥陀经》中有详细的介绍。

[8]“娑婆世界”就是我们所在的这个大千世界，即释迦牟尼佛教化的世界。“娑婆”是梵语音译，也译作“索诃”，意译为“堪忍”。有两层意思，一层是说，此界众生安于十恶，堪于忍受诸苦恼而不肯出离；另一层是说，释迦牟尼等佛菩萨能忍受劳苦，在污浊的“娑婆世界”中教化众生，表现出大智、大悲和大勇的精神。

第02章

这些经书与我有缘

“仲尼居，曾子侍。子曰：‘先王有至德要道，以顺天下，民用和睦，上下无怨，汝知之乎？’曾子避席曰：‘参不敏，何足以知之？’”

陈慧手执一部《孝经》，却没有看，而是背在身后，朗朗而诵。在他的面前，七八个蒙童席地而坐。

自从挂冠还乡后，陈家便失去了经济来源。陈慧是个读书人，没有别的手艺，只能开设学馆教蒙童们读书。

陈祎也进了父亲的学馆，如果说在这之前，他还只是跟着母亲和姐姐随缘读一点书的话，那么现在，他开始在父亲的教导下，系统地习读圣贤之道了。

或许是因为书香世家的遗传，陈祎自幼便对各类经典有着一种异乎寻常的痴迷，常常手不释卷，加上他的记性和悟性都极佳，因此到七八岁上，已将四书全部读完成诵。

“这是《孝经·开宗明义章》，讲的是曾子避席，凡师有问，必避而起答，此为古之圣贤之所为。”

陈慧讲到这里，目光在学生中扫了一遍：“都听明白了吗？”

“听明白了。”学生们摇头晃脑地答道。

陈祎却整衣站了起来，垂手侧立一旁道：“孩儿明白了。”

陈慧心中一阵欣然，脸上却不露声色，缓缓问道：“你起身避席，是有什么事吗？”

陈祎恭敬地答道：“古之圣贤闻师训而避席，孩儿今蒙慈训，焉能安坐？”

陈慧的脸上露出惊喜之色，不过这种高兴并没有持续多久，很快，一股浓浓的忧郁又浮上心头。

“父亲，您怎么了？”这天傍晚，陈祎注意到了父亲的忧虑，有些担心地问道。

陈慧摆摆手，无力地说道："没什么。"

他知道，自己的忧虑不是祎儿这个年纪的孩子能够理解的。

"熟读圣贤书，货与帝王家"，这恐怕是天下每一个读书人的理想甚至梦想吧？隋朝已有科举制度，祎儿如此早慧似乎前途无量，但一想到朝廷腐败，官场黑暗，陈慧的心就立刻被浇上了一桶冷水，由内而外地凉透，他甚至开始怀疑，自己教给儿子的这些东西是否真的有用。

"陈施主，你真的希望陈祎走你的老路，读书、做官，然后再辞官还乡吗？"灵岩寺寂空长老的声音又在他的耳边回响。

"慧天性疏懒，不喜应酬，确是不适合为官的。"那时的他这样回答，"但祎儿不会像我这般没出息。他才八岁，读书对句便如我十三四岁时一般。平素虽不爱与人交往，但真正见了面，也能酬对自如。"

说起爱子，他的眼睛有些发亮，再无半点心灰意冷之色："祎儿比我强得多，日后若能金榜题名，定可辅助天子，治国安邦，成为匡扶社稷之材。"

"辅助天子？"寂空长老不禁苦笑，"当今天子，如何呢？"

陈慧略略一怔，随即答道："天子聪明贤达，只可惜奸臣当道，才落得如此。"

长老摇头叹息："古来圣君有几人呢？陈施主，恕老衲直言，你觉得自己不适宜为官，却不知陈祎比你更不适宜呢。"

"这是为何？"陈慧愕然问道。

"檀越自己的儿子，难道自己还不知吗？"寂空长老慨叹道，"陈祎小施主确实悟性非凡，与人相处也颇有利根，然而他终究太过敏感善良。官场险恶，尔虞我诈，他如何能在其中生存？"

陈慧沉吟无语，长老的一席话直说到了他的心底。

陈祎并不知道父亲的忧郁，他将自己浸泡在丰富博大的典籍之中，如饥似渴地汲取着先贤的思想精髓。

先贤的思想滋养了他，浓浓的墨香浸染着他，使得他爱古尚贤，非雅正之籍不观，非圣哲之风不习。虽然年幼，却已有一股翩然出尘之气。

在很多人眼里，陈家四公子是个聪明善良又有些古怪的孩子，他不喜欢与别的孩子一同玩耍，不管外面多么热闹，也很难吸引到他。人们常见他一个人，或坐树下，或处池边，要么专注地读书，要么静静地待着，将目光投向遥远的地方……

"师父，陈祎小施主来了。"一个沙弥进禅房禀报说。

"阿弥陀佛，快请他进来。"寂空长老面带喜色，站起身来。

自从随父亲回乡后，陈祎便成了灵岩寺的常客——他迷上了佛经，经常请一些经书回家。开始时，他看不大懂，便常过来请教，寂空长老喜他灵气非凡，每次都会耐心地为他解答，令他受益匪浅。

有时他甚至会参与寺中僧人的辩经，并常有妙语出口，以至于很多修行多年的师父在这个孩童面前都不敢掉以轻心，唯恐一不小心被他难住。

这一次，寂空长老直接将他带上了藏经楼。

陈祎被这里层层的经卷震住了，他用小手抚摸着经柜，顺手抽了一卷出来，是一部《金刚般若波罗蜜经》。

长老道："佛说法四十九年，谈经三百余会，弟子们多次结集，总成三藏十二部，浩如烟海。这里所存，不过是沧海之一粟罢了。"

看着孩子星辰般明亮透彻的眼睛，寂空长老深深叹息道："陈祎啊，你可知道你有多么幸运！很多人一辈子都没有机会接触佛法，而你小小年纪就可以看到这些殊胜的经典了，你知道这意味着什么吗？"

"这些经书与我有缘。"陈祎想都不想地答道。

寂空长老被这句孩子气的话给逗乐了，笑着纠正道："不，是你与这些经书有缘！与我佛有缘！"

见这孩子的目光始终着落在那一匣匣的经卷上，长老突然觉得自己方才有些着相了。他想，其实这孩子说得也没错，真的是这些经书与他有缘。

"弟子想学经，长老可以给弟子讲解吗？"陈祎终于将目光从经柜上收回，转过身来问道。

"善哉，善哉。"长老合掌道，"小居士能有此心，实为累世累劫之善缘，日后光大法门，或者就着落在小居士的身上，老衲又何敢不允？"

说罢，他拉着陈祎来到两个蒲团前，一老一小就这么面对面地坐了下来。

长老示意陈祎将手中那部《金刚经》展开来放在案上："读经先破题，小居士可先诵经题。"

陈祎朗声诵道："金刚般若波罗蜜经。"

"你可知这经题之意吗？"长老问道。

"弟子不解其意，请师父慈悲开示。"

寂空长老点点头，开始逐字解释道："般若读作'钵惹'，华言大智慧，但又不是'智慧'这两个字可以穷尽的。佛说法四十九年，其中有二十二年是在说般若，可见其殊胜。"

陈祎认真而又恭敬地听着。

“‘波罗蜜’华言到彼岸。经，径也，为修行之路径也。”

“彼岸……”再一次听到这个让他怦然心动的词，陈祎不禁喃喃出声。

“是啊，陈祎。”长老温言道，“你试想想，你是不是在此岸？只有真正明白了此岸的苦厄，你才有出离的决心。”

“那么，此经又为何要以金刚来命名呢？”陈祎问道，“佛法不是很柔软吗？”

“佛法是柔软的，也是至坚的。”长老解释道，“就像金刚不变不坏，光明坚固，能制物而不为物所制，所以能断妄念。此经以金刚为体，以离相为相，以无住为用。体，喻其坚；相，喻其明；用，喻其利。合此三德，以表般若的圆融广大。”

陈祎以手托额，虽然长老的用词他还不是太明白，却也大致听懂了一些。

长老又道：“若能明白金刚般若的‘体’，起随缘应世的‘用’，这个人就是佛了。即便一时做不到，但能够信心不逆，闻佛所说，不惊不怖不畏，此人已是大乘最上乘的地位。所以此经名《金刚般若波罗蜜》，如来为大乘者说，为最上乘者说。”

“那么，是不是小根器者就不能听闻佛说了呢？”陈祎不解地问道。

“不。”长老答道，“佛陀是平等慈视众生的，无论何人，只要具备大乘根性，就有成就的资格。不过，圣凡的体，虽是不二的，意境却有不同，有人天的意境，菩萨的意境，还有佛的意境。”

“《金刚经》里所讲，就是佛的意境。是吗？”陈祎问道。

“正是。”长老赞许地点头，随即又长叹一声道，“老衲初出家时就受持读诵《金刚经》，然业障深重，难解如来‘真空妙有’之意，是以多年来一直徘徊在无相大门之外而不得入。”

说到这里，他慈爱地看着眼前的孩子，目光中流露出几分期许：“陈祎，你善根深厚，灵根内蕴，实为上乘法器。老衲盼你日后能够开悟，深入般若之海，成为佛门龙象。”

“弟子会努力精进的。”陈祎道。

长老欣慰地点头，接着说道：“这部《金刚经》，是由佛陀与弟子须菩提一问一答，由阿难笔记而成。须菩提是佛陀十大弟子之一，为解空第一人。”

说罢，他做了个手势，示意陈祎接着往下读，自己则闭上眼睛，略带几分享受地听着这孩子用清软柔嫩的童音诵出如此殊胜的经典——

“如是我闻。一时，佛在舍卫国祇树给孤独园，与大比丘众千二百五十人俱。尔时，世尊，食时，著衣持钵，入舍卫大城乞食。于其城中，次第乞已，还至本处，饭食讫，收衣钵，洗足已，敷座而坐。时长老须菩提，在大众中，即从座起，偏袒右肩，右膝着地，合掌恭敬而白佛言：稀有！世尊。如来善护念诸菩萨，善付嘱诸菩萨！世尊！

善男子、善女人发阿耨多罗三藐三菩提心，应云何住？云何降伏其心？”

长老轻轻摆了摆手，示意他停下，缓缓说道：“陈祎，你看，佛经之中还有一个特色，就是先说时、地、人、事，然后才开始记载经典。这便是‘序分’，也是为了说明经典所说的确有其事、真实不虚，其情其景，历历在目。由这段开头，我们便可清楚地看到经典的记述是何等慎重——阿难说，此经是我亲闻佛说者，接着点出了佛说法的地点，听法的人数，佛与弟子们如何到城中托钵，用过斋后如何坐着，须菩提又是如何起身，向佛陀行了个什么礼节，又向佛陀提出了什么问题。你看，是不是这样？”

陈祎想了想，果然如此，便点头称是。

“佛家所有的经典皆是如此吗？”他问。

“正是。”长老说道，“这样对人、事、时、地都有着清清楚楚的描述，便为我们真实记录了一部经典的诞生。在这样的描述中，我们可以知晓，佛陀并不轻易说法，而是因时、因人、因地而说。因时是要机缘成熟，因人是要智慧根器，因地是要道场庄严。只有这三个因缘都和合，佛陀才开演说法。

“只要我们深入经藏，就必然知道，佛陀从不在不当的时机不当的地点对不当的人说法，因为佛陀智慧深广，他懂得有些时候须以身教，有些时候须以意授。

“比如此经开头，佛在动作上、态度上，实为表‘六波罗蜜’的行相。如乞食，是表布施波罗蜜；于食时，著衣持钵，躬行而乞，是表持戒波罗蜜；次第乞已，不择贵贱精粗，是表忍辱波罗蜜；收衣钵，洗足，经常如是，是表精进波罗蜜；敷座而坐，是表禅定波罗蜜。五处全是般若行，正是表明般若波罗蜜。于行住坐卧之中，处处可见。可知般若功行，全由心内发出。所谓蕴于中，形于外，神露于不知不觉间。此等般若妙用，正是佛不开口的说法境界啊……”[1]

当陈祎沉浸在佛法的博大精深中时，父亲陈慧却病倒了，原本健壮的身体眼看着一天天瘦弱憔悴下来。

哥哥、姐姐们想尽了办法，可是这附近城镇里竟连一个大夫都找不到。

本来，颍川城内是有一家医馆的，据说医术还颇为高明，然而当大哥匆匆赶到时，才知医馆已经关门一年多了。

邻居们叹息着说，这位大夫不知怎么冲撞了官兵，差点把老命给搭上，没法子，只好带上老婆孩子回原籍了。

兄弟姊妹四人围坐在重病的父亲身边，束手无策，愁眉不展。

陈祎突然想起家中的藏书里有些医书，里面有不少经验方，便将其翻了出来，照方开药。

时令正值深秋，屋外，落叶凋零，寒霜铺地；屋内，一只小小的火盆闪动着温暖的红光。

孩子们守着病重的父亲，也是为了维系住这点亲情的温暖啊！

野外，秋风瑟瑟，衰草枯黄，树枝也都变得光秃秃的，大地一派萧条景致。

陈祎身着素服，手提竹篮，来到墓地。

在母亲的墓碑前放下几碟素菜，又点上一炷香，磕了三个头后，陈祎便默默地盘坐下来。

母亲临终前听他诵经时那安详的面容又浮现在眼前，那双熟悉的眼睛里饱含着浓浓的慈爱，让他的心温暖得想要落泪。

因此，每次来扫墓时，他都要为母亲诵上一段经文。

“佛时游行，到居荷罗国，便于中路一树下坐，有一老母，名迦旦遮罗，系属于人，井上汲水。佛语阿难，往索水来，阿难承佛勅，即往索水，尔时老母，闻佛索水，自担盥往，既到佛所，放盥着地，直往抱佛。阿难欲遮，佛言莫遮，此老母者，五百生中，曾为我母，爱心未尽，是以抱我，若当遮者，沸血从面门出，而即命终。既得抱佛，鸣其手足，在一面立……”[2]

这是他昨日才在灵岩寺的藏经阁中看到的，当时就被经中叙述的母子亲情深深打动。他自幼酷爱各种经典，记性早已练得非比常人，加上又深爱此卷内容，虽只读了一两遍，却已能完整地背了下来。

他感慨地想，人与人之间的缘分真是不可思议，这位名叫迦旦遮罗的老妇人在过去五百生中，想来已无数次地做过佛的母亲，以至于此生虽非佛母，见到佛时却仍然心生慈爱，情不自禁地想要拥抱佛陀。

也不知我和母亲的缘分已经多少世了？今后还将延续多少世？

母亲想必早已往生净土，超脱生死轮回，但陈祎从母亲临终时目光中流露出的深深眷恋中便可看出，母亲与他，与这个娑婆世界，缘分未尽。

或许等到将来弥勒菩萨下生之时，她会重返娑婆，广宣佛法，普度众生吧……

不知不觉，一个时辰过去了。当陈祎诵完最后一个字时，夕阳已经西沉。

面对眼前的墓碑，他喃喃地说道：“母亲，若您听到孩儿所诵经文，希望您的内心也能得到安宁，收获法喜……”

随后，他怀着虔诚的心，发愿将此诵经功德回向给母亲，便站起身来，准备回家了。

这时他又看到了那个守墓老人，正躬着腰，缓缓走过每一个坟墓，依次给墓地培着新土。

陈祎注视着这位老人，听着他哼哼唧唧口音浑浊地唱着什么，看着他东倒西歪地走过来，给母亲的墓上添土……

这些年来，陈祎从未听他说过话，也从没见他有过什么亲人。或许，他的亲人也埋在这里？

生老病死，是如此平常，平常得令人绝望。

陈祎从身上取出几枚铜钱，交给老人，低声说道："老人家多费心了。"

老人也不推辞，哼哼唧唧地把钱装进怀里。

"老人家，您一直都在这里吗？"陈祎终于忍不住问道。

"是啊。"老人木然地说道，"我在这里守墓已经四十多年了。"

这是陈祎第一次听到他说话，只觉得那声音喑哑苍老，就如一棵老树磣了沙土。

老人扛起锄头走了，边走边哼："死了，死了，一死百了……"

陈祎很难想象一个人能够在这样的地方孤独地生活四十年，与那些死去的人为伴。他长久地站立着，目送着老人远去的身影，喃喃自语：

"四十年……"

陈慧躺在榻上，已经熟睡，他的面容苍老了许多，疾病就像一个恶魔，正一点一滴地侵蚀着他的肌体。

在洛阳净土寺出家的二哥长捷风尘仆仆地赶了回来，还带回一个姓叶的大夫，听说在洛阳城中名气挺大，因此兄弟几个对他都很客气。

叶大夫来到父亲床前，为父亲把脉，他的脸色越来越凝重。

"大夫，怎么样？"大哥着急地问道。

叶先生站起身，朝外面的堂屋走去，兄弟四个一起跟了出去。

堂屋内，兄弟们请大夫上座，又敬上一盏香茶，脸上却都是掩不住的焦虑之色。

叶先生叹道："令尊已病入膏肓，老夫只怕也无力回天，如今只能勉强开个方子，聊尽人事罢了。"

听到此言，陈祎心中一痛，眼泪不自觉地流了出来。

叶先生提起笔来，写了一纸药方，又有些奇怪地说道："其实你们先前请的大夫也并不差，又何须专门把老夫从洛阳找来？难道那位大夫就没说过，令尊这病是治不好的吗？"

大哥忙拱手道："不瞒先生说，这附近镇上以前是有大夫的，只是一年前就搬走了。我们实在找不到别的大夫了。"

“哦？”叶先生沉吟道，“这倒奇了，令尊这病，原本撑不到现在，我观他这些日子似乎一直都在用药。”

“那是四弟依照家中所藏医书开的经验方，先生看看可有什么不妥？”大哥说罢，将陈祎开的方子递了上去。

叶先生满面狐疑地看了陈祎一眼，又看看那个药方，显然吃了一惊，感叹道：“小公子真是奇才！这方子竟与老夫所开不谋而合。”

说罢将自己写的药方递了过来。

陈祎一看，果然，叶先生所开的方子，和自己这几天给父亲开的差不了多少，心中更是黯然，因为他知道，这个方子是去不了病根的。

长捷这次还乡，就挂单在灵岩寺中。这个平时不常谋面的法师哥哥不仅长得风神俊朗，而且博雅多才，既精于释典，又熟稔于儒家的《尚书》《左传》以及道家的《老子》《庄子》。对陈祎来说，这个难得回一趟家的兄长无疑是一座宝山，侍奉父亲之余，他一直缠着二哥请教，不仅是经史知识，更有佛学中的疑问，有些提问让年轻的法师都感到震惊。

长捷尽自己所能对弟弟的问题进行解答，陈祎惊讶于二哥的博学，长捷则惊异于幼弟的早慧，兄弟二人很快便熟稔亲近起来。

寂空大师与长捷再次相见，也不由得提起了陈祎，感慨地说道：“陈祎这孩子，天生的佛根，超凡的灵基，是难得的佛子。若能出家为僧，必为佛门巨擘哪！”

长捷怔了一下，一时竟不知该说些什么。

他当然明白寂空法师的意思，回家的这些日子，他也早已看出四弟不是一般的与佛有缘。年纪小小的祎儿得到高僧的称赞当然是件值得高兴的事情，但是，这是否就意味着他应该出家为僧呢?

父亲的病眼见难愈，祎儿今后如何生活就成了大问题，作为兄长，自己是否应该把他带走?

同长捷一样，陈慧最放心不下的也是祎儿，毕竟别的儿子都已长大，老大和老三都已娶妻生子，自立门户了；老二陈素出家为僧；唯一的女儿也已经许配人家。只有祎儿年纪尚幼，不知未来如何。

看着这个在床头端药送水的孩儿，陈慧常觉得心如刀绞，他不知道自己一旦撒手西去，等待这孩子的将会是什么样的命运。

一日，看到长捷前来侍奉，陈慧忍不住低唤了一声：“素儿……”

“父亲。”长捷小心地问道，“您有什么话要嘱托孩儿吗？”

陈慧摇了摇头：“素儿，为父早年为官，但求无愧于天地人心，碰上那过不去的穷苦百姓和读书人，也便资助一些……唉，朝廷失德，百姓不幸啊！为父做了几年官，莫说没多少积蓄，便是你母亲的嫁妆，也散出去不少……这些年不再为官，又长年卧病，更是坐吃山空……咱们陈家已经是一具空壳，祖宗交付的家业都让我给败光了……”

“父亲说哪里话来。”长捷劝慰道，“钱财乃身外之物，父亲心怀慈悲，抚恤百姓，乃是菩萨行为，是大功德，这才是留给儿孙的无价之宝。”

“为父知道……”陈慧喘息着说道，“可现在，放心不下啊……我走后，你大哥和三弟只能靠耕读持家，只怕要过些苦日子了……可怜袆儿……咳咳……袆儿……”

他忍不住剧烈地咳嗽起来。

“父亲。”长捷忙伸手抚其胸道，“您什么都不用担心，只管照顾好自己。”

陈慧依旧摇头：“素儿……我走之后，你要……你要……照顾好……袆儿……”

长捷有些困惑：“父亲的意思是，要孩儿将四弟带到洛阳出家吗？”

“不……”陈慧吃力地摆了摆手，“袆儿，他不适合出家，他太……敏感了，学佛可以，修行……怕是不行……”

长捷不得不佩服父亲，人生的阅历使他像一位高僧大德一样，充满智慧。

“素儿。”陈慧接着说道，“我走后，你要让袆儿……继续读书……将来，求取功名……光宗……耀祖……”

长捷怔了一下，他没有想到一向辞官在家的父亲居然在四弟身上抱有功名的期望。

“你知道吗？你四弟……他那么聪明……他知道怎么……跟人……相处……他得了功名……会……会比我……强……”

“孩儿知道了。”长捷立即说道，“父亲，您累了，好生歇息吧。”

陈慧点点头，轻轻闭上眼睛，很快便疲惫地睡去。

陈袆并不知道父亲为自己所做的一切，但他显然也看出了父亲的忧郁，他对陈慧说道：“父亲，您把一切都放下吧，不用担心袆儿。袆儿会照顾好自己，哥哥们日后也会照顾袆儿的。”

听了这话，陈慧心中略安。

他心里明白，儿孙自有儿孙福。到了这个时候，所有的担忧都没有用，一切都只能交付给佛陀和上天了。

好在，这孩子有佛陀庇佑，不会有事的……

看到父亲眼中那无奈又有些认命的神色，陈袆把嘴靠在他的耳边，轻轻说道：“父亲，祎儿读经给你听好吗？母亲当年，最喜欢听祎儿读经了。”

“好，好……”陈慧吃力地说。

陈祎诵的依然是《佛说阿弥陀经》，他希望父亲能和母亲去同一个地方——

“……舍利弗。若有善男子善女人，闻说阿弥陀佛，执持名号，若一日，若二日，若三日，若四日，若五日，若六日，若七日，一心不乱，其人临命终时，阿弥陀佛，与诸圣众，现在其前。是人终时，心不颠倒，即得往生阿弥陀佛极乐国土……”

这部经陈慧已经很熟悉了，以前在灵岩寺就听僧人们读过，这段时间祎儿更是经常读给他听。他知道这孩子的心意，是希望他临终时将万缘放下，专心念佛，往生净土。

也许，这孩子是对的。他想，听着这部经，诵着弥陀圣号，或许过不了多久，他真的可以在极乐世界见到爱妻。

“……舍利弗，于汝意云何？何故名为一切诸佛所护念经？舍利弗。若有善男子、善女人，闻是经受持者，及闻诸佛名者，是诸善男子、善女人，皆为一切诸佛之所护念，皆得不退转于阿耨多罗三藐三菩提。是故舍利弗，汝等皆当信受我语，及诸佛所说。”

……

祎儿还在念诵着，已经快要读到尾声了，陈慧吃力地张开嘴巴，念起佛来。

长捷法师立即合掌跟进，帮他助念。

祎儿诵完经，也跟着助念……

父亲终于去了，他是念着佛号去的，死时面色安详，身体柔软，一直安静地坐在旁边助他念佛的陈祎不知不觉已是泪流满面……

二哥看到了，伸手替他擦去脸上的泪水，轻声说道：“父亲往生极乐，我们做儿子的不该悲伤，而当替他欢喜才是啊。”

陈祎双手合十，低低地念诵一声：“阿弥陀佛……”

兄弟几个将父亲同母亲合葬在一处，然后，四兄弟共同在墓前为二老诵念《往生咒》。

那个守墓的老人依然在那里，他的腰更弯了，脸上满是风霜的痕迹……

陈慧去世后，作为颍川名门望族的陈家算是彻底解体了。

姐姐远嫁，大哥和三哥也各自寻找着自己的营生。

他们都是在陈家较为富庶之时出生、长大的，自幼没怎么经历过苦日子，现在却是日渐清贫拮据。

长捷也要回净土寺了，临行前一天，他到父母坟前祭拜，却看到了在荒草中抱膝独坐的陈祎。

“四弟……”长捷低唤一声，不知该说些什么才好。

陈祎没有回头，他的目光始终在那坟头的新土处，悠悠地问道："二哥你说，父亲母亲真能往生西方极乐世界吗？"

"你在怀疑什么？"长捷吃惊地问道，"父亲往生时的情形，你不是也看到了吗？"

"是的，父亲决定往生。但母亲……祎儿不确定……母亲去世前，一直留恋地看着祎儿……"陈祎说着说着，声音渐低，一行清泪从眼中流了下来。

长捷叹了口气，在他身旁坐了下来："你平常多念念《往生咒》，这样可以帮助母亲。"

"我天天念的。"陈祎哽咽着说道，"可是不知道是什么意思。"

"你不需要知道意思。"长捷道，"这是密咒，亦为诸佛密语，能帮助众生拔除一切业障的根本，使烦恼不再生起，自然幸福快乐。尤其是对欲修净土法门之人，在持念阿弥陀佛圣号以外，若能兼诵《往生咒》，必定往生西方极乐世界。"

"拔一切业障就可以得生净土吗？"祎儿含泪问。

长捷心中暗叹——看来父亲是对的，我这个四弟虽然慧根深种，悟性非凡，信心到底还是不够强啊。

他反问道："你倒是说说看，众生为什么会流浪生死，在三界六道之中轮回不息呢？"

"是因为业障重。"陈祎小声道。

"那这些业障又是从哪里来的？"长捷追问。

陈祎没有作声，于是长捷自己回答："就是因为有了贪、嗔、痴等烦恼，造了杀、盗、淫、妄种种恶业。这些恶业的种子慢慢滋长，形成众生受苦的原因，循环不息，没有了期。要想把这些业障的烦恼根本拔起，不受轮回的痛苦，就要虔诚持诵《往生咒》。此咒具足的名称就叫作《拔一切业障根本得生净土陀罗尼》，虔心读诵可得诸佛护念，龙天保佑，蒙诸佛如来不可思议神力加持。帮助众生拔掉一切业障根本，洗涤魂魄的罪孽。当你的念力足够大或者心足够诚的时候，甚至能让你所度的魂魄直接飞升。"

陈祎垂下了头："多谢二哥开示，祎儿知道了。"

你真的知道了吗？长捷有些不相信地看着这个过于早慧的幼弟，他知道，对于修行人来说，聪明往往意味着敏感，这并不是什么好事。

当晚，长捷将大哥和三弟召集在一起，兄弟三人对着三盏清茶相坐叙谈。

"四弟聪慧过人，不读书实在太可惜了。"看着祎儿熟睡的面容，长捷似乎不经意地说道。

"我们也想让他继续读书，可是……唉！"大哥沉重地叹了口气。

三哥却突然说道："二哥可以把他带到洛阳去，这样他不就能继续读书了吗？"

大哥吓了一跳："三弟的意思难道是……要他出家？"

"四弟与佛有缘，难道大哥看不出来吗？"三哥反问道。

"可二弟已经出家了，咱们兄弟四个，两个出家，这不合适吧？"大哥显得有些迟疑。

"也没什么不合适的。"三哥说道，"一来这是四弟的佛缘，二来你我不是都有子嗣了吗？"

大哥一时也说不出话来。

"四弟不适宜出家。"长捷法师突然说道。

两兄弟愣了一下，都转过头看着他。

"这话是父亲说的。"长捷道，"四弟早慧，却又敏感多忧。父亲临终前曾跟我说过，希望四弟能继续读圣贤书，走功名之路。"

"功名？"三哥顿时苦笑了起来，"父亲自己都不要功名，还想让四弟博取功名？二哥啊，现在家中情形你也是知道的，我们都希望四弟能继续读书，可心有余而力不足……"

长捷点点头："你说得是，我带他走，去洛阳。"

两兄弟面面相觑。

"二弟，你不是说，四弟他不适宜出家吗？"大哥小声地问道。

长捷叹道："出不出家，就看他的缘分了。方才三弟说得也没错，四弟到了洛阳，至少还可以继续读书。"

大哥轻舒了一口气："也好，那就辛苦二弟了。"

长捷不再说话，只是将目光再次转向床榻上安睡的祎儿，他不知道自己的这一决定是对是错，对于祎儿来说，这究竟意味着什么。

祎儿确实与佛有缘，但是在同四弟的短暂相处中，作为兄长的他也越来越认可了父亲的说法——这孩子太过敏感执著，不宜出家。如今，他终于下了决心，要将这个颍川凤凰谷的佛子，这个佛缘深厚的孩子带到佛陀的面前，让佛陀替他做出选择。

佛陀，你愿意接受他吗？

---

[1]《金刚经》讲解，参考林清玄的《凤眼菩提》及王骧陆的《金刚般若波罗蜜经白话述义》。

[2]出自《杂宝藏经》第一卷，元魏三藏吉迦夜、昙曜译。

第03章

少年行者

漫长的历史长河中，古都洛阳曾经是十三朝的都城，其地处中原心脏地带，交通便利，富可敌国。

杨广登基后，把洛阳作为陪都，他通过经营洛阳，修建一条贯通南北的大运河，把江南和华北连起来，这样就可西通长安，南连江南了。

洛阳佛学极为鼎盛，有被朝廷供奉的四大道场，净土寺便是其中之一，每日里人流如织，香火旺盛。

香客们进寺礼佛听经，最头痛的就是带进来的孩子们了。特别是七八岁狗都嫌的年纪，闹起来可是不讲场合。偏偏在佛祖的眼皮子底下，你还不能发作。

净土寺想出了一个聪明的主意，将香客的孩子们集中到偏殿里听经。

什么经能吸引小孩子的注意力？当然是故事性很强的《百喻经》了。

这里的每一个故事都是两步式结构：第一步，讲故事；第二步，由这个故事展开，阐述一个佛学义理。

这些寓言故事描写的都是幽默可笑的事情，具有犀利的讽刺性。先说笑话，后讲佛法，笑话里包含着佛法。既富有情趣，又蕴含哲理，通俗易懂，诙谐幽默，启人智慧。

孩子们显然都很喜欢听这样的故事，特别是，负责讲故事的还是个同他们差不多大的小孩子，这就更能吸引他们的注意力了。

偏殿内由三层蒲团垫起了一个简易的狮子座，这便是法师讲经说法时的座位，据说是从文殊菩萨那里来的。依照佛典所载，文殊菩萨是过去世无量诸佛的老师，是大智慧的化身，曾经引导无数的修行者证得佛果。

文殊菩萨的坐骑名叫狻猊，长得像狮子，表示智慧威猛无比、所向披靡、无坚不摧。背上设一个莲花台座，代表清净无染，因此被称作“狮子座”。

佛经不是随便讲的，要恭恭敬敬地礼请法师坐到狮子座上开讲，这叫作“升座”。

狮子座可以很豪华，比如高大庄严的讲坛，黄金铸造的莲花台，座上铺着又厚又奢华的坐垫；

狮子座也可以很朴素，随便找一个土台子甚至一块大石头，在上面铺条垫子草席什么的就可以开讲了。

设立狮子座的目的不光是为了宣扬佛法，还表示一种对法的恭敬。所以狮子座通常要比下面听经者的座位高上那么一截，以保持一定的距离。

偏殿内，那个讲经的孩子便坐在临时搭成的简易狮子座上，侃侃而谈。他的眉目清朗俊逸，幽黑的双眸闪动着耀眼的光泽。年纪虽幼，却已显出一副天然的庄严与大气。

“百喻，就是一百个譬喻故事。”孩子的声音清澈无染，直入心田，“佛陀喜欢用一些浅显的故事来宣讲佛法深义，《百喻经》就是一部用譬喻故事来说法的经书。”

“太好了！”一个年幼的小姑娘拍手笑道，“我最喜欢听故事了！”

“陈祎快讲！莫要再磨蹭了！”别的孩子也是连连催促。

陈祎微微一笑，直接进入了故事。

他随身并没有带着经书，自三四岁起就读《百喻经》，那些故事早已烂熟于胸，这会儿干脆也不按佛经原文，而是用更加通俗的语言讲出来——

从前有一个愚人，到朋友家去做客，受到好客的主人殷勤的招待，桌上摆了七八道好菜，可是客人吃了之后却说：“这么名贵的菜为什么淡而无味，一点儿都不好吃呢？”

主人听了这话，恍然大悟道：“哎呀！我太高兴了，忘了放一样东西！”

原来，这位粗心的主人居然忘了放盐。他赶紧跑到厨房去，拿了一些盐出来，放进每一道菜里，搅拌了一会儿再请客人品尝。

客人一吃，果然美味了许多。他奇怪地问主人：“你刚才往菜里放了什么？”

主人回答：“放盐啊，盐是百味之源。”

客人心想：原来这些淡而无味的菜之所以变得美味起来，全是因为加了盐的缘故。这么一点点盐尚且如此鲜美，何况更多呢？这家主人实在太吝啬，就给我一点点……于是，他干脆上街买了一大包盐，回家后迫不及待地抓了一把放进口里，想要尝尝到底有多美味……[1]

听到这里，孩子们顿时嘻嘻哈哈地笑成一团：“那他可要咸死了！他怎么这么蠢？”

“是啊。”陈祎也笑道，“我们都不相信世上会有这么愚蠢的人，可是大千世界就是无奇不有。比如有人听说，适当地节制饮食，会对身体和修行都有好处，于是就不吃饭食，经过七天或者十五天之后，因饥饿影响了身体，对修行没有半点儿好处。就好像这个愚人，因为盐有美味而空口吃盐，结果弄得口舌不能辨味一样。”

“我知道了！”一个小姑娘开心地说道，“我娘说过，对修行人来说，断食偏食都不适中，过分享乐和过分苦行都有偏颇。世间万事必须适中，过与不及都可能要坏事。”

“嗯。”一个大点儿的孩子点头道，“这就叫作过犹不及。”

“小居士说得对。”陈祎道，“世人各有各的智识，可以帮助自己也可以利益他人。可若是用之不当，也有可能毁灭自己，危害他人。比如世人热衷于名利，若是做得适中得当，倒也能够建功立业。但若太过分地追逐名利，便会造出恶业，与烦恼纠缠不休，乃至生生世世轮回不息。”

“世间万物都是如此。”门口突然传来一个成人的声音，“须用得不偏不倚，才能发挥效用。否则良药也会变成毒药了。”

陈祎抬起头来，这才发现，居然有很多居士聚拢在门前，都在听他讲经。

而那个开口说话的，竟是曾经给他父亲看过病的叶先生！

他立即起身向前，双手合十，恭恭敬敬地施了个佛家礼：“陈祎见过叶先生。”

“陈祎？陈家四公子？”叶先生这才看清眼前的孩子，不禁惊讶地喊了起来。

“怎么，叶兄认得这位小行者？”旁边一个儒生问。

“哦，是林兄啊，这是颍川陈氏之子，极是聪明早慧。去岁我曾去他家中为他的父亲看病，那时便见到过他，想不到他竟到了洛阳。”

那姓林的儒生略带几分惊讶地看着面前这个一脸书卷气的孩子。

叶先生继续询问：“你怎么到洛阳来了？还进了寺庙？你父亲……怎么样了？”

问到最后一句，声音不自禁地轻了下来。作为医生，他心里其实很清楚，陈慧的病凶多吉少，特别是陈祎现在身在洛阳净土寺里，更能说明一切。

但他还是忍不住追问了一句：“你兄姐呢？”

陈祎眼圈一红：“父亲故去了，姐姐也远嫁他乡，大哥三哥家境艰难，我便随二哥到洛阳来习经……”

“哦。”叶先生立即想起那个来求他去给父亲看病的青年法师，那是这孩子的二哥，显然，是他把这孩子带进了寺庙。

他有些遗憾地看着眼前这个儒雅清秀的少年，特别注意到了他束在头顶上的一头黑发，知他尚未剃度，心中稍感宽慰。

虽然这世间之人普遍崇佛，叶先生偶尔也会带家人到寺院来上香礼佛，但他本人却不是个特别虔诚之人，又想寺院里青灯古佛寂寞一生，就算是成年人也会觉得孤苦难挨，何况如此聪慧敏感的孩子！因此他打心眼里不希望陈祎出家为僧。

陈祎确实没有剃度，不是因为他不想。事实上，自从跟二哥住进净土寺后，他便一直盼望着有朝一日能够成为一名真正的僧人。

所谓“寺院里青灯古佛寂寞难挨”，那只是叶先生的想象，却不是陈祎的想法。对陈祎来说，佛法已经为他开启了一扇神奇的大门，门内是一个巨大的宝藏，里面有数不清的珍宝——那是完全不同于世俗的精神的珍宝。他已经如痴如醉，沉浸其中。他希望自己能正式剃度出家，广学佛法，然后像一名真正的高僧大德那样登坛讲经，普度众生。

可惜这个心愿在此时却是难以实现的。

隋炀帝时期，朝廷为限制僧人数量，专门设有僧官，度僧必须由朝廷统一下发名额，统一考试。寺院被剥夺了度僧的权力，一旦发现私度者，将处以很严重的刑罚。

平心而论，杨广的这一举动对佛门也不见得是件坏事，虽然减少了出家人的数量，但却保证了质量，确保了出家的大多数都是有信仰的，而且文化程度不低，甚至可以说都是精英。

后来唐朝时沿用了这一僧籍制度，使得隋唐时期的佛教僧团成为一个素质极高的团体，高僧大德如满天星斗，层出不穷。

朝廷没有下发度僧指标，陈祎便不能出家，他只能以俗家弟子的身份暂时居住在净土寺里。

像陈祎这种身份，在当时的寺院里被称作“行者”，未成年的行者也叫作“童行”，或“童子”。

行者住在寺院里，每天要做些力所能及的杂役，闲暇时也可随师父们修行，或者读书诵经。长大后若有机缘，便可剃度出家。当然，大部分人是没有这个机缘的。

净土寺是座大寺，寺内杂务分工很细，明确到人。陈祎初来时也只是做些打扫殿堂、给师父们端茶倒水之类的简单杂役。后来，方丈慧明长老意外地发现，这个年幼的孩子居然写得一手好字，便叫他做了抄经生。

在没有印刷术的年代，各种经典、书籍全靠手抄，所以书籍极其贵重，一般家庭负担不起。而佛教寺院就像是一个专门的出版发行机构，不仅发行佛经，甚至还发行儒家乃至世俗方面的书籍。

很多居士、善信要到寺中请经；一些家有蒙童的人需要四书五经，也到寺院来请；一些开私塾、办学馆的先生，需要统一为学生配发教科书，这么多的书当然不可能自己抄写，于是也到寺院来请；甚至，有人想看《道德经》《南华经》之类的道教典籍，而附近如果没有道观，也到佛寺里来请。

此时的佛道两家并不怎么友好，口水仗已经打了很多年，只不过有些老百姓不太明白而已，他们天真地认为“佛道不分家”，这才出现了去寺院里请道书的情况。寺院对此也无所谓，只要有经书原本，有人、有钱、有时间，就可以给你抄，并且绝对保质保量。

净土寺里本来有不少专门从事抄写的抄经生，大多是远来参加科考而不幸落榜的书生，还有些是希望出家却暂时没有剃度的行者。只是近年来中原时局不稳，这些人中的一部分已经离开洛阳到别处求生去了。抄经生空缺，陈祎便在这时补了进来。

抄经需要极其细心，只要写错一个字，整卷便得重写。实际上有些童行和沙弥是宁愿干粗活也不愿意去抄经的，少年人生性好动，大都不喜欢一动不动地坐上几个时辰。

但这项工作对陈祎却很适合，一来他出自书香世家，对文字有着天然的喜爱和痴迷；二来他性格专注，心思细腻；三来他确实经常出入藏经阁里找书看，让他在藏经阁里抄经，也算适得其所。

这样的日子过去了三个月，这天，寺中最有名望的讲经师慧景法师应众僧之请升座，为大众讲解《维摩诘所说经》。

这是大乘佛教的早期经典之一，宣扬的是般若空观，运用不可思议的不二法门消解一切矛盾，因而深刻影响了后世的禅宗思想、禅悟思维和公案机锋。禅宗将《维摩诘经》作为宗经之一，将不二法门作为处世接机的态度与方法，泯灭一切对立，从而获得生命自由的无限超越。

每次经过讲经堂，陈祎都会在窗外驻足谛听，有时听得忘了时辰，如痴如迷。

这部经书的语言还是很通俗的，不能算难，但是内容却不是太好理解，特别是对一个小孩子而言。

这一日，景法师[2]向座下僧众抛出了一个问题：“维摩菩萨已证无上圣果，因何有疾？”

面对法师的提问，那些僧人们不知是不会还是不敢造次，竟无一人起身应答。景法师的脸上渐渐显出失望之色。

这时，站在窗外的陈祎忍不住开口道：“文殊代表如来，故净智无病；维摩代表众生，故示相有疾。”

这清脆的声音让讲堂内的所有僧人都转过头，朝他望了过来。

陈祎感到有些不自在，想起自己的职责，赶紧低头施礼，准备离开。

景法师却叫住了他，毕竟是个高僧，虽然心中诧异，脸上却是不动声色，只淡淡地问道：“你怎知维摩代表众生？”

长者有问，总不能不答。陈祎只得重新合掌，回话道：“维摩菩萨有言：‘以一切众生病，是故我病；若一切众生病灭，则我病灭。’”

“那么文殊师利因何无疾？难道他们不是本来平等？”法师步步紧跟。

“以佛性论，文殊、维摩自然平等，众生与佛亦复如是。”

景法师闭上双目，微微颔首，示意他往下说。

既然已经接上了话，陈祎干脆侃侃而言：“佛之文殊，具妙德智；众生之维摩，植众善本。众生的烦恼总在心源，烦恼未尽，故维摩以大悲之力，现身有疾；文殊以佛智加被众生，使其烦恼顿空，功德顿发。故维摩开始时示现有疾，文殊一入室，病则不愈而愈；好比众生因佛智引发，恒河沙般的烦恼有如日照霜雪，自然消灭于无形。”[3]

此言一出，当真是义理清晰，条理分明，不仅在场众僧俱感惊异，就连景法师也睁开双眼，对这个小行者刮目相看。

法师又接连问了几个问题，陈祎也都对答如流，虽然有些回答略显稚嫩，但稍加引导，便能举一反三。僧众们已开始小声议论起来。

法师心中暗暗称奇：怪哉！净土寺里有一位如此出色的少年行者，我竟不知！

“小行者每日都在讲堂外听经吗？”法师慈祥地问道。

“是的。”陈祎垂首，小声答道。

法师呵呵地笑了起来，拿起案上的几卷经书：“这部经送给你，有空随时可以进来听经，不必有什么顾虑。若有疑问也可到老衲的禅房里去问。”

陈祎大喜，立即跪下顶礼。

法师的鼓励刺激了陈祎的求知欲，他开始认真研习这部《维摩诘所说经》。

好在藏经阁里不缺经书，很快，他就找出来一大堆注解《维摩诘经》的论疏[4]。他将这些卷轴像摆木料一般，一层一层地码放在书案上，然后一卷卷地展开、翻看，对每一句注解逐一比对，研究……

在这个过程中，他发现，对于经书中的同一句话，不同的法师往往会有不同的理解，其中有很多看法与景法师所说的不尽相同。

“看来，要想深入了解经藏，就不能只听一位法师的解说，只看一位法师的注疏。”他心中暗暗思量。

在把《维摩诘所说经》领会得差不多的时候，陈祎又开始对八卷十万言的《妙法莲华经》产生了浓厚的兴趣。

《妙法莲华经》是佛陀晚年所说，属于开权显实的圆融教法，大小无异，显密圆融，显示人人皆可成佛的一乘了义。因经中宣讲的内容至高无上，所以又被誉为“经中之王”。

这是真正的大乘佛法，救众生出苦海。像这样的经书陈祎自幼就极为喜欢。

他照例找来有关《妙法莲华经》的各家论疏，开始细细研读，有不明白的地方就翻开各家注释，相互比对着研习。如此边看边学，这部洋洋十万言的大经竟被他融会贯通，并且轻而易举地背了下来。

在净土寺，无数个平静的夜晚，窗外树影婆娑，秋虫在树上、草丛中啾啾鸣叫；窗内烛光微微跳动，照着案几上的经卷，也照着少年行者专注的脸庞。

在他的笔下，一行行清峻疏朗的蝇头小楷跃然纸上……

对陈祎来说，抄经、读经就是个修行的过程，甚至是一种习修禅定的方法。

在这个过程中，他感受到了一种从未体会过的殊胜喜悦，这种感觉令他着迷，令他无限欢喜，他由衷地希望别人也能分享到这份喜悦。

就在这个时候，方丈大师交给他一个任务，要他给香客的孩子们讲解《百喻经》。

他非常出色地完成了这个任务，将这部通俗易懂的佛教故事集讲得娓娓动听。来听他讲经的孩子越来越多，后来甚至包括了成年人。一些人本不信佛，他们慕名来到净土寺，只是为了听这个小行者讲经。

叶先生和林居士都是来得很勤的人，他们的儿女叶丹参和林若锦是陈祎固定的听众。

陈祎也从这些居士们身上学到了很多世间学问，比如他曾向叶先生请教医术，叶先生不仅知无不言，还慷慨地将自己收藏的医书借给他看。

“你不是学佛的吗？怎么又读起医书来了？”这天讲经前，叶先生的儿子叶丹参突然问他。

陈祎说：“学佛不只是念经打坐。佛法在世间，若是不懂得世间法，佛门弟子又靠什么来救济众生呢？”

丹参嬉笑道：“我听说，佛经多得不得了，一辈子都读不完，你居然还有时间学这些东西，怎么学得过来？”

“这便是我今日要给你们讲的故事了。”陈祎将书卷收起，在简易的狮子座上坐了下来。

孩子们赶紧坐直了身子，听陈祎讲今天的故事——

很久以前，有一个人在天气很热的暑天独自出外远行。走了大半天，口干舌燥，很想喝水，以至于看到腾腾的雾气都以为是水，直到跑到跟前，才发觉不是。

后来，他幸运地发现了一条小河，河水看起来是那么清澈诱人。然而他面对河水，却只是呆呆地看着，心里郁闷地想，这水怎么这么多啊？

这时，恰巧来了一个过路人，好奇地问他：“你为什么待在这里不走？”

他说：“我口渴得厉害，想喝水。”

路人更加奇怪："现在水就在你的面前，你为什么不喝？"

这人没好气地回答："你说得倒容易！这么多的水你喝得完吗？要是能喝完，我早就去喝了！"

路人听了这话哈哈大笑起来。[5]

听故事的孩子们也都乐不可支，捧腹大笑。

丹参边笑边说："这个人实在是太蠢了！其实他只要喝他需要的水就够了，又没要他统统喝完！"

刚说到这里，突然醒悟过来："好哇，陈祎，你是在取笑我吗？"

"冤枉啊。"陈祎笑道，"这分明是经上的故事，我哪里敢取笑居士？"

丹参不信："刚才我还问你，那么多的学问怎么学得完，你就讲了这么个故事，还说没有取笑我？"

"阿弥陀佛。"陈祎合掌道，"居士真是玲珑心肠，一点就透。但陈祎真的没有取笑居士的意思。"

见丹参仍是一脸不信的样子，陈祎微笑道："我想，佛祖是想借这个故事提醒我们，我们众生自无始劫以来六道轮回，已经受了无量无边的苦报。现在好容易遇到佛法这一解脱生死的法门，却又忧心佛法无边，修行路远，不知何时方能成功。于是望佛兴叹，不肯用心研修佛法，把宝贵的时间白白耗费在这些无用的烦恼上。就如同那个渴极了的行路人，却为喝不完水而烦恼，不是太愚蠢了吗？"

"对呀！"坐在丹参旁边的一个孩子道，"我想佛祖还想告诉我们，做事既不能好高骛远，也不可因噎废食。"

"我就经常因噎废食。"又有一个孩子道，"我爹要我背书，我一看那么多！心想这怎么背得完？干脆就不背了。"

"所以你就老背不下来！活该被罚打手心！"

几个孩子都嘻嘻哈哈地笑了起来。

那孩子摸摸脑袋，不好意思地说道："我现在明白了，能背多少就背多少，积少成多嘛。"

"可是佛法这块金字招牌老字号，常常被人家拿去招摇撞骗唉。"丹参突然说道，"听我爹说，现在有好多外道只是把佛法里面的字句盗来改一下，或寻章摘句，再掺杂一些邪知邪见，就胡乱说法，骗人钱财！"

陈祎道："若是这样，那便不只是口渴不饮，而是饮鸩解渴了。比那口渴不饮者还要可怜可悯呢。"

寺院的夜晚很平静，陈祎独自坐在大雄宝殿内，就着佛前的长明灯，认真抄写着从叶先生那里借来的医书。

他之所以又对医术起了兴趣，不光是想用世间法去普度众生。事实上，早在父亲病重之时他就起了学医之心，渴望通过医术来拯救那些身处病痛中的无助之人。

“你这小家伙怎么起得这么早？抄什么呢？”一个声音突然传入耳中。

陈祎抬起头，见是玄明师兄站在门口，清晨的辉光洒在师兄身上，显得格外清新。

他这才意识到自己居然抄了整整一夜，现在已经到早课时间了。

赶紧合上书，起身合掌，恭敬地叫了声：“师兄。”

“你可真够用功的。”玄明师兄迈步进殿，笑着说道，“朝廷下诏，要在洛阳剃度十四名[6]僧人，这回就看你有没有这个善缘了。”

陈祎一怔：“朝廷要度僧？”

这一年，正是大业八年。杨广亲征高丽，大败而归。渡过辽河的三十余万隋军最后仅余两千七百人，几近全军覆没！

也就在这一年，北方大水，颗粒无收，朝廷照常科以重税，民众饿死无数，纷纷逃亡。王薄、刘霸道、张金称、高士达、窦建德等人各自起兵，越来越多走投无路的百姓加入义军，在山东地区纵横驰骋，令各地官兵焦头烂额。

还是在这一年，朝廷重臣杨素之子杨玄感起兵造反。

显然，杨广在这个时候下令度僧，是希望做些功德，增加福报，从而能够顺利剿灭那些胆敢反对他的人。

还真是“临时抱佛脚”啊！

真正的佛门弟子都明白“人须自救而后天救之”的道理，所谓“各人吃饭各人饱，各人生死各人了”，每个人都注定要为自己的行为付出代价。度僧做功德当然会有福报，却不能因此抵消罪业，这是真正的因果定律。

不过在陈祎看来，他想要剃度出家，成为一名真正的僧人，这确实是个难得的机会。

然而陈祎没有料到的是，前来求度的人竟有那么多！短短数日之内，洛阳城附近就有数百人前来应试，还有人从更远的地方风尘仆仆地赶到东都。

想想也是，朝廷的苛捐杂税和永远服不完的兵役徭役，早已令百姓不堪重负。国家的血都快要被抽干了，杨广却还在增调天下军队，准备二征高丽，并表示，这一次，就算是“拔海填山”也在所不惜！

造反吗？不是所有人都愿意把脑袋系在腰带上去当“反贼”的。

于是，佛门成了避难所，由于僧人可以不服兵役不纳税，对于喜爱佛法的年轻人来说，遁入空门便成了一个很实际的选择。

又过了几日，报名的人数还在激增，从数百里外赶来的求度者络绎不绝。官府贴出告示，需年满弱冠者方可报名参试。

“为什么一定要年满弱冠呢？”陈祎不解地问道。

“因为求度的人实在太多了，所以才有了这个限制。”长捷法师向他解释道。

看到陈祎失落的眼神，长捷安慰他道：“景法师曾向郑卿提起过你，希望能够让你参试。可惜，郑卿没有同意。”

嘴上说着“可惜”，心底却升起一种如释重负的感觉。

他虽是陈祎的亲哥哥，到底也是佛门弟子，如果陈祎真的决定剃度，又或者景法师等人希望陈祎剃度出家，他又怎能横加阻止，硬去断了兄弟的慧命呢？

现在，官府的这道限令给他解了围，陈祎还要九年才到弱冠之年，这是一个漫长的时间，很多东西都会改变，包括世情和人心。说不定到那个时候，祎儿已经决定去求取功名了呢。

一念及此，长捷不禁为自己这个不切实际的想法摇了摇头，他知道陈祎走上功名之路的可能性微乎其微，但至少短时间内不用再为他是否出家的事情操心了。

主持这次度僧选拔的，是大理寺卿郑善果。陈祎曾听寺僧们说起过他。此人也是个佛门居士，向以居官检约、莅政严明而著称。朝廷考察官员的时候，他和甘肃武威太守曾并列被评为天下第一。

想来，这是个铁面无私的人物，难怪会断然拒绝景法师的请求。

“毕竟只有十四个人可以得度，就算没有这个限制，你年纪幼小只怕也难以通过。”景法师这样对祎儿说。

随后又安慰他道：“陈祎，你与佛有缘，日后自有机会得度。”

“日后就是有机会也不度！”偏殿之中，听经的孩子们也在讨论着这件事，小姑娘林若锦挥动着小胳膊，坚决地说道，“陈祎哥哥，这件事你一定要听我的，千万别去当和尚！”

“你瞎操什么心哪！”丹参坐在一旁取笑道，“现在想当和尚的有多少你知道吗？他就是想当，也得能当得上啊。”

“我娘说了，要是我年纪再大些，学问再好些，也让我出家去。”旁边一个孩子突然插言道，“这样以后就不用被征到辽东去打仗了。听说，凡是被征过去的，没有一个活着回来的！真可惜，我现在出不了家，也不知再过几年，朝廷还度不度僧了。”

说到这里，他遗憾地摇了摇头。

“就是能度也不度！”锦儿觉得这些男孩子们简直不可理喻，“你们也不想想，好好的头发，剃光了多难看啊！真是一群小傻瓜！”

丹参哈哈大笑：“你们看到了吧？果然是小女子，只关心好看不好看。”

“难道你很喜欢难看吗？”锦儿瞪眼道，“明天我先把你的头发剃光了再说！”

丹参吓了一跳，吐吐舌头，不敢再与她争执了。

陈祎一直没有作声，只是静静地看着大理寺的方向，他的梦想第一次离他这么近，可是却又是那么遥不可及。

一个少年如此虔诚的向佛之心，难道佛陀也要拒绝吗？

陈祎不知道，此时在大理寺，郑善果居士比他还要郁闷。

---

[1]《百喻经·愚人食盐喻》原文：昔有愚人，至于他家，主人与食，嫌淡无味。主人闻已，更为益盐。既得盐美，便自念言：“所以美者，缘有盐故。少有尚尔，况复多也。”愚人无智，便空食盐。盐已口爽，反为其患。

[2]古代中国人尚简，有时称呼高僧大德就是一个字，比如慧景法师简称“景法师”，后面的“严法师”“空法师”“奘法师”皆是如此。

[3]此段参考太虚大师的《维摩诘经别记》。

[4]在佛教典籍中，佛陀亲口所讲的义理法门统称为“经”，给经做注释的被称为“论”，给论做注释的被称为“疏”。

[5]《百喻经·渴见水喻》原文：过去有人痴无智慧。极渴须水。见热时焰，谓为是水。即便逐走至辛头河。既至河所，对视不饮。傍人语言：汝患渴逐水，今至水所，何故不饮。愚人答言：君可饮尽，我当饮之。此水极多，俱不可尽，是故不饮。尔时众人闻其此语，皆大嗤笑。譬如外道僻取其理，以己不能具持佛戒，遂便不受，致使将来无得道分，流转生死。若彼愚人见水不饮，为时所笑。亦复如是。

[6]《大慈恩寺三藏法师传》中说：“有敕于洛阳度二七僧”。有人把这个“二七僧”理解为二十七名僧人。这似乎不妥。佛教中喜欢用七的倍数来表示数字，“二七僧”应该指的是十四位僧人。如果要度二十七位僧人，依古人的表达习惯会说成“廿七僧”。

第04章

意欲远绍如来，近光遗法

作为一名佛门居士，郑善果已经不是第一次主持朝廷的度僧考试了，可是，在测试之前被人找上门来惹事，却还是头一遭。

前天，他正和几位同僚整理报名人员的名单，忽听得门外吵吵嚷嚷，也不知发生了何事，便叫人出去看看。

去的人很快回报说："官衙外来了一大帮人，将几个前来报名求度之人围起来羞辱，说他们意欲出家是不忠不孝，且礼拜外国神祇，与禽兽无异。"

听了这个回报，郑善果不禁皱紧了眉头。怎么朝廷度僧也有人敢来闹事？莫不是那些求度之人未跟家人说明白，以至于家里人找上门来？又或者他们有债务在身，债主前来追索？

佛门度僧一向慎重，父母无人赡养者，以及债务未清者一律不得出家。这件事儿可不能大意。

想到这里，郑善果立刻忙带了几个幕僚出门去看，果然看到一群人在门前吵闹，言语间嚣张跋扈，不仅对佛不敬，还颇带几分机锋，看来也是读过书的人。

这也不像是求度者的家人啊，郑善果捋着胡子思忖着。

这时，又有人过来禀报说："郑卿，方才属下们查了一下，来的都是些道教信徒和反对佛教的儒生，趁度僧之际联合起来到大理寺门前挑战。"

郑善果沉吟不语。

像他这样的年纪，又经常主持度僧之事，对于此类事情自然不会觉得稀奇。

佛教传入中原后，便与本土的儒、道二教产生了许多矛盾。隋初文帝崇佛，僧人数量大增，仅京师一地，就有寺院三四十座。僧徒一多，流品渐杂，一时泥沙俱下。沙门之中已是泾渭浑波，狼藉秽杂。时人指斥，称此情状已成国之大患。

杨广即位后，穷兵黩武，大兴土木，为保证兵役和徭役，对度僧采取了限制的措施。不仅度僧要经过朝廷组织的统一考试，就是以前出家的，也要重新检试，不合格者一律被勒令还俗。

这项措施一经实施，出家人的数量大大减少，进入佛门的门槛也被人为地提升了许多。

然而矛盾却丝毫没有减弱，特别是如今朝廷失德，政治腐败，灾害频频，百姓衣食不全，三餐不继，朝不保夕。于是有人趁机说，这都是因为佛门占有了大量财产。朝廷也乐得将民众的不满情绪转嫁给佛门，以分担朝廷所受到的重压。

心怀不满情绪的不仅是儒、道二教和其他民间信仰，还有许多普通百姓，甚至包括那些积极报名参加度僧考试却最终没有通过的人。想到自己指不定哪天就要被征往辽东送死，而邻居家那位通过了度僧考试却可以避免这个厄运，安安稳稳地做和尚，怎不令人格外恼恨？

天下不宁，人心浮乱，以儒、道二教为首的人对佛教不满，趁度僧之际前来挑战，倒也在情理之中。郑善果心中虽略觉不快，却也不甚在乎。

真正令他不满的是，那些欲来求度之人，在众多反对者的聒噪声中，居然全都唯唯诺诺，竟无一人在词锋上可与之相抗辩。

不错，佛门讲究不争，但佛门也讲词锋。要光大法门，普度众生，对佛法的宣扬必不可少。面对挑战针锋相对，正是宣扬佛法的绝好机会！

可眼前这些人的表现，着实令人失望。

看来，须得找个法师来跟他们理论理论了。郑善果心中暗自想道。

他走上前去，喝住众人道："诸公都是读书之人，在此大吵大嚷，不觉得有辱斯文吗？若有什么不满之处，且请稍待数日，待度僧结束，由下官出面，约上几位法师，来与诸公对论如何？"

郑善果毕竟是朝廷的重要官员，言谈举止，自有一股威仪。众人见他出面，果然不敢再说，便相约七日后前来应战，地点就定在距此不远的净土寺。

直到考试那天早上，坐在官轿里的郑善果还在心里暗暗合计着，东都有四大道场，学问僧应该不少，找哪位大德与那些人辩论呢？

而与此同时，在净土寺通往大理寺官衙的小路上，一个身穿粗布行者装的少年也在匆匆地走着。

知道自己因年纪小而不能参加度僧考试，他的心中固然有些郁结，却也没有怨天尤人，他决心用自己的方式去为自己争取机会。

04

意欲远绍如来，近光遗法

一大早，他便来到官衙门前静候。

他知道，今日大理寺卿郑善果主持度僧测试，这里是必经之处。

他没别的奢望，只希望能跟这位同样是佛门弟子的官员见上一面，让他知道自己的一颗向佛之心。

官轿在衙门前停了下来。

郑善果迈步出轿，在众随从的簇拥下匆匆朝大门的方向走去。

远远地看到门内有些人影晃动，知是前来应试者，郑善果不由得眉头紧锁，又想起那件不开心的事来。

“唉，这些人中，不知将来能否出现一两位大德高僧，光大佛门啊！”他对身边的幕僚感慨地说了一句。

这时他看到了那个站在门旁的少年，起初他并没有在意，可那少年单薄的身躯里仿佛蕴含着某种力量，让他走过时又忍不住朝那边望了一眼。

“这孩子气度不俗啊……”他边走边想。

从一个人的外形谈吐、举止气度上来鉴别其资质、品性和前途，是自魏晋以来就在士大夫中流行的一种品人方法。郑善果深谙此道，且一向以此自负。

他第三次望向那个少年，恰与对方的目光相遇，一双清澈灵动的眼睛瞬间击中了他！仿佛被一种说不清道不明的东西触动了心灵，他不由自主地停住了脚步。

少年被带了过来，郑善果温和地问道：“你是谁家之子？”

少年合十行礼道：“弟子陈祎，乃颍川陈氏之后，现为净土寺行者。”

陈祎？这名字很耳熟啊！

郑善果略一思索便记起来了，前些日子，净土寺的慧景法师曾向他推荐一个叫陈祎的行者，希望能让这个年仅十一岁的孩子参加考试，被他一口回绝。

“居士三思，这孩子当真与佛有缘，若能得度，日后定可光大法门啊！”他还记得景法师当时说过这么一句话，语气显得极为恳切。

但他依旧不为所动，报名求度的人如此之多，若开了这个口子，只怕难以收住。

另外，他也不太相信景法师所言。虽说出家人不打妄语，但师父对徒弟，总难免会生出些偏爱之心，这偏爱会遮住一个智者的眼睛，使之从内心深处就觉得自己的徒儿与众不同。

不过如今他有点信了，眼前的少年儒雅清俊，周身仿佛笼罩着一层光华，竟令他不由自主地生出几分敬意来。

“你到这里，是来求度的？”郑善果问。

“正是。”少年答道，“只是弟子习近业微，不蒙比预。”

说到这里，原本稚气的眉眼间不禁流露出几分淡淡的萧索之色。

果然是世家子弟，身上有那么浓重的书卷气！郑善果欣赏之余又觉得有些困惑，这孩子小小年纪，为何如此期望遁入空门？

他忍不住问出第三个问题：“童子出家，意欲何为？”

本以为对方定会向他哭诉，比如家道中落、父母双亡、无依无靠之类的，很多求度者都是这样，这些年来，在主持度僧的过程中，他听到了太多悲惨的故事，以至于真假难辨。

眼前这个少年一定也有一段辛酸的往事吧？

他在等待，等待听一个催人泪下的故事，他想要了解这个少年。

谁知那少年双手合十，目光沉静地回答道：“意欲远绍如来，近光遗法。”

郑善果心头剧震！他突然意识到先前是被什么东西触动了，那便是风骨，以及神性与人性的交融。不充弱小，不装可怜，不寻求安慰和保护，而是以不容置疑的口吻说，我出家，就是为了将释尊的佛法继承下来，发扬光大。我能够“远绍如来，近光遗法”！

如此简短有力的回答，展示出的却是惊人的志向和风骨，明净洒脱，令人震撼。

像郑善果这种年纪的官员，平日里也曾接触过一些有奇才壮志的少年人，但他们多是以世间功利为目标，似这般以积极的心态矢志于出世修道，追求人生真谛的还是头一回见到。俗众的时代已经到来，像这样纯粹的个人信仰已如珍宝般稀少。

面对少年清澈透亮的眼神，郑善果心头一动，一个绝妙的主意冒了出来。

“你，随我来。”他简单地朝里一挥手。

陈祎终于获得了参加考试的资格，凭借着出色扎实的经学底子，他竟在数百名求度者中脱颖而出，成为被录取的十四人之一。

事后，郑善果这样向同僚们解释：“诵业易成，风骨难得。此子一旦得度，日后必将成为释门伟器。只可惜我等老朽，怕是看不到这一天了。”

言下之意，颇为遗憾。

对于这样的结果，长捷法师是有心理准备的，自打四弟跟他进了净土寺，他就对自己和父亲的判断产生了怀疑。

不错，陈祎是个敏感多情的孩子，但是，佛家智慧也开始在他的身上显现出来。如今，这孩子依靠自己的努力，终于踏入佛门，作为兄长，又有什么理由阻止他走向佛陀呢？

而更为重要的是，他现在已经对父亲所说的“求取功名”一事不抱任何希望了，且不说陈祎对那所谓的“功名”没有半点热情，单说这风雨飘摇的朝廷，有了功名又能怎样？

大业八年，年仅十一岁的陈祎在净土寺正式受沙弥戒，取法名玄奘。[1]

那个叫陈祎的小男孩从此在这个世界上消失了。

七日后，先前出现在大理寺官衙前的儒生、道士们如约来到净土寺挑战。

一大群看热闹的蜂拥而至，有居士，也有普通百姓，将宽敞的大殿围得水泄不通，嗡嗡的议论声不绝于耳。

客人们在大殿正中坐定，一名年老的道士清了清嗓子，开口道：“郑卿，我等今已如约前来，请问，是哪位法师出面与我等辩论？”

“法师就不必了吧。”郑善果半眯着眼睛微笑道。

在众人困惑的目光中，他用手指了指佛前端坐蒲团上的小沙弥，介绍道：“这位小师父法号玄奘，是此次刚刚得度的沙弥。今日便由他来向诸公请教，如何？”

众人先是一愣，随即便大笑起来——

“佛门难道就靠一个黄口小儿来撑门面吗？”

“今日当真是开了眼了！”

“这小儿只怕还在吃奶吧？”

……

其实，打从一进殿门，他们就注意到了这个与众不同的小沙弥——他身着一袭橘红色僧衣，双手结着法印，端端正正地坐在佛前。供桌上的长明灯闪动着，把一张精致的小脸映得如玉般明润，偏偏又流露出一种与年龄极不相称的庄严神色。

他就这样静静地坐着，对于殿门内外的嘈杂声和轰然而至的挑战者置若罔闻，恍如整个世界都不存在一般。

这小沙弥是谁？前来挑战的众人相互交换着眼色，各自在心里猜测着。

不过，他们毕竟是来辩论的，绝不至于被一个小孩子给弄分了心，是以没有多问。万万没有想到这个稚龄孩童竟会是辩论的对手！

不光前来挑战的儒生、道士们七嘴八舌、肆意哄笑，就连那些拥挤在殿门外看热闹的远近各坊香客及闲散之人，也都惊异异常，议论纷纷。一时间，大殿内外便如市场一般，喧嚣热闹。

“阿弥陀佛！”一句清亮的佛号声恰于此时响了起来，虽显稚嫩，却极庄重，竟将一屋子的嗡嗡声都压了下去，“诸位檀越今日到此，要说的就是这些吗？”

全场立刻鸦雀无声，所有人都将目光投向那个端坐于佛前的小沙弥身上。

"如果只是这些，还请诸公免开尊口，以免污了圣人之名。"

这番话的效果当真是立竿见影，所有的人都被震慑住了，他们没有想到，这个看似只有十一二岁的小沙弥，竟是如此沉静淡然，令人惊叹。

人们不再哄笑，几位年长者甚至面露惭愧之色。

这时，小沙弥已站起身来，双手合十，缓缓地环顾四周，那清澈的目光仿佛带着一股微压，所到之处，一片寂静。

"小僧法号玄奘。"他再度开口，声音稚气柔软，"诸位檀越今日到此，便是与佛有缘。现在，就由小僧来为诸位宣讲佛法正道。"

言罢合十行礼，又缓缓坐了下去。

现场一片寂静，前来挑战的人们相互交换了一个纳罕的眼神后，也都跟着坐了下来。

"《法华经》云：诸佛世尊欲令众生开佛知见、使得清净故，出现于世。欲示众生、佛之知见故，出现于世。欲令众生悟佛知见故，出现于世。欲令众生入佛知见道故，出现于世。舍利弗，是为诸佛以一大事因缘故、出现于世。

"诸公一定想知道，佛法讲的是什么，要我们相信什么。说到底，佛法让我们相信的是诸佛的智慧……"

佛前的小沙弥侃侃而谈，声音清晰，挥洒自如。他的目光中没有因众人的故意为难而怨恨，语气里也没有对挑战者的鄙夷之处，一举一动磊落大方，仿佛修持多年的高僧大德一般。莫说是那些前来挑战的人，便是郑善果大人居士和净土寺众僧，也都不禁暗暗惊叹。

站在殿门外看热闹的人已悄声打听了起来——

"这小师父是哪来的？"

"没听刚才郑居士说吗？是刚刚得度的，法号玄奘。"

"郑卿好眼力，这小师父风骨不凡，有龙象之态啊。"

……

殿外旁听的居士们啧啧称叹，而殿内挑战之人，也是张口结舌，心中迷闷若失，并为自己方才表现出的失态狂傲而深自惭愧。

待玄奘讲完，四座竟是一片寂静。

沉默良久，领头的年长道士才勉强开口道："小师父申述经文，畅舒义理，确是令人不胜钦敬之至。"

玄奘礼貌地合掌致谢。

"然《孝经》中云，身体发肤，受之父母，不敢毁伤。沙门削发出家，岂不是有违孝道吗？”

这便是开始问难了，玄奘答道：“沙门削发出家，正是以清净朴素之身，弘扬无上大道，这叫作立身行道。先生虽不削发，不也是出家之人吗？”[2]

一儒生开口道：“圣人云，‘不知生，焉知死？’如果忘却活着的意义，在短暂的人生中苦苦思索那些虚无缥缈的东西，追求只有到了黄泉之下才可能得到的冥冥之福，这又怎么能说是对自然之道的真正体现呢？何况你们佛家喜欢讲苦，认为人生都是苦的，岂不是让人觉得很没意思？”

这番言语虽不甚客气，却是正规问难时的语气。显然，他们已经把这个小沙弥当作正式论战的对手，而不是不懂事的小孩子了。

玄奘正容答道：“人之一生，各有追求，有的人喜欢荣华富贵，但是，财富虽多，聚而必散，便如电光火闪，一耀即逝，到头来终是一个空字。世人迷惑其中，不能自拔，实为可悯。《老子》有云：‘上士闻道，勤而行之；中士闻道，若存若亡；下士闻道，大笑之。’对于那些真正迷途难返的‘下士’，又有什么好说的呢？”

听到这里，殿外旁听的居士们都不禁笑了起来。

“说到苦，佛陀最根本的教化确实是‘苦、集、灭、道’，然而讲的是苦，目标却是教我们如何离苦。佛法虽以人生的苦难出发，却不是为了让我们痛苦。相反，是为了引我们走向平安、坦然、喜乐……若非如此，佛陀也不必一再地向我们宣讲‘极乐世界’了。”

“你这小沙弥说得倒好听。”另一儒生不耐烦地冷哼一声，“可问题是你们这佛菩萨根本就不灵！去年科举之前，我拜了很长时间的佛，结果还是没有考中。小师父你倒是说说看，这佛菩萨拜来又有何用？”

底下又是一片嗡嗡之声，此人问得虽然粗俗，却引起很多人的兴趣，要知道民间信仰，向来都是最注重灵验的。

玄奘看着这个儒生，脸上露出不解的神色：“原来先生以为，学佛之人都是在同佛陀做交易，想得到什么就可以得到什么。把不属于你的东西拿给你，佛菩萨岂不是跟强盗一样了？”

这一次不光是居士，就连那些临时凑过来看热闹的，也都哄笑起来，还有人当场大声叫好。

却听玄奘接着说道：“再说塞翁失马，焉知非福？檀越又怎知你没有考取，没有做官，不是佛菩萨对你的格外关照呢？”

说到这里，玄奘不可遏制地想起了父亲——如果父亲当初不做官，命运当会完全不同吧？人生的际遇谁又能提前得知呢？

众人见这孩子忽然间神色黯然，刚刚还侃侃而言的自信被眉眼间的一抹萧疏所替代，这份落寞的神情出现在一个冲龄少年的身上，竟使其有了几分飘然出尘的风流。

再看前来挑战的人，个个神色尴尬。他们此次前来，原本准备充分，还有一些为难的话要说，但不知为何，在这个年幼的沙弥面前，却都只是张了张口，竟然说不出来。知道己方气势已失，若再强行辩论已毫无意趣，索性一起离座，拜伏在地，道："想不到净土寺还有如此人才，我等认输。"

两个月后，嵩山少林寺来了个僧人，奉师命邀请慧景法师前往少林寺讲经说法。

高僧在各个寺院轮番讲经，这在佛门是常有的事，景法师自是一口答应。

前来邀约的僧人又说道："弟子来时，方丈还有交代，听说景法师新近收了一位得意弟子，甫一出家，便声名鹊起。方丈叫弟子顺便问一下，可否让那位师兄也随法师同去呢？"

做师父的都喜欢听别人称赞自己的徒弟，身为高僧的慧景自然也不例外，谦逊几句后，便很高兴地答应下来。

从洛阳到嵩山的这条官道，玄奘已是第二次走了，记得当初长捷兄长带他到洛阳净土寺，走的就是这条道。时光如梭，一晃已经三年过去了。

玄奘的家原本就在嵩岳大道的边上，这里也是连接两京的必经之路。幼年时期的他，曾无数次地看到一些过往僧人从家门前经过，口中呢喃着梵语，诵祷而来又布道而去……

如今，他自己也成了走在这条道上的僧人中的一员，人生的际遇真是奇妙……

知客师父领着师徒二人穿过宽敞的院落，玄奘一路走，一路好奇地看着数百名身着短褐的武僧们挥舞着长棍在院中练武，喊声震天。

"贵寺年轻僧徒众多，很是兴旺啊。"景法师不禁赞叹道。

"这都是佛陀的庇护。"知客师父谦逊地回答。

玄奘的兴趣始终在经书上，刚一安顿下来便直奔藏经楼。

在他看来，作为洛阳四大道场之一的净土寺，经书已经很多，这座山间佛寺无论如何也比不了的，但既然来了，看看总是好的。

一进楼，他才意识到自己错了。这里的藏经量比净土寺足足多出数倍！其中有很多是他以前从未见过的，那些层层叠叠的典籍着实将他吓了一跳！

"真想不到，少林寺居然有如此多的藏书！"玄奘深吸一口气，感叹道。

"当年魏太武帝、周武帝两次灭佛，致使大量经藏被焚毁。少林寺因有武僧护卫，算是受害最轻的了。"看守经藏的海忏师父热情地向他介绍，"当时，其他寺院的僧人为使经藏不致流失毁灭，也将一些重要典籍秘密运到少林保存起来。因此，这里的很多经书都是孤本。”

玄奘赞叹不已：“我原以为少林功夫只是强身健体，不想竟有护法之用，真是太了不起了！”

走了几步，他又想起一事：“弟子听说，少林寺有个甘露台，后魏三藏菩提流支大师曾在那里译经？”

“小师兄说得没错。”海忏师父道，“不过，在甘露台译经的并不止菩提流支大师一人，还有比他更早的勒那摩提大师以及后来的佛陀善导大师，他们都来自佛国天竺。另外，西台还是跋陀禅师宴坐之所。不客气地说，我们少林甘露台可算是中原地区修习禅观及译经的宝地了。”

“阿弥陀佛。”玄奘不禁悠然神往，“如此殊胜之地，不知弟子可有福分去瞻礼吗？”

“去是没有问题的。只是……”海忏师父的目光黯淡了下去。

“有什么不妥吗？”玄奘问。

“小师兄有所不知。”海忏解释道，“年前山上来了个疯子，说是个占星家，成天待在甘露台上喝酒睡觉，观星唱曲，弟子们好言劝他换个地方，他不仅不听，嘴里还不干不净的。此人看上去手无缚鸡之力，也不好对他用强。方丈说，我佛慈悲，就由他去吧。”[3]

玄奘不禁哑然失笑，少林寺有如此多的武僧，竟拿一个疯子毫无办法，想想倒也可敬！

“弟子想上山瞻礼先贤译经之所，顺便看看那个让诸位大师头痛的怪人到底是谁，说不定弟子与他宿世有缘，能劝得动他呢。”

海忏法师摇头道：“还是别去招惹那个疯子的好，这几日尊师在本寺讲经，寺中僧徒都去听讲。小师兄年纪小，身子又单薄，独自前去，倘若不小心吃了亏，少林寺也脱不了干系。你若真想四处走走，倒不妨去达摩洞看看，那里是达摩祖师当年修行面壁之所，也是很殊胜的地方。”

听到达摩祖师的名字，玄奘忍不住想起关于禅宗起源的那段公案：“当年佛祖在西天灵鹫山说法，天雨曼陀罗华，佛陀拈花示众，摩诃迦叶尊者会心一笑。以心传心，因而得传佛陀真义。”

“原来小师兄也知道这个典故啊。”海忏法师高兴地说道，“灵鹫山大法会后，迦叶尊者接过佛陀殊妙法门，依次相传，灯灯相续，传到菩提达摩祖师，已是第二十八代。”

“可是弟子不明白，既是禅宗法脉，因何缘由到得中土？又为何要在岩洞中修行？”

海忏法师轻叹一声："此事说来话长，小师兄你得坐下来，容我慢慢讲给你听。"

这是一个颇长的故事，幸运的是，海忏法师很善于讲故事……

菩提达摩是南天竺香至王国的僧人，年轻时拜入高僧般若多罗门下，学习佛法。般若多罗临寂灭时，嘱咐他将来到中土震旦传法。

"那里有高明之士，可以堪当法器吗？"达摩问。

"那里能够获得菩提觉悟的人，不可胜数。"般若多罗对弟子说，"你到那里后，不要在南方停留，那里的人好功德，纵然他们接受你，也不宜久留。"

"那么我应该到哪里去弘法呢？"达摩问。

"去北方，有两棵桂树的地方，便是你的弘法之地。"

般若多罗圆寂后，达摩在南天竺又行化几十年，但他始终记得师父要他东去弘法之事。终于有一天，他找到了一支海上商队，搭船沿海路出南天竺，到达广州，登岸后一路行脚到江南。

当时的江南，正处于梁武帝萧衍统治时期。萧衍对佛教虔诚笃信，如痴如迷，他不仅大兴塔寺，精研教理，还亲自前往同泰寺讲经说法，更有甚者三次舍身入寺，每次都是大臣们出重金为他赎身才肯回宫。

历史上好佛并精通教义的皇帝并不罕见，但像萧衍这样极端的却着实少有。

达摩自然也听说了这个以护法自居的大梁皇帝，并接到梁武帝的盛情邀请，他满怀希望，来到了繁华富丽的金陵。

梁武帝设大礼迎接远道而来的天竺高僧，一见面便诉说了自己在弘扬佛法方面的功绩，得意地问道："朕即位以来，造寺写经，度化僧众，不可胜数。有何功德？"

达摩想，这还真应了般若多罗那句"那里的人好功德"的话了！显然，梁武帝满腔热情，就等着这位来自西天佛国的和尚给他一个功德衔儿。

然而出身王族的达摩却不懂得投君所好，他冷冷地回答："并无功德。"

这句话对萧衍不啻当头一棒！沉默良久，方才沉声问道："怎会没有功德？"

达摩答道："陛下所修，不过是些人天小果，有漏之因。就像随身而动的影子一般虚幻不实，哪里谈得上什么功德！"

"那么，什么才是真功德？"武帝追问。

"不染烦恼，圆融妙净，身心中一切念头空空寂寂，这样的功德，是不能仅靠在世俗间做些善事就能求得到的。"

看到达摩所说，与自己想的越来越远，武帝干脆岔开了话头："什么是佛家第一义谛？"

达摩道：“空空荡荡，本来就没有第一圣谛！”

“无圣无谛，那么对着朕说话的是谁？”

问这话时，萧衍的心头已是强压火气。他想，你把我全否定了，却又说什么“无圣”，那么你又是谁呢？你否定我，难道不是为了证明自己更高妙吗？

不想达摩的回答更是匪夷所思：“不认识。”

到了这一步，谈话显然无法再进行下去，萧衍一气之下将达摩赶出了金陵。

“说起来也是这梁武帝没福啊。”海忏法师叹道，“学佛拜佛那般虔敬，真正的大菩萨来了，他却偏偏视而不见。”

玄奘摇头道：“弟子以为，这不关福报的事，是那个皇帝没有慧根，他太执著于功德相了。佛法的真谛本是心无挂碍，而执著却是完全的背离。”

“小师兄所言甚是，”海忏赞许地说道，“说起虔敬事佛，只怕这世间再没有谁能比得上梁武帝了。只可惜慧根这东西，说起来似乎挺虚的，没有还真是不行！”

这是自然的，玄奘想，那是佛教最核心的东西，绝不是用精美华丽的表面形式就可以修饰和替代的。

达摩祖师没有在这位痴迷佛教的皇帝身上看到慧根，他在繁华富丽的装饰下，只看到了一些很空虚的东西。这些东西便如闪电，亮时，或许能一时耀人眼目；灭时，便立即归于黑暗。

由于得罪了皇帝，达摩祖师要渡长江，连船只都没有，但他浑不在意，只将手中竹杖往脚下一放，就忽忽地漂过江面，到对岸去了……

“他去了少林寺？”玄奘问。

“不错！”海忏法师道，“后面的故事还长着呢，小师兄且听我慢慢讲来。”

那一天，少林寺内钟鼓齐鸣，香烟缭绕，近千名寺僧齐聚山门外，躬身迎接远道而来的梵僧。

达摩祖师被迎进大雄宝殿，礼佛完毕，只见大殿外，里三层外三层全都站满了人，钟磬法器，响彻云霄。

这么大的场面，以前可从未见过，由此可见中原人的福报及慧根，达摩心中自是欢喜万分。

而更让他高兴的，是少林寺山门前的那两棵桂树，令他一下子想起师父临终前要他东去传法的话来。

然而，当达摩祖师被安排宣讲大乘精要时，却遭到强烈的反弹。

几天的讲解，四众弟子中除极少数外，多数都合十离开，法会变得冷冷清清。

达摩知道少林寺也不可久留，但他没有离开少室山，因为他还记得师尊的预言，少林前门的两株嫩桂，不正代表着他的法脉要在这里落根吗？他怎可因一时受挫，就远走高飞了呢？

“所以，他就到山岩洞中落脚？”玄奘问道。

“不错。”海忏法师道，“祖师很会挑地方，那个洞形状奇特，洞内很浅，四周岩壁密不透风，既安全又隐秘，真是一个天然宝洞！这么好的闭关之地，真不知以前为何从没有被人发现过！”

“这就是缘。”玄奘道，“达摩祖师与此洞有缘。”

他的思绪一下子飞出很远，仿佛看到祖师在山间采集松枝茅草、葛藤根草，做成一只扫帚，一番清扫之后，祖师便在石壁之下跏趺而坐，一面修习壁观，一面等待有缘人来，续传法嗣……

这一坐就是九年，直到那个叫神光的修行人来到这里。

---

[1]关于玄奘的出生时间和出家年龄、西行首途年龄以及去世年龄一直存在争议，唯一没有争议的是他圆寂于公元664年二月初五夜半。但是他去世时的年龄却有四五种说法。

本书采用的是冥详的《大唐故三藏玄奘法师行状》中所说的63岁，即玄奘生于隋仁寿二年（公元602年），原因一是几乎所有传记都提到了玄奘于武德五年（622年）年满二十岁，在成都受具足戒；二是《慈恩传》中明确地说玄奘于贞观元年秋八月出发时二十六岁。

另外就是玄奘出家时的年龄，一般的说法是玄奘正式剃度于大业八年（公元612年），即虚岁十一岁。有人说《慈恩传》中说的是十三岁，我仔细看了《慈恩传》，没发现这种说法，《慈恩传》中只是说，玄奘开始登坛复讲《摄大乘论》的时候，“时年十三也”，并没有说他十三岁出家。

所以本书设定的时间为：玄奘生于公元602年，11岁出家（612年），21岁受具（622年），26岁西行（627年），44岁回到长安（645年），63岁圆寂（664年）。以上年龄均为虚岁。

[2]此段对答出自庐山慧远的传记——桓玄问：“不敢毁伤，何以剪削?”慧远答：“立身行道。”

[3]占星家，古代术士的一种，通过观测天体、日月星辰的位置及变化，对此做出解释，从而对世间各种事物做出预测的一种职业。世界上各个文化中都有着各自不同的占星体系和理论。中国古代因天人感应思想的影响，一直对天文占星非常重视，同时，占星家也是古代天文学家。直到明朝皇帝朱元璋下令禁止民间学习，这门学问才在中国出现了断层，无法继续发展。

第05章

三千大千世界

天还未亮，玄奘便已穿行在嵩山朝雾弥漫的丛林里，沿着满是落叶的石阶，朝山后的达摩洞走去。

正是寒露遍地的深秋，林中松风飘飘如韵，石下清泉潺潺有声，山间浮云绕青峰之顶，峰顶明月照嫩桂之容。

玄奘一路走，一路为嵩山的美景赞叹不已，很快他就看到了那个神奇的洞穴。

那是一个天然石洞，位于寺院后山一座形如火龙的石岩下，洞口两旁被丛生的树木半掩，使之仿如神仙洞府，大有出尘之气。

他来到祖师做壁观的三面洞壁前，望着地上那只破旧的草蒲团，以及深陷壁中的身影，伫立良久，默然无语。

一缕阳光透过灌木，将点点光影洒在少年的脸上，为他罩上了一圈明亮的轮廓。

他仿佛看到，祖师的头发和胡须遮盖住了面庞，影子印入石壁，鸟儿衔来枝叶，在他头上做巢育雏，他却浑然不觉……

九年后的一天，一个名叫神光的僧人，带着一颗不安的心来到达摩洞前，请求拜师。

达摩依然端坐洞中，并不理会。于是，年轻的求道者就在洞外彻夜站立。

那段日子，鹅毛大雪铺天盖地，将整个嵩山变成了一座银色的山，神光伫立雪中，一动不动……

一夜过后，雪已没膝。达摩看着这个几乎被冻僵的雪人，终于开口道：“你久立雪中，所为何事？”

神光双手合十，虔诚地答道：“弟子为求法而来，恳请师父慈悲，开甘露门，广度众生！”

达摩微微一哂：“古人求道，敲骨取髓、刺血济饥。更有佛陀布发掩泥、投崖饲虎。所谓难行能行，非忍而忍。”

说到这里，祖师带着几分嘲弄的目光看着这个年轻的求道者：“你又是谁？诸佛无上的妙法，岂是你这等小德小智、轻心慢心、三言两语就能得到的？”

听了这番话，神光什么也不说，只是取出随身护刀，轻轻一挥，便将自己的左臂斩下！[1]

鲜红的血，溅洒在白色的雪地上，映着求道者坚忍的目光。

神光的举动显然出乎达摩的意料，他略显讶异地看着这个年轻人，来中原已经很久了，第一次见到如此执著求道的僧人。他明白，他遇到了真正的法器。

“诸佛最初求道，为法而忘形。你今断臂求法，也可算作真心。我便为你易名为慧可。”祖师说。

虽然从“慧可”这个名字中，隐隐透出几分无奈，但神光知道，达摩收他做弟子了。

年轻人的脸上瞬间流出喜悦的泪水，他问师尊：“诸佛的法印，我也可以听闻得到吗？”

“诸佛的法印，不是别人能够给你的。”达摩答道。

慧可闻言一怔，当即请求：“我心未安，乞师为我安心。”

“好，你将心拿来，我替你安！”祖师很干脆地说道。

慧可再次怔住，思忖良久，方才沮丧地说道：“我找不到我的心。”

达摩祖师立即回应他道：“我已经为你把心安好了。”

慧可当下大悟。至此，他才终于找到了自己！

玄奘走过去，像达摩一样跏趺而坐，双目微闭，静静地感受着祖师修行的不可思议……

一转眼，玄奘已在少林寺住了一个多月，他心中还惦记着古德译经的甘露台，终于在一日早课后，向景法师提出要去瞻礼。法师知他素有慧根，只叮嘱了几句就让他去了。

甘露台上果然有一个人，三十出头，浑身上下脏兮兮的，跷着腿，半卧半坐在台子上，正怡然自得地饮酒。

这就是那个让全寺僧众都无可奈何的怪人了吧？玄奘不禁微微一笑，加快了步伐。

现在他已经知道，此人名叫何弘达，来少林寺上香的居士们没有不知道他的。[2]

译经台，自然与译经有关，那些来自遥远他方的译经高僧，为这座平凡的土台注入了神奇的力量，令人一见之下，顿生崇敬之意。

玄奘便是如此，他也不去理会那个半卧在台上浅斟独酌自得其乐的怪人，走上前去双手合十，对着心中的圣地瞻礼膜拜。

何弘达的一只脚跷起老高，斜眼瞅了瞅这个年少的沙弥。

“好秀气的小和尚！新来的？”

“小僧玄奘，乃是来少林寺挂单的沙弥。”

“玄奘？”听到这个名字，何弘达竟不由自主地放下脚，坐正了身子，“山人听说，前些日子洛阳出了件稀罕事儿，一个刚剃度没几天的小和尚，只三言两语，就把一帮子闲极无聊跑到庙门前惹事的儒生道士们都给难住了，那便是你吗？”

居然连何弘达这样的人也听闻过自己的名字，这倒是玄奘没有意料到的。

“不敢，此乃佛陀慈佑，也是师父们教导之功。”玄奘答道。

“好个小和尚，果然是副聪明相！”何弘达眯着眼睛赞叹道，“来少林寺学功夫？”

玄奘笑着摇头。

何弘达道：“少林功夫好啊，有机会学干吗不学？你这个年龄学正合适！学了之后，就没人敢欺负你了。”

玄奘道：“少林乃禅宗祖庭，这里的佛学更加殊胜，藏经楼里的典籍多得玄奘一辈子都看不完。”

何弘达不屑地撇嘴：“泥土还多呢，顶个屁用！我跟你说啊，越多的东西越不值钱！”

玄奘奇道：“泥土当然有用，可以长出庄稼来。”

何弘达被他噎住，心说这小家伙果然口才了得，自己还是别跟他一般见识的好。

不过，他也不知为何竟对这小沙弥产生了浓厚的兴趣，指了指身下的土台子道：“来，坐下，咱们聊聊。”

玄奘也不推辞，庄重地盘坐下来。

他看到何弘达腿上放着一幅奇怪的图，上面都是用黑线连接的星星点点，不禁多看了几眼。

“这是战国时魏国的占星家石申所绘的《浑天图》。”注意到少年眼中的好奇，何弘达顿时来了兴致，“怎么，小和尚有兴趣？”[3]

玄奘点头。

何弘达大喜，立即从身边那个脏兮兮的深褐色褡膊中又取出一个卷轴，递给玄奘：“看看这个，这里面有三垣二十八宿的位置。”

这是一卷《淮南子·天文训》，玄奘接过卷轴，一边打开一边问：“何为三垣二十八宿？”

“这个嘛，山人就得跟你仔细讲讲了。”何弘达的兴致越发高涨，喝了口酒，便开侃——

“古人为了方便观测天象，把天上的恒星组合在一起，每个组合给起一个名字，这些恒星组合就称为星官。”

玄奘以前从未听说过这些，少年人对天象原本就有一种天然的兴趣和好奇，因而听得格外认真，他专注的神情更加刺激了何弘达的谈兴。

“你看这个啊。”他用手指点着书上的星图，“各个星官所包含的星数多寡不等，少的只有一个，多的有几十个。这些星官中，有31个最重要的，那便是三垣二十八宿。”

“原来三垣二十八宿是星官的名称啊。”玄奘用手指了指图上北天极附近的那几颗星，试探地问道，“这些属于三垣吗？”

“小和尚好眼力！”何弘达难得地赞了一句，“不过那只是三垣之一的紫微垣。”

他边说边用手在图上比画着：“三垣者，紫微垣、太微垣、天市垣。北天上空，以北极为标，集合周围其他各星，合为一区，名曰紫微垣；在紫微垣外，在星张翼轸以北的星区是太微垣；在房心箕斗以北的星区为天市垣。”

“原来如此。”玄奘若有所思地点头。

“小和尚你再看，二十八宿就从这里——从角宿开始，自西向东排列，与日月运动的方向相同，二十八宿包括辅官及附座星在内，共有星182颗。”[4]

细看这卷《淮南子·天文训》，玄奘突然发现了问题：“二十八宿中，每宿所包含的恒星都不止一颗，用哪颗星作为测量它们之间度数值的标准呢？”

何弘达白了他一眼：“前面的我还没讲完呢，你倒又问起了这个。你还听不听了？”

“听。”玄奘赶紧说道。心想这人可真够怪的，没来由地乱发脾气。

“听就别问那么多问题！到时我自会讲到的。”何弘达不满地嘟哝了一句。

看看玄奘不吱声了，他这才指着星图接着说道：“仔细看着啊，把二十八宿分作四组，每组七宿，分别与四个地平方位、四种颜色、五种四组动物形象相匹配，这叫作四象。它们之间的对应关系是这样的：东方苍龙，青色；北方玄武，黑色；西方白虎，白色；南方朱雀，红色……”

何弘达足足讲了一个多时辰，快到中午时，玄奘取出从寺院里带出来的干粮，和他分食。

何弘达也不跟他客气，吃一口干粮，就一口酒，嘴巴还见缝插针地说上那么几句：“古人把日月和金、木、水、火、土五星合称七曜，其中五星之中以金星最亮，其黄昏见于西方名‘长庚’，黎明见于东方叫‘启明’；木星常称为岁星；水星又叫辰星；火星古名荧惑；土星又叫镇星或填星……”

听着这个占星家的神侃，不知不觉已是日暮时分，满天星斗映了出来。何弘达兴致仍然不减，干脆抛开星图，直接指着星空跟玄奘讲解。

“看到那颗最亮的星星了吗？”他指着西方的天空问。

“太白金星嘛，这谁不知道。”玄奘答。这大概是天上最有名的一颗星星了吧。

“小和尚倒也不是什么都不懂啊。”何弘达打着哈哈道，“此星名太白，就是因为它光色银白，亮度特强。诗云：‘子兴视夜，明星有灿’，又说‘昏以为期，明星煌煌’，明星就是指的它了。”

玄奘突然想起《阿含经》中佛陀睹明星而悟道的故事，不禁心驰神荡——当年佛陀在菩提树下看到的，是不是就是这颗太白星呢？

何弘达也不管这小和尚的思绪跑到了哪里，只管兴致勃勃地神侃——东方七宿是哪些，从哪到哪；西方七宿又是哪些，从哪到哪……

“居士。”玄奘不得不打断他，“已经很晚了，小僧必须回寺去了，否则师父会着急的。”

何弘达常年独自观星，难得碰上一个这么好的听众，对他那些有关星空的话题既感兴趣又有悟性深入，他简直都想把这小和尚收作弟子了！如今谈兴正浓之时，小和尚竟然要走，不禁感到有些败兴。

他悻悻地问道：“你又不是三岁小娃，你师父怎么管这么多？”

“玄奘是出家人，一早跟师父告假出来，天黑未归，连晚课都没做，已经很不像话了。”

“真是麻烦！”何弘达卷起星图，烦闷地挥了挥手，“想回去就回去好了，下次别来找我！”

玄奘起身合掌，向何弘达郑重地施了一礼后，便转身下山了。

何弘达独自闷闷地坐了一会儿，突然朝山下喊道：“喂，小和尚！明晚有客星出，难得得很哪！若有兴趣，就过来看！”

第二天下午，玄奘跟景法师告了假，说晚上要晚些回寺，便再次来到甘露台。

何弘达果然还在台子上喝酒，见到玄奘，他显得颇为开心：“你这小和尚倒是守信，又来了。”

玄奘道：“居士昨晚说有客星出，小僧心中好奇，不知何为客星，因此非来看看不可。”

“山人就知道，你会有兴趣的。”何弘达摇头晃脑地说道，“客星者，自然是新出现的星，如客人一般寓于群星之间，故名客星。周伯、老子、王蓬絮、国皇、温星，此五星皆客星也。”

“原来客星有五类。”玄奘问，“如何区分呢？”

何弘达仍然摇头晃脑：“客星出，大而色黄，煌煌然，是为周伯星；客星出，明大，色白，淳淳然，是为老子星；客星出，状如粉絮，拂拂然，是为王蓬絮星；客星出而大，其色黄白，望之上有芒角者，是为国皇星；客星出，色白而大，状如风动摇者，是为温星。”

玄奘笑了：“居士突然掉起文来，小僧还真不习惯。”

“不是山人掉文，这些都是《黄帝占》里的话。”

“哦？”玄奘颇觉意外，“原来如此古老了……”

见小和尚听得认真，何弘达不禁笑道：“你不是占星者，跟你说这些也没用。你只要知道，客星统共就两种：一种是瑞星，预兆吉祥；一种是妖星，预兆凶祸。这便够了。”

“那么居士可知，今夜之客星是瑞星还是妖星？”

“现在还不知道。”何弘达道，“还没出来怎么知道？你当山人是神仙吗？”

玄奘笑道：“山人合起来就是个仙字，如何不是神仙？”

何弘达哈哈大笑，从褡膊中取出几块面饼，递了一块给玄奘：“来来来！小和尚，昨天我吃了你的，今天你吃我的。”

玄奘摇头称谢。

“怎么了？”何弘达瞪着眼睛解释道，“我知道你是和尚，这可是专门下山为你买的，是素的！”

“多谢居士费心。”玄奘合掌道，“只是佛制‘不非时食’，过午进食是犯戒的，玄奘不敢有违。”

“你们佛祖也太多事了。”何弘达悻悻地说道，“不吃肉也就罢了，连晚饭都不让吃，当和尚岂不是要饿死？”

他却不知，“不非时食”是佛门中的一条非常严格的戒律，比素食还要严格得多。

玄奘道：“居士就不必操心了，还是再给小僧讲讲星图吧。”

这显然是何弘达感兴趣的话题，一进入这个话题，他才懒得理会和尚们吃不吃晚饭呢。当即咬了一口饼，就开说了：“小和尚，你昨天问我，二十八宿中，每宿所包含的恒星都不止一颗，用哪颗星作为测量它们之间度数值的标准。是也不是？”

“正是。”

“山人今天就可以回答你的问题。”何弘达舒服地灌了一口酒，叹出一口气道，“其实这太简单了，从每一宿中选定一颗星作为标准不就得了？被选出来的星就是这个宿的距星，明白了吗？”

“哦……明白了。”

何弘达很满意，继续往下说："其实就算选定了距星，各宿距度也还是变来变去的，只不过变得很慢，一般人看不出来罢了。二十八宿距度是这样的：角：12度；亢：9度；氐：15度……张：18度；翼：18度；轸：17度。各宿距度加起来接近365度半。"

玄奘惊讶地发现这里面所列二十八宿距度数值大小相差悬殊，心中颇为不解："依居士方才所说，最大的井宿距度值有33度，最小的觜宿只有2度，二十八宿的分布为何如此不均匀？"

"这我怎么知道？"何弘达又瞪起了眼睛，不高兴地说道，"你这小和尚，记性倒真是好得出奇！我不是让你别问那么多问题吗？"

仰望满天星辰，玄奘不禁感叹道："世界当真博大！以往看到经中所说三千大千世界之不可思不可议，不可说不可量，玄奘还只当是世尊方便说法的夸张之词。如今看来，世尊所言真实不虚。玄奘过去不过是井底之蛙，却还在心中妄议佛陀，当真罪过得很。"

"你们世尊？"何弘达不以为然地笑道，"他也观星吗？"

"他不需要观星，他具足一切智慧，大千世界在佛陀眼中是一览无余的。"

"那他如何说这个世界呢？"何弘达问。

玄奘道："《楞严经》第四卷中说：世为迁流，界为方位。汝今当知：东、西、南、北、东南、西南、东北、西北、上、下为界；过去、未来、现在为世。"

"原来'世界'一词既表方位，又表时间。"何弘达若有所思地说道，"山人以前竟不知道，还当它只表方位呢。"

玄奘微微一笑，这个古怪的家伙终于对佛法有了一点儿兴趣。

"佛家世界，又分为小世界、小千世界、中千世界及大千世界。"玄奘接着说道。

何弘达又喝了一口酒，道："愿闻其详。"

玄奘道："《长阿含经》中说，同一日月照耀下的一个时空，就是一小世界。一千小世界是一小千世界，一千小千世界是一中千世界，一千中千世界是一大千世界。以三积千，故名'三千大千世界'。一个大千世界便是一佛所摄之佛土。"[5]

何弘达闭目想象这博大的世界，由衷地感叹道："如果你们佛陀说的是对的，这一个大千世界之中岂不是有十亿颗太阳？那可真是……太大了！"

"世界的大小是涉入平等的。"玄奘道，"《涅槃经》中说，佛菩萨能以三千大千世界入于芥子，其中众生亦无迫窄及往来想，如本无异。"

"听起来越来越像是无稽之谈了。"何弘达哈哈大笑，举起酒壶喝了一口酒。

"佛家的世界就是这般不可思议。"玄奘道，"《华严经》说：小世界即是大世界，大世界即是小世界；一世界即是不可说世界，不可说世界即是一世界；不可说世界入一世界，一世界入不可说世界。十方世界不可说，一念周行无不尽。”

“行了行了。”何弘达摇头笑道，“动不动就不可说不可说，神神道道的，究竟是个什么世界还是没弄明白。”

玄奘道：“这是《华严经》中所说的‘华藏世界’，也就是佛陀的世界。它清清楚楚地告诉我们，世界无穷、宇宙无穷。”

看到何弘达摆出一副不明所以的样子，玄奘又解释了一句：“‘华藏世界’就是佛陀的法身毗卢遮那如来的常寂光土。”

“等等……”何弘达摆手道，“你这小和尚别跟我掉文，你跟我说说看，什么是法身？什么是常寂光土？”

玄奘道：“‘法身’就是佛之自性真如如来藏。”

何弘达摇头：“什么呀？还是不明白。”

“怎么跟你解释呢？”玄奘想了想，说道，“佛有三身，天竺王子悉达多是佛陀在这个世界的‘化身’，卢舍那佛是佛陀的‘应身’，毗卢遮那佛是佛陀的‘法身’。”

何弘达继续摇头：“还是不明白。”

玄奘无奈，索性说得更通俗一些：“法身就像天上的月亮，化身就像水中的影子。佛的化身无处不在，就如同月的影子无处不在。”

“哦。”占星家总算明白了一点儿，“也就是说，佛死了，只是化身消失了，法身还在？”

“正是。”玄奘点头道。

“我说呢。”何弘达将身子朝后一靠，道，“你们佛爷那么大的神通，怎么只活了八十岁？敢情只是个影子啊，难怪他叫如来，好像来过，呵呵，这名字有趣！”

玄奘笑了：“佛陀活到八十岁，是因为这个世界上的人也只能活这么多，就如同影子不能脱离映照它的东西一样，佛的化身也不能脱离他所在的世界。”

“嗯，说得在理啊。”何弘达若有所思地点头道，“他的化身既然来到这个娑婆世界，普度有缘之人，自然便与这世界上的人并无多大分别了。就是寿命，也不会相差得太离谱。”

“居士宿具慧根，所言甚是。”玄奘赞赏地说道，“如果佛陀化身蚱蜢去度化飞虫，那么他的化身也必然和真正的蚱蜢一样，只能活三季。所以居士若是见到有人活到七八百岁，千万别当他是神佛，那十有八九是妖物。”

何弘达哈哈笑了起来：“我可没见过有人能活那么久。就算有人跟我说，我也不信！”

“但是佛的法身却又不同，法身是不生不灭的，其常住常寂光土，那便是华藏世界，又称理性土，是全然断除根本无明之佛的依处，是妙觉究竟果佛所居之土，是常住、寂灭、光明的佛土。”

“你说的那个常寂光土离这里有多远？”何弘达颇感兴趣地问道，“是不是就是西方极乐世界？”

“不是。”玄奘道，“常寂光土也属于我们这个娑婆世界，它是佛陀的真实世界，也是他的法身世界，又称‘娑婆净土’。”

“娑婆净土……”何弘达被这个词吸引住了，“我以前只听说过极乐净土。娑婆什么时候也成净土了？”

玄奘道：“娑婆净土之殊胜不下于极乐净土。那里的菩萨随时都有金刚座，人们走在地上，地面会随着你的动作柔软变化，十分舒适。毗卢遮那如来端坐在最上面的莲花座上，我们的娑婆世界就处在华藏世界的第十三层，叫作‘普照十方炽然宝光明世界种’。”

“等等，等等。”何弘达惊讶了，“你的意思是说，娑婆净土与娑婆秽土其实就是同一个世界？”

“正是。”

“那为什么我们看不见？”

“因为我们的心还不够清净。”玄奘答道，“就像镜子一旦蒙尘，便会失去觉照的能力。其实，无论是法身还是常寂光土，这些原本就不是用人类的语言和文字可以表述的，但佛陀为了使我们这个世界的人明白佛的境界，才勉强使用了这个词来命名它，这也是《法华经》中佛陀出世的本缘所在。”

“听起来就像个神话。”何弘达喃喃地说道。

“居士愿意把它当作神话也没关系。”玄奘道，“《华严经》是佛陀觉悟后讲的第一部经，是一部地地道道的大乘经典。可惜当时的人们听不明白，佛陀只好退而求其次，从《阿含》诸部开始讲起。既然与佛陀同生于世的人都不相信，居士不信也就不足为奇了。”[6]

“既然无人信服，又何必有这部经呢？”何弘达问道。

“因为这部佛经真正要反映的不是表面的华藏世界，佛陀真正要教给我们的是如何看待这个世界。华藏世界重重无尽，通达十方。一粒沙中含一佛国，一瞬间含永远。我们现在看到的《华严经》便是娑婆华严，是佛的法身界。”

“如果我们成佛了，就可以看到整个华藏世界了，是也不是？”何弘达突然问道。

“是的。”玄奘点头道，“其实说起来，我们每个人心中都有一部《华严经》；每个人都有自己的法身，都有自己的‘常寂光土’；每个人都有权力去做自己心灵的主人，去切身感受和体会华藏世界那重重无尽的玄妙，从而挣脱时间和空间的束缚，获得大自在。毗卢遮那佛的华藏世界是释迦牟尼的华藏世界，也是我们每一个众生的华藏世界。这便是《华严经》的精髓所在。”

何弘达听得有些晕，赶紧提起酒壶，“咕咚”一口，方才擦着嘴说道：“瞧不出你这小和尚，年纪不大，居然读了这么多的经书！”

接着又是一口：“嘴皮子也好使，讲起来一套一套的，山人都快要被你说服了。”

玄奘看他有些微醉之意，好心相劝道：“居士，你喝得太多了。”

何弘达哈哈一笑：“天若不爱酒，天应无酒星；地若不爱酒，地应无酒泉！我若不爱酒，就跟你当和尚了。怎么样，小和尚，陪我喝一杯？”

玄奘并不生气，只是微笑摇头。

“迂腐！”何弘达一脸的不以为然，“只要心中有佛，便是真佛子！你小小年纪，又何必拘泥于这些清规戒律？”

玄奘反诘道：“若是连佛亲口所制的戒律都要违背，又怎么敢说心中有佛？世人总喜欢为自己的欲望寻找种种借口。其实，若不说心中有佛还好，只不过犯了酒戒；若明明管不住自己的欲望，却偏偏还要说什么心中有佛，那就不光是犯了酒戒，连妄语戒也一并犯了。”

“哎呀，你这小和尚，当真是伶牙俐齿啊，难怪那些儒生、道士都说你不过！”何弘达悻悻地说道，“幸好我不是和尚，也就不用硬跟你说什么心中有佛了。”

他的兴趣还在玄奘方才所说的大千世界中：“依你所说，这佛家的大千世界，不光是大，而且不可思议。只可惜这佛家教义却是伪善至极，漏洞百出。”

“居士此言怎讲？”

“比如，佛陀既讲众生平等，又为何会有佛、菩萨、罗汉、比丘之分？”

玄奘道：“佛家讲众生平等，是指果地上的平等，不是指因地上的平等。佛陀相信众生皆有佛性，皆能成佛。菩萨、罗汉、比丘乃至一切众生，都是未来佛，这便是平等。但众生各自在轮回海中，受自身业力左右，难以出离。而修行者根器不同，深浅不一，于是便有了许许多多看上去不平等的实相。”

何弘达摇头道：“就算如此，这佛陀仍是伪善。”

“何以见得？”

“他一方面说慈悲为怀，又说人人皆可成佛。另一方面又造出十八层地狱来惩罚那些犯了过失的人，这难道不是伪善吗？”

“阿弥陀佛，檀越误会了，地狱不是佛陀造出来的。”玄奘合十道。

“不是佛陀造的，难不成是阎王爷造的？”何弘达嘲弄地问道。

玄奘摇了摇头，耐心解释道："一切法皆是众缘所生，地狱也只是因众生的业力自然生出的，与佛陀无关。"

"佛陀不是神通广大吗？怎么能说与他无关？"

"佛陀的神通是能够看清这个世界的真相，看清世间轮回的道理，知道众生之所以受轮回之苦的原因。然后他以大智慧大愿力为我们指出这因果缘起的规律。众生只需依此断惑除业，日后皆得成佛。"

"这么说，那些可怕的地狱不是佛造出来惩罚众生的了？"

"当然不是，我佛慈悲，怎会惩罚众生？"

"我却不信。"何弘达摇头道，"比如有人做了坏事，也是要有官差把他抓起来惩罚的吧？若是没人管的话，恶人绝不会自己走进监狱。地狱也是一样，若无神佛操持，难道会有人自己走进去不成？"

"地狱绝非监狱。"玄奘解释道，"它是众生心中所感。居士您想想看，烦恼煎熬之地，何处不是地狱？当你气愤忧恼、痛苦难当之时，是否就如同身堕地狱？是谁决定你去地狱？你若内心安详快乐，便如身在净土，又是谁决定你升净土？种善因感善果，种恶因得恶果，犹如流水向下，不是谁能决定的，而是'法尔如是'，业力牵引。"

见何弘达沉吟不语，玄奘接着说道："地狱中的一切苦报皆是众生业力所感。因此地狱只有一个人的时候是满的，有千万人的时候也是满的。对内心清净的人来说，地狱根本就不存在；而对另一些人来说，却又是实实在在的罪苦。如同有人被魔所魇，声称遭魔遇鬼，其实只是一场噩梦。在外人看来，那些魔鬼根本就不存在，但在他本人所见所感，却又真实不虚。一切都是自己的心在做主。"

何弘达听到这里，竟若有所悟。

"难道佛陀也不能拯救这些众生吗？"他问，"还是他只想袖手旁观？"

玄奘答道："众生受自身业力的牵引而生梦幻，只能自己救自己。但是佛陀会用智慧引导众生解脱烦恼，让众生从迷梦中清醒过来。佛陀不会袖手旁观，因为他是大悲大智的圣者，宁愿自己受苦，也要替众生赎罪。"

"我却不信。"何弘达道。

玄奘道："佛陀曾经说过：我不入地狱，谁入地狱。不惟入地狱，且常住地狱，不惟常住，且常乐地狱，不惟常乐，且庄严地狱。地藏菩萨也曾发下宏愿：众生度尽，方证菩提；地狱不空，誓不成佛。他原本于无量劫前便可成佛，却甘愿以菩萨身下到地狱，去度尽那里的众生。"

"那我看他是永远都成不了佛了。"何弘达看着喝空了的酒壶，懒洋洋地说。

玄奘微微一笑："这便是菩萨与众生的区别了。明知不可为而为之。若我等凡夫也能做到，只此一念，便是菩萨。”

何弘达很惊奇地看着他：“你总说菩萨，而且听你这意思，像我们这样的普通人也可以是菩萨了？”

“是的。”玄奘郑重点头道，“菩萨本是凡夫修，凡夫利众即菩萨。在我们所居住的这个娑婆世界里，除了有无量无尽的众生之外，还有无数乘愿再来的菩萨。”

“原来如此。”何弘达的眼中露出狡黠的笑容，“别说，我还真见过一个乘愿再来的菩萨。”

“哦？”玄奘惊讶道，“居士竟有这等奇缘？但不知那位菩萨他在何处？”

“他就坐在我的面前。”何弘达一本正经地说道。

玄奘一怔，随即哑然失笑道：“居士喝醉了，拿玄奘取笑。”

“我可没有取笑。”何弘达知道自己并未喝醉，而且他突然发现，他现在已经对这个小和尚所讲的一切产生了兴趣。

“照你这样说来，佛岂不是和众生一样了吗？”他饶有兴致地问道。

“正是。心、佛、众生，三无差别；天堂地狱，也无差别。一切都取决于你自己的心。”

何弘达依然摇头：“你说心、佛、众生，三无差别。那这世间又为何会有礼佛念佛之事？”

玄奘道：“世人礼佛念佛，其实就是在礼自己的心，念自己的心，使自己道心坚固，并非心外求佛。”

何弘达冷笑：“这世间又有几个出家人懂得礼自己的心，念自己的心，向心内求佛，不向心外求佛的道理呢？”

玄奘道：“众生根器确有不同。不过居士不是他们，又如何知道他们不懂呢？”

“我自然有根据。他们若真懂得这个道理，又怎么会把一座平平常常的土台子看得那么重呢？”

玄奘不禁失笑道：“居士不提此事，玄奘倒是忘了。玄奘有一事不解，嵩山如此之大，要观星相，山顶的位置显然更佳。居士又为何非要在这里不可呢？”

何弘达道：“我当然也不是非待在这里不可了。只是不喜欢那些和尚把个土台子当宝贝。他们执著，我比他们更执著！”

听得此言，玄奘更觉可笑：“居士想要帮出家人破除执念，倒真是一片好心。说起来，这土台子确实平平常常，没什么了不起。不过，这里乃是先贤修行译经之所，师父们看重这里，想来也是出于对先贤的敬重之情。此乃饮水思源之意，就如俗家人供奉祖先一般，似乎……不能算是执著吧？”

何弘达心里一动，默然不语。

许久，他才轻叹道："小和尚说得有理，每个人都有自己认为宝贵的东西，我也一样。"

说罢，将酒壶往腰间一掖，收拾起观星图，转身便走。

"居士到哪里去？"玄奘起身问。

"我去山顶看看。"何弘达边走边说，"给你这位小菩萨面子，不再逗那些和尚玩了。"

---

[1]关于慧可断臂，有三种版本，一是现在被广泛传扬的断臂求法的佳话，见于南宋普济禅师的《五灯会元》卷1《东土祖师·慧可传》；二是唐道宣法师的《续高僧传·慧可传》，说的是因周武灭佛，慧可与昙林护持经像时，被人砍掉了一条手臂；三是宋真宗时期的《景德传灯录》中所说，达摩归西之后，慧可承其衣钵，弘扬《楞伽经》，遭到佛门一些"滞文之徒"的攻击，指斥其破坏法会，甚至与官府勾连，砍掉慧可一臂，致使慧可不得不改变弘法的形式，采取"顺俗"的办法。本书采用的是禅宗中传播最广的一个版本。

[2]何弘达，唐初术士，玄奘西行前曾找他卜过卦。本书中有大量关于此人的原创情节，因此一开始网络连载时改为"许鸿"，后又改回何弘达。

[3]石申，战国时代魏国天文学家，他曾系统地观察了金、木、水、火、土五大行星的运行，发现其出没的规律，记录名字，测定一百二十一颗恒星方位，数据被后世天文学家所用。石申著有《天文》八卷。后人把这部著作与楚国人甘德的天文学著作结合起来，称为《甘石星经》，是现存世界上最早的天文学著作。书里记录了八百颗恒星的名字，其中一百二十一颗恒星的位置已被测定，是世界最早的恒星表。《甘石星经》在宋代失传，今天只能从唐代《开元占经》里见到它的片段摘录。它比希腊天文学家伊巴谷测编的欧洲第一个恒星表早二百年。

[4]唐代天文学家李淳风撰写《晋书·天文志》时，将神宫一列为尾宿的辅官，因而总星数增加为183颗。

[5]佛教认为"三千大千世界"是以须弥山为中心，分四大部洲，是一个佛陀所教化的范围，其形状就是佛陀胸前的"卍"字图案，其大小恰好等于第四禅天，成坏必同时。按现代人的常识看，一个"大千世界"约等于一个星系，"须弥山"便是这个星系的中心。

[6]《华严经》，具名《大方广佛华严经》，此经汉译本有三种，玄奘所读的应该是东晋佛驮跋陀罗的六十卷本，又称为"旧译《华严》"，或《六十华严》。

第06章

难道菩萨在打妄语？

天已经黑下来了，何弘达站在嵩山山顶上，专注地望着布满繁星的夜空。

“客星来了吗？”玄奘在他身旁问道。

“快了。”何弘达答道。

趁着等待之际，他告诉玄奘，在古代占星术中，瑞星有许多种，如周伯、含誉、格泽，等等。但妖星更多，计有数十种，其中最常见的有彗、孛等。

“在这里观星要比在甘露台上清楚多了吧？”望着头顶奇幻的天空，玄奘笑问道，“今晚的北斗看起来格外亮啊！”

“小和尚可知这北斗七星的名称？”何弘达问。

这等常识自然难不倒玄奘：“北斗是由天枢、天璇、天玑、天权、玉衡、开阳、摇光七星组成。天枢、天璇、天玑、天权为斗身，古曰魁；玉衡、开阳、摇光为斗柄，古曰杓。不知玄奘说得可对？”

“对倒是对的，不过也没什么了不起。”何弘达呵呵笑道，“你可知古人因何重视北斗？”

“用它来辨别方位？”

“也对，但不完全如此。”何弘达道，“能够辨别方向的星官多得数不清，古人独重北斗，是因为它还有别的用途。比如，可以用它来厘定四季。把天璇、天枢连成直线并延长五倍距离，可得北极，北极居正北。”

“那不还是辨别方位吗？”

“你好好听我说！”何弘达突然喝道。

玄奘立即闭了嘴。这个古怪的家伙，脾气怎么这么大？

却听何弘达道：“北斗于不同季节不同时间，出现于不同的方位。只不过，它始终围绕着北极。是以人们常常依据初昏时斗柄所指的方向来决定季节——斗柄指东则天下皆春；斗柄指西，天下皆秋；斗柄指南，天下皆夏；斗柄指北，天下皆冬……”

刚说到这里，突然住了口，瞪大眼睛紧张地望着夜空。

玄奘循着他的目光望去，惊讶地发现，空中不知何时出现了一颗极亮的星星，光芒四射！

看着占星家紧张的样子，玄奘也被他的情绪感染了，小心地问道：“此为何星？”

“你还看不出来吗？”何弘达再次发了脾气，“此星芒气四出，自然是妖星孛了！”[1]

“此星主凶？”

“大凶！”

玄奘还想再问些什么，一个手执齐眉棍的年轻僧人从山下跑了上来。

“阿弥陀佛！小法师果然在这里，快随我回寺去吧。”

玄奘见他跑得匆忙，以为寺中有事，忙起身跟何弘达告别。

何弘达此时全部的心思都在客星上，哪还管他小和尚走与不走。听他告别，也只是心不在焉地挥了挥手。

回到寺中方知，原来并无什么大事。只是景法师见玄奘接连两个晚上不做晚课，却去跟一个占星的术士观星，心中颇为不快。又见他夜深不归，唯恐生出事端，便命人将他找了回来。

从嵩山回来后，玄奘便整日将自己泡在净土寺的藏经阁里，除例行早晚课诵，及每日听景法师的《涅槃经》[2]讲席外，几乎足不出室。读到入神之处，连师父来了都不知道。

藏经阁门口，景法师一脸慈爱地望着这个专注的少年弟子，心中充满欣慰。

那些玄奥晦涩的理论，浩如烟海的典籍，就是很多出家前学问功底深厚的成年僧人也望而生畏，难得这个小沙弥竟然甘之如饴。看他读经时的样子，当真是神光内敛，秀韵天成。

“玄奘。”法师轻唤一声，款款走进经室。

这声呼唤将玄奘从玄奥的佛法世界中拉了出来，他忙起身，垂手应道：“师父！”

景法师微微点头，在他的对面坐了下来。

“你在读什么经？”

“弟子读的是《摄大乘论》[3]。”玄奘恭敬地答道。

“嗯。”景法师微微颔首道，“这是一部宣扬大乘佛法的重要经论。”

“正是。”玄奘脸上现出欢喜的神色，“弟子觉得自己与大乘佛法有缘，幼时读

《维摩诘经》就很喜爱，如今看了这部《摄大乘论》，更是不由自主地心生欢喜。”

“嗯，大乘佛法的确宽容博大，但有时却显得过于圆融了。”景法师沉吟道。

“圆融不好吗？”玄奘奇怪地问道，“弟子认为，佛弟子修行，就该是为了这世间众生。若只做‘自了汉’，单求一己之解脱，而眼睁睁地看着众生在苦海中沉沦，此非菩萨道也。”

听了这话，景法师竟愣了一下，想到不久前这孩子在嵩山结交占星家，令他颇为不快，事后还责备了几句。现在看来，或许这孩子只是为了宣扬佛法，普度众生吧?

他一向对这个天赋极高又有济世之念的弟子钟爱有加，此时想到此事，竟略略有了几分自责之意。

“你这孩子，想是有佛护佑。”法师慈爱地说道，“过不多久，慧严法师将受邀到洛阳讲经，讲的刚好就是这部《摄大乘论》，道场嘛又恰好选在咱们净土寺，到时你可以去听听，有不明白的地方还可当面向法师请教。”

听了这话，玄奘的眼睛立刻变得神采湛然。

隋时的洛阳寺院众多，经院如海，天下名僧纷纷来此讲学，因而讲席多如繁星。

玄奘自出家以来，除师从慧景法师学习《涅槃经》外，也曾往来各寺听诸位大德讲经说法。

如今，一个学问广博，不逊于东都四大德的名僧要来洛阳讲学，这对于渴望穷尽佛法的少年玄奘来说，实在是个天大的好消息！

慧严法师初到洛阳，立即被这座城市浓厚的佛教气氛所深深吸引了。

他在净土寺开讲席的第一天，讲坛前偌大的空地就已被本寺及各大道场赶来的众多僧人、俗众挤得水泄不通。这不禁令他感慨万分——洛阳真乃佛都也！

《摄大乘论》毕竟深奥，里面有很多词句艰涩难懂。因此，每天讲完经，严法师总会留出一点时间来，给大家问疑解惑。

这其中，一个叫玄奘的小沙弥最令他头痛。在净土寺讲经的日子里，他每天都要弄到很晚才能结束，其中一多半的时间，是为了回答这个小沙弥提出的问题。

其实，从双脚刚刚踏上洛阳的那天起，严法师就已经听到玄奘的名字了。有人告诉他，净土寺有个天赋极高的小沙弥，虽出家未久，却已在洛阳僧俗中颇有名气，特别是他出众的记忆力和领悟力，令许多名僧呼为神异。

对此，严法师也有同感，他在净土寺挂单，常见玄奘每晚在藏经阁内独自攻读，日日如此，不知疲倦。

为此他曾深感惊讶，要知道少年人最是耐不住寂寞，读经听经对他们来说是个苦差事，这个古怪的小沙弥居然能够深入其中，不以为苦，反以为乐，着实有些与众不同。

一日，讲完一段最艰涩的地方，他照例留出时间给众人问疑，却见大众满脸困惑，竟不知该从何问起，只得暂且结束。

谁知他前脚刚走，后面就有人去问玄奘。很多东西千头万绪，问法师担心露怯，而且总是麻烦法师，多少也有些不好意思，问这个小沙弥就不会有什么思想负担了。

玄奘开始逐一为众人答疑，但佛经不是随便讲的，大家簇拥着问上一两个问题或许没什么，问得多了就显得过于随便，对佛法不恭敬。于是，便有好事者请玄奘升座。

玄奘也不推辞，竟然大大方方地登上狮子座，开始复诵经文，并试着按自己的理解解析经义。

跟严法师相比，十三岁的玄奘对经义的理解或许还有些轻浅稚嫩，但因其语言通俗洗练，很多人竟也因此更加接近了佛法真义。

在随后的日子里，每逢讲席结束，都有人公然提出要听这个少年复讲，且听讲的人数越来越多，竟不亚于听严法师讲经的人数。

得知此事后，严法师心中颇为不安。他想，是不是自己讲得太过深奥难懂，所以人们才要再听一遍？

找来几个听经的僧侣居士询问，被问到的人都非常客气地说，严法师乃是大德高僧，讲经义理精严，自然令人受益匪浅，也无甚晦涩之处。之所以还要再听那个沙弥复讲一遍，实在是因为自己的记性和悟性都不太好，多听一遍，总能多记住一些。

这个回答听起来合情合理，但严法师还是觉得有些不对劲儿。

他决定亲自听上一回。

这天讲席结束，严法师离开法座，回禅房换了身普通的僧衣，就又折了回去，果见玄奘又在众人的要求下升座复讲。

走上狮子座的少年身穿一袭蓝灰色的质朴僧衣，浑身散发出干净清爽的气息。虽然只是个沙弥，未披袈裟，脸上还带着几分稚气的浅笑，然而当他坐到那个法座上时，笑容顿敛，整个人都变得凝重起来，就如一位真正的高僧大德一般。不说他讲经说法抑扬顿挫，分析义理头头是道，单是在大庭广众之下表现出的那份睿智和沉稳，庄严与大气，就着实令人惊叹！

严法师的身旁坐着一位中年儒生，还带着个十岁左右的小姑娘，父女二人俱都听得津津有味。

讲至中途，这位居士偶一回头，认出了严法师，不禁大吃一惊！

法师冲他摆了摆手，示意他不要声张。

一直听到玄奘讲完离座，法师才同那对居士父女一同离开，边走边攀谈起来。

“敢问檀越尊姓？以何营生？”严法师问。

那居士恭敬地答道：“在下姓林，平素里在家中设帐教私塾，因性喜佛法，抽空带小女来净土寺听经。”

“佛缘深厚啊。”严法师感叹道，“檀越是专程来听玄奘沙弥讲经的吗？”

“不不。”林居士道，“弟子是来听严法师讲经的。”

刚说到这里，他的身旁就响起一个脆生生的声音：“我听严法师讲经时尚有不解之处，再听奘法师一讲竟然豁然贯通！”

“锦儿不得胡说！”林居士呵斥道。

奘法师？听到这个称呼严法师不禁苦笑。他想，不知道的人乍一听到这三个字，还当是位年高德劭的大德呢，谁能想到竟是位十三岁的小沙弥！

不过，再看那小姑娘一脸天真烂漫的模样，老法师的心中也便释然了——小孩子嘛，当然更喜欢听同龄人宣讲的了。

他却不知，林家父女是净土寺的常客，而这个叫锦儿的小姑娘几乎就是听着玄奘讲经长大的。

林居士甚至还曾起过收玄奘为义子的念头，被玄奘婉言谢绝后，只得作罢。

白马寺，这座中原地区最早的佛寺，静静矗立在洛阳城中，屋顶上的琉璃瓦在月光的照耀下闪动着柔和的清光。

慧严法师回到自己挂单的禅房，刚刚坐下，就听一小僧来报：“法师，净土寺沙弥玄奘前来求教。”

严法师苦笑了一下，口中轻轻宣了声佛号，道：“请他进来吧。”

唉，这小沙弥！在净土寺里，数他问题最多也就罢了，如今用了将近一年时间，好容易将那部大经讲完一遍，受邀到白马寺来再开讲席，他依然跟过来听。

这也罢了，更要命的是，重听一遍，他还是问题多多，且有些问题已经很难回答了。

即使不听经的时候，玄奘也常去白马寺，一来可当面向严法师请教，二来借书。白马寺乃中土释源，寺中藏书大大超过净土寺，玄奘时常来此，一读便是好几个时辰。

对于《摄大乘论》，玄奘早就通读过一遍，后来又听严法师讲了一遍，自己又于每次讲席结束后复讲一遍，可谓烂熟于心。

然而越是熟悉的东西，就越容易感到困惑，特别是，当他无意中在白马寺的藏经阁里又看到另外一个版本的《摄论》时，那种原本只是细枝末节上的困惑竟然发展为对这部经书整体的怀疑！

一老一小两位僧人在蒲团上相对而坐，玄奘就日间听经时所想到的问题向严法师发问："大师，弟子这段日子一直有一个问题压在心中，百思不得其解。"

"你讲。"法师温和地说道。

他虽在这个沙弥面前时常会有吃力的感觉，但还是打心眼里欣赏，有时碰到过于古怪的问题解答不出，也不怪罪，只与其共同探讨。

"弟子听大师所讲，此论共三卷，乃是陈朝真谛法师所译，净土寺中亦有此论抄本；但近日弟子在白马寺中也见到一部《摄大乘论》，为两卷本，乃是北魏的佛陀善导大师所译，与真谛法师的译本多有不同。弟子感到不解，为什么同样是《摄论》，净土寺和白马寺的译本内容竟会不同？究竟哪一部才是真经呢？"

这实在是一个难以解答的问题。严法师思忖片刻，这样回答："这两部都是真经，白马寺的僧人奉白马寺的译本为正确的，净土寺的僧人奉净土寺的译本为正确的。我们只要相信佛祖和菩萨，至于经论的译本，并不重要。"

对于这个回答，玄奘毫不掩饰自己的不满意："此论不是无著菩萨[4]所著吗？同一经书不同译本，且有多处歧义，自相矛盾。这岂不是说，菩萨在打妄语？如何能够令人生信？"

"所以说，译本只看一种也就是了。"严法师道，"虔诚奉读，自然生信。佛陀会告诉你什么是正确的。否则，似你这般妄论圣贤，岂不罪过？"

严法师说到这里，突然意识到自己的口气太严厉了些，对方毕竟还是个孩子。

他轻叹一声，缓和了一下语气道："译本不同也是没有法子的事情，莫说这《摄论》乃是无著菩萨所著，就是佛祖所说，汉文译本也不尽相同。"

玄奘觉得难以理解："既然都是佛祖、菩萨所说，所依据的原典自是相同的，为何译本会有不同？"

严法师道："此事老衲也不甚明了，想来，不同语言对于事物有不同的言说吧？"

玄奘依然不解："言说可以不同，但经义不该矛盾啊。"

严法师不禁叹息道："玄奘啊，译经不是件容易的事情。译经师只能依据自己对梵文的理解来翻译经典，而梵文本身是雅语，翻译起来难度极大，有时难免就会产生歧义。"

其实这个问题确实很难解释清楚，他知道玄奘说得没错，佛陀善导大师的译本确实与真谛译本有很大的不同，甚至有些地方有歧义，令他在讲经时难以自圆其说。

中土第一批佛经的引入，大多不是直接从天竺传入，而是由西域诸国间接传来。

初期的译经者多是西域或中亚诸国来华的高僧，最早译过来的佛经也不是直接根据梵文或巴利文翻译，而是由中亚或西域一带很多已经不存在的语言转译过来的，如焉耆语、龟兹语等，这些经书统称为“胡本”或“胡语经典”。

而汉语、梵语以及中亚各国语言都是很难掌握的，所以外国来华的僧人想要翻译佛经，就必须同中土的僧人或文人合作。可以想象，这样的合作是多么困难！

或善胡义而不解汉者，或明汉文而不晓胡意。[5]

就是说，来自西域的译师不懂汉语，而中土的笔受之人，无论是语言上还是教理上又都不胜其任。在这种情况下，谬误、浅薄自然在所难免。

鸠摩罗什大师算是这些来华僧人中汉语水平最高的了，史载他能说一口流利的凉州话。但尽管如此，翻译时还是要受制于他的中土弟子，任由弟子们对译好的经书进行删改。

《高僧传》中是这样描述这种困难的：初华客梵僧，听言揣意。方圆共凿，金石难和。碗配世间，摆名三昧。咫尺千里，觌面准通。次则彼晓汉谈，我知梵说，十得八九，时有差违……

初期的翻译，往往是直译。在这个阶段中，有许多佛经文句是从梵文逐字逐句翻译过来的，因而异常难懂。如果不与原文对照，简直不知所云！

梵汉两种语言，语法结构大不相同。梵文属印欧语系，由47个字母组成，其名词、代词、形容词的变格和动词的变位异常复杂，且词序也与汉语完全不同，如果直译，产生佶屈聱牙的文体还是小事，更重要的是，会造成很多歧义和误会。

这还不说，译者还常常借用一些道家词汇来翻译佛教经典，从而产生更多的话语歧义。

严法师清楚地知道，坐在自己对面的小沙弥提出了一个看似简单的问题，却触及了他一直都不敢面对的领域。

可以同他探讨这个问题吗？他虽悟性非凡，毕竟年纪尚幼，若是讲了，他会不会因此对自己日夜所读的佛典产生怀疑？

虽然有很多担心，但是，面对少年渴求的目光，严法师还是决定将自己心中的想法说出来。

“我们所读的佛典大都是西域各国的传教高僧携来翻译的，因而版本众多，这并不稀奇。想当年，来自佛国天竺的勒那摩提和菩提流支两位大师在少林寺译经台共同译经，结果同一部经书竟翻出了完全不同的两个译本。”

“大师所说的是《十地经论》吧？”玄奘问道，“此事弟子在少林寺中亦有所耳闻，只是不知事因为何，大师可以为弟子释疑吗？”

严法师叹道："说起此事，老衲也是疑惑不解……"

两位大德都是于北魏宣武帝正始五年来到少林寺的，勒那摩提先到，他博学多闻，不仅通于禅法，还精于五明，据说能背诵梵文经典一亿偈。

当时的少林首座跋陀大师把勒那摩提安排到了幽静秀美的翻经堂，请他翻译世亲菩萨所造的《十地经论》。[6]

这是《华严经・十地品》的单行本，共有十二卷，也是后来大乘教义发展的基础，上与般若相贯，下为瑜伽开宗，因而显得十分重要。

勒那摩提大师刚刚在助手的协助下将《十地经论》译出了一部分，赫赫有名的另一位天竺高僧菩提流支也来到了少林寺。史载他遍通三藏，带到汉地来的梵文经典多达上万夹，是当时各国来华胡僧的偶像。他在少林寺也开始翻译《十地经论》。

为表示朝廷对译经的重视，宣武帝下令，这一年的四月初一，在皇宫的正殿——太极殿内举行首译式，武帝亲任"笔受"，即把译好的经文抄录下来。

仪式过后，僧人们又重回少林寺翻经堂，继续翻译。武帝请两位大师与先期来华的著名梵僧佛陀善导大师合作译经，并专门拨给通晓佛学的僧侣和儒士一千多人，作为译经的助手。

然而，此后的译经进展得很不顺利，两位大师在对经义的理解上，在如何选用中文词句上，常常发生分歧，以致相持不下。同时参加译经的佛陀善导大师，也不知如何是好。后来两位大师干脆各译各的，互不通气，最终译出了两部完全不同的《十地经论》。

听着严法师用充满沧桑的声音讲述着这个故事，玄奘感觉自己的气都有些透不过来了——

原来，他所看到的经典不仅不是原典，甚至连翻译都未必准确无误；原来，即使是来自佛国的高僧都在为经论的翻译争执不休。那么，究竟谁说的才是正确的呢？

他望着严法师，问道："那两部《十地经论》，后来都流传于世了吗？"

"没有。"严法师道，"此事没过多久，跋陀的大弟子慧光回到少林。慧光当时只有二十几岁，但他学习过《四分律》，参学过很多经论，又对文字学下过功夫。他对两位天竺大师都很敬重，深得他们的信任。因此，慧光便承担起了把两位大师的译稿统一起来的艰难工作。他深知两位大师争论的焦点所在，在这之间做了适当的取舍。就这样，《十地经论》终于于永平四年夏首宣告译完。"

说到这里，严法师似乎松了一口气，显然，他认为慧光大师做了件功德无量的事情。

然而玄奘却并不乐观："慧光大师固然智慧过人，然而是否就强过两位天竺大师却也未必，或许他的合译只是形成了第三种观点。"

“你这么说也不无道理。”严法师叹道，“两位天竺大师之所以会有分歧，并不是他们对经典的理解有问题，而是由于他们是天竺人，对汉语的词汇语句运用不熟。作为中原高僧的慧光大师，所要做的就是参考两位天竺大师的中文译稿，用准确的汉语言，尽可能地将书中精髓表达出来。然而……”

“然而什么？”

严法师轻叹一声，摇了摇头：“合译的完成，最终也没能弥合两位大师的分歧，在弘传这部经典的过程中，他们仍是各持己见，在义学方面也是各有传授，分别培养出一批‘地论师’，佛教义学中的地论学派便是那个时候形成的。而两人的门下又各自成立派中之派，最终形成了《十地经论》的‘南道’与‘北道’两大学派。”[7]

讲到这里，严法师望着眼前满脸困惑的小沙弥，徐徐说道：“玄奘啊，你想想看，梵本翻译尚且如此，更遑论很多经论原本就不是梵本，而只是经由西域翻译过来的胡本呢。”

“胡本？”小沙弥又瞪大了眼睛。

“是啊。”严法师无奈地说道，“佛法东传几百年间，绝大多数经论都是先由梵本翻成胡本，传到西域；再由胡本翻成汉本，进入中原。西域各国，语言殊隔，习惯各异，时有战乱灾劫，很多经文本身就已经残缺不全。有时，译者的时间精力不足时，也会对经文自行删减。致使经典良莠不齐，充满了矛盾和含混不清之处。再到后来，由于语言的变化，很多佛经变得难以阅读，一些高僧大德便不断地往里面添入自己的理解和注释……”

说到这里，法师苦笑了一下：“莫说同一部经书有多个不同译本，就是同一个译本，只怕不同的大德在解释上也是各不相同。”

原来有些经书还不止翻译了一次，而是经过了多次辗转翻译！

玄奘心中暗叹，对于各种经书版本中的矛盾，他原本就有疑惑，如今，这疑惑让严法师解释过后，竟更深了。

“鸠摩罗什大师是从梵本直接翻译的吗？”略略停顿一会儿后，玄奘突然又想到了另一个问题。

“是的。”严法师很高兴玄奘把话题转到鸠摩罗什大师身上，使他暂时不用再回答哪个《摄论》译本更真更准确之类的头痛问题了。

“大师之父是天竺人，他本人少年时曾随母亲到罽宾求学，因此会说梵语。大师一心希望东来传法，谁知在凉州一困便是十余载。不过在凉州期间，大师并未令时光荒废，而是学会了中原的语言和文字。正因为如此，当大师终于被姚兴迎到长安，主持翻译时，才能将佛陀圣典译得这般简洁晓畅，妙义无碍。只可惜——”

他沉吟片刻，深深叹了口气："大师一生命运坎坷，虽有译经传法之宏愿，却直至天命之年方得实现。然毕竟年岁已高，虽有三千弟子相助，译出的经典，还不到他所精通的十之一二。"

玄奘忍不住对这位前辈高僧心生向往："若弟子能够早出生几年，得见大师风范，从他受教，定会获益匪浅。"

严法师笑了："玄奘，我知道你与佛有缘，何不再早生几年，若能亲见世尊，当面向他请教，岂不更好？"

"法师取笑弟子了。"玄奘因压抑而紧绷着的脸上终于露出了孩子气的笑容。

严法师欣慰地吐出一口长气，对面浅笑中的少年是如此耀眼，令他不禁有些神情恍惚，想象着再过若干年，这个儒雅出尘的沙弥会变成什么样子？会是另一个罗什吗？

此时天已经快亮了，玄奘望着烛光中的佛像，神往地说道："弟子虽不能亲见世尊，但此生若能去天竺，到那个诞生了佛陀的地方，学习真正的佛典，然后将它们携回翻译，或可解决因译本不同而造成的错误和矛盾。也许正是这些错误和矛盾才造成了今日佛门中的诸多流派，也才有了这些年中原佛界的纷争四起。"

"去天竺？"严法师吃惊地看着这个小沙弥，似乎被他的妄念惊呆了，"玄奘，你可知天竺在何处吗？"

"佛国不是在西方吗？"玄奘道，"史书中有记载，佛自西方来。只要弟子一直向西，定能找到佛国。"

严法师呆了一呆，虽然玄奘所说的"去天竺"只是随口而出的一个想法，未必付诸实施。但他知道这少年的个性是外表温和内心倔强，一条道走到黑的主儿，因而还是决定用一些现实的东西来阻止他时时冒出的疯狂想法。

"你懂梵语吗？"法师看着他问，"或者突厥语？伊吾语？龟兹语？"

玄奘眉头轻蹙，他确实从没有想过这个问题。

沉思片刻，他突然抬起头，对严法师道："弟子可以学！自今日起，弟子便开始学习西域各国语言及天竺梵语。学成之日，便是向大师请辞之时！"

回到净土寺，玄奘觉得今天寺中的气氛有些异样。

师兄们一见到他就喊道："玄奘师弟，你可回来了！你在外面都交的什么古怪朋友啊？神神道道的，赶都赶不走！"

"谁呀？"玄奘莫名其妙。

"就在大殿前面，你自己去看吧。"

穿过两重殿堂，果然看到大雄宝殿前的石阶上，一群僧人正围着一位蓬头垢面，衣着邋遢的术士。那术士跷腿坐在台阶上，旁若无人地喝着小酒。

“原来是何居士，真是稀客！”玄奘走上前去，合掌打了声招呼。

“小和尚你可来了！”占星家何弘达将酒壶往腰间一掖，站起身来，用手划拉了一下周围的僧人，“你们这儿的和尚好没道理，非赶我走不可！”

“那定是你得罪了他们。”玄奘笑说道。

听了这话，周围有几个小和尚也都忍不住笑了起来。

“冤枉啊！”何弘达叫道，“你问问他们，山人可是真心来投宿的，这里的和尚就是不许！还出家人呢，一点儿慈悲心肠都没有！”

“阿弥陀佛！”知客师父上前说道，“老衲已经告诉这位施主，最近很多居士来本寺修习，客房已经满了。”

“满了就不能挤一挤吗？”何弘达一指玄奘，“山人跟这位小师父挤一间，如何？”

玄奘觉得好笑：“沙门住的寮舍里可不光是我一个人，而是几十位师兄弟一起睡的大广单。居士来挤，恐怕不大方便吧？”

“切！小小年纪，还‘沙门’呢。”何弘达不屑地嘟哝道，“你倒是说说看，哪里方便？”

知客师父显然没见过这种硬要来借宿的人，一时性起，随口应道：“柴房里无人，施主你看……”

“柴房就柴房！”何弘达倒是懂得顺杆儿爬，立即起身，提起那只脏兮兮的包袱道，“前面带路！”

众僧不禁目瞪口呆。

玄奘微微一笑，小声对知客道：“师父莫恼，这位何居士虽说脾气有些古怪，倒也不是什么坏人。他可能刚到洛阳，人生地不熟，又无处可去，咱们就帮帮他吧。”

知客叹了口气：“玄奘，此人方才说，与你是至交好友。可有此事？”

至交好友？我们很熟吗？玄奘呆了一呆，笑着摇头道：“师父莫误会，我们只是两年前在嵩山有过一面之缘而已。”

“那就好。”知客师父松了口气道，“听景法师说，此人是个占星家，他又自称山人，估计是个术士，与我佛门弟子不大对付，我观他此次更像是成心来捣乱的。”

“师父尽管放心，玄奘保证他不捣乱便是。”

[1]《晋书》卷十二《天文志中》：妖星，一曰彗星……二曰孛星……芒气四出曰孛。孛者，恶气之所生也。内不有大乱，则外有大兵，天下合谋，闇蔽不明，有所伤害。晏子曰："君若不改，孛星将出，彗星何惧乎！"由是言之，灾甚于彗。

[2]《涅槃经》，具名《大般涅槃经》，北凉三藏昙无谶译。40卷本。为大乘佛教前期作品，晋宋以来对中国佛学界影响很大。经中说，佛身常住不灭，涅槃常乐我净。宣称"一切众生悉有佛性"，一阐提和声闻、辟支佛均得成佛等大乘思想。

[3]《摄大乘论》，简称《摄论》，是大乘瑜伽行派的基本论书。印度无著撰。此论集中阐述了瑜伽行派的学说，对成立唯识的理由、三性说以及阿赖耶识等问题，都作了比较细致的论述，从而奠定了大乘瑜伽行派的理论基础。

[4]无著菩萨，梵名音译为阿僧伽，古印度著名佛教哲学家，大乘佛教瑜伽行派理论体系的建立者之一。生于北印度犍陀罗国的布路沙城，属婆罗门种姓。

[5]出自梁代释僧祐《出三藏记集》第一卷："……是以义之得失由乎译人。辞之质文系于执笔。或善胡义而不了汉旨。或明汉文而不晓胡意。虽有偏解终隔圆通。"

[6]世亲菩萨，无著的弟弟兼弟子，大乘佛教瑜伽行派的创始人之一，初习小乘，后在无著的影响下舍小入大，广造论释，共同创立了印度唯识宗。《十地经论》，世亲著，内容是解释《华严经·十地品》的经义。

[7]关于两派的得名，有三种说法：一种认为，从邺都通往洛阳有南北二道而得名；另一种认为，在洛阳时，《十地经论》即分南北二途，与邺都无关；第三种说法认为，菩提流支住永宁寺，在御道以北。勒那摩提可能住白马寺，在御道以南。而在教义卜，两派最大的不同在于，北道派主张佛性始有，南道派主张佛性本有。

第07章

为什么会有这场灾难？

晚课过后，玄奘信步来到柴房，笑问道：“居士住得还习惯吗？”

“习惯之至。”何弘达跷着脚睡在柴堆上，双手枕在脑后，夸张地说道，“这份福气，皇帝也未必享受得到啊！”

玄奘微微一笑，走了进来，顺手拿起他的酒壶。

“哎，你拿我酒壶干什么？”何弘达起身要抢，玄奘将酒壶往背后一放，便让他扑了个空。

“我知道了。”何弘达笑道，“小和尚几年不见，长高了，长俊了，也长见识了。知道酒是个好东西，也想要喝两口了？”

玄奘正色道：“居士若真心前来投宿，就不该将酒肉带入寺中。若是居士离了酒就不能过，那也没什么，出了这个寺门，本坊内就有很多客栈可供歇脚。若居士囊中不大方便，玄奘还可以跟大和尚说说，接济一下也无妨。”

“能不能不那么麻烦啊？”何弘达小声嘟哝了一句后，重又躺下，悻悻地说道，“不喝就不喝！”

玄奘也在一个柴捆上坐了下来，看着占星家明显消瘦的面容问：“居士不是一直在嵩山上观测天象吗？怎么跑到洛阳来了？”

“天机不可泄露。”何弘达神秘兮兮地说道，“山人掐指一算，就知洛阳是个遍地银钱的好地方，来这里是不会吃亏的。”

玄奘觉得好笑：“只怕你来迟了。洛阳遍地银钱，那是很多年前的事了，现在可未必。”

“不见得，不见得！”何弘达连连摇头，“你这庙里的和尚一见我就往外撵，还不是怕被我抢了饭碗？”

“那定是你这一身的酒气，惹人讨厌罢了。”

何弘达跳了起来：“你说什么？酒气就讨厌？天若不爱酒……”

“天应无酒星。”玄奘顺口接过他的话道，“天地爱不爱酒我不管。反正，佛弟子不爱酒。”

“所以你们麻烦！”何弘达仍是这句话。

玄奘见他的眼睛始终在自己手中的酒壶上打转，遂决定换个话题：“记得当初在嵩山上，居士曾经说过，芒星孛出，主大凶。不知此次前来，是否是想到了什么破解的方法？”

“破解？”何弘达摇头苦笑，“天劫已至，大家都只管等着应劫吧。劫若是能破解，那就不是劫了。”

“天劫？”玄奘皱起了眉头，“那居士到这里来做什么？沙门还以为，你想出了什么好主意，来解救一方百姓呢。”

“山人要有那本事，还至于……”占星家说到这里便住了口，眼睛依然紧盯住玄奘手中的酒壶。

玄奘只当没看见，毫不理会他的目光。

何弘达有些无奈：“我说小和尚，你们佛陀不是神通广大吗？有什么办法解救众生呢？”

“有啊。”玄奘很干脆地回答，“佛陀要众生遵守五戒、十善，奉行六波罗蜜，便可脱离烦恼的海洋，到达彼岸……”

“哈哈哈！”何弘达大笑起来，几乎笑出了眼泪，“这就是你们佛陀提出的好办法？真是太可笑了！如此说来，这佛法实在没什么大不了的！只会讲些三岁小孩子都会说的话。”

玄奘默默地等他笑完，看他把气喘匀了，这才平静地说道：“这没什么可笑的，三岁小孩都会说的话，可即使是八十岁的老翁，又有谁敢说自己能够做到呢？”

何弘达止住了笑，像看怪物一样看着玄奘：“小和尚，你觉得这可能吗？人人都奉守五戒，十善？”

“依现在的娑婆世界看，确实还无此可能。但佛陀就是明知不可为而为之，希望每一个众生都能够有机会与佛法结缘。这样，等到弥勒菩萨下世为佛的时候，就可以做到这一点了。”[1]

“弥勒下世？”何弘达再次大笑起来，“对对对，山人想起来了！是曾经有那么几位自称弥勒转世的人在皇城外的建国门前起事，夺取侍卫武器，杀死守城官兵，引起轩然大波！也就……五六年前的事儿吧，小和尚可知道吗？”

“知道。”玄奘黯然点头。

那是大业六年（公元610年）的正月初一，天还未亮，数十名身穿白衣，头戴素冠之人便焚香持花，径直来到建国门前。

城门守军以为是“佛祖降临”，忙不迭地跪下磕头。不料这些“佛爷”突然发难，夺了卫士的武器，甚至还想冲进皇城，图谋起事。

当然，区区数十人就想起事成功，显然是个不可能的神话。当天，参与此事之人全部被抓，洛阳全城随即展开了大搜捕，受牵连而获罪的达千余家。

那时玄奘刚刚进入净土寺，年纪尚小，还感受不到什么，只记得那段日子，寺中的气氛压抑到可怕的程度。

后来他才知道，此事对整个洛阳佛界的影响有多大，不仅那数十人全部被残忍地处死，而且还连累洛阳城各个大寺小庙，很多僧人居士受到牵连而被抓捕流放甚至杀害。

直至今日，寺中诸僧提起此事，还有些人心惶惶。

“若非齐王杨暕刚好带兵路过此门，他们说不定就成功了！”何弘达摇头晃脑，言语之间颇为遗憾。

“总共就那么几个人，怎么可能成功？”玄奘悲悯地说道，“白白搭上性命不说，还连累众多无辜者，横遭劫难。”

“不懂了吧？这才是佛祖下凡，普度众生呢！”何弘达一副理所当然的口气，“你方才不是也说了吗？明知不可为而为之！反正现在这世道，无辜者想要平平安安地活下去，只怕也不容易。劫难来了，谁都躲不掉！”

玄奘没有说话。

事实上，无论是何弘达还是玄奘都不曾想到，这个在洛阳发生的，看上去有点像闹剧的事件却是隋末农民大起义的有力信号，史称“建国门起事”。

何弘达深深沉浸在这件事中：“我说小和尚，你说这事儿有意思不？当今天子自称菩萨戒弟子，成天拜佛求神，可偏偏那些弥勒转世的菩萨不仅不理他的茬，还要起事反对他。也不知皇帝知道了，作何感想？”

玄奘悠悠叹道：“不管那些人的所作所为是对是错，有一点玄奘可以肯定，他们绝不是弥勒菩萨转世。”

“你这小和尚为何如此肯定？”何弘达斜着眼睛问，“莫非你有天眼神通？”

玄奘道：“我佛是慈悲的，怎么会用杀人的方式来解决问题？这件事就算闭着眼睛都可以想到，还要什么天眼神通？”

“那可不见得。”何弘达将身体往后一靠，懒洋洋地说道，“或许佛陀改主意了，觉得如今这世道，靠慈悲已经无法解决问题，只好用杀人的了，至少可以看到立竿见影的效果。”

“那是居士的想法，不是佛陀的。”玄奘目光灼灼地盯着占星家，“居士可知，真正的弥勒菩萨降世之时，这个娑婆世界是什么样子的？”

何弘达被这少年的目光所慑，神色顿时变得正经起来，一副洗耳恭听的模样。

玄奘道：“《佛说弥勒菩萨下生经》中说：尔时阎浮地。东西南北千万由旬。诸山河石壁皆自消灭……尔时时气和适四时顺节。人身之中无有百八之患……人心均平皆同一意。相见欢悦善言相向。言辞一类无有差别……尔时阎浮地内自然生粳米亦无皮裹。极为香美食无患苦……尔时人寿极长无有诸患。皆寿八万四千岁……”

“小和尚开玩笑吧？”何弘达笑道，“那时的人能活八万四千岁？”

“善业所感就是如此。”玄奘道，“你知道众生除了各自的业力外，还有共业，这种业会影响到每个人。除此之外，还有一种比共业更强大的业，叫作‘极共业’，是这娑婆世界的一切众生业力所感，其影响大到不可思议。我们身处的这个世界的样子，人的寿命，都受它的牵引。居士你想想看，如果人人皆奉守五戒、十善，这样的共业会从根本上改变我们生活的这个世界，让它变得和现在完全不同，是现在的你想象不到的。而弥勒菩萨就是在那个时候降生下来，成为弥勒尊佛，度人无数。”

何弘达深深吸了口气：“小和尚，你这话听起来虽然邪乎，但我还真愿意相信是真的。要是连佛法都无能为力的话，这个世界就真没救了。”

玄奘点头道：“或许正如居士所说，佛法没什么大不了的。但是，有佛法在，总有一天，这娑婆世界会成为那样殊胜美好的世界；而若无佛法，只怕众生的共业会使整个娑婆世界都变成地狱。”

“就算你说得对，那一天也实在是太遥远了。”何弘达颓然叹了口气，道，“对于现在这世间的芸芸众生来说，有了佛法又能怎样？你觉得现在这个世界还不是地狱吗？”

玄奘默然无语——从小到大所见所闻，这人间就算不是地狱，也相差无几了。

何弘达又将话题转回那些冒充弥勒转世而被杀的人：“不管他们是什么人，山人都认他们是菩萨！弥勒降世可能还早得很，大隋朝的气数却已经差不多了。”

玄奘吃惊地看着这个占星家。

何弘达也回望他道：“怎么，山人说得不对吗？现在各地都是起事之人，难道它还有什么气数不成？既然有人造反都不怕，我还怕说什么？再者说了，讲这话的人又不止山人一个，凭什么单抓我？”

“有人要抓你吗？”玄奘目不转睛地看着他。

何弘达赶紧捂住嘴，随即又不好意思地放下，冲着玄奘神秘地一笑：“小和尚别害怕，山人其实什么都没做，只不过是酒劲儿上来过了过嘴瘾而已。再说我也没说错啊，谁不知道他杨广的登台是怎么一回事？弑父奸母，嘿嘿，好一个大业天子啊！这事……”

“居士可真厉害。”玄奘打断他道，“既然是逃命，还在净土寺里整这么大动静出来，官府常有人来寺中烧香供佛，居士难道不知？”

“知道！正因为山人知道，所以才会躲到这里来。”何弘达面无惭色地说道。

见玄奘面色不豫，何弘达忙又解释道：“我说小和尚，你别这样看着我好不好？山人能掐会算，做事绝对不糊涂！那些官府抓人，从来都是挨家挨户、挨个客栈地搜查，不会搜查寺院的。”

“一旦查了寺院，就会引起法难。”玄奘冷冷地说道。

“那帮弥勒菩萨都没引起法难，山人哪有这神通？”何弘达不以为然地说道，“小和尚，你别看当今皇上那么喜欢折腾，什么建东都、挖运河、下江南、征辽东……弄得民不聊生。可邪门的是，他居然还是个信佛的！我猜啊，他大概是想学那地藏菩萨庄严地狱吧。不管怎么说，只要他还在位，法难是不会有的！”

“庄严地狱？”玄奘皱起了眉。

“哈哈！小和尚听不懂了吧？”何弘达大笑道，“你上次不是跟我说什么佛菩萨要庄严地狱吗？我猜当今天子啊，就是想把这娑婆世界变成地狱，然后再把地狱整得气派些，比西天极乐世界还气派！这不就是庄严地狱吗？哈哈哈，真是天才啊！”

看到玄奘的神色越来越不悦，何弘达赶紧收敛了笑容，干咳一声，解释道：“哎，山人说的是当今皇上，可不是说菩萨啊，小和尚别听拧了。菩萨嘛，当然还是慈悲的，他说的‘庄严地狱’肯定不是这个样子的。”

说到这里，他右手往旁边一伸，本能地做了个抓酒壶的动作，结果自然抓了个空。

玄奘拿起他的酒壶，看了看道：“酒从口入，祸从口出。居士早点歇息吧，从今日起，不必总想着过嘴瘾了。”

说罢起身而去。

“哎哎，别真把我的酒拿走哇！”何弘达追出来喊道，可是玄奘已经去得远了。

“还真是……说拿走就拿走了。”何弘达垂头丧气地回到柴房，坐在柴堆上小声骂道，“这小和尚，还一心修佛呢，一点儿慈悲心都没有！”

由于肚里没酒，虽然感到疲惫不堪，竟然睡不着觉，这位占星家就在柴堆上辗转反侧，唉声叹气了好一阵子。

正在度时如年之际，忽听到柴门“呀”的一声开了，紧接着，一股熟悉的酒香扑鼻而来，何弘达精神一振，一挺身坐了起来。

竟然是玄奘，一手提着他的酒壶，一手拿了只陶碗，来到他的面前，将壶中的酒倒了一碗，小声说道：“居士尽管放心地住在这里，玄奘已经跟方丈说了，外面若有人问起，寺中僧众绝不会说出你来。居士既然没犯什么大事，过一段时间风波自会平息。这酒喝了伤身，对居士有害无益，何况又是在寺院之中。只是念在居士平日里好酒成癖，怕一时难挨，大和尚这才同意居士每日里喝上一碗，就当是喝药了。”

何弘达心里感动，嘴里却说：“就算是有人说了，山人也不怕！哎，我说小和尚，咱商量商量，能不能每天两碗？不是说当药喝吗？这一碗的剂量不够啊！”

玄奘没理他，转身出了柴房。何弘达微微一笑，也不再多说什么，端起碗来一饮而尽，然后心满意足地在柴堆上躺了下来，很快便进入了梦乡。

也就在这一年，隋炀帝下江都巡视，征调徭役疏浚洛河。

按说将河道疏通对民生而言也不是什么坏事，但由于工期紧，催得急，数万人不得不在皮鞭下没日没夜地赶工，很多人被活活打死、累死，洛河工地上尸积如山，每天都有人在此痛哭寻亲……

洛河疏通后，百姓们尚未松一口气，那位想象力颇为发散的皇帝再一次突发奇想，竟然征集妙龄女子为他拉纤！

整个洛阳城顿时被他的这一想法搞得鸡飞狗跳，很多人家刚刚失去儿子，又要面临失去女儿的噩运，一时间，家家户户哭声震天。

这天晚上，玄奘从白马寺听经回来，听到一个女子在街头抚琴而歌：

“我兄征辽东，饿死青山下。今我挽龙舟，又困隋堤道。方今天下饥，路粮无些小。前去三千程，此身安可保！”[2]

这歌声凄凉婉转，听到之人无不黯然流泪，玄奘虽然年少，却也禁不住心中酸楚。

那女子后来被官兵带走了，也不知是死是活。众人说起此事，无不摇头叹息。

为防意外，很多家庭选择了离开洛阳，其中就包括林居士一家。

龙舟出发那天，几位师兄从藏经阁里硬拉了玄奘去看热闹。

只见那绵延数百里的船队压着洛河水缓缓行来，数千名盛装女子手拉彩纤，笙琴乐曲飘荡在空中；岸上铁骑扬尘，旌旗蔽天盖日，那场面，真是说不出的热闹繁华！

玄奘默立岸边，想起了疏浚洛河时工地上白骨累累的惨状，想起那彩纤女子的凄婉歌声，便觉得这份气派热闹中有着太多的凄惨。

不知怎的，他的脑海中突然闪出何弘达的那句戏言：“把娑婆世界变成地狱，再把地狱整气派些！这不就是庄严地狱吗？”心中忍不住一阵悲伤，转过身去，一言不发地走了……

转眼到了大业十四年（公元618年），正是群雄并起，逐鹿中原最激烈的时期。

这年三月，宇文化及弑杨广于江都，一场争夺最高权力的战争在中原大地上正式拉开了帷幕！

在当时所有的反隋势力中，薛举最先在陇西称帝，号西秦霸王；

南方的萧铣在得知杨广的死讯后，立刻称帝，年号鸣凤，国号大梁；

紧接着，窦建德在乐寿称帝，改国号为夏；

而刚刚杀了杨广，正志得意满地率众西归的宇文化及，听到中原一夜之间竟冒出这么多皇帝，顿时气得跳脚骂娘，于是也在魏城称帝，改国号许；

随后的日子里，越来越多的人宣布自己是皇帝。

五月，李渊称帝于长安，改元武德；

同月，洛阳留守官员王世充奉炀帝之孙杨侗为皇帝，改元皇泰，朝政自然由王世充掌理。

……

虽然号称十八路反王，但其实，像他们一样称帝的乱世豪杰足有五十多位，每一家聚集的兵力都在十五万人以上！

整个中原四分五裂，陷入到极度混乱的局面之中。

就在王世充立杨侗当皇帝的时候，李密率领的瓦岗军也已兵临洛阳城下，同隋军展开了争夺洛阳的大战。

而王世充则在洛阳城内广募兵役，以抵抗瓦岗军的进攻。

在不到半年的时间内，李密与王世充大大小小打了六十余战，双方势均力敌，不相上下。

对僧人们而言，这是一段可怕的日子，双方军队在古城内外反复拉锯交战，战况此起彼伏。城内城外的尸首堆积成山，恶臭腐败，无人掩埋。城中百姓死的死，逃的逃，已是十室九空。

玄奘已不敢再往寺外去了，美丽庄严的洛阳古都已经成了人间地狱，就连空气中都含着浓浓的血腥味儿和尸臭的气息。

夜深人静，长明灯前，《往生咒》在一遍一遍念诵着——这干戈何日能止？这太平何时能至？佛祖所说的极乐净土又在何处？玄奘心中充满了困惑。

这一年玄奘十六岁，已是个玉树临风的少年法师。他的双眸明亮深邃，时时闪烁着睿智的光芒；他的讲座越来越受欢迎，早已不亚于那些成名已久的法师。凡听过他讲经的居民和西域胡商都对他印象深刻，他们说，没有人能够抵御玄奘法师讲经的魅力。一些原本不信佛的人，就因为喜欢听他讲经，便信起了佛。

与佛学一同精进的还有他的医术，这些年来他系统学习了《黄帝内经》《难经》等医书，兼给寺中僧俗人等看病，在这方面同样小有名气。

此外，他还常常利用讲经之余，向城内的胡商们请教西域各国语言。对此，胡商们深感荣幸，总是耐心地为这位小法师讲解。

不过最近这一两年却不见那些胡商了，他们都是嗅觉敏锐的商人，早早地逃离了这座风雨飘摇的城市。

新年伊始，僧人们也开始陆续离开，敬脱、道基等名僧，发现情况不对，纷纷逃离洛阳。

更多的人选择留下，他们认为，现在的形势还没到逃命的时候。

慧景法师决定离开，并且叫玄奘同他一起走。

玄奘却摇了摇头："师父，洛阳现在有闹瘟疫的苗头，却已经没有多少大夫了，弟子好歹懂些医术，想留下来，为难民们治病。"

景法师叹息道："我知道你是个慈悲的孩子，可是，洛阳即将成为一座死城，不管闹不闹瘟疫，有没有大夫，结果都是一样的。玄奘，听为师一言吧，与其坐以待毙，不如走而求生。"

"可是，大多数人都没有走啊。"玄奘说道。

"那是他们心存侥幸。"景法师道，"世人只知安土重迁，要他们离开故乡往往会有很多顾忌，比如家业、财产、亲朋、故交……哪一样都割舍不下。等到发现必须离开了，往往为时已晚，只剩下死路一条。这是众生的业障。老衲劝不动别人，只能劝劝自己的徒弟。玄奘啊，你若不及时离开，到时候只怕想走都走不了了。"

玄奘咬着下唇沉默着，许久，才低低地问了一句："为什么会这样？"

"你说什么？"法师似乎没有听清。

"为什么会有这场灾难？"玄奘抬起头，目光灼灼地望着师父，"为什么会死这么多的人？难道他们都是前生造罪吗？"

"每个人都有罪，包括你我在内。"景法师正色道，"玄奘，你难道不知道佛家是讲因果的？"

"弟子知道。"玄奘垂下头，低低地说道，"可是弟子不明白，就算众生有罪业，难道一定要用如此悲惨的方式来受报吗？当我们看到众生饱受折磨的时候，究竟有谁可以为他们承担和救赎呢？"

慧景法师叹道："业就好比是一粒种子，迟早是要结出果子的。业如果可以破，果报也就不成立了。"

玄奘问道："那么，众生的共业是否会祸及无辜呢？"

景法师摇头道："众生的共业确实会造成极大的祸殃，但不会祸及无辜，只会使这根业的链条更加复杂。玄奘啊，如果你能够证得宿命通，就可以知道，这世间的每一个众生，都曾经历过无始劫的生死轮回，造下了如恒河沙般无穷无尽的善业与恶业。可能有些恶业当生便已偿还，还有一些则经历数劫都未偿还。那么，某一段时间，因为某一个因缘，一大批众生共同承担起相同的果报，以偿还他们累世累劫不同的业。这，大概就是现在这个情形了吧？"

"可是，师父。"玄奘忍不住辩解道，"弟子以为，众生在生死海中轮转，造下恶业，实属迫不得已。比如虎狼之类，如果不吃别的生灵，就会活活饿死。"

景法师道："世间因果本就是循环不息的。虎狼吃别的生灵，又焉知别的生灵在无始劫前不曾吃过它们？"

玄奘道："既然每个生命都有可能为了生存而造下恶因，昨日复昨日，每一个昨日都是一个死去的自己，都在不知不觉中欠下一屁股业债，又在茫然无知中痛苦地偿还。那岂不是说，苦难根本就是无法避免的？"

景法师点头道："正是如此。所以佛陀才说，苦海无边，了无尽头。"

玄奘道："既然是这样，弟子认为，这世间所有的一切恶事，都不该由当事人来承受，一切众生的苦难也不是从前造罪而活该当受的！"

"那又如何呢？"景法师奇怪地看着弟子，"这是自然的法则，不管是否当受，事实如此，法尔如是啊！"

玄奘沉默了，他知道师父说得没错，可心里就是发堵。

玄奘最终没有选择随师父离开，他修习的是大乘佛法，佛家悲天悯人的情怀早已在他心中生根发芽。面对苦难，他不愿意一避了之。

战乱持续了将近半年，洛阳变成了一座饥饿之城，城内一斛米居然卖到了八九万钱！

饥荒使得很多人家粮草断绝，不得不到净土寺来请求施舍，寺中也尽可能地给予接济。初时只有一两个人，后来人越来越多，寺院也已经难以为继了。

看着山门前那些衣衫褴褛，面呈菜色的饥民，玄奘心中刺痛，恨不能代受其苦，他转身对同样一脸不忍之色的方丈慧明长老说："大和尚，眼下饥民越来越多，我们为何不在寺前施粥设赈呢？"

慧明长老深深叹了口气："老衲何尝没有这等想法，只是，王将军前些日子还向我们寺中借粮，这你也是知道的。唉……"

原来，经过数月的激战，王世充的兵力越打越少，洛阳城中的壮年男丁几乎全被征走，剩下的都是老弱病残，他已无法招募到更多的精壮兵士。

更要命的是，城内军粮几乎告罄，虽然时时派士兵前往各家各户征粮，有时甚至动用了抢劫的手段，但此时的洛阳，户户均已家徒四壁，仅靠从老百姓那里抢到的仨瓜俩枣，根本无法解决任何问题。

自古以来，当兵就为吃粮，有粮才能招到兵马，有兵马才能得到天下。现在，既征不到兵马，又筹集不到足够的军粮，这仗还怎么打？王世充顿时急得脑门上火。

他不是没有打过寺庙的主意——早在数月前，他的侄子王仁则以及几个不信佛的幕僚就曾向他献策说："洛阳有四大道场，年轻僧人众多，招来便可补充兵力；况且这些道场往年一直接受朝廷供养，又有无数信众的施舍，应该还有数额巨大的余粮。"

听了这话，王世充不由得为之心动，但想到在这乱世之中，得罪了菩萨，谁知道会惹来什么样的灾祸呢？因此不到万不得已，还是不去招惹那些佛爷的好。

但是没有粮食，毕竟是玩不转的。思忖再三，他提笔给四大道场写了信，信中措辞倒是客客气气，提出战乱之中，军粮紧张，谨向每家道场暂借一万石军粮，待局势稳定后奉还云云。

信发出去之后，四大道场很快都有了回话，语言同样客客气气——

将军开口，不敢不借，只是如今朝廷早已中断了对道场的投入，更兼土地荒光，百姓流离失所，信徒们更是散尽。道场便是维持僧人自己的吃喝都勉为其难，实在没有多余的粮草可供劳军了。

这并非是四大道场有意推托，要说余粮，现在各寺虽然还有一些，但毕竟是吃一点少一点，早已是捉襟见肘，自顾不暇了。何况还有越来越多的饥民需要救济。而供应军粮又是个无底洞，很可能会没完没了，这个口子无论如何都不能开！

但是，佛家道场究竟还是不敢得罪这位大将军，最后思来想去，每家出了百余石，算作心意。

这几百石粮食对于一支军队来说，无异于杯水车薪，根本解决不了军粮短缺的问题。

王世充自是大怒，拍案喝道："这帮秃贼，跟他客气他还当福气，拿我当叫花子打发了吗！"

一怒之下，开始暗示士兵们到一些小庙里抢粮抓人……

这些事情玄奘当然知道，但他还是觉得不可理解："大和尚，难道佛门弟子不该普度众生吗？难道我们要守着余粮，眼睁睁地看着灾民们饿死吗？"

慧明长老的心被刺痛了，虽然不知道这样做能支撑多久，但他还是郑重地点了点头。

净土寺的山门前搭起了粥棚，支上两口大锅，里面熬着米粥，雪白而又黏稠的粥闪动着诱人的光彩。

饥饿的人群一拥而上，为防止出现挤踏事件，几个青年僧人忙着在人群中维持秩序。领到粥的人顾不得烫就迫不及待地大口吞吃了起来，有的人当场噎着。旁边的亲友忙不迭地帮忙捶着抹着，也有的人等不及上去便抢。一时之间，喊声、哭声、叫骂声交织在一起。

“佛祖、菩萨是慈悲的，可众生这么苦，为什么就不能救救众生呢？”一片混乱中，很多人都问了玄奘同样的问题。

玄奘很难过，他无法做出令自己满意的回答。虽然，佛教中的“因果报应”“生死轮回”“众生平等”“苦乐在心”等理念正是化解这种心灵苦闷的良药，但他自己却觉得有些苍白。

他只能说：“佛菩萨告诉众生应该怎样做才能从苦海中拔除出来，却无法参与众生在自己的业海中轮转。”

“难道这世上所有死去的人和所有生不如死的人都是因为前生作了孽吗？”人们不依不饶地追问道。

玄奘犹豫了一下，轻轻说道：“不，这次，是天劫……”

他心里当然明白，如果用佛教的观点来解释很容易——佛家讲因缘，业就是因，而要得到果，还需得到缘的助力。

现在，一个战争的缘让众生不同时期的恶因在同一时期集中呈现出来，于是人们就看到了众多相同的果报。

这便是恶缘，而创造这个恶缘的人显然也造了恶业，日后也必将受到相应的果报。

从这个角度讲，战争既是果，也是因。

这样的解释既现成又很有逻辑性，然而玄奘没有跟难民们说这些，因为这话解释起来就太长了，世人因果纠缠如一团乱麻，哪是那么好解释的？何况就算解释了，难民们也未必有那个心情听。

面对这些可怜的难民，玄奘觉得，与其告诉他们，这是你们以往所种的恶因结出的恶果，倒不如给他们提供一些实际的可操作的主意。

因此，他干脆用何弘达的“天劫说”来解释，虽然这并非佛教里的概念。

“既然是天劫，总有结束的那一天。”他为难民们打气说，“撑过去就好了，那些杀人如草芥的人，总有一天也会受到他们自身业力的果报的。”

虽然他自己都觉得这个回答有些苍白无力，但是善良的民众还是相信了他的说法。

“唉，天劫何时才能过去啊？难道我们只能等着应劫吗？”

“不！”玄奘道，“即使是天劫，也是可以想办法躲避的。”

“怎么躲避啊？”众人纷纷围了过来，无数期待的目光落在少年法师的身上。

“离开这里。”玄奘语气平静地说道，“洛阳虽是父母之邦，但此刻已是地狱。与其在这里坐以待毙，不如暂时离开，到远离灾祸的地方，等待天劫的结束。”

人们的心被说得活络了，开始议论起来。

“法师说得有理。可是，眼下到处都在打仗，哪里才是远离灾祸的地方呢？”

是啊，哪里才是远离灾祸的地方呢？

玄奘站立在灾民中间，景法师临行前与他的对话又在耳边响起——

“你觉得现在这个时候，去哪里最合适呢？”法师问他。

“长安。”当时他这样回答。

“为什么？”法师问。

“听说它最先从战乱中安定了下来，可见李家父子有治国之才。”在师父面前，玄奘毫不隐瞒自己的观点，“师父您想必也知道，关中地区易守难攻，自秦汉始便常做都城。听闻李家兄弟又善于用兵，因此弟子觉得，李唐得到天下的概率至少有七成，长安必定会成为新王朝的都城。”

景法师赞许地点了点头：“玄奘啊，为师知道你一向有些眼力，也相信你的判断，这就去长安看看。”

玄奘却有些担忧：“师父，听说路上不太平，您要小心。”

景法师微微一笑：“不必担心，严法师会与为师同行的。倒是你，留在这里才要小心。出家人莫要逞强，有什么麻烦解决不了的，记着及时抽身而退，去长安找我。”

“弟子记住了，请师父保重。”

景、严二师现在应该已经平安抵达长安了吧？玄奘心中好生思念。

其实，他选择留在洛阳并非有意逞强，只是希望能替百姓们多尽些力罢了。

收拾了一下心情，玄奘对难民们说道：“沙门听说，李家父子已经占领了长安，那里实行的是德政，你们就去那里吧。路上若有急难，就念南无大悲观世音菩萨，他大慈大悲，定会保佑你们平安到达的。”

看到周围的人纷纷点头称是，玄奘不禁在心里长舒了一口气。

长安毕竟是离洛阳最近的相对安稳的地区了——如果那里真的安稳的话。灾荒兵祸，拖儿带女，走得太远会有许多意想不到的事情发生。因此，不管相不相信李家父子，他都只能让他们就近去长安避难了。

他没有看错，这一年也是武德元年，李渊从他亲手立的小皇帝杨侑手中接过政权，在长安正式称帝，大唐王朝二百九十载的历史，就从这一年算起。

其实在当时，称帝的远不止李渊一个，他只不过是隋末大动乱中众多的领袖人物之一罢了。

对于这些苦苦挣扎在战乱之中的老百姓来说，他们其实并不在意谁又当皇帝了，反正这年头皇帝已经太多了！但他们相信玄奘法师的话，不管怎样，只要有一线希望，对他们来说都是莫大的慰藉！

看着喝完了粥，向佛像行礼后相携离去的灾民，玄奘在心里暗暗祈祷："佛祖啊，请保佑他们！如果真的还有什么业障没有消除，就让玄奘替他们背负吧！"

---

[1]弥勒，译为慈氏，出身婆罗门家庭，后为佛弟子，先于佛入灭，上生睹史罗天内院。《佛说弥勒下生经》中说，弥勒在睹史罗天的寿命结束后，会降生人间，出家成佛，在华林园龙华树下说法，超度信众。

[2]出自隋《挽舟者歌》，据说是大业十二年（公元616年）隋炀帝第三次下江都时，挽舟民夫所唱的歌。作者已不可考。诗歌全文是：我兄征辽东，饿死青山下。今我挽龙舟，又困隋堤道。方今天下饥，路粮无些小。前去三千程，此身安可保！寒骨枕荒沙，幽魂泣烟草。悲损门内妻，望断吾家老。安得义男儿，焚此无主尸。引其孤魂回，负其白骨归！

第08章

染血的东都

一支军队包围了净土寺，慧明方丈急匆匆地出来迎接。

为首的将领正是王世充的侄子王仁则，这个暴虐的武夫一脸寒霜，说出的话夹枪带棒：“如今国难当头，叛军已经打到了城下，将士们都快没得吃了，你们这些和尚倒是还有余粮啊！”

“阿弥陀佛。”慧明长老合十道：“施主请听老衲解释……”

“什么施主？”王仁则不耐烦地打断他，“老子不信佛，不是什么施主！你这老秃贼少给我来这套！”

“是，是。”慧明长老只得改口道，“将军容禀，净土寺里虽然还有一点粮食，可也维持不了几天了。周围百姓已断粮多日，这些粮是用来救命的。”

“少啰唆！”王仁则挥舞着大刀吼道，“庶民百姓又不打仗，难道比前方拼命的将士还重要？现在最需要的是军粮！将军念你们是出家人，好言相借，谁知你们这帮贼秃居然拿着客气当福气，妄想囤积居奇！赶紧把粮食交出来！若再不识抬举，我便让你这净土寺，真正变成一片净土！”

听到王仁则的威胁，慧明长老面呈为难之色。然而此时已经由不得他说什么了，王仁则手一挥，士兵们早已涌入道场，不大一会儿，便从里面扛出十余袋粮食出来。几个年轻僧人试图上前阻止，却哪里阻止得了？

王仁则骑在马上，扬扬得意：“净土寺是洛阳名刹，粮食肯定还不止这些！老和尚，我限你三天之内筹出一万石军粮出来，否则……”

他手中刀一挥，旁边一棵已经光秃的小树已被拦腰截断。

看到几个胆小的僧人脸色变得惨白，王仁则纵声长笑，策马离去。

见此情形，慧明长老只得长叹一声，合掌诵道：“阿弥陀佛！”

这天晚上，慧明长老将寺中僧众们召集到一起，对他们说道：“如今朝廷失德，天下大乱，王世充的军队如虎狼一般，四处抄掠，连寺院都不放过。洛阳已经无法安住，老衲思前想后，打算将寺中余粮全部拿出来赈济灾民。然后，诸位同修便请暂离此城，以求避难，若能于异地弘扬佛法、参学修行，使净土寺的法脉不至断绝，则为本寺之幸。”

僧人们自然都知道不能再在洛阳坐以待毙了，听方丈这么一说，也都纷纷点头附和——

“说得是，待在洛阳不是长久之计。”

“是啊，大隋的天下眼看就要完了，洛阳摆明了早晚被瓦岗军攻下来。”

“要说这王世充的军队打仗不行，抓人抢粮倒挺在行，咱们再在这里干坐着可就是等死了！”

“连景、脱、基、暹四大德都走了，咱们也跑吧。”

“还是景法师有先见之明啊，听说他们几位大德都去了长安，咱们何不也到那里去？”

僧人们开始七嘴八舌地谈论起长安的李氏政权，说那里相对稳定，很多人都去投奔。也有痴恋乡土不愿离去的，又知道眼下这局势实在是不能不走——洛阳被围困已有数月之久，整座城市饥荒蔓延，留下来无异于等死。于是，修行不到位的便当场大骂朝廷腐败，皇帝昏庸，好好一座帝王古都，被作践得形同鬼蜮。

玄奘坐在一边，静静地听着师兄们的讨论，心中一时百感交集。

景、严二位法师想必已经到了长安，如果还有别的高僧也去了那里，那就意味着长安已经成为新的佛学中心，那里可以重开道场，重设讲席，佛法将会为灾难中的人们重新带来信心！

这天夜里，净土寺周边各坊小小地沸腾了一把，僧人们连夜将藏在地窖里的粮食全部搬出，一小部分做成了饼，用做逃难路上的干粮，其余的则装成小袋，分别由几组僧人就近送到各坊各户家中。一时间，家家户户都在称颂大慈大悲观世音菩萨。

天还未亮，净土寺再次被军队包围。

这次领头的竟是王世充本人，王仁则挎着马刀跟在他的身后，一脸的狞笑。

这是玄奘第一次见到王世充，他发现这位洛阳的最高军事统帅长得很特别：一头自然卷曲的褐色头发，眼睛是淡黄色的，鼻梁很高，全身金毛，声音沙哑，好像嗓子里塞了羊毛一样，让人很不舒服。

王世充不是中原人。他的父亲名叫Zitaru，中文姓氏是“月支”。在他很小的时候，父亲就去世了，母亲带着他嫁给新丰一户王姓家庭，他从此就姓了王。

据说，少年时期的王世充家境贫寒，却酷爱读书，精通兵法，后来随杨素北伐，被封为幽州长史。

慧明长老心知“是祸躲不过”，便同那些尚未来得及走的僧人们一起出来迎接。

“阿弥陀佛，将军亲临道场，不知是拜佛呢，还是求签？”

“求签。”王世充冷冷地说道，“不过不是为自己求，是想替你们这里的和尚求支签，看看你们还有多久好活？”

“将军说笑了。”慧明长老勉强笑道，“出家人这副臭皮囊原本就只是暂住而已，活多活少又有什么打紧？”

“是吗？”王世充鹰一般的黄色眼珠死死盯住慧明长老，好一会儿才转过头，冷冷地扫过站在他身后的数十个僧人——

“净土寺不是座大庙吗？怎么就剩这几个和尚了？都死了还是跑了？”

慧明长老小心地说道：“回将军，寺里没有粮食，他们逃荒去了。”

“逃荒？那你们为何不逃？”王世充问。

慧明长老没有作声。

王世充冷笑一下，手一挥，一队士兵立即冲进寺中，直奔库房。

旁边的王仁则还在阴阳怪气地说着：“当今皇上虔信佛法，多次斋僧度僧，四大道场一向供给充足，本将军亲眼看到，你们这里前几天还架着口大锅摆阔，怎么这会儿倒哭起穷来了？”

慧明知道，此人比王世充更加不可理喻，何况现在说什么都没有用了，只得合掌肃立，不再多言。

王世充从鼻子里哼出一声：“天子敬奉三宝，从没亏待过你们，想不到竟然养虎遗患，你们这些不知死活的贼秃竟敢造反，简直是活得不耐烦了！”

“阿弥陀佛，将军慎言啊！”慧明长老连忙辩解道，“出家人四大皆空，怎么会起造反的心思？”

“大胆！”王仁则喝道，“数年前那些自称弥勒下凡的贼秃之事尚未清查干净，如今你们又拿粮食供给反贼，还敢说不是造反？”

“将军明察，那些可都是饥民，并非反贼啊！”慧明长老道，“佛家讲究慈悲为怀，哪能眼睁睁地看着饥民饿死，而见死不救呢？”

“那你们就可以眼睁睁地看着士兵们在前面拼命，而没粮吃了？”

这时那队冲进库房的士兵们又出来了，不用看，就知道他们一无所获。昨夜，寺中沙弥早将这里的每一粒谷子都捡拾干净，管叫它一点儿都不浪费。

王世充的脸色极其难看，杀气越来越浓。

"很好！"他狞笑着说道，"我早听说佛祖有'割肉喂鹰'的典故，今日就杀了你们这些贼秃，让前方将士们能有口肉吃，也算成全了你们的拜佛之意。"

他一挥手，士兵们的刀剑立即出鞘，在阳光下闪着森森寒光。

僧人们的脸色立刻变了。

"阿弥陀佛！"随着一声清亮的佛号，一个身材修长的少年僧侣从人群中走出，合掌施礼道，"请将军息怒。天子虔信佛法，当知'慈悲胜念千声佛，造恶徒烧万炷香'的道理。将军忠于天子，当为天子积德，方可保得大隋江山哪。"

王世充冷冷地注视着他："你这小和尚又是什么人？这里怎么还有你说话的份儿？"

"小僧法号玄奘。"

"原来你就是那个玄奘法师？"王世充显然听说过这个名字，不由得上上下下仔细打量起面前的这个少年，"听一些被抓到的反贼说，是玄奘法师让他们去长安投奔李渊的。可有此事？"

玄奘心里暗暗叫苦，脸上却不动声色："将军，您也知道如今洛阳已经绝粮多日，饥民们就连树皮、草籽都吃不上了，以至煮土为食，凄惨无比。玄奘要他们去长安，并非投奔于谁，只不过是随丰就食，勉强活命罢了。"

"强词夺理！"王仁则喝道，"长安是反贼李渊的地盘，去那里不是投靠反贼又是什么？你说洛阳已经绝粮，纯属妖言惑众，昨日弟兄们还从一些刁民家中搜到数十石谷物，你又有什么话说？！"

"阿弥陀佛。"玄奘轻宣一声佛号，"将军，如今灾祸连年，饥民四野，饿殍遍地，将军身为一方父母，应当开仓施赈才是，怎可纵容官兵四处抢粮，与民争食？"

"大胆！"一旁的王仁则勃然大怒，抽刀在手，直指这少年的咽喉。

玄奘平生第一次被人用刀指着，只觉得颈上的汗毛被钢刀传来的冷意激得根根立起，霎时间脑中一片空白。

"将军不可！"人群中，一个三十岁左右的法师冲上前来，跪在地上，"请将军息怒！我兄弟年幼不懂事，是小僧平日里疏于管教，一切罪责都在小僧身上！"说罢叩下头去。

"二哥，你这是做什么？"玄奘心里又是感动又是难过，伸手欲将二哥扶起来。

长捷却拼命拉着他的衣襟："四弟，你快跪下，向将军请罪！"

"二哥！"

"阿弥陀佛！"慧明方丈发话了，"长捷，玄奘，你们两个都退下。"

玄奘忙扶起二哥退了下去。

“寺中沙弥修为不足，让将军见笑了。”慧明方丈合掌对着王世充说道。

王世充从鼻子里轻轻哼了一声。

“将军为前方将士的饮食担忧，本无可非议。本寺无力帮助将军，致使将军生气，兴兵问罪，这都是老衲的罪过。老衲愿于佛前自焚谢罪，希望能熄灭将军的怒火，放过这些小沙弥，不知将军意下如何？”

“大和尚！”玄奘急了。

“玄奘。”老方丈淡然一笑，“你幼践缁门，怎的还如此勘不破？须知人之五蕴不过是一副臭皮囊罢了。如今时候已到，自然回归，又有什么好难过的呢？”

玄奘一时无语，两行清泪不由得滴落下来。

老方丈在火中入灭了，他双手合掌，结跏趺坐，如同一尊火中的罗汉。让所有人备感震惊的是，火中并无焦臭之气，反倒有一股异香扑鼻。火灭时，遗骨中有无数晶莹剔透的舍利子和舍利花，令人见之生敬。

僧人们不再注意王世充叔侄以及他们带过来的军队，而是一起端坐合掌，神情庄严地为老方丈诵经祈祷。

王世充冷冷地看着这些诵经的和尚，顺手操起一支火把，投进大雄宝殿。

王仁则立即兴奋起来，也将火把扔进僧寮。士兵们不待吩咐，自然纷纷照做不误……很快，大火便熊熊燃烧起来，灼热的气息扑到每个人的脸上。

几个胆小的僧侣开始慌乱起来，但更多的仍神态安然地趺坐诵经。

看到僧人们一副不知死活的样子，王世充突然觉得就这样烧死他们很没劲，他大喝一声：“停！”

然后对着那些愕然的士兵们下令：“还不赶紧救火！”

“叔父！”王仁则急道，“是您亲自带头放的这把火，怎么又说要救火？烧死这几个秃驴又不是什么大不了的事！”

“胡说！”王世充喝道，“方才我只是气糊涂了，烧死他们当然没什么，万一火势蔓延开来，殃及附近的民居怎么办？赶紧给我救火！”

“是。”王仁则悻悻地应了一声，心里却觉得奇怪，这位叔父居然能想到附近的老百姓，这可真是太阳打西边出来了！

但奇怪归奇怪，命令还是要执行的，王仁则转身喝令士兵们救火去了。

僧人们还在端坐诵经，到了这个时候，王世充放火也好，救火也罢，都已经不是他们所关心的事情了。

眼看着火势渐渐弱了下来，王世充微微一笑，对身边那个满脸都是扫兴之色的侄儿说道："待会儿，你再亲自带人进去搜一搜，把所有能吃的东西都找出来，一粒米都不要剩下！"

"有什么好搜的？"王仁则心中不快，懒洋洋地回答，"就是有，也是一巴掌能数得过来的，还不够费事儿的呢！"

王世充眼一瞪："叫你搜就搜！哪来那么多废话？！"

这一次，他们又在寮房里搜出了一些干粮，这都是僧人们预备逃难的路上吃的。

王世充掂着手中的干粮袋，冷笑着："可惜啊可惜，我还有军务在身，不能把时间都耗在这里看戏。仁则啊，还是你陪他们玩吧，带一支队伍，把守住寺院的各个出口，这里的和尚。"他用马鞭一划拉，狠狠地说道，"一个都不准出去！明白了吗？"

"明白！"王仁则再次兴奋起来。

王世充冷笑一声，便不再管那些还在诵经的僧人，带领一队亲兵扬长而去……

夕阳透着血色的光，映照着已被战火摧残得破败不堪的洛阳城，以及城中同样破败不堪的净土寺。

自从老方丈示寂后，王仁则便带领他的士兵们如虎狼般把守住出寺的一切要道，凡是想偷溜出去的僧人无不惨死在刀剑之下。

虽然出家人将生死看得很淡，但由于各自修为的不同，每个人的想法毕竟还是不一样的。

于是，从第二天开始，僧团中就出现了小声的抱怨，矛头直指玄奘——

"若不是这小沙弥异想天开地说要施粥，大和尚也不会圆寂，我们也不会落到这一步！"

"连自己都度不了，还能度别人？施粥究竟救了几个人呢？"

……

听着这些话，玄奘一言不发，只是用布蘸了清水默默地擦拭着大雄宝殿中被烧得焦黑的佛像。那些黑灰有的可以擦去，有的则早已成了焦炭，再也擦不回原来的样子了。

他并不后悔建言施粥的事情。他在想，那些吃了粥便携家带口逃往长安去的灾民们，现在，应该有不少已经平安抵达了吧？

慈悯的佛陀啊，请保佑他们平安吧！

第三天，身体虚弱的玄明先行离去。

临往生前，他对守在身边的师兄弟们轻轻说道："诸位师兄，我们都是道友，一起修行多年，也算有缘……如今无常来临，还是多多念佛诵经，回向灾民和大和尚才是，就……就别再相互埋怨了……”

几个僧人忍不住痛哭出声，玄奘心中一酸，什么都没说，转身便出去了。

这天夜里，僧人们都不再抱怨，强撑着做完晚课后，他们便在大殿之中默默守护着玄明的尸体，谁也不说话，也实在没有力气说话了。

接下来的几天里，陆续有人因饥饿和绝望死去，有的甚至选择了自尽。

死去的僧人越来越多，他们的尸体被士兵们强行拖到院子里，集中起来，点上火烧掉。

已经是第六天了，寺中还剩下七八个僧人，一个个面容憔悴，形似游魂。

长捷强撑着虚弱的身体，慢慢走进大雄宝殿，他看到玄奘靠坐在大殿的一角，怀抱着老方丈的舍利坛，一言不发。

“四弟，你怎么了？”想到这位兄弟已经很长时间没说话了，长捷慢慢走到他的身边，关切地问道。

“没什么。”玄奘轻轻说道，黯淡的目光却注视着大殿正中那座已经被烈火烧焦了半边身子的佛陀像，默默出神。

“他已经被烧焦了。”长捷抑制住内心的伤感，在玄奘身旁坐了下来，“洛阳太多血腥，连佛都无法幸免。唉，要是我们也像景法师他们那样，早些走，就没事了。”

“不。”玄奘倔强地说道，“佛像可以烧焦，但佛不会！我知道，佛陀是慈悲的。我还知道，他其实一直都在这里，在看着我们……可是我不明白，他为什么面对苦难无动于衷……”

说到这里，他再也忍耐不住，抬起袖子，擦去眼中蓄积的泪水。

“四弟！”长捷惊讶地说道，“你知道你在说什么？你这是在谤佛吗？”

“我没有！”玄奘哽咽地说道，“我只是烦恼太多，无法保持内心的清净。”

“你的烦恼是佛陀给你的吗？”长捷生气地说道，“亏人家还尊你一声‘奘法师’，怎么这般孩子气！经云：心不触烦恼，烦恼不触心。我们佛弟子，首先要相信的是，佛陀绝对没有错，错的永远是你自己！”[1]

“如果我有错，我愿意接受一切惩罚。”玄奘抽泣着说道，“就算是下到无间地狱，受刀刺油煎之苦，千万亿劫而不得出，我也绝不畏惧！但是我不愿意连累同门，如果佛陀能够保佑净土寺的师兄们不再遭遇危难，我宁愿立刻下地狱……”

他再也说不下去，眼泪夺眶而出。

“四弟啊。”长捷扶住他的肩，轻声叹道，“我们佛弟子不是商人，不能跟佛陀做交易，我们所有的烦恼都是无明造成的，无明少一分，我们的智慧就会多一分……”[2]

看到玄奘仍是一副无法堪破的样子，长捷勉强一笑："四弟，其实你也不必难过，还记得爹娘去世时的情景吗？念着佛号往生西方极乐世界！现在，我们都可以去那个殊胜的地方了，不是吗？"

玄奘低下头，看了一眼怀中的舍利坛："大和尚在佛前自行荼毗[3]，就是希望净土寺的法脉能够延续下去。他定然不希望看到，我们所有的人都死在这里。"

"或许佛陀只是在考验我们。"长捷道，"想想看，佛陀于过去生中难道没有遇到过这样的烦恼吗？为什么他就能将烦恼转换成智慧，而我们却不能呢？"

玄奘抬起了头，目光又落在那尊烧焦的佛像上——是啊，佛陀当年是如何应对这些烦恼的呢？

外面又传来压抑而又悲痛的诵经声。

长捷朝外看了看，喃喃自语："又是哪位师兄得到解脱了？"

边说边挣扎着起身而去。

走到殿门口，他突然回过头来，沉声说道："记住！你的烦恼是你自己造成的，你必须自己去拯救！而佛陀只是教导你方法，你没有资格抱怨什么！"

听了这话，玄奘不禁心中绞痛，他紧紧咬住下唇，望着二哥离去的背影，一动也没有动。

我怎么知道该怎样去拯救，怎样去赎回？

要如何做，才能将大和尚赎回？

要如何做，才能将死去的师兄弟们赎回？

是不是无论我怎样做都是错？

我不怕轮回，我什么都不怕！我最好立刻下地狱！所有的错，所有的罪，都由我一个人来承担吧！

……

不知过了多久，他纷乱的心才渐渐平静下来，将目光投向殿外靠东的那几间看上去颇为完好的寮舍——那里幸运地未遭火烧，如今成了王仁则驻军的地方。

不错！我的错误是我自己造成的，虽然如果重新来过，我还会这么选择，但是现在，我必须自己去拯救，去赎回！

听到敲门声，正独自喝着闷酒的王仁则有些不耐烦地高喊着："谁呀？自个儿进来！"

门开了，出现在他面前的，是那位身材颀长、面容清癯的少年法师。

"是你呀，小和尚。"王仁则颇感意外，将手中的酒杯放在桌上，笑道，"你的命倒真是挺硬的，居然撑到现在还没有死。”

“檀越。”玄奘双手合十，轻轻说道，“小僧年轻识浅，以至做出祸来，实在是罪过不浅。如今愿听凭檀越处置。恳请檀越看在佛祖的份上，慈悲为念，放师兄们离去。”

王仁则笑着摇头：“不不不，我不想处置你，我就是想看看这座庙里，哪个和尚命最硬，最后一个饿死，我就把他的灵位当佛像一样供着。”

说到这里，他提起酒杯，凑到玄奘跟前，笑道：“我看哪，这个人多半是你，我还要赏你呢，哈哈哈！来，陪我喝一杯！”

“阿弥陀佛。”玄奘看着他道，“这么做，对檀越又有什么好处呢？檀越应该知道，这世间因果不爽。你已经造下了那么重的罪业，若不及早回头，只怕后果难料。所以，还请檀越慈悲……”

王仁则突然爆发出一阵刺耳的大笑！

“后果！哈哈哈……”他笑出了眼泪，“小和尚说得妙极了！我倒是真想看看后果到底是什么！小和尚，你这辈子从未做过恶吗？你想知道没做过恶的后果是什么吗？”

说罢扔了酒杯，一把抽出身上的佩刀，刀刃直抵这少年的咽喉。

玄奘静静地看着他，一动也没有动，语气平静得像波澜不惊的古井：“如果檀越觉得，杀了小僧可以解气，那么现在就请动手，小僧束手就戮。只盼檀越慈悲，放无辜者离去。”

“如果我偏要他们死呢？”看着对面那双始终沉静的墨黑瞳仁，王仁则不禁有些恼怒，他面带狞笑，手上加劲，刀刃上便有丝丝鲜血渗出，这红色的液体令他兴奋莫名，眼睛也红了起来，闪烁着残酷的光泽。

玄奘闭上眼睛，感受着刀锋上传来的冰冷气息，不再说话。

突然，寺外传来一阵混乱不堪的声音，杂乱的马蹄声中夹杂着灾民的声声哭喊。紧接着，王世充带着一批军士骑马冲了进来。

“你怎么还在这里？”一见到王仁则，王世充就没好气，“磨磨蹭蹭的，是拜佛还是修行啊？想出家也不挑个好时候！”

面对叔父的一通数落，王仁则忙解释道：“这里还剩几个命硬的和尚……”

刚说到这里，就被王世充粗暴地打断：“前面都快顶不住了，你还管这些和尚的死活？赶紧备马，跟我走！”

“是是，这就走！”王仁则小声应着，扔下玄奘便去集结士兵，临走前还不忘抄起一支火把将寮房点燃。

此时正是多风的深秋时节，风助火威，东都名刹净土寺顿时被包裹在一团熊熊的烈火之中……

听着寺门外杂沓的马蹄声，仍然站在寮房中的玄奘不禁有些发呆。

“佛陀，是你吗？”他在心里喊道，“你终于开始加持我们了！二哥说得没错，佛陀是要我自己先自救。可恨的是，我怎么直到现在才明白……”

“四弟！你怎么在这里？让我好找！”长捷法师冒着越来越旺的火冲了进来，一把拉住他的手臂，“感谢佛祖，那个瘟神总算走了！我们也赶紧走吧。”

冲天大火中，幸存的僧人们相互扶持着跑了出来，他们看上去焦头烂额，手忙脚乱地相互帮忙，总算把身上的火给扑灭了。

街道上到处都是王世充的兵马，僧侣们很快便被冲散，夹杂在逃难的人群中，狼狈不堪地朝各个城门逃去。

说是逃难的人群，其实人数并不多，如今的洛阳是真正的十室九空，那些面呈菜色的人们，脚步虚浮，就像飘移在大街上的游魂，有些人根本走不到城门，就无声无息地倒了下来，再也没有起来……

长捷拉着玄奘的手，在漆黑的寒夜中东奔西撞，而玄奘则用另一只手紧紧抱着老方丈的舍利坛。

由于多日未食，兄弟二人脚步发虚，浑身无力，跑得跌跌撞撞，到了一堵残墙后，便停下来大口喘气。

“四弟，把大和尚的遗骨就在城里埋了吧，带着这个只怕出不了城的。”长捷边喘边劝。

“不！”玄奘执拗地摇头。他要将老方丈带离这座充满血腥的城市，让他在青山绿水间长眠。

晨曦微露，天空中只剩下了几颗心碎的星星。

玄奘站在城西的山坡上，默默地回望洛阳。凌晨强劲的山风将他的僧袍吹得猎猎作响，上面还带着点点血迹和火的焦色，如同他眼前的这座城市。

这是他生活多年的城市，在这里，他伴着青灯黄卷度过了人生中最宝贵的少年时代。可是如今，这座城市却是如此凋零，白骨交衢，烟火断绝。举目所及，到处都是断墙残垣，令人一见之下，备觉凄凉……

“四弟，我们走吧。”长捷兄长站在他的身后，轻声说道。

玄奘默默地点了点头。

在他们身后不远处，是一个小小的石堆，那里埋葬着老方丈的舍利坛。兄弟二人走到石堆前，顶礼三拜。

玄奘抬起头，轻轻说道："大和尚，弟子要走了。祈盼我佛慈悲，他日龙华树下，还能与您再度相见……"

经过多次战火焚烧、流寇抢掠、盗匪洗劫的中原大地，已经成了人间地狱。玄奘与长捷夹杂在逃难的人流中向西而去，一路上赤地千里，田地荒芜，十村九空，尸横遍野……

"征兵啦征兵啦啊！入了伙就有粮吃，管饱管够！"两支不知是哪一方的杂牌军队就在道路的两旁大声吆喝，吸引了不少灾民的目光。

一些人面色麻木地走过去应征，其中不乏老人和孩子。

玄奘与长捷从他们身边走过，突然听到背后传来一阵骚动。回头看，却是两支征兵队伍不知什么原因起了口角，彼此间开始骂战，场面一时变得混乱起来。

骂战很快升级为动手，两支队伍的长官恼羞成怒，纷纷对刚刚应征入伍的百姓说："给我去打！有战功，打死一个敌人奖励两个馒头！"

在馒头的诱惑下，人们都红了眼睛，纷纷操起锄头、木棍之类的东西大打出手！一时间血光四溅！

打死人的就能得到馒头，他们就坐在道旁，旁若无人地啃着馒头，丝毫不理会眼前血光四溅的场面和越来越多的尸首……

玄奘心中悲悯不已，有心想要上前阻止，却被长捷紧紧拽住。

"四弟，你阻止不了的。"长捷的眼中充满了悲伤。

征兵现场变成了修罗场，偏偏又吸引了更多的人前来报名。人们不管不顾，看哪边排队的人少就到哪边去，依照士兵的要求按上自己的手印，然后便抄起家伙扑向对面的人群——可能是自己的邻居，也可能是一同逃难的伙伴，可是现在，竟然全都莫名其妙地成了敌人，杀得你死我活！

这惨绝人寰而又荒诞滑稽的场景，犹如一场挥之不去的梦魇，紧紧揪住了玄奘的心，令他深深为之震动！

他不明白，人究竟为什么要来到这个世界上？又为什么要如此悲惨地面对死亡？当人们不得不面对这一切时，是否还能够保有一点点最起码的骄傲和尊严？

从洛阳到长安，路虽不远，却已经是两个政权了。

早在一年前，当杨广远在江都，对着镜子叹息谁将得到自己这颗项上人头时，当隋朝的主力被纠缠在以洛阳为中心的中原地区时，从太原一路杀回关中的李渊便在长安建立起了自己的地盘。

最初，李渊立了杨广十四岁的孙子——代王杨侑来接替杨广的位置，改元义宁。然后由这个小皇帝发布命令，赐给李渊一系列的殊荣——先是丞相，进而又封他为唐王。而李渊则只管领旨谢恩，然后按照自己的意图在大兴殿东面的虔化门发号施令即可。

这种加封，最后的结果是任何人都能想象得到的，仅仅过了不到一年，隋恭帝杨侑便宣布将皇位禅让给李渊，为期二百九十年的大唐王朝正式拉开了序幕。

大庄严寺是长安最大的寺庙，也是隋时的皇家寺院，玄奘和长捷经过一路的忍饥挨饿，终于坚持到了长安，并投奔于此。

不过，此时的大庄严寺早已没有了半点庄严气象，它更像是一座巨大的收容所，容留了从各地逃难而来的僧侣和难民。

一位老僧领着玄奘兄弟进入寺内，经过一座不起眼的偏殿时，看到殿外竟是一条由难民排成的长长的队伍，每个人都是衣衫褴褛，面呈菜色，表情或呆滞或焦虑。

“他们在做什么？”玄奘问，“莫非这座殿里在发吃的？”

“他们在等待祈请。”老僧用悲悯的语气回答他说，“这是一座观音殿，里面供奉着一尊千手观音像，一向极为灵验，因此很多人都过来祈请。”

观音？洛阳还称“观世音”呢，怎么到了长安就改“观音”了？玄奘一时感到很不习惯。

他当然知道这是怎么一回事，长安是李氏父子的地盘，秦王李世民的名字中有个“世”字，连菩萨也不得不避讳，被生生地去掉了一个字……

兄弟二人跟随老僧来到殿前台阶上，隔着窗棂听到里面传出的声声祈求——

“菩萨啊，求您保佑我们一家大小平平安安，无灾无难吧。”

“菩萨啊，我儿子病了，求您大慈大悲，保佑他好起来吧。”

“菩萨啊，我跟我的老婆孩子失散了，到现在死活不知，求求您让他们平平安安，让我们阖家团聚吧。”

“菩萨啊，我丈夫进了李德逸的义军部队，听说他们总打败仗，求求您大慈大悲，让他能够活下来吧。”

……

生存，都是生存。没有人祈祷升官发财之类。乱世之中，人们所希求的只是最起码的生存，别的，什么都不重要。

后面的队伍越排越长，玄奘的目光跟随着这条祈望生存的长龙缓缓移动，一颗心越抽越紧，不知道该如何帮助这些可怜的人。

长捷在他身旁，一声轻叹：“走吧……”

[1]出自《胜鬘狮子吼一乘大方便方广经》：刹那善心非烦恼所染，刹那不善心亦非烦恼所染，烦恼不触心，心不触烦恼，云何不触法，而能得染心？

[2]无明，顾名思义就是黑暗，指暗钝之心无法照了诸法事理。为十二因缘之一，烦恼的别称。指不能如实知见，不能通达真理，不能理解事相或道理的精神状态。以愚痴为表象，泛指无智、愚昧，特指不解佛教道理的世俗认知。

[3]荼毗，梵语音译，本为燃烧之意，特指火葬，尤指僧人死后的火葬。

第09章

蜀道行

兄弟二人就在这庄严寺中安顿下来，当晚，玄奘便来到观音殿前，找到了那个老僧。

殿门已经关上，这里天黑之后只有僧人才可以进入。

玄奘问老僧：“弟子可以进去祈请吗？”

老僧沉重地点了点头：“去吧孩子，菩萨会保佑你的。”

玄奘迈步进殿，点上一炷香后，他跪在菩萨面前，虔诚地叩下头去。

大殿上，那尊慈眉善目的菩萨似乎正在注视着他，不管是叫观世音还是观音，他对世人的慈悯之心从来都不会减少半分。

“菩萨。”玄奘虔诚地合掌，声音缓慢而又清晰，“请您倾听弟子的发愿——弟子玄奘，愿以一身之力，替所有身处苦境而无法出离的众生，承担一切罪责和果报。祈愿他们业障消除，离苦得乐。就算要玄奘身陷泥犁地狱，受刀刺油煎之苦，千万亿劫而不得出，玄奘也绝不畏惧！请将所有罪孽加诸我身，所有惩罚加诸我身。恳请菩萨慈悲，助玄奘达成这个心愿吧！”

言毕，再叩首。

刚一出殿，就看到了那老僧投在月光下的长长的影子。

“为什么要发这样的愿？”老僧的声音有些沙哑，“众生无边，苦海无边，你替他们承担罪责和果报，你承担得了吗？”

“我知道这是自不量力。”玄奘轻轻回答，“然而就算是众生无边，苦海无边，玄奘仍愿以一身之力，全力荷担！”

老僧深深叹了口气：“你觉得，这值得吗？”

“一切都是值得的。”

他突然想起在洛阳，与慧景法师的那场辩论。

法师说过，这个世界的一切问题都是由众生的业造成的。这一点他并不否认，因为他是一个佛教徒，怎会不信因果？

他只是觉得，就算众生造了业，在绝大多数情况下也是无辜的。众生身处生死大海的旋涡之中，只能随波逐流，根本就无力自救。那么该怎么办？就让苦难无休无止地继续下去吗？

他百思不得其解，唯一能做的就是发下一个大愿——我来为众生赎罪，我来替众生承担一切苦难和罪责！

老僧目光深沉地看着面前的少年——他对佛法的虔诚无有止境，对众生的怜悯无有止境，正是这种虔诚与慈悲使人变成殉道者，踏上菩萨历劫行愿的道路……

玄奘在庄严寺住了一个多月，每日里只是帮这里的常住熬粥施赈，安顿从各地来的灾民。

这么多人住在一起，吃喝拉撒，极易爆发瘟疫。于是每天清晨，他便默默地背上一个药筐，趁着城门初开之际，到附近的山上去采集药草，回来后熬成药粥给住在寺里的僧众百姓吃，以防疾疫。

由于预防得当，寺中虽偶有几起疾病，也很快得到了治疗，没有爆发大规模的瘟疫。

幸运的是，李氏政权虽然草创不久，政府部门却已经很有效率，眼下又正值各路诸侯混战时期，谁都知道人口的重要性。因而没过多久，便有官员带了粮食、布帛来寺中安抚难民。

接着，又有将军过来征兵，许诺入伍便可吃饱，还能将家人安置到城内整理好的坊里去，一时间吸引了不少人。

随着大庄严寺里的难民数量越来越少，玄奘终于松了一口气，灾民们开始安定，而且好像也没要他承担什么因果罪责，看来菩萨还是慈悲的，他的心情渐渐轻松起来。

这段日子，他抽空到长安各大寺院走了一圈，结果令他失望，偌大的长安城，不仅没能找到一处讲席，甚至连一个法师都没遇到，很多寺院破败凋零，荒草遍地，人影皆无，一片凄凉景象……

就连藏经阁，也呈现出一片被打劫后的场景——战乱中的长安城纸张极其紧张，官员们不得不将那些用过的字纸收集起来，在其背面书写文书。更有一些普通百姓将其整捆整捆地搬去当柴烧。

经过这番蹂躏，长安收藏的多数佛学经典都已散失、损毁，只有极少数存留下来，胡乱地散落在地上……

玄奘怀着沉重的心情，一路收集这些幸存下来的零星经典，将它们重新包好，带回庄严寺。

在一座较大的寺院里，玄奘总算见到了两位年老体衰的僧人，忙上前合掌打了个问讯。[1]

“请问老菩萨，这里只有你们两位吗？”

“是啊。”两位老僧上下打量着玄奘，“小师父不是本地人吧，打哪儿来的啊？”

“弟子从东都洛阳来。”玄奘恭敬地答道，“听闻景、严二位法师以及洛阳的其他高僧都到了长安，可是弟子这几日走遍了长安各大寺院，也没见到他们，不知这些大德都去了哪里？”

“法师？”老僧苦笑着摇头，“法师、高僧谁还留在这里啊？能走得动的，全都走了！”

“走了？敢问，都上哪里去了？”

“都入川了。”另一个老僧说，“我们这寺里原本有数百僧众，后来因为打仗，死的死，跑的跑，剩下的为避兵灾，也都相继入川了。”

玄奘不解：“既然如此，二位老菩萨为何还留在这里？”

“没办法，蜀道难行啊。”老僧摇头叹息道，“山川险远，猛兽出没，一不小心就要埋骨异乡。像我们这等老朽之人，还能有几年好活的？便是抓丁也抓不到我们头上，何苦背井离乡地奔波？这把老骨头，还是留在长安吧。”

玄奘明白了，正因为蜀道艰难，因而在如今这段战乱的年代，地处群山环抱中的四川盆地受战争的影响最小，许多名僧大德和研究佛学的学者，便都集中到了四川，以求避难。

谢过二位老僧后，玄奘回到大庄严寺，对长捷法师道：“我原本还期望各地的高僧大德都会聚长安，可以在此从容问学。现在看来，这显然是不可能的了。”

长捷奇怪地问道：“你出去转了这几天，一个大德都没见着吗？”

“没有。”玄奘叹息着坐了下来，“长安很多寺院都已空无一人，藏经阁也都空了。听说，高僧们大都去了蜀地。”

长捷默然不语。

玄奘道：“二哥，长安既无讲席也无书籍，连个可以请教的高僧都找不到，我们整日在此虚度，实在可惜，不如也去蜀地受业吧？”

长捷犹豫着说道：“眼下这情势，李氏取得天下的概率最大。我觉得，还是留在长安最安全。”

玄奘道：“不管谁得天下，佛法总是要弘扬的。长安虽然安全，眼下却不适宜求学。”

长捷叹道：“自从洛阳陷入兵祸以来，我们长期食不果腹。我看你的身体还很虚弱，哪有力气走那千里蜀道？”

玄奘道：“你怎知我走不了？莫非二哥没力气走了？”

长捷笑了：“我是兄长，自然比你强些。只是，现在到处都是兵荒马乱，蜀道又极其难行，道路艰险，虎狼出没……不如，就先在这里安安生生地多待些日子吧……”

他话未说完，玄奘便慨然道：“景、严二位法师以天命之年尚可前往，我和哥哥春秋鼎盛，居然说什么道路艰险难行？”

听玄奘这么说，长捷心中也不禁升起一股豪气，当下再无顾虑，点头答应。

说走就走，兄弟二人立即收拾东西，向庄严寺的常住告别后，第二天一早便离开了长安。

一路向南，只见废墟千里，饿殍载道，惨不忍睹。直到过了子午谷，又翻越了秦岭，情况才稍稍有些好转。

他们走的这条道，是汉魏时期人们从长安到四川的必经之路，此时却已荒废多年，成了弃道。

两兄弟之所以冒险走子午谷这条荒路，也是仗着年轻不惧险途——此谷毕竟是入川路程最短的一条道路。

一路跋涉，脚下的道路越来越崎岖，经常要将身体紧贴在陡峭的岩壁上，攀藤附葛，足踏石隙，艰难慎行。

兄弟二人相扶相携，一路翻山越岭，风餐露宿，走了七八天，终于渡过嘉陵江，眼前便是那“一夫当关，万夫莫开”的剑门关了。

玄奘登高远望，只见崇山峻岭，连绵横亘，尽在自己脚下，几只苍鹰在山谷间盘旋鸣叫。

这峻峭挺拔、气势磅礴的山林之气便如一阵狂风般，驱散了大半年来郁积在胸中的沉闷。玄奘站在山顶，朗声高宣一声佛号，只觉得胸襟无比畅快，忍不住诵念起《尚书》中的句子：

“出云风，以通乎天地之间，阴阳和会，雨露之泽，万物以成，百姓以飨，此仁者之所以乐于山者也……”

长捷看着幼弟苦笑：“到底是个孩子，不知愁苦，此地如此险峻，你倒有此闲心雅兴。”

玄奘朗声道："山乃万物产生之地，兄长岂不闻《荀子》有云：'积土成山，风雨兴焉。'山林能兴风云，聚雨水，从而滋润大地，孕育万物。难怪历代很多大德都喜欢在山中清修，也难怪当年佛祖得道前曾于深林之中苦行六年。"

"苦行六年，还不是一无所获？"长捷提醒道，"你莫忘了，最后佛祖还是放弃了苦行，才在菩提树下修成正果的。"

"可是玄奘却以为，如无那六年苦行，佛祖未必能于菩提树下证得圣果。"

长捷笑了："四弟既然如此喜欢山林，日后若有可能，你我兄弟便寻一处山林终老如何？"

他确实有此意，世间如此不太平，真的希望能有一个安宁的所在安心修行。

"好啊！"玄奘此时心情舒畅，想都不想地说道。

一个月后，他们在诸河汇聚的汉水上游渡过一处河谷，到达汉川。

这是一个群山环绕的小平原，四周林壑优美，令人心静，竟是处修行的上佳之地。

连日的翻山越岭，兄弟二人均已疲惫不堪，又听说前面的路程更加艰难，便决定在此小住数日，恢复一下体力。

谁知一连走了几座寺院，都说挂单的僧人已经满了，再难挤下两个人来。

原来，很多和他们一样从关中过来的僧侣都在此地寓居，小小的汉川已是僧侣云集。

兄弟二人在城中转了一圈，便往圣水寺而去——这是他们今日拜访的最后一座寺院，如果仍然无法挂单，那就只好露宿荒野了。

好在这些日子以来，他们一直在路上，早已习惯了风餐露宿，因此倒也并不着急。

刚到山门前，就见两个老僧并肩从里面走了出来。玄奘一见，顿时惊喜万分："师父！空法师！"

原来竟是洛阳的景、空二位法师！

听到这声惊喜的呼唤，两位老僧也不由得呆住。

兄弟二人快步上前，伏身向两位大德顶礼。

"阿弥陀佛！"景法师高兴地宣了一声佛号，"长捷，玄奘，原来是你们！"

看着两兄弟风尘仆仆、明显消瘦的面容，景法师不禁感叹："佛祖保佑，你们平安无事！慧明大和尚，还有净土寺的其他同门都还好吧？"

提起慧明长老，玄奘不由得眼圈儿一红。

两位老法师将玄奘兄弟领入圣水寺，并在这里挂上了单，四个人挤住在一间一丈见方、仅可居两人的寮舍中。

得知慧明长老已经示寂，净土寺也已变成一片瓦砾时，景法师慨叹不已："这些日子，老衲一直在为你们担心。唉，很多中原来的人说起东都情形，都说不忍卒睹。家家皆有饿死之人，路边尽是倒毙之尸，原本的三万户人家已经不足三千，可怜啊！你们能够活着到此，也算是佛祖慈佑了。"

玄奘想起洛阳的惨状，想起在饥饿与绝望中惨死的同门，想起净土寺那熊熊燃烧的大火，以及一路上绵延数百里无人掩埋的尸骨，不禁黯然神伤，一句话也说不出来。

一旁的长捷打破了这压抑的氛围："二位法师先我们数月离开洛阳，都说你们已经到了益州，怎会在汉川寓居呢？"[2]

"我们原本也是打算去益州的。"空法师回答道，"道基、慧严、敬脱等大德比我们先行，开春就已经到了益州。我们走得晚，到了这里已经入夏，听说前面山中多涧，夏秋涨水，山僻小路大都已被洪水淹没，梗阻难行。于是便在此地暂住下来，欲待水退了再走。不觉已经两月有余了，更想不到因缘聚会，竟会遇见你们。"

异地重逢，四位法师都不免感慨万分，悲喜交集。玄奘更有一种在久旱逢甘霖的感觉，每日里执经问难，将这几个月来学习中的疑惑向两位前辈请教。

"叮……"随着一声清脆的磬响，圣水寺的早课结束了，僧侣们三三两两的从大殿中走了出来。

玄奘身着长袍僧衣，踏出大殿，径直往寮舍走去。

不知不觉，他和兄长已经在汉川停留了半个多月。在这段日子里，他一方面师从景、空二位法师受学，另一方面也时时留意打听继续南行的道路。

汉川虽然安定，但他还是希望继续往益州去，亲近更多的大德，学习更多的知识。

"弟子打听过了，从汉川到益州有数条通道。"寮舍内，玄奘一面在纸上画着一副简易的地图，一面对二位长老和长捷兄长解释说，"直接往南，溯汉江一直到达源头的金牛县，为金牛道，是去益州最近的道路，文人商旅大都走这条道。除此之外，还有陇上道、米仓道、阴平道，也都可达益州，只是距离远些，路况也不及金牛道。"

"如此说来，走金牛道是为上策。"景法师说道，长捷也在旁边点头。

"老衲听说，走金牛道需要穿越大巴山，其中三泉西南沿嘉陵江东岸行六十里，至九井滩，最为险恶，为舟楫之阻；三泉至利州有桥阁一万五千三百余间，利州以南，又有剑阁等险要之地，不利行旅往来啊。"空法师略有几分顾虑地说。

"空法师所言甚是。"玄奘道，"只是入蜀之道向来难行，不独金牛道一处。何况此路虽有高山险滩，自古以来从那里走过的也不乏其人。远的不说，道基、慧严诸位大德便是由此道入蜀，因此弟子认为，此路应当可行。"

“不错。”景法师点头道，“我们在此地已经驻留太久，虽说待在汉川修行也无不可，但既已决定入蜀，便不可半途而废。蜀地佛法更盛，经典更全，更利于我辈精进修习。”

空法师合掌道：“阿弥陀佛，就依景师所言。”

四位法师达成共识，便各自去做出发的准备。

离开汉川前的最后一晚，景、空二位法师约上长捷兄弟一起出去散步，谁知却独独不见了玄奘。

“四弟就喜欢乱跑，二位师尊不必管他。”长捷道。

三位法师信步走到山门前，却见玄奘正在这里挖坑，坑旁放着一棵半人高的杉树树苗。

“四弟，你从哪里弄来的树苗？”长捷问道。

“一位居士供养的，说是拿来供佛。”玄奘边说边直起身子，擦了擦额上的汗，笑道，“玄奘觉得，把这棵杉树苗种在山门前，是最好不过的了。”

景法师微笑点头，三位法师一起上前，帮助玄奘将这棵小树种下。

虽然仅住了不到一个月，玄奘对汉川已颇有感情，望着这棵刚刚栽种下的幼苗，心中不禁有些留恋：“不知玄奘此生，可有机缘再来汉川？”

景法师笑了：“难怪古语有云，桑下不两宿。还真是什么都可以产生牵绊呀！玄奘，出家人四海为家，你怎么就如此勘不破呢？”[3]

玄奘悚然一惊，合掌道：“师父说得是，是弟子过于执著了。”

这时，一队马车从寺门前经过，车上堆着沉重的货物，那些拉车的马老幼不齐，但显然都非壮年，且经历了长途跋涉，个个瘦骨嶙峋，疲惫不堪，仿佛随时都会倒毙于途中。

车夫不耐烦地举起鞭子，抽打在这些可怜的马身上。挨了打的马身体猛一激灵，低着头，继续奋力向前挪动。

见此情景，景法师心中不忍，合掌垂目道：“阿弥陀佛，众生皆苦。”

玄奘注意到其中的一匹小白马，它的个头同其他马差不多，但看牙口还不足两岁，浑身上下伤痕累累，肮脏的毛皮凝成一团一团的，四条竹竿般的长腿，细得像是根本支撑不住身体一样，走起路来摇摇晃晃。

一般来说，马的年龄倍以三，就可以同人的年龄相对应。幼驹出生后十天左右开始生出乳齿，到了五岁时切齿全部换完，俗称齐口，这时的马就是一匹成年马了。

不足两岁的小马就用来拉车，无论如何都是一件令人不忍的事情。

见车子吱吱扭扭地行不动，车夫越发烦躁，又一次举起了鞭子——

“施主！”玄奘再也忍耐不住，上前合掌道，“施主慈悲，能否将这匹小马施与沙门？”

“施与你？”车夫上下打量着玄奘，“原来是个小和尚啊，我倒是愿意施舍，可是这兵荒马乱的，到处都缺吃少喝，谁来施舍我啊？”

玄奘为难地看着兄长，长捷法师朝他摊了摊手，表示无能为力。

车夫冷冷一笑，又一次举起了马鞭。

“等一等！”玄奘喊了一声，回去把自己准备好路上吃的干粮都拿了出来，放在马车上。

“就这些？”车夫斜眼看着这袋干粮，不屑地问道。

玄奘有些着急，正想着还能再拿点什么来做交换时，忽听得“扑通”一声，那匹小马摔倒在地上，看样子实在是支撑不住了。

“好吧，算我积功德，舍与你了！”车夫跳下车，麻利地解开了小马身上的套索。

在他看来，这匹马明显是不行了，还不知道有没有病，也不敢吃它的肉，索性送给这个和尚，换几块干粮也值了。

车夫赶着马车又上路了，玄奘蹲下身，心痛地抚摸着小马身上的伤痕，小马也吃力地把头往他的身上凑。

“四弟，这马显然是救不活的了，你要它做甚？”长捷走上前问道。

“不，我知道它能活过来。”玄奘肯定地答道。

为了这匹小马，他们又在汉川多待了些日子。玄奘每天除了早晚课诵，几乎把全部的精力都用来照顾这匹小马，晚上甚至睡在马厩里，以方便为他换药擦身，加草喂料。

在他的精心照顾下，小马恢复得很快，原本失神的眼睛里又有了明亮的神采，一身的白毛更是光亮水滑。

训练一匹马从两三岁时开始最好，这时马的专长很容易被训练出来。而这匹小马的专长就是速度，由于年纪还小，它显得特别活泼，一见到玄奘就快活地叫了起来，驮着他在寺院周围的山林中跑来跑去。

“真想不到，这倒是匹好马。”空法师感叹道，“那天老衲倒是看走眼了。”

话音未落，一辆马车突然从拐弯处过来，小马跑得正欢，毫无防备，眼看就要撞上了！

玄奘大惊失色，用力猛勒马缰，对面驾车的马也惊叫起来，不受控制地拐向一边。

小白马猛地刹住四蹄！玄奘不待它停稳，便急急忙忙地跳下，却见那辆马车已经冲向道旁，正卡在两棵树中间，这才侥幸没有掉下悬崖。

玄奘暗叫一声：“好险！”抬手擦了把额上的冷汗。

他跑上前去，向那赶车的人问道："阿弥陀佛！这位施主，您没什么事吧？"

"什么没事？！"车夫没好气地说道，"我倒是没事，谁知道我车上的客人有没有事？！"

就在这时，车帘掀开，里面露出一张熟悉的面庞："玄奘法师！"

玄奘先是一怔，随即惊喜道："林居士！"

林居士哈哈一笑："几年不见，你都长这么高了！老夫差点儿都没认出你来。"

又有一颗脑袋从车中露出了半截，红红的脸上满是喜悦："奘法师，是你呀！"

玄奘竟没来由得脸一红，忙合掌退到一边。

林居士一家被玄奘带进了圣水寺。由于房间紧张，景、空二位法师特意让他们住在寮房里，几个僧人晚上则去大雄宝殿打坐。

"这怎么能合适呢？我们怎敢担当？"林居士很是过意不去，无论如何都不接受。

景法师道："檀越不必客气，玄奘冒冒失失，险些伤了你们，应当是我们过意不去才是。"

"这样不好。"林夫人也不安地说道，"我们身为白衣，消受不起，菩萨会怪罪的。"

"是啊，这可不是一天两天的事。"林居士说。

"不要紧的。"玄奘道，"反正打坐也是修行，你们这是在帮我们。"

"再说，也就这一个晚上。"长捷也帮腔道，"我们明天一早就要上路了，还请诸位檀越不必再推辞。"

听了这话，眼睛一直都在玄奘身上打转的锦儿忍不住插了句嘴："你们明天就要走了吗？"

玄奘答道："要不是为了那匹闯祸的马，我们半个月前就离开这里了。"

锦儿顿时开心起来："那匹小马可真乖！也真漂亮！"

说到这里，她把脸转向父母，"我们明日也出发吧？跟奘法师他们一块儿走。"

林夫人犹豫着说："你不是说累了吗？好容易到了汉川，就多歇几天吧。"

"我现在不累啦！"锦儿欢声道。

林夫人还是有些犹豫，锦儿走到母亲身边，拉着她的手，撒娇地说道，"娘，明天他们都走了，我们待在这座寺院里，谁都不认识，不是无趣得很吗？您说是不是？"

林夫人被女儿缠得无奈，只得转向丈夫："你看呢？"

"那就一同走吧。"林居士对此倒无所谓。

"太好了！"锦儿立即笑逐颜开。

傍晚时分，锦儿轻手轻脚地来到大殿，见景空二位长老和长捷法师都在蒲团上静坐，唯独少了玄奘。

“奘法师呢？”她问长捷。

“他放马去了。”长捷睁开微闭的双目，微微一笑，“那马儿还小，性子又急，拴它一会儿都不乐意。”

锦儿来到那片山林中，远远就听到一阵清脆急促的蹄声，那是玄奘骑着小马回来了。

“奘法师！”锦儿高兴极了，不知死活地冲上前去。

玄奘大吃一惊，高声喊道：“快闪开！”

可是来不及了！小马前蹄一扬，就朝这个胆敢拦它路的小丫头踢去。

玄奘用力勒紧缰绳，小马痛得长嘶一声，人立起来，竟将玄奘掀了下去！

吓呆了的锦儿慌忙扑上前去：“法师！”

她心里一急，忍不住哭了出来。

玄奘双手撑地，费力地坐了起来。总算他年纪轻，身体灵活，又摔在柔软的草丛里，虽擦破了几处，倒也没受太大伤害。

“你干什么！”一想到这匹小马今天险些第二次闯出祸来，玄奘便有点儿来气。见锦儿跑过来欲扶自己，更是烦闷异常，手一摆，冲她发作道，“你怎么可以直接拦马？你觉得你的力气比马大是吧？！”

锦儿惊魂未定，又见一向温和儒雅的玄奘竟然冲她发了脾气，顿时吓得手足无措，哭得更厉害了。

玄奘此刻已冷静下来，见锦儿哭得伤心，心里便有几分后悔，也不知该如何安慰她，只得劝道：“别哭了，是我嗔念太重，我刚才……被吓坏了。”

“我……我知道……”锦儿哭得抽抽搭搭，上气不接下气，“我……我不是……故意……的……”

玄奘心中暗暗叹了口气。

一条细细的清流从林间经过，这是汉江的支流，江水清可见底，游鱼细石，历历可见。有了它，整个山谷都显得异常幽静。

玄奘牵马来到江边，让小马在江中痛快地饮水，自己则在一旁帮它刷洗身子。

“咱们给它起个名字吧。”锦儿的脸上早已没有了眼泪，只顾歪着脑袋欣赏这匹一天之内吓了她两次的小白马。

玄奘沉吟着说道：“看它浑身毛色雪白，跑得又快，就叫它腾霜吧。”

“腾——霜——”锦儿拉长声音轻轻念叨着这个名字，“好听倒是好听，就是太雅了些。我想出了一个更适合它的名字。”

“你说。”

“小白龙！这名字怎么样？”她清亮的眼睛望着玄奘，希望得到他的首肯。

“嗯……”玄奘轻抚着小马银练般的长鬃，点头道，“果然是个好名字。行，就叫它小白龙吧。”

锦儿开心得跳了起来，上前一把抱住小马的脖子，欢快地说道：“嘿，小白龙！你的名字可是我给起的，以后可不许再吓我了！听到没有？”

“还有……”她看了一眼玄奘，又补充道，“也不许再摔法师了！”

玄奘忍不住抬头望向锦儿，却见这小姑娘正睁着一双黑白分明的大眼睛，笑吟吟地望着他。阳光顺着头顶上枝叶的缝隙洒下来，照在她白皙无瑕的脸上，透出点点亮色。

常听人说，“女大十八变”，此言当真不虚，仅仅只有三年未见面而已，这小姑娘就已经变得让他不敢细瞧了。

第二天一早，四个僧侣终于上路，朝益州方向出发，林居士一家与他们同行。

这蜀地果然不同于别处，山地极多，一路上林木蓊郁，遮天蔽日，好像宇宙万物都变成了绿色。阵阵鸟声传来，更显出山林的幽静。

一道清澈的山泉从岩缝中流出，在山石间蹦跳着，流向远方。

小白龙欢叫一声，冲上前去，把头扎进这山泉里痛饮起来。

玄奘也持钵向前，在小马的上游处清洗了钵盂，然后用滤网细心地过滤了一钵清水，递给林居士夫妇道：“二位檀越，喝口水解解渴吧。”[4]

林夫人吓了一跳，赶紧双手接过道：“劳烦法师，这怎么敢当呢？还是我们自己来，自己来……”

玄奘又滤了一钵水给二位老法师和长捷兄长解渴，接着又滤给自己喝。

哪知水尚未入口，却听锦儿在身后叫道：“奘法师，我也要水！”

林居士不高兴地说道：“想喝水不能自己去舀？没规矩！”

锦儿天真地一笑，回头冲父亲做了个鬼脸，那张绝美的小脸儿纯净娇憨得就像一朵溪边的花儿。

玄奘将钵盂递了过去。锦儿接过，高高兴兴地喝了一大口，抬头道：“真好喝！谢谢法师！”

玄奘摇了摇头，却见锦儿已将钵盂递还：“法师，你也喝啊。”

玄奘淡然一笑，接过钵盂喝了一口，只觉这山泉甘洌无比，真个是玉液琼浆，所有的疲劳都在这清爽的感受中一扫而光！

“前面便是剑南道了。”景法师指了指眼前这片葱郁的群山说道。

玄奘顺着他的手指，惊奇地望着远方，他知道，剑南古道北接陇右，南下岭南，西邻吐蕃，东至巴渝，连接着三十多个州郡。到了这里，离益州就很近了。

“奘法师！你看那条江，不，是两条！多像两条玉带啊。”锦儿跟在玄奘身边，兴奋地说道。

“那是岷江。”玄奘道，“它从岷山出来，就分成了内外两条。”

说到这里，他不禁暗暗佩服这小姑娘观察的仔细——流经成都平原的岷江，真的就好像腰间的两条玉带。

而在更远的地方，峨眉山耸峙于益州正南，拔地而起，如同摆在面前的一座屏风。

此时红日西沉，为整个山林披上了一层醉人的红妆。

“几位师父都累了吧？今晚就在这里歇息，明天再走吧。”林夫人招呼大家道。

“好啊！”锦儿率先表示同意，“这地方风景好，咱们就在这里宿营！奘法师，你看前面那个山头，我们到那上面去看日落好不好？一定很壮观的！”

玄奘道：“檀越自己慢慢看吧，我要去拾些柴来烧水做饭。”

“我跟你一块儿去。”锦儿赶紧说道，“那日落其实也没什么看头。奘法师，你等等我！”

看着两个消失在林间的年轻身影，林居士有些忧郁地叹了口气。

一篷篝火旺旺的燃烧了起来，煨着路上挖来的野山芋，一股浓浓的香气扑鼻而来。

“好香啊——”锦儿从小溪边跑过来，深深吸了口气，很自然地挨着玄奘坐下。

红红的篝火将她美丽的小脸儿映得格外娇艳，一头刚刚洗过的乌黑长发还在往下滴着水。

玄奘觉得有些尴尬，锦儿离他太近了，散开的长发正落在他的胸口和脸颊上，他闻到了一股淡淡的香气，那是女孩子身上特有的香气。

不碍事的，他对自己说，佛说众生平等，男人、女人乃至一切众生都是如如平等的。我们小时候不就是这样，坦然而又自然地相处在一起吗？为什么现在会没来由地感到不安了呢？

“锦儿过来，上娘这儿来。”林夫人显然看出了玄奘的不自在，微笑着招呼女儿道。

“不，我就坐这儿。”锦儿天真地说着，顺手拿起一根树枝将一块烤熟的山芋从火中拨了出来，又伸手去剥皮。刚刚出火的山芋烫得她呼痛不已，然而她的脸上却是一副心满意足的样子。

“长安周围的山上什么都没有，连草都被人拔光了，想不到这里还有野山芋呢，真是个好地方！”锦儿边剥皮边开心地说。

“你们这两年一定吃了很多苦吧？”玄奘同情地问道，顺便将自己的身体向旁边移了移。

“是啊。”林夫人感慨地说道，“到处都没吃的，险些就要饿死了。早知道蜀地这么好，就早些来了。”

“现在来也不晚啊。”锦儿笑道，又看看玄奘，“还能和奘法师他们一起走，多好啊！”

林夫人慈爱地笑笑，玄奘却没来由地脸红起来。

“火真热啊。”锦儿望着玄奘额上密密的汗珠道，“法师你都出汗了。”

说罢，从怀里取出一条汗巾递给他。玄奘没有接，用衣袖把汗抹了。

“阿弥陀佛。”景法师站起身来，走到林居士身边，小声说道，“林施主，请借一步说话。”

第二天一早，林居士便带上妻儿与诸位法师告别，说有个同宗住在附近州郡，很久没见了，这次路过，定要前去拜访一下，所以要先行一步了。

锦儿心中很是不快，嚷嚷道：“什么同宗啊，听都没听说过，不去！”

然而她毕竟只是个小姑娘，父母主意已定，她又有什么办法改变？再加上几位法师好言相劝，只得带着一肚子的不高兴，悻悻地同玄奘等人告别。

锦儿一走，玄奘顿觉卸下了一副千斤重担，浑身上下说不出的轻松自在。看到他这个样子，三位法师相视而笑。

“四弟，那位林小姐好像很喜欢和你在一起啊。”长捷毕竟是亲兄长，说起话来直截了当，毫无避讳。

“二哥快别提此事了。”玄奘道，“打从小，她就是我的魔障！”

“阿弥陀佛。”景法师合掌道，“魔由心起。心生，则种种魔生；心灭，则种种魔灭。”

听了师尊的开示，玄奘心里一动——难道，这真是我的心魔吗？

---

[1]问讯，佛家礼节之一。《大智度论》卷十载有两种问讯法：若言是否少恼少患，称为问讯身；若言安乐否，称为问讯心。后世的问讯，仅为合掌低头。

[2]益州，古代九州之一，其范围包括今天的四川盆地和汉中盆地一带。治所在蜀郡的成都。

[3]此典故出自《后汉书》卷三十《襄楷传》：浮屠不三宿桑下，不欲久生恩爱，精之至也。意思是说，僧人不得在同一棵桑树下连宿三个夜晚，否则会因时日既久而生出留恋情意，产生牵挂。

[4]佛制比丘饮水必须过滤，以防误伤水中的微小生物。玄奘此时还是沙弥，原本不需要遵守比丘戒律。但他与长捷法师及两位大德同行，应该知道比丘的饮水习惯。所以这里还是要过滤的。

第10章

锦江缘

走出大山，一行人终于来到一座人烟稠密的城市。

此城地处群山之中，大片金黄色的油菜花环绕山间，空气中始终萦绕着一股甜甜的蜜香。街道上店铺林立，车水马龙，所有的一切看上去都是那么丰饶平静，呈现出一派太平景象。

长捷拉住一位匆匆赶路的行人问道：“请问这位檀越，此地可是益州吗？”

“是啊。”那人看看长捷，又看看另外三位僧人，“这里是益州首府成都，四位师父也是去听道因法师讲经的吗？”

一听道因法师的名号，景法师不由得面露喜色，合掌宣了一声佛号。

长捷又问：“请问檀越，道因法师在何处讲经？”

“就在城东的多宝寺。”那人往前一指，“我正是要赶往那里去听经的。这些日子法师在多宝寺里开讲《维摩诘经》，听者上千人！我得赶紧走了，去晚了只能坐在后面，就听不清了。”

说罢施了个礼，匆匆而去。

慧景法师心中欢喜，对玄奘道：“老僧早说过你这孩子有佛护佑，果然不虚。道因法师乃是声名久播之大德，其人精博勤敏，为道俗所共尊。就连一向倨傲的暹公读了他的论文，也不禁肃然改容。这《维摩诘经》你在洛阳虽已学过，却也不妨再去听听道因法师所讲。”

听了这话，玄奘自是欢喜从命。四人便齐往多宝寺去挂单。

多宝寺是益州法筵最盛的寺院，长安、洛阳等地高僧大多驻锡于此。除道因、宝暹外，道基、道振法师也在此寺讲说经论。

从四面八方投奔益州的僧人，挂单于此寺者不下千人，后来者想挂上单很是不易。

好在景、空二法师本来就是东都名高德昭的大德，而长捷、玄奘兄弟也有一定名气，就连宝暹、道基这样的大德高僧都对他们兄弟有所耳闻，如今见这四人前来，自是分外高兴，忙将他们迎入寺中。

成都位于“天府之国”的腹地，碧绿的锦江如一条玉带般环绕着这片土地，浇灌出一望无际的平畴沃野。

锦江江水澄澈，水底的石子和游鱼清晰可见。远处石桥两侧石缝中的青草，温婉地依附着青石板，就连点缀其间的细小花朵都能数出数来。

江边石阶上，几名少年女子一边说笑一边濯锦，偶尔打闹起来，间或爆发出一阵欢笑。

此情此景令人着迷，特别是对于那些来自战乱之地的关中人来说，这种久违了的幸福感和安全感伴随着濯锦女子绵软轻柔的笑语声飘荡在锦江之上，一直软到心里去。

“咱们蜀中所出的锦缎，质地精良，花样繁多，闻名天下。”一位年轻居士站在江边，对玄奘说。话语间充满了自豪之意。

“在咱们这里，织造锦缎的作坊叫‘锦院’，织工聚居的地区叫‘锦里’，濯洗锦缎的江水叫‘锦江’，甚至整个成都也叫‘锦城’。”

多美的名字啊！玄奘想，“锦院”“锦里”“锦江”“锦城”，这些名称触动了他心底最柔软的那根琴弦——那个同样以“锦”字为名的女孩子当会喜欢上这个山明水秀的地方吧？希望这个美丽的地方能够带给她幸福和快乐！

或许真如景法师所说，“魔由心生”，没过几天，玄奘就在多宝寺的大殿上再次见到了前来上香的锦儿。

她看上去消瘦了很多，一双美丽的大眼睛里竟闪着几分忧郁的光。

“想是长途跋涉，太累了吧。”玄奘心里想着，又不想多生事端，因而便没有打招呼，只悄悄地走开了。

蜀中是个好地方，这里风光绝美，气候温暖、瓜果遍地。施主们大都性格温和，开朗率性，无忧无虑。

更为重要的是，这里已是天下文士向往之都——在如今这样的乱世，处处饿殍遍野，唯蜀地例外，于是，各地僧侣名士纷至沓来。

众多高僧大德在成都大开讲席，传授佛经，使得这座城市俨然成为全国的佛教中心。

玄奘自然不会放过向诸大德请教的机会，他不仅在多宝寺拜师问疑，还在益州各丛林寺院往来听经，除继续研究早已流行的毗昙、涅槃、摄论之学，还研究新兴的法相唯识学。

他本就悟性非凡，又好学深思，很快便在巴蜀佛教界崭露头角。开坛授业的高僧大德们无不对这个少年沙弥交口称赞，同席僧侣更是被他深深折服，并推举他登坛讲经。

时光如梭，转眼到了武德五年（公元622年），玄奘年满二十岁，依佛制可以受具足戒了。

所谓具足戒，就是圆满完全的戒，这是佛教中的最高戒律。欲受戒者必须是年满二十岁且品行端正的沙弥，由十名以上高僧进行举荐，方可受戒。

这些限制对玄奘来说完全不是问题，几乎所有在蜀高僧都对这个年轻人印象深刻。这些高僧中，宝暹法师以讲授《摄大乘论》久负盛名；道基法师则对《杂阿毗昙心论》深有研究；还有一位道振法师，是研究《阿毗昙八犍度论》及《迦延》的专家。玄奘都曾一一拜师求学，以至于几位法师坐在一起讨论受戒人选时，竟都不约而同地提到了他——

“那孩子是真正的佛子。”慧景法师道，“从洛阳到成都，老衲主持各种法会无数，法会上的僧众常有上千，在一起讨论佛学，辩经问难时，玄奘总是最为出众的一个。”

“景师所言不虚。”道振法师点头道，“蜀地居士都爱听他讲经，很多同修视他为汉代的清流李膺、郭泰。”

“玄奘的才学只怕犹在李、郭之上。”道基法师沉吟道，“老衲数十年来常游丁四方讲肆，却从未见过有哪个少年如他这般神悟的！”

宝暹法师也点头附和，他原本是东都四大德之一，多年前因杨玄感叛乱而受到牵连，被流放到蜀中，吃了不少苦，因而脾气显得有些古怪。很多晚辈僧侣都不愿意亲近他，难得的是，他竟与玄奘颇为投缘。

事实上，在蜀中的年轻僧侣中，很多人喜欢景法师的清新，而认为暹法师过于高傲古怪，不自觉地加以贬抑；但是也有一些弟子服膺于暹法师的高论，认为景法师讲的《摄论》过于平淡细致，时时报以冷嘲热讽。而玄奘却是两家并听并学，对两位法师都极为尊敬，且能将两家学说融会贯通，因而深得二位法师的称许。

就在法师们讨论受戒人选之时，玄奘正在多宝寺山门前的广场上讲经说法。偌大的空地上挤满了前来听经的僧人俗众。

讲经结束后，居士们照例围上前来问东问西，玄奘则一一为他们耐心解答。

突然，他感觉有人用力拉扯了他一把：“嘿，小和尚！”

玄奘吃了一惊，近些年来他声名日隆，已经很久没人敢对他这般无礼了。

定睛细看，眼前竟是一张颇为熟悉的英俊面庞，那笑容既阳光又有几分慵懒，一身天蓝色儒袍，潇潇洒洒——竟是多年未见的叶丹参！

“阿弥陀佛，原来是叶小居士！”

此时的玄奘已不同于年少之时，乍见故人，心中自然欢喜，语气却还是冲和平淡。

“嘿嘿，多年不见，小和尚果然了得啊！”丹参嬉笑道，“我在底下听经时，已经能感受到你头顶上有佛光闪耀了！”

“是啊，确是多年不见了。”玄奘感叹道，“不过居士倒是一点儿都没变，还是那么喜欢开玩笑。”

回到寮舍，丹参滔滔不绝地说起了自己这几年的经历——

乱离之世，颠沛流离，自然有许多的辛酸往事。好在丹参生性乐观开朗，那些往事到了他的嘴里，竟然全都成了可值得细细品味的故事了。

“令尊的身体还好吧？”玄奘终于找机会插了一句嘴。

“好！好得很！”丹参兴奋地说道，“昨天他还念叨你呢。”

听了这话，玄奘心中不禁泛起思念的情愫，他感慨地说道：“叶先生当真是君子菩萨，记得在长安时，玄奘使用先生传授的医方配药，治好了很多灾民的病。那段日子，庄严寺里聚集了那么多人，却没有爆发瘟疫，全赖先生的功德。这一次，玄奘定要登门拜望。”

“好哇！”丹参喜道，“父亲一直惦记着你，他常说教你是最划算的事了，上回多亏你救命呢。前些日子我们刚到成都时，听这里的居士们说起玄奘法师如何如何。父亲忍不住跟他们说：‘你们说的那个玄奘法师啊，那是我的徒弟！’人家不信，说他吹牛，弄得他好没面子。你要是去看望他，他定会欢喜万分！”

丹参所说的“救命”一事已经是好几年前的事了，那还是在洛阳的时候，叶先生突然得了急病，自己开了药方，居然越吃越糟，直至起不了床。

“唉，医不自医啊。”先生躺在榻上，叹息着想。

这是中医里的一句话，很奇怪——有时候医生自己得了病却不知道该怎么办才好，原本很好用的方子用在自己身上，却不灵了。

为什么会这样？依照民间的说法，医生们其实都是在逆天而行。本来人得了病就应该死的，医生非要给治活了，所以会得罪阎王爷，让你自己生奇怪的病。

玄奘惊讶于很多人会相信这等无稽之谈，他说：“这世间既然有医术，有草药，那也就意味着这是上天给人留下的一条活命之路，畜牲不舒服了尚且知道主动找草药吃，人治病怎么能算是逆天而行呢？”

然而那一次叶先生确实病得不轻，一向对背医书不感冒的丹参也着急起来，跑到净士寺，将玄奘请到了父亲的榻前。

搭过脉后，玄奘神色轻松，只开了一味药：用甘草泡茶。

“这样就行吗？”丹参有些不信，甘草实在是太普通的药物了。

“相信玄奘，应该没问题。”玄奘回望了一眼病榻上的先生，微微一笑道。

果然，几天后，叶先生的病渐渐好了起来。

事后，玄奘对丹参解释说：“先生不是病，是中毒了。”

“什么？中毒？！”丹参大吃一惊！

“居士不用紧张。”玄奘安抚他道，“叶先生是有德医师，每次配了新药总是自己先品尝一下。然而是药三分毒，天长日久，腹中积药太多，身体自然会出问题。用甘草泡茶，可解百药之毒。”

“原来如此。”丹参这才恍然大悟。

对这个勤奋聪悟的少年僧侣，叶先生本就十分喜爱，这次又亏他救命，更觉得是前世的缘法。既然丹参不喜学医，叶先生便索性收了玄奘做学生，悉心教授医术、针灸，而玄奘对这位医师，也是越来越敬重。在他看来，有济世之心的医师，行的都是菩萨道。

玄奘沉浸在对往事的追忆中，丹参却已换了个话题：“小和尚你知道吗？这些日子，父亲正在家中预备聘礼，打算要去替我求亲呢。噢，对了，我们提的那家姑娘你是认得的。”

“是吗？”玄奘也替他高兴，“那沙门要先恭喜居士了。”

丹参奇怪地看着他：“我说那个姑娘你认识，你就不想问问她是谁吗？”

“玄奘不必问，居士若是愿意说，自己便会说的。”

丹参呻吟一声倒在了床上。

“好吧，我跟你说。”丹参今天看起来心情格外的好，直起身了说道，“还记得锦儿吗？”

玄奘一怔：“林先生的女儿？”

“不错，就是她！”丹参兴奋地说道，“来成都也有不少时日了，前些日子才见到她。真是女大十八变啊！小和尚你不知道，现在的她真是美极了，跟小时候完全没法比！”

我没觉得她有什么变样啊，玄奘想，只不过你小时候不曾注意罢了。

丹参可不知道玄奘在想什么，自顾自地往下说：“我一回家就跟父亲说，我要娶她，我非娶她不可！父亲听了很高兴，说我长大了……”

“等等……”玄奘觉得有些不可思议，“居士前些天才见到她，你确定她肯嫁给你吗？”

“为什么不肯？”丹参显然很自信，“我们打小时候起就是好朋友。”

“可玄奘记得那时候，你还嫌她烦呢。”

“那是小孩子家不懂事，当不得真的。”丹参一摆手道。

突然又觉得有些心虚：“也是啊……小和尚，要不，你帮我们念念经怎么样？求佛陀保佑我们有情人终成眷属。”

玄奘觉得好笑：“沙门自然可以帮你。不过，居士若是有诚意，最好自己念。”

“对对对，是该自己念的。”丹参托着下巴，认真地想着，“哎，你说我念什么经好呢？”

送走丹参后，正好碰上要回寮舍的长捷兄长，见面就说：“恭喜四弟要受大戒了，沙弥只有受具足戒后才可成为真正的比丘。”

玄奘趁机向兄长请教有关具足戒的问题，长捷一一回答，又说道，“比丘的戒律有二百五十条，受戒之后，可够你学一阵子的了。”

“这么多？”玄奘有些惊讶，“为何以前从未听二哥说起此事呢？”

“佛制比丘戒是不可对沙弥和居士说的。”长捷解释道，“这些戒律极为烦琐，受戒者需历五夏专门研习方可通达。沙弥居士若只是随便看看，很容易断章取义，用僵硬的框架来看待比丘。说不定还会因此造下口业，惹出麻烦。再说，沙弥居士也没必要知道这些，修行人只需守好自己的戒律，管好自己的身口意就可以了。”

“可是，比丘戒又为何要制定得如此烦琐呢？”玄奘心中颇为不解。

在城南空慧寺的长廊下，道基法师对玄奘解释道：“比丘戒条之所以如此之多，就是要僧众借由戒律的规范，养成足堪住持佛法，成为人天师范的僧格，使正法得以久住。故而佛陀所制定的戒条内容，包括比丘们对一己道德的提升，对教团应负的责任以及微细的威仪行止等，种类繁多，粗略可分八类，即波罗夷、僧伽婆师沙、不定、舍堕、单堕、波罗提提舍尼、众学、灭净，计有数百条。”[1]

他们现在所处的地方原本是东晋慧远之弟慧持入蜀所建的“金渊精舍”，又名“龙渊寺”，近些年为避唐王李渊之讳而更名为“空慧寺”。

玄奘之所以从多宝寺移居到这座著名的寺院，暂时结束了有系统的全面从师受学，是因为他要在这里坐禅读经，调适身心，准备受戒。而道基法师正是他受戒的教授师。

“这些戒条在佛陀的时代就已经有了吗？”玄奘边走边问道。

“是的。”法师答道，“佛陀成道后的最初十二年内，并未给僧团制定任何戒条，只是随机宣讲他所证悟到的佛法，根利之人即闻即悟，当下就能心与道合，达到断恶修善利益众生的目的，因而也就能够迅速获得解脱。

“然而十二年后，随着佛法的广泛弘传，出家人越来越多，僧侣中就不免龙蛇混杂，凡圣同居了。有人出现了违背修道精神的行为，于是佛陀便因事制戒，告诫弟子们‘以戒为师’。对了，玄奘，你可知为何要选择在这空慧寺里举行受戒仪式吗？”

“大概是因为这里是慧持法师的栖止之地吧。”玄奘答道。

道基法师点了点头：“很多人都知道在庐山结社念佛一心想要往生西方极乐净土的慧远法师，却不知其弟慧持大师也是龙天师表。他们兄弟二人都曾师从于东晋的道安法师。”

玄奘恍然大悟：“道安法师乃是东晋名僧佛图澄的大弟子，是第一位为中原佛寺制定戒规的人。”

“不错。”道基点头道，“慧持大师一生精严持戒，从无懈怠之时。晋安帝义熙八年，大师对弟子们说：持戒犹如踩在平坦的大地上，各种善事善因才可能由此生长，你们无论是行、住、坐、卧，都应该严谨奉行。言罢坐化，春秋八十六岁。”

玄奘合掌道：“多谢师尊慈悲开释，弟子明白了。”

来到叶家，一股熟悉而又亲切的药草味儿扑鼻而来，熏得玄奘都要醉了。

“这次决定来蜀中，可真是来对了！”看到玄奘，叶先生满面红光，兴奋地招呼道，“你来看看这是什么。”说罢递过来一株翠绿的小苗。

玄奘接过看了看，道：“这是枸杞。”

“想不到吧？”叶先生笑道，“这东西在咱关中是宝贝，平常难得一见，这里却满山都是！你再看看这个。”

他又递过来一株看上去颇为奇特的植物。

“这是何物？”玄奘惊讶地问道，“玄奘来蜀地已有三载，竟然从未见过这种草。”

“没见过？”叶先生立即得意起来，“这叫作‘七叶一枝花’！原本生长在楚地，蜀中确实是不多见的。楚人都说，此物治痈疽便如用手拿一样！我在山上转了好几天才发现了几株。”

听了这话，玄奘不禁大为感动：“先生真乃良医也！却需注意身体，莫要独自进入山林。”

“无妨！”叶先生笑道，“我这副身板还好着呢，还能看着孙子长大！”

说到这里他颇有意味地看了看玄奘，爽朗地说道：“孩子，还俗吧！等我给你和林家姑娘红红火火地办上一场婚事，再给丹参说上一门好亲事。然后，咱爷儿几个就一块儿行医济世！”

玄奘大吃一惊："叶先生……您……您说什么？"

"别不好意思了。"叶先生呵呵一笑道，"我都知道了！林家姑娘喜欢你，这没什么。所谓'宁拆十座庙，不毁一桩婚'嘛，再说还俗娶亲的僧人多着呢，只要真心真意，想来佛祖也不会怪罪。对了，你不用在乎丹参，他也就是小孩子家心血来潮。等这事过去，我再请人给他说上一个漂亮姑娘，他就什么都不在乎了……"

玄奘越听越晕，不明白叶先生何以突然冒出这样一番话来。

他小心翼翼地说道："叶先生，玄奘相信您是一片好意。只是，玄奘自幼出家，虔心向佛，从未起过还俗之心。况且再过几个月，我就要受具足戒了，先生这时候提还俗娶妻之事，莫不是在拿玄奘开玩笑吗？"

听了此言，叶先生的脸色立刻阴沉下来。

原来，自打丹参随父到林家参拜林居士时见到锦儿，就被她所倾倒。得知十七岁的锦儿依然待字闺中，丹参更是欣喜若狂，回到家中就对父亲说，此生定要娶她为妻方可。

叶家与林家原本就是世交，丹参想娶林家姑娘，这对叶先生来说正是求之不得之事，于是立即备下聘礼，向林家正式求亲。本以为林家定然也会顺水推舟，玉成这桩美事，谁知林先生却是一脸的唉声叹气。

理由无他，林家小姐不愿意嫁人，逼急了，就以出家为尼相威胁。

两位父亲谁也不知这姑娘犯了什么邪，倒是母亲了解闺中女儿的心思，她告诉丈夫，锦儿已经心有所属，她喜欢的竟是那个少年法师玄奘。

林居士顿时大怒，这等既得罪佛祖又耽误女儿的事情，不是胡闹吗？

而叶先生却有些误会了，尤其是听林夫人说起在汉川之事时，便误以为两个年轻人已暗中相恋多年，只不过慑于戒律而不敢说出口罢了。

"我早说过陈祎不该出家的。"叶先生心想，"少年人就是面皮嫩，这有什么不敢说的呢？僧人还俗又不是什么大不了的事，何况他还只是个沙弥，并非受过大戒的比丘。"

他一来生性坦荡，二来对玄奘本就十分偏爱，三来又觉得自己的儿子与锦儿已经多年未见，就那一面之缘实在无法与人家的两情相悦相比，若是勉强娶来，人家女娃娃成天价郁郁不乐，自己的儿子又能有多开心？倒不如索性成全了那对有情人，也是一桩美事。

这样一想，当即爽快地说道："二位不必为此烦心，此事包在老夫身上！"

说罢，大笑着出门而去。

可是如今看来，玄奘压根儿就没有还俗娶妻之意。叶先生这才明白过味儿来，敢情这林家女娃同自己的宝贝儿子一样，都是剃头挑子一头热嘛。

这样想来，叶先生竟又觉得，丹参和锦儿才真是天生的一对儿啊。

玄奘刚回到空慧寺，迎面就碰到了锦儿，看来，她已在此守候多时了。

“我想出家！”少女红着眼圈儿，直截了当地说道。

玄奘心中暗暗叹气——我的心魔真有这么强吗？

他斟酌着对锦儿说道：“出家是件大事，岂能凭一时的意气行事？这样就算出了家，道心也不会坚固的。”

“我不管！”锦儿执拗地说道，“你道心坚固，我怎么就不坚固了？你瞧不起人啊！”

玄奘被噎了一下，但他想，这女孩儿明显不是真心想出家，自己还是尽量劝她回头的好。

当下耐着性子劝道：“施主，出家也须随缘，强求不得。你若果真与佛有缘，自然会有结果的。”

“那你出家是随缘吗？”锦儿不客气地反问道，“你敢说这不是你硬要做的选择？你真的一点儿都没有攀缘吗？”

听了这话，玄奘一时竟无话可说。

他不想为此多生事端，只得点头道：“好吧，檀越若真想出家，成都倒是有几间女众寺庵，你可以去那里问问，看看朝廷何时下发度牒。”

往前走出几步后，他又回过头来，对着身后一脸愕然的锦儿道：“若果真出家了，就好好修行吧。”

说罢转身离去，再也没有回头。

望着那渐行渐远的背影，锦儿不禁泪流满面，伤心地啜泣起来……

玄奘走到大殿门口，却见景法师正站在那里，目不转睛地望着他。

“开弓没有回头箭。”老法师徐徐地说道，“玄奘，你真的决定领受具足戒吗？”

“这是弟子多年的夙愿。”玄奘平静地回答道。

“善哉……”长老垂目合掌，不再多说。

寂静的夜晚，一盏灯火，在古老的禅房内静静燃烧，室内飘荡着一股淡淡的檀香气。

玄奘独自静坐在蒲团上，从暮色初起到现在，他已一动不动地坐了一个时辰，却发觉自己怎么也定不下心来，锦儿那双晶亮的泪眼时不时地在他眼前晃动，晃得他心烦意乱，难以安定。

“阿弥陀佛。”他对自己说道，“魔由心生，亦由心灭……”

可是要灭魔并非易事，山寺的夜晚静得可以听到烛火晃动的声音，至于那不平静的心跳声更是挡都挡不住了。

既然无法入定，那就干脆诵经吧。

打开面前的经卷，读了一会儿，依然无法平静，只觉得心海之中云起鸟腾，风动尘起，这虚幻的生命竟是如此喧闹。

玄奘极力收拢着纷乱的心思，喃喃自语：“念起即觉，不动不随……”

经书也看不下去了，他索性起身离座，来到窗前。

这才发觉，窗外的天空不知何时已飘满了蒙蒙细雨，暮春的雨丝看上去诡秘而美丽，那有节奏的“沙沙”声就像佛祖慈悲的开示……

“你这小和尚！”门“咣当”一声被撞开，这突如其来的巨大声响打断了玄奘的沉思，不用回头，他也知道是谁冲进来了。

“平常口口声声说什么慈悲为怀，却原来都是假惺惺的！对一个女孩子也如此残忍！”丹参气愤难当，连声音都有些变了。

玄奘回过头来：“我如何残忍？”

“锦儿一个花朵般的女孩子，你却要她出家为尼，这难道不是残忍吗？”

玄奘摇了摇头：“居士你搞错了，第一，玄奘从未要她出家，是她自己做出的选择；第二，出家是件功德事，如若真是她本人自愿，此事对她只有好处，没有坏处。”

“本人自愿？”丹参气极道，“你别跟我说，你不知道她这么做的用意！你居然忍心这般堵她的话！你，你……你真是太残忍了！”

“居士。”玄奘有些奇怪地看着他，“你不是早就跟我说过，想要娶她为妻吗？”

“我是有这个想法！”丹参一屁股坐了下来，端起案上的茶碗就喝，“因为我喜欢她。可这是我自己的感情，与她无关！我知道她喜欢的是你，这没什么，只要她开心，我怎么样都行！”

玄奘心里升起一种感动：“阿弥陀佛，居士一片真心，上天都会感动的，她又岂会不明白？玄奘觉得，你们两个才是真的有缘。”

“你拉倒吧！”丹参对番话毫不领情，不屑地说道，“说什么随缘啊？她喜欢你，这难道不是缘？她对你的爱，难道上天就不会被感动？你为什么要抛下爱你的女孩子独自一人念经参禅悠闲自在？这是随缘吗？”

“我与她并没有缘。”玄奘平静地解释道，“如果我们两个真有缘的话，我也会喜欢上她的，我会为了她不顾一切地还俗，那样才是缘。”

“你没有爱上她，是因为你的脑筋出了问题！”丹参咬牙切齿地说道，“我就是不明白，这和尚有什么好当的？倘若全世界的人都出家当了和尚，人人都没了子嗣，这人类世界岂不是要灭亡了？”

“你会去当和尚吗？”玄奘反问道。

“我？当然不会！我想都不会想！”丹参愤愤地说道。

“那不就得了？”玄奘微笑道，“这就说明全世界的人不会都当和尚，至少还会剩下一个。”

丹参被这句话噎得哭笑不得：“剩下我一个，难道会有子嗣？”

“林小施主也不会出家的，”玄奘淡然道，“你当出家是很容易的事吗？朝廷下发的度牒本来就少，女众更是凤毛麟角，轮也轮不到她的。”

丹参呆了一呆，恍然大悟：“哦……所以你才忍心顺着她的话说，因为你知道她根本就出不了家！”

“不，玄奘确实觉得，如果她真心出家，于她是件好事。不过，如果她是赌气这么做的话，那就另当别论了。”

外面的雨越下越大，玄奘站在窗口处，望着从房檐上垂挂下来的雨帘，淡淡地说道：“再过五十六亿七千万年，弥勒菩萨下生凡间，成为弥勒尊佛，度生无数。那时娑婆世界所有众生都修持十善业；那时人寿八万四千岁；那时山河大地一马平川，自然谷物应时而生，世界变得极为庄严殊胜……所有这一切都是因为众生修持十善的共业所致。”[2]

说到这里，玄奘回过头来，目光灼灼地看着丹参：“居士你想想看，只是修持十善业都会导致世界如此变化，如果大家都出家，修持沙弥戒乃至比丘戒，又会怎样？”

丹参不禁一呆，不知道该如何回答这个问题。

“我来告诉你，那时这个世界就是娑婆净土！是一个以你目前的知识和经验无法理解的，超越了时间和空间的涅槃[3]世界！一个不生不灭的世界，一个不垢不净的世界，一个不可思议的世界，一个没有轮回的世界！你还担心没有子嗣？你很喜欢六道轮回吗？”

“你说的这些都是想象，我不信。”丹参不耐烦地打断他道，“除非你证明给我看！”

“你所说的人类会灭亡的场景，难道就不是想象吗？”玄奘反问道，“你又能否证明给我看？”

看到丹参被噎住的样子，玄奘又道，“其实，想要证明我们谁说得正确倒也不难，你可以叫全世界的人都出家试试。”

“这还不难？”丹参瞪着眼睛道，“这我怎么能办得到？”

“你既然办不到，还问什么呢？”玄奘道，“你自己都知道让所有人出家是办不到的事情，那你的担心岂不是杞人忧天吗？”

丹参先是语塞，随即又反应过来：“那么你来！小和尚，你让所有的人都出家，或者都修持十善业，以证明佛没有打妄语！”

玄奘摇头道："我也做不到，因为我只是一介凡夫。我知道娑婆世界的众生还没有这份福气，所以我压根儿就不会问这种根本不存在的问题。"

说到这里，他将目光再次投向窗外那越下越大的雨，沉声道："在这个世界上，玄奘唯一能掌控的就是自己。我希望命终之时能够得生弥勒菩萨的睹史罗天，听佛说法，将来随佛下生，普度众生，让所有的人都能够离苦得乐……"

"你还是先度一度你身边的人吧！"叶先生一步踏了进来，身上的蓑衣还在往下滴着水，"锦儿不见了！"

"什么？！"丹参"呼"的一声站了起来，"不见了？她到哪里去了？！"

"我若是知道，还用得着上这里来吗？"叶先生慢悠悠地说道。一转身，却见玄奘已经快速披上了蓑衣，忙问："你干什么？"

"找她去。"玄奘简短地回答了一句，便一头扎入雨中。

"等等，我也去！"丹参也冲了出去。

---

[1]参见《四分律》，波罗夷，指戒律中的根本罪或极大之罪，犯此类戒者要被逐出僧团；僧伽婆师沙，又名僧残，指比波罗夷轻一些的罪行，意思就是犯此类戒者还有残余的法命；不定，是指已经犯戒但犯戒程度还不明确的行为；舍堕，是指由于贪心而追求财物的行为；单堕，是指日常生活中的小戒；波罗提提舍尼，意译为"悔过"，是轻微的过失，主要涉及饮食等方面的规定，犯此戒者只需向一僧忏悔即可；众学，是较轻的过失，所涉及的是有关服装、食事、威仪等极细微的事情；灭诤，是为裁断有关僧尼犯戒等之诤议而设的七种方法，称之七灭诤法。

[2]关于弥勒下生的时间，按照佛经中的时间概念，睹史罗天的一天相当于人间四百年，而弥勒在睹史罗天的寿命是四千岁，按一年360天来计算，现在距离弥勒降世大约还需要五亿七千六百万年。玄奘这里说是56亿7千万年，是按照古印度的记数法来算的，印度的亿其实就是中国的千万。

[3]涅槃是佛教中的一种没有烦恼，超脱生死的境界，是将世间所有一切法都灭尽，而仅余的一种圆满寂静的状态。涅槃是梵文音译，玄奘后来把它意译成"圆寂"，也就是具足一切福德智慧（圆），永离一切烦恼生死（寂），永远不再被烦恼生死所困扰，回复圆明寂照的本有心体，而获得一种纯善纯美的庄严解脱。至于这究竟是一种什么状态，只能被亲身做证的圣人们完全理解了。

第11章
佛与红尘

锦儿是在白天踏入这个山谷的，原本她只是出来散散心，也顺便体验一下修行人在山间的感受。如果说，早晨她对玄奘说要出家仅仅是一时赌气的话，那么现在，她已经开始认真考虑这个问题了。

“哼！”她一边走一边踢着路上的小石子，心中愤愤不平，“小和尚，别以为你看透了我，你以为我真不敢出家吗？”

她满心都是同玄奘怄气的情绪，全然忘记了出家需由朝廷下发度牒，并非自己想出就能出这码子事。

傍晚时分，一直阴沉的老天突然下起雨来，气温骤降，锦儿浑身冰冷，心中不由得害怕起来，想到这样的天气，父母一定会为自己担心，于是赶紧折回。

谁知雨越下越大，冰冷的雨水顺着脸颊滑进衣领，有一种刺骨的感觉。锦儿的心也变得阴冷阴冷，仿佛整个世界都在为她难过。她自伤自怜，边走边落下泪来。

雨一阵紧似一阵，山路也越来越泥泞，群山被一团湿重的雾气笼罩着，人在地上行走，如同云中漫步。锦儿深一脚浅一脚地走在泥地上，心中不住地抱怨——这雨为何下个不停？莫非老天爷也在跟我作对吗？

她全身都被雨水浇透了，前方还有那么远的路，而天色正在迅速地暗下来……她以前从未独自外出过，何况是这样的雨夜，心中越来越不安，可眼下除了埋头走路外，又能有什么别的选择呢？

路边的杂树随着霹雳与闪电摇来晃去，她尽量走在小路的正中央，以防止路边某棵被雷劈断的树会砸到自己身上。其实，这山间小路宽不过一尺，如果真有一棵树砸过来，她哪里躲得掉？

终于，在雨中苦行了一个时辰后，她不得不沮丧地承认，她迷路了。

天已经很晚，四野一片漆黑，脚下的水漫到了小腿上，锦儿又冷又怕又委屈，精神已到了崩溃的边缘，终于支撑不住坐在了地上，伤心地痛哭起来……

仿佛是为了配合她的哭声，远处突然传来一声狼嗥，在这雨夜中显然凄厉而又萧远。

“菩……菩萨……”她把头埋在两腿间，抽抽搭搭地哭道，“是我错了吗？是我不该……喜欢……他，所以才要……才要受到……这样的……惩罚吗？”

玄奘与丹参进入这片山谷后就决定分开来寻找，临走前，丹参狠狠地甩出一句：“要是锦儿有什么三长两短，我就一把火烧了你那座破庙！下地狱我也不怕！”

玄奘知道他是在说气话，也不跟他多说什么。事实上，他自己也是心急如焚。

凭感觉，他径直朝着刚到此地的来路上走去。

雨越下越大，蓑衣已经完全不起作用，反而因蓄积了过多的雨水而显得沉重不堪、碍手碍脚，玄奘干脆将它扔在了地上。

他浑身早已湿透，却一点儿都没有感到冷，只觉得有一团火苗在胸中燃烧着，头上氤氲着丝丝的雾气。

那个小姑娘的模样总在他的眼前晃来晃去——

她坐在偏殿的蒲团上听他讲经，大大的眼睛闪动着兴奋的光芒；

她挥舞着手臂，天真地说：“我最喜欢听故事啦！”

她在河边望着小白龙，喜滋滋地对它说：“小白龙，你的名字可是我给你取的，以后可不许再吓我了，更不许你再摔法师！”

她在空慧寺门前，含着眼泪质问他：“你出家是随缘吗？你敢说这不是你硬要做出的选择？”

……

“菩萨保佑啊。”玄奘喃喃自语，“说到底，弟子不过是一介凡夫，业障深重，难以自度，只盼这些业力不要伤及无辜……”

蜀中的雨一旦下起来便是酣畅淋漓，仿佛有个巨人在从天上往下倒水，玄奘也不知道自己在泥泞的山林间走了多久，他看不清脚下的路，事实上有些地方根本就没有路。

连摔了几跤后，他终于听到了锦儿的声音——那么柔弱无助的哭泣声，在这暴雨之夜中显得若断若续，但还是让他给捕捉到了。

他心中一喜，默念一声：“感谢佛祖！”便循着哭声摸了过去。

终于，他看到了锦儿，这小姑娘半卧半靠在一块山石上，雨水已没过她的半个身子。她头发蓬乱，浑身颤抖，瘦瘦的肩膀一下一下地抽动着，嘴里还在轻轻地叫着：“法师……陈祎哥哥……”

玄奘急急地来到她的身边，将她扶了起来。

可能是连冻带吓，锦儿面色青紫，整个人已处于半昏迷状态。玄奘伸手摸了摸她的额头，只觉烫得吓人。

还好！他想，如果是冷得吓人，情况只会更糟糕。

这里距离住处已经很远，也不知道附近有没有什么避雨的地方。他站起身，焦急地朝四周山上望了望，可除了浓浓的夜幕和密密的雨帘外，他什么都看不见。

默念了一声佛号后，玄奘俯身将这女孩儿背了起来，大踏步地朝山上走去。

“是……菩萨吗？”锦儿看来是烧得不轻，身子伏在玄奘背上，口中不停地说着胡话，“你别……别怪我……我就是……想要……陈祎哥哥……陪我……我……我错了吗……”

玄奘脚下不停，心中却是一阵绞痛，滚烫的泪水滚落下来，和雨水混杂在一起，滴在他的胸前。

感谢佛祖！他终于在山腰处找到了一个干燥点的山洞，里面还有些干草和树枝。

玄奘钻进去，将锦儿放在干草上，让她半靠在自己胸前，然后轻轻提起她的一只手腕，替她搭脉……

还好，将手指从她的腕上拿开，玄奘轻轻舒了一口气——只是受了些惊吓和雨淋，虽然虚弱，却无大碍……

锦儿闭着眼睛，还在轻声呢喃着：“菩萨……是锦儿……错了吗……”

他抱着她，用自己的体温替她暖着，一句话也说不出来。

雨还在不停地下着，他感到怀里的女孩子实在是太轻、太弱、太冷了……她那冻得淡紫的嘴唇微微翕动着，令人情不自禁地有一种想要温暖她、保护她的欲望。

好在自己的身体还足够热，胸膛的那团火苗仿佛在剧烈地燃烧着，灼热的体温将她湿冷的身体慢慢蒸干……他看着她苍白的脸色渐渐红润起来，呼吸也平稳了许多，长长的睫毛颤动着……

“再过一会儿，她就会醒过来，我该不该把她放下呢？”望着怀中少女那几近透明的绝美面庞，玄奘问自己。

“放下她吧。”一个轻柔悲悯的声音对他说，“就算你现在可以温暖她，也只能温暖她一时，你温暖不了她一世啊！”

是的，我温暖不了她一世。

玄奘感觉到自己的身体在发抖，他紧紧咬住牙，将锦儿轻轻放在了草铺上。

这附近应该没什么毒虫野物吧？他站起身，在山洞内外小心地转了一圈，每一个角落都细细检查了一遍，直到确定没有什么不安全的东西了，这才轻诵佛号，一头钻回到大雨之中……

“怎么样怎么样？找到锦儿了吗？”丹参疯了一般，到处乱窜，一见到玄奘，就忍不住急吼吼地问道。

玄奘道：“方才我听到了她的声音……”

“真的？在哪里？！”丹参眼中露出惊喜又焦急的神色。

“就在前面。”玄奘说着，径直朝那个方向走去。

他不能再耽误时间了，锦儿还在那个山洞里，没人跟她在一起，谁知道会发生什么。

丹参赶紧跌跌撞撞地跟了上去。

玄奘心急如焚，在雨中走得飞快，完全顾不上看一眼身后那个狼狈跟随的小书生。丹参跟着他一溜小跑，脚下水花四溅，却怎么也追赶不上。

“我说小……小和尚……”他呼哧呼哧地喘着粗气，脚下磕磕绊绊，也不知摔了多少跤，“你……你慢点儿！怎么，怎么走……走得……这么快啊……呼……呼……”

玄奘没有理他，他的心中在不住地祈求——佛祖保佑！菩萨保佑！在我刚刚离去的这段时间里，可千万别出什么事啊！

地上泥泞湿滑，水深过膝，丹参早已走得筋疲力尽，几乎是连滚带爬了。

“小和尚……你……你这是……要去哪儿……我……我走不动了……你等等……慢……慢点儿走……”

快到山洞口了，玄奘骤然停住了脚步。

佛祖垂怜！他再一次听到锦儿伤心的哭声，看来，她醒了，她没事了！

平复了一下心情，玄奘暗暗松了一口气。

丹参显然也听到了哭声，陡然来了精神，也顾不得一身疲劳，高喊一声“锦儿！”便连滚带爬地冲进山洞。

听到这熟悉的叫声，已经哭得没了力气的锦儿呆呆地回过头来。

本来就已经很累，再加上过于心急没注意脚下，丹参竟一下子被洞口的石块绊倒在地！他抬起头，沾满泥水的脸上带着欣喜的笑容。

“锦儿，真的是你！”丹参激动得都要哭了，“谢天谢地，我总算找到你了！你可真把我给急坏了！”

“丹参哥——”锦儿“哇”的一声痛哭起来，扑到了丹参的怀里。

经过一个晚上的孤独与惊吓，骤然出现的丹参，简直就是这个世界上最亲的人了！

丹参手忙脚乱地脱下满是泥水的长衫，想要裹在锦儿身上，这才发觉她的身体是干的，赶紧又将湿衣服抛在了地上。

“你真聪明，锦儿！”丹参抱住她，惊喜连连地说道，“居然能找到这么一个淋不到雨的好地方！我先前还一直在为你担心呢。”

锦儿茫然道：“是……是菩萨……带我来的……”

面对此情此景，玄奘终于长长地舒了一口气。

他知道，对锦儿来说，这一刹那以前和一刹那以后便是天壤之别，是梦与现实的分别，是佛与红尘的分别。

怀着深深的感恩，他双手合十，低低地诵上一句：“南无大慈大悲救苦救难观世音菩萨……”

接着，便默默转身，在已经变小了的细雨中，悄然离去……

锦儿静静地躺在床上，眉头紧皱，脸色苍白，叶先生坐在她的旁边，为她把脉开方。

“她没事吧？”丹参紧张地问道。

自从昨夜把她背回来，她就一直在发高烧，昏迷不醒，偶尔说上几句胡话，丹参在旁边猜了半天，也没整明白她说的是什么。

“别担心，她只是受了些风寒与惊吓，吃上几服药就好了。”叶先生对儿子说道。

丹参松了一口气，忽听到院外有人叩门，忙跑过去开门。

是玄奘，他浑身湿透，背着一只竹篮走了进来，篮里装满了草药。

“你这小和尚！昨晚上哪儿去了？”丹参一见到他就兴师问罪，“锦儿冻得走不动路，偏偏你又不在，害得我只好一个人把她背回来，你知道昨晚雨下得那么大，路又不好走，累得我腰都快断了！”

嘴上这么说，心里却开心得要命——这个笨笨的小和尚，关键时刻怎么跑了？

“檀越辛苦了。”玄奘只是淡淡地说道，“沙门去山上采了些草药，看能不能用得上。”

说着，将背上的竹篮解下，放在地上。

“太好了！”叶先生走到院子里，看着这些药草道，“我这里正闹药荒呢。”

玄奘蹲下来整理着篮中的药草：“这里主要是些柴胡、麦冬，祛痰清热的。”

“嗯，蜀地湿热，祛痰清热用黄芩更佳……”叶先生说道。

丹参见锦儿没什么大碍了，心里一阵轻松，看着玄奘，忍不住嘲笑道：“我说小和尚，你可真够笨的！昨晚明明都听到她的哭声了，却愣是没找到她！我怎么一过去就发现她了呢？”

“这就是缘。”玄奘平静地说道，“两位居士有缘。”

他又远远地望了一眼躺在床上的锦儿。她还在昏睡着，像一只受伤的小鸟。不过，从叶先生特别是从丹参的表情中可以看出，应该没什么大碍了。

“林小居士能够平安无事，多亏菩萨的慈悲护佑。居士昨晚情急之下犯了口业，可千万别忘了忏悔。”玄奘对丹参道。

“菩萨慈悲，不会怪罪的。”丹参大大咧咧地笑道。

“菩萨当然不会怪罪你，菩萨只会帮你。但是你自身的藏识却会收藏你的业力，不管它是善还是恶。”

“菩萨会帮我……”丹参心里一动，沉吟道，“是了，记得昨晚锦儿亲口对我说，是菩萨把她带到那个山洞里的！这样看来，菩萨还真是在帮我！”

玄奘呆了一呆，没说什么——什么都不说，是不能算打妄语的。况且他真心认为，如果没有菩萨的慈悲护持，仅凭他自己，绝不会那么快就找到一个避雨的山洞，菩萨当然在帮助他们!

丹参毕竟受佛教熏陶多年，又因爱屋及乌，对锦儿的话深信不疑，想起昨夜的一时失言，心中竟深为后悔。

“你放心，我一定会好好忏悔的！对了，玄奘法师，有空帮我们读几卷经啊，请佛菩萨保佑我和锦儿平平安安的……嗯，主要是保佑锦儿。”

他心情舒畅，竟一改往日“小和尚”的称呼，叫起了“玄奘法师”。

“我知道了。”玄奘微微一笑，“叶先生，这里若是没什么事，玄奘先告辞了。”

“你不留下来，看看她的病情再走吗？”叶先生起身问道。

“不用了。”玄奘看了一眼丹参，“只需看看叶小居士的样子，就知道她的病不碍事。玄奘这几天就要受大戒了，必须回寺院去习律，总在外面待着也太不精进。”

叶先生意味深长地看了玄奘一眼：“你何时受戒？”

“后天。”玄奘答道。

美丽的蜀地，庄严的佛寺，神圣的戒坛。

主持受戒仪式的道基法师身披紫金袈裟，安详地站在汉白玉雕成的戒坛上，诸大德们也都站在各自的位置上。在幡幢飘扬，香烟缕缕，钟鼓齐鸣中，静静等待着前来受戒的沙弥。

正对戒坛的，是一条幽暗不明的长长的甬道，几百年来，不知有多少高僧大德曾经从这里走过，反复叩问过自己的内心。

年轻的玄奘身着一袭深色僧袍，步履稳健地穿行其中。

他的目光如月华般清澈，不染片尘。

进入甬道前，法师只问了他一个问题：“你是真心皈依佛陀吗？”

从踏入甬道的第一步起，他便反复叩问自己的内心：我是真心皈依佛陀吗？

往事如潮水一般，在他的脑海中奔涌而过——

家乡的灵岩寺里第一次听到有如天籁般的钟声和诵经声，年幼的他不知不觉听得痴了；

他平举着两只小手，从僧人手中接过平生第一部佛经；

他问寂空长老：“我也是菩萨吗？”

寂空长老对他说：“不俗即仙骨，多情乃佛心……菩萨就是觉悟了的有情人。”

他读到《百喻经》里的有趣故事，天真地笑出声来；

他诵念着《阿弥陀经》为母亲和父亲送行；

他跟随哥哥来到净土寺，成为一名行者和抄经生，一笔一画地抄写着那些流传千年的殊胜的经典；

佛法抚平了他心中的伤痕，他渴望成为一名真正的僧人；

他开始登上狮子座和辩经台，开始就经论中的某些问题与法师们对论；

“童子出家，意欲何为？”大理卿郑善果的问话恍如就在昨日。

“意欲远绍如来，近光遗法。”少年清净无染的嗓音历历分明地响在耳边；

他在古都洛阳的各大道场往复听讲，飞速积累着自己的佛学修养，同时也积累了越来越多的困惑和疑情；

他热烈求实、探寻真知，正是这谨严求精的治学态度使他发现了佛典中的许多抵牾，年少的他终于在老法师面前发出了诘问：“难道菩萨在打妄语？”

他学习医术为人治病，他向西域商人们请教各国语言，他期望有朝一日能亲历佛国，一睹真正的佛法；

乱离之世，人命如草，他痛心于佛法对现世的苍白无力。他在庄严寺的观音像前发下大愿，愿以一身之力，为众生承担一切苦难与罪责；

他对困惑的老僧说：“一切都是值得的。”

他来到这未受战争滋扰的蜀地，听全国各地逃难至此的高僧们讲经说法，收获难得的机缘，也遭遇心魔的侵扰。所幸菩萨慈悲，助他挥慧剑斩情丝，没有让这心魔伤及无辜。

一念及此，他的内心便万分感激……

前方渐渐明亮起来，出口近在眼前。

他反复思量自己读过的经文，反复叩问自己的内心：我是真心皈依佛陀吗？我真的能够践行当初发下的“远绍如来，近光遗法”的宏愿吗？

踏出甬道的那一瞬间，眼前豁然开朗，汉白玉的戒坛上，佛陀的金身塑像似在朝他颔首微笑。

面对佛陀，他的内心清明如镜，明澈的黑眸无垢无染，一如那万里晴空……

一辆马车停在戒坛东南方向不远处，车上走下一位十七八岁的少女，虽略带病容，却难掩其天生的清丽。一袭素色长裙在风中飘荡，更衬得她如弱柳扶风一般。

此刻，她正目不转睛地看着戒坛，极力寻找着那个熟悉的身影。而在她的身旁，是一个身着轻便儒服的翩翩少年。

"丹参哥，那便是接受具足戒的戒坛吗？"少女轻声问道。

"不错。"少年答道，"那就是戒坛。"

"我想去看看……"

"不可以的！"丹参忙阻止道，"佛制白衣与沙弥不得观看比丘受戒。"

少女轻轻地叹息一声……

丹参并没有骗她，以严格的三师七证[1]程序来进行的具足戒仪式，是不允许沙弥和俗人观看的。

玄奘站在戒坛前，羯磨师以相对基础的问题向他提问："玄奘，汝可知何为入道之门？"

玄奘合掌答道："佛门无论何宗何派，皆以戒律为入道之门。"

"那么，何为戒，何为律呢？"

"戒是有所不为，律是有所当为。"玄奘简洁地回答。

羯磨师点点头，又问："那么，何为戒法、戒体、戒行、戒相？"

玄奘回答道："戒法是佛陀所制的各种戒律；戒体是弟子从师受戒时领受于自心的法体；戒行是受戒后随顺戒体防止三业罪恶的如法行为；戒相是由于戒行坚固而形于外的相状。一切诸戒均由戒法、戒体、戒行、戒相四科组成。"

羯磨师默默颔首，面对这沙弥年轻而庄严的面容，再次发问："玄奘，汝因何要受具足戒？"

玄奘答道："佛说：好学戒律者，佛法得久传。临入灭时，更是叮嘱弟子阿难说：'佛涅槃后，汝等以戒为师，依之修行，能得出世。'又说：'一切众生，皆有佛性。虽有佛性，要因持戒，然后乃见。因见佛性，得成正觉。'由此可知，在无佛的时代，戒便是我们的导师。"

看到羯磨师微微颔首，玄奘停顿片刻，接着说道："古德有云：'戒者，乃定慧之宏基，圣贤之妙趾，穷八正之道，尽七觉之源。'弟子玄奘，不幸生于像季，无法亲聆佛之教诲，每思及此，常自深以为憾。唯有遵佛遗训，以戒为师，潜心修行，方可断尽无明烦恼，普度一切众生，成就无上菩提。”

羯磨师颔首道：“善哉玄奘，汝今可登戒坛。”

玄奘庄严合掌，向羯磨师深深一礼，随后便一步步地登上戒坛。他清秀的面容显得平静安详，这是多年修行带给他的安详。

虽然看不到玄奘，也听不到各位法师的声音，更听不到玄奘的声音，但锦儿还是执著地不肯离去。她默默地站立着，等待着……

“锦儿，外面风寒，还是回去吧。”丹参有些心痛地劝说道，“比丘戒律可多了，有二百五十条！光是将这么多戒条从头至尾读上一遍，就不知得用多长时间！”

锦儿固执地摇头，一滴晶莹的泪水从她美丽的大眼睛里流了出来……

在道基法师洪亮庄严的嗓音中，二百五十条戒律被一条条地高声宣读，玄奘逐一领受。

当诵到最后一条时，夕阳已将戒坛笼罩在一片红光之中，也将戒坛上那长身玉立的年轻僧侣凝成一个透明的剪影。

只听那僧侣朗声说道：“弟子玄奘，信受奉行！”

说罢深深地叩拜下去。

我相信你，我接受你，我怀着恭敬虔诚的心，照你说的去做。

这，就是信受奉行。

成都的四月已经有些暑意，何况又在阳光下站了这么久，然而玄奘非但不觉燥热，反而感到一股无比的清凉之意，如同沐浴在故乡的莲花池中，心中充满了无量法喜……

“锦儿，你怎么了？”看到锦儿满脸泪水，丹参既心痛又担心地问道。

“没什么。”锦儿摇了摇头，她的腿已经站麻了，却似毫无知觉一般。

丹参轻轻揽住了她：“别难过了，你早知道他要受戒的。”

锦儿忍不住轻声抽泣起来：“其实，世人只要守住五戒，就可以算得上是个好人了，为什么比丘戒条那么多？”

“我怎么知道？”丹参苦笑着，老老实实地回答道，“所有受了大戒的比丘都是一样的，他们与我们不同。”

少女的目光再度望向那庄严的戒坛，心中百感交集——难道说，修行人只有对身心进行如此严苛的约束，才能够走向觉悟之路吗？

在周围一片梵唱声中，授戒师为玄奘披上了一条紫黑色法衣。

玄奘站在戒坛上，合掌礼拜十方诸佛。

一声悠然钟鸣，袅袅奏响，远播四野。

这钟声淡远淳厚，直抵人心。就连身在戒坛外的丹参和锦儿，也沐浴在一片庄严的佛光之中。

“或许，他原本就是佛。”锦儿此时已停止了抽泣，喃喃地说道，“他是属于众生的，而我却非要把他拉到自己身边，真是罪过……也幸好菩萨慈悲，没有怪罪我……”

说到这里，声音又有些哽咽。

“不错，他是属于众生的。”丹参说着，伸手将锦儿揽入怀中，“但我是属于锦儿的，我会永远待在你的身边，保护你，不让你受到一丁点儿伤害……”

锦儿静静地靠在丹参怀里，脸上露出幸福而又有些苦涩的笑容……

佛制僧尼正式受具足戒后，必须要用五个“夏居”[2]专门学习戒律，这就是所谓的“五夏以前，专精戒律；五夏以后，方乃听教参禅”的制度。

不过这种方式传入中土后，已经不那么严格，历代僧侣在学律的时间和方法上，有了相当大的变通，不再拘泥于条文中“五夏”的规定。

玄奘在空慧寺受戒后，便直接在这座庄严的古寺内坐夏。

安居前，景法师送给他几部律宗论疏，告诉他：“前代大德的章疏著述，大多是根据自己的理解所写，观点和论述常有分歧，你须仔细辨析，方可明了。”

“多谢师尊开示。”玄奘恭敬地接过论疏，“弟子受教。”

成都的夏天很热，但空慧寺里却很清凉，寺外山峦重叠，远处如淡墨轻染，近处似沈墨重皴。古树上常有猿猴攀援啼鸣，泉池边又有野鹤栖息飞翔。阶沿上爬满青苔，栏杆处藤萝低拂。

而对于玄奘来说，真正带给他如醍醐灌顶般清凉感受的，是佛法。

他一头扎进律学的海洋里，只用了一个“夏居”，便将律宗的“五篇七聚”[3]尽数精通。这使得他有了更多的时间学习经论，游心法海。

白天，他在各丛林间往来听讲；夜晚，便进入益州各大寺院的藏经阁里读书。

他出众的才华很快便得到了蜀中佛界高僧大德们的高度评价，并再次受邀登坛讲经。

玄奘先后讲了《大般涅槃经》、《摄大乘论》及《阿毗昙经》。蜀地的僧侣居士们对他非常仰慕，听他讲经的人越来越多。人们将他与长捷法师合称为“陈门双骥”，甚至拿他们同庐山的慧远、慧持二大德相提并论，认为他兄弟二人也毫不逊色。

佛学典籍分为经、律、论三部分，合称“三藏”，其中，精通经藏者被称为经师，精通律藏者被称为律师，精通论藏者被称为论师，三藏兼通者被称为“三藏法师”。

受戒不到一年，玄奘便因精通佛学三藏，而获得“三藏法师”的称号，得到了一个僧人所能获得的至高无上的荣誉。

然而玄奘并没有感到有多高兴，相反，他更多的是郁结。

这一天，益州行台民部尚书韦云起派人前来礼请陈氏双骥，希望两位法师能到他家中主持七七四十九日的平安道场。

玄奘平常并不喜欢这类经忏法事，推故不去。

长捷知道弟弟的脾气，只得向来者致歉，并表示自己届时一定前往。

好在韦尚书原本就没指望陈门双骥齐至，听说长捷法师肯来，已是欢喜万分，也就不在乎玄奘法师来不来了。

长捷临行前，玄奘突然对他说道：“我想去峨眉山朝拜普贤菩萨。”

长捷愣了一下，他知道这段日子以来，玄奘已经学遍了成都，附近的佛寺里再也没有他可以请教的人了，他的郁结很大一部分缘于此。

去峨眉山，与其说是朝拜，不如说是换个地方拜师求学吧。

长捷不禁心中感慨，自己这个兄弟对名利之事从不上心，他痴痴迷恋的始终是佛法。

“也好。”他点头道，“峨眉山乃佛门殊胜之地。你我兄弟入蜀多年，早该前往参拜。只可惜我已受韦尚书之邀，恐一时难以脱身。四弟去后，可先代我在普贤菩萨座前烧上几炷香，待得明年春天，长捷定然前去上香请罪。”

玄奘明白兄长的难处，也由衷地感到庆幸，庆幸自己还能保持住这份烟霞僧人的洒脱和自由。

辞别兄长后，他便直奔峨眉山而去。

青衣江，顾名思义，这江水绿得直令人怀疑它会把白色的衣服染成绿色！

站在青衣江边，向西南方向翘首远望，便可看到峨眉山了，它距青衣江约五十里地，犹如黛色一抹浮现在白云之上。

待渡过青衣江，便看不到这抹黛色了，可是再行几里，它却突然变成了充天塞地的庞然大物，使人无从望其项背。

年轻的僧侣独自行走在长满青苔的山路上，他已经走了很久，脚上的僧鞋磨损得厉害，身上那件粗布僧袍也被挂在草叶上的露水洇湿了。

但他的心情却是轻松愉悦的，虽然时令已是深秋，这里依然林木蓊郁，藤萝漫绕。

阵阵鸟鸣，处处山泉。取出随身滤网，在泉边滤上一钵清水，一饮而尽，立觉倦意全消，尘烦顿失！

峨眉山又是佛教道场，五里一小庙，十里一大寺。年轻的游方僧显然极具好奇心，进山之后，几乎逢庙必停，见寺必宿，遇洞必钻。

在寺中，他礼佛诵经，与常住们探讨佛法。常住们惊讶地发现，这个名叫玄奘的青年游僧不仅精通佛典，且辩才极佳。相处数日，山中诸僧自觉自己于无形中在佛法上又精进了许多。

而玄奘更觉不虚此行——人在山中，才知道，白云也可以抓上一把，苍翠中竟有了几分清甜的味道。而那山间古寺清磬萦回，梵呗悠扬，发人深思，启人遐想，远胜城市中那喧天的锣鼓，嘈杂的管弦。

玄奘渐渐羡慕起这里的同修，他们拥有多好的修行之地啊！

这天傍晚，他信步走到白云峰下的集云寺，一个十五六岁的小沙弥站在寺门前，一见到他便伏身拜倒，口称："弟子明海，拜见普贤菩萨！"

玄奘吓了一跳，赶紧搀起这个小沙弥："小师兄快快请起。沙门法号玄奘，不敢冒充普贤菩萨。"

小沙弥直起身，瞪着两只乌亮的眼睛看着他："你一定是普贤菩萨！听长老们说，普贤菩萨会随缘应化，很多人都见过他。明海在这里出家三年，今日总算也见着了。"

说罢又要下拜。

玄奘有些疑惑，他不明白这个叫明海的小沙弥何以一口咬定自己是普贤应化？

不过，他对这沙弥口中的普贤应化一事也颇有兴趣，忙拉住明海，叫他不必再拜，又问："小师兄是说，这峨眉山上，经常会有普贤菩萨应化的事吗？"

"当然！"说起此事，小沙弥顿时眉飞色舞，"在咱们峨眉山，关于普贤菩萨应化的故事可多啦！比方说吧，南朝刘宋年间，路昭太后在中兴寺造了一所普贤菩萨骑白象的塑像。结果一天早课，寺内众僧刚在大殿上坐好，突然进来一个游方僧，风貌秀美，合掌问讯。与住持来往问答百余言后，忽然就不见了。大家惊讶之余，才知道是普贤菩萨降临！"

"难怪你拿我当普贤菩萨了。"玄奘笑道，"峨眉山是普贤菩萨的道场没错，可不代表所有来这里的游僧都是普贤菩萨应化啊。"

"法师也是风貌秀美，跟那个故事很相像。而且，你的白马这么漂亮，明海长这么大，还从来没见过这么漂亮的马，一定是白象显化的！"

这都哪儿跟哪儿啊？玄奘不禁哭笑不得——白马是白象显化的，那黄马岂不成了狮子显化的？如果我骑一匹黄马前来，你该不会把我当文殊菩萨了吧？

正在这缠杂不清之时，寺中突然传出一个苍老绵长的声音："明海啊，你在跟谁说话哪？"

玄奘抬起头，只见一位手执竹杖、鹤发童颜的老僧，从里面施施然走了出来。

明海尚未答话，玄奘已走上前去合十行礼："弟子玄奘，见过大师。"

老僧竖掌还礼："可是从成都空慧寺来的玄奘法师吗？"

"正是弟子。"

"原来真是玄奘法师，老衲失礼了，法师快快请进。"

---

[1]所谓三师七证，是受具足戒必须经过的程序。三师一指戒和尚，就是直接授戒的师僧，是授戒中最高责任者，必须是德高望重的；其次是教授师，在戒场指导受戒僧侣作法的师僧；另一师是羯磨师，直接在戒场指导受戒僧的师僧。一般受戒前由教授师检问受戒僧的资格，然后由羯磨师询问考查，经过三次询问考查后方可受戒。

[2]坐夏是佛陀遗法，在天竺，每年的雨季三个月期间，僧人们都在禅定静坐，谓之"坐夏"，又名"雨安居"。中土僧尼的安居期是从四月十六日开始，至七月十五日解安居。五年学戒的用意，除戒律的钻研、修持，与僧格的养成外，同时也是戒、定、慧三学的基础，因唯有以律摄僧，僧团才能维持清净的团体生活。僧格端正后，则视个人兴趣，选择参禅、义学、修密或修净土法门。

[3]五篇即：波罗夷、僧伽婆师沙、波逸提、提舍尼与突吉罗；七聚为：波罗夷、僧伽婆师沙、偷兰遮、波逸提、提舍尼、恶作、恶说。此均为比丘戒的类别，具体可参照《四分律》。

第12章 不可以身相得见如来

这集云寺看着不大，却是一座古寺，寺中常住只有净善长老和沙弥明海师徒二人。同那些香火旺盛的大寺相比，这里明显少了一份喧嚣，多了些许禅意。又因其隐藏于深山之中，因而越发显得清净脱俗。

净善长老年高德昭，对少年弟子明海视若亲子，颇为爱惜，甚至有些放纵，故而明海竟比一些大寺里的沙弥开朗活泼得多。

古寺寂寞，明海又是少年心性，因此见了玄奘便觉得投缘，整日待在他的身边，给他讲自己知道的故事，大多是有关集云寺的奇异传说。

玄奘虽是个僧人，却从不装神弄鬼。对一些神鬼之类的故事，向来是听过就算，如清风拂过，并不介意。这使得他的头脑能够始终保持清醒，懂得从逻辑和理性的角度去分析问题，而不是人云亦云。

闲暇时候，他便到各处登山览胜。

峨眉高拔峻秀，满山云烟缭绕。灵兽珍禽，异景神观，数不胜数。古庙里清净无事，有时净善长老也会陪他一起游览。

“这里可真是个修行的好地方。”站在洗象池边，玄奘由衷地赞叹道，“清溪飞漱，如曲如烟；洞天福地，比比相衔。直令人轻盈恍惚，不仙而仙，不神而神哪！”

“这有什么！”明海抢着说，“现在有些冷了，法师要是夏天来还好看呢，连吸进胸中的空气都带着绿色！”

“明海，四季各有胜景，又有什么好与不好的分别？”净善长老和蔼地说道，又转而对玄奘道，“法师说得不错，此山确实灵秀，是以自古以来聚仙聚佛，为道家第七洞天，为佛家四大道场之一。尤其是历代佛子云臻奔凑，修佛造寺，终使峨眉以佛名山，以山名佛，成为专奉普贤菩萨的道场。”

“善哉！玄奘来此不过数日，已觉古今俱忘，身心洗荡。难怪有人说，峨眉一日，便是世上千年哪。”

“法师尚未到过金顶吧？”净善长老突然问道，“那里风光又是不同，待明日老衲陪法师上山一观，若是有缘，还可一睹佛光。”

“当真可以看到佛光吗？”玄奘惊喜地问。

“有缘便可看到。”净善道。

清晨的峨眉山清幽雅丽，神秘莫测，雪白的雾气将群山遮住大半，间或有数声清脆的鸟鸣在山谷间回荡，更显幽静异常。

茫茫雾气中，几个身着粗布灰衣的人影时隐时现，在苍苔遍布的山路上缓缓前行。

“听师父说，我到峨眉山的那一天，他在金顶的云海中看到了佛光，所以就给我取法名明海。可惜我来这里三年多了，也上过几次金顶，一次佛光都没见着。”

小沙弥明海边走边说，语气中隐隐透出几分失望。

“你为什么那么想看到佛光呢？”走在他身后的玄奘问。

“难道法师不想吗？”明海反问道，“看到佛光，就可以成佛了！”

“你师父便看过佛光，他为何没有成佛？”

“我师父是大菩萨，他要留在世间普度众生。”

“原来如此。”玄奘点头道，“今日我们同尊师一起登顶，说不定你就可以看到佛光了。”

“太好了！”明海高兴地说，“等我成了佛，就知道你是不是菩萨了，你想赖也赖不掉！”

净善长老慈祥地笑着，在他看来，明海完全不必妄自菲薄，他心地质朴，反而更容易成就也未可知；相比之下，玄奘虽然颇有名气，也不过是读的经多些，口才好些罢了。有时还显得过于聪明，喜欢怀疑，这于修行未必有利。因此在他看来，这两个少年人应该差不多，各有千秋。

但是紧接着在金顶上发生的一件事却证明了，表面上差不多，其实差很多。

雪白的雾气中，三个僧人相互扶持，踩着湿滑的小径，朝着山顶缓缓前行，终于赶在正午前登上了金顶。

峨眉的金顶极为开阔，特别是对于刚从山间小径上爬上来的人来说，真个是四大皆空！除了天上的星月，头顶上再没有别的东西。

回望来时路径，群山诸峰都俯伏在足下，就连原先在空中的白云也在足下了。

玄奘来到舍身岩边，下望千年幽谷，深不见底，唯见云海汹涌，好似玉龙翻腾一般，远处古寺钟声恰于此时悠悠地传了过来。

净善长老也立于岩前，玄奘见他衲衣微举，白须飘飘，面上一副无喜无怖的纯净，耳边是那声声淡远的钟鸣，一时间只觉得胸中尘俗尽洗，满身清气充溢，竟有临风飞举之意。

山谷之中，云海之上，渐渐升起一个大如车轮的七色光环，群峰在这光环的映照下显得格外庄严。仔细看，光环的中间还隐隐约约晃动着一个人影。

看着眼前这不可思议的景色，玄奘一时竟有些呆了。

"那便是佛光吗？"他问。

净善长老也很惊奇："阿弥陀佛，法师当真有缘，那便是佛光。"

他没有想到玄奘第一次登顶就能看到佛光，当真是造化不浅。

"佛光！我终于看到佛光了！"沙弥明海已经雀跃起来，"我要成佛了！"

他激动万分，朝着那佛光径直扑去！

净善长老就在徒弟身边，见此情形不禁大吃一惊，六十多岁的人也不知哪来的那种敏捷，一把将其拉住，喝道："不可，此为魔障！"

"师父，那佛光中明明就是如来佛祖！"明海一面喊，一面挣扎着，"他在叫我呢，师父，您别拉我，让弟子去吧！"

"明海！你不听师父的话吗？"净善长老紧紧拉着徒弟的手，厉声喝问。

"明海当然听师父的话，可明海是佛门弟子，也应当听从佛陀召唤啊！"小沙弥便如着魔了一般，拼命挣扎。

净善长老心中大急，虽知自己年迈，未必拉得住弟子，却也只能紧紧抓住不放。明海却一心想要挣脱师父，随那佛光而去，一老一小就在这方寸之间的舍身崖上拉拉扯扯，一时间险象环生。

就在这时，忽听一个清越的声音朗朗诵道：

"须菩提！于意云何？可以身相见如来不？

"不也，世尊！不可以身相得见如来。何以故？如来所说身相，即非身相。

"佛告须菩提：凡所有相，皆是虚妄。若见诸相非相，则见如来。"

这声音清晰洪亮，直入人心。正在崖上拉扯的师徒二人不由自主地停了下来。

明海茫然回头，却见玄奘结跏趺坐在一块山石上，双手合十，旁若无人地诵着《金刚经》——

"须菩提！于意云何？可以三十二相见如来不？

"不也，世尊！何以故？如来说三十二相，即是非相，是名三十二相。

……

“须菩提！于意云何？佛可以具足色身见不？

“不也，世尊！如来不应以具足色身见。何以故？如来说具足色身，即非具足色身，是名具足色身。

“须菩提！于意云何？如来可以具足诸相见不？

“不也，世尊！如来不应以具足诸相见。何以故？如来说诸相具足，即非具足，是名诸相具足。”

……

这是《金刚经》中的名句，用的是一种特殊的句式——是什么，非什么，是名什么。

这些话十分玄妙，很难用语言来解释，其大概的意思是说：所有你能够看到的、感受到的东西，都是虚幻的，不真实的。特别是佛，佛是一种境界，所有人能想象出来的概念都不足以形容佛，更不要说你用有限的肉眼看到的了。

所谓佛光也仅仅是一种相，而且是虚相。它的存在可以让你对佛陀生出一种神圣感，但也仅限于此。就如同佛像一般，本身并不真实，只因为世人执著于虚相，所以才用这种虚相来增强信徒的信心，如此而已。

依照佛经的说法，佛无处不在，并不仅仅存在于佛像之中，当然也不仅仅存在于佛光之中。

玄奘并不确定明海能听懂多少，但是，不管听不听得懂，《金刚经》他肯定是读诵过的，或许只是小和尚念经有口无心，但只要念了，必然会在心田之中种下一粒般若的种子，一旦遇到合适的机缘，就恍然大悟了。

此时就是一个机缘，明海呆呆地看着正在诵经的玄奘，又看了看远方云海中那如梦如幻的佛光，喃喃自语：“不可以身相得见如来？不可以身相得见如来！”

一时间便如醍醐灌顶一般，大梦初醒，深自痛悔！

“多谢法师开示！”他扑通一声跪了下来，“明海中了魔障，险些做出傻事！”

玄奘停止了诵经，站起身将他扶了起来，徐徐说道：“你不用谢我，你师父不顾性命地救你，才是最应当受你一谢的啊。”

明海立即转过身去，向净善长老顶礼，心中悔恨交加，涕泪满面，一句话也说不出来。

净善长老轻轻擦了把额上的冷汗，长舒一口气道：“明海，你今日能够得见佛光，又能在听到奘师开示后及时破除迷障，可谓佛缘深厚，福报不浅。你须记住，修佛之人，要精进努力，持之以恒，功夫到了，自然一通百通。最忌的便是急功近利，害人害己啊。”

明海抽泣着小声应道："是，师父。"

看看身旁的万丈深渊，他不由得打了个寒战，心中对师父和玄奘的感激难以名状。

晌午过后，金顶的寒气越来越重，三人便又相携下山。

"那边便是九老洞。"净善长老突然指着一个方向道。

听到"九老洞"这三个字，玄奘心里一动，想起在成都时就听到过的许多关于这里的传说，据说有人曾在洞前遇到过几百岁的奇僧，传授经文……

"那里面有修行者吗？"他问。

长老摇头道："那洞深不可测，无人在内修行。"

"玄奘想过去看看，长老请先回吧。"

"无妨。"净善长老道，"老衲今日左右无事，便陪法师前往一观。"

穿过一片密林，行不多久，果然远远地看到一个洞口。

洞口呈人字形，靠右是三皇台，置身台上，但见山光明媚，秀嶂平畴，树幔如海，时有群猴从树梢间纵腾横跃，连绵而至，有几只叽喳呼啸着直奔三人而来，伸掌索要吃食。

净善长老和明海从随身布囊中取出些干果分给它们，这些猴子也不客气，你争我抢地从两位僧人手中取食，又围住玄奘索要。玄奘客居在外，身上哪里带这些东西？只能抱歉地冲这些猴居士们摆了摆手。

哪知猴子们不肯罢休，只管围住索要个没完，更有那胆大妄为的，直接探囊取物，扯衣搜身。

玄奘被一众猴居士们拉扯得狼狈不堪，一边躲闪，一边惊问道："这些猴子怎么这般胆大？"

长老呵呵笑道："这都是我峨眉僧人千百年来善待它们的结果。佛门慈悲，福及蝼蚁，更何况这些灵物？"

"原来如此。"玄奘不禁点头称叹。

当他们终于突破猴居士的包围，来到洞口时，天色已暗了下来。

净善长老道："传说古远以前，有九位仙叟住在此洞中，不知他们生于何年，也不知他们终于何日，甚至是否已终都众说纷纭。有一年，轩辕黄帝访道于此，见一老叟，便问：'有侣乎？'老叟答：'九人'。这便是九老洞的来历。"

玄奘闻听此言，惊叹不已。

正欲进洞，却被长老一把拉住："法师不可！此洞深幽无比，神秘难测，游人来此大多只在洞口探望，间或有人壮胆深入，亦因其幽暗无底，不几步便会畏惧缩身。"

“难道从未有人探到洞底吗？”玄奘好奇地问。

长老道：“过去也曾有人决志立誓要探它个水落石出。他们扎缚停当，高擎火把而入，据说深入洞内三十里之遥，仍不见其底。忽然隐隐听闻鸡犬鼓乐之声，正惊异间，大群蝙蝠汹涌而至，乱袭来者，大如乌鸦，扑熄火炬，致使探洞者狼狈而归。”

“这还算好的呢，至少他们没有迷路。”明海插话道，“我听说，有人在洞中迷失了足足一个多月，方才出来，出来后疯疯癫癫、胡言乱语，便似中了邪一般。人们都说，这洞里有些邪气，从此不再有人进去。”

玄奘奇道：“迷失一个多月，怎么走得出来？难道他带了一个多月的饮食？”

明海道：“这洞中有水，还有大群蝙蝠。进洞的人又非受戒的佛子，可以吃蝙蝠啊。”

玄奘呆了一呆，顿时后悔自己问了个愚蠢的问题。

净善长老再度开口：“法师还是不要涉险的好。”

“多谢提醒。”玄奘合掌道。

回寺的路上，天已渐黑，暮色苍茫之中，四面八方的云，一道道，一片片，一群群，一堆堆，就像群龙归海，纷纷回到山中。

不多时，千山万壑都消失了，只剩下几座最高的山峰耸峙在云海之上。

紧接着，云海中缓缓升起一轮明月，玄奘从未见过这么大的月亮，简直如车轮一般，把周遭的一切都照得银光闪闪。足下的一片云海，更像是银河之水，洗净了这皎洁的月，洗净了宇宙万物。

于是，一切都变得皎洁灿烂，就连身处其中的玄奘，也感到自己仿佛变得通体透明起来。

他想，长年生活在这超凡离尘的环境中，怕是尘世间再多的染污也都被洗净了！又怎么可能会有邪气存在呢?

回到禅房，他结跏趺坐，默诵经典，只觉得冥冥之中，有一个声音在召唤着他……

两天后，玄奘向净善长老和明海提出，自己想在这山间走走，可能时间要长一些，请他们帮忙照看一下小白龙。两人提出陪同前往，被他婉言谢绝了。

出了集云寺山门，他便直奔那个神秘的洞口而去。

这是一个典型的岩溶洞穴，里面凉风习习，幽黑深邃，颇有几分神秘的感觉。

转过身，从内向外看，洞口的轮廓居然恰似一尊老道的塑像，奇妙无比。

洞内很静，是那种诡异的寂静……玄奘取出随身携带的火刀火石，点亮火把，慢慢往里走。

首先呈现在眼前的便是那绚丽多变的空间美——这里的道路呈网状交叉，洞中有洞，洞下有洞，上下重叠，纵横交错。

给人更多美感的，却是洞壁和洞顶那些天然的岩溶造型，绚丽多姿，令人不由自主地产生出自由而丰富的联想。或如万剑悬垂，雨后春笋；或如巨型盆景，微型石林；或如琪花蕙草，异兽珍禽；或如仙女下凡，僧人念经……俨然是一座古朴而新奇、典雅而森严的艺术宫殿，令人忽惊忽喜。

玄奘不敢大意，他在每一个岔路口都小心翼翼地做了标记，以免迷路。

在一些交错处，时不时地出现几处裂隙型洞穴，一条阴河时而沿裂隙渗出，时而蜿蜒隐入洞底。

这阴河宽二三丈，水深尺许，潺潺有声，水珠溅到身上，冰冷刺骨。河滩上布满白沙和五彩石，偶尔可见闪着磷光的野兽枯骨。

不知哪里有风吹过，火把的光焰忽忽闪动，仿佛有巨人在鼓腮而吹。

玄奘忍不住打了个寒战，净善长老说得没错，这洞果然深极了！

他已经在这深不可测的洞穴内走了足足一个时辰，既没有看到洞的尽头，也没看到另一个出口，眼前只有无数迷宫般的岔道，难怪无人敢入。

突然，空中传来“扑拉拉”的声音，在这空洞的地方显得格外响亮，甚至刺耳，接着，一个不知道是什么的东西紧贴着他的脸颊飞掠过去！

玄奘吃了一惊，定睛细看，却原来是一只蝙蝠。

看来传说是对的，这洞中果然住着许多蝙蝠，火把的亮光惊动了它们，这些黑暗生灵们不安地在他身边飞来飞去，有几只甚至径直朝他的火把飞撞过来。

玄奘狼狈地躲避着这些以身扑火的家伙，他倒不是怕火把被弄熄，而是担心这些生灵们一不小心会被火所伤。

这时他注意到，洞内还有一种奇怪的声音，沉重又恐怖，尖锐又诡异，却听不出是从哪里发出的。他握紧火把，手心里已浸满了汗水。

现在，只有佛陀的力量可以帮助他消除内心的恐惧和不安了，于是他开始诵念《金刚经》。

伴随着殊胜的经文，玄奘一步步向前走着，恐惧的感觉果真慢慢淡了下来。

蝙蝠们似乎知道了这个闯入者并无恶意，略微安静了些，虽然仍在他的身周飞来飞去，倒也没有了其他举动。玄奘松了口气，下意识地按了按怀里的火刀、火石，继续朝前走去。

又行了差不多一个时辰，除了见到更多的蝙蝠、老鼠、金丝燕外，别无他物。

12

不可以身相得见如来

玄奘突然觉得自己这样探洞有些好笑——我究竟是出于什么目的来到这里的呢？难道真的以为，可以在这个洞里见到几位活了几百岁的圣贤？

这么一想，不禁自嘲地一笑，摇了摇头，回转身，准备退出了。

然而回途并不顺利，有些石子标记已经被这洞中的生灵弄乱，难以辨认。凭记忆勉强行了一段后，他终于在一个拥有五条岔道的路口站住了。

这地方他从未走过，他迷路了。

虽然为了这次探洞，他事先做了一定的准备，不仅带了五六支火把和一大把火绒，还备足了三天的干粮与饮水。若是省着点用，这些物质应该可以支撑七八天时间。但在这么一个岔道横生的山洞里，他实在不确定七八天时间能否走得出去。

净善长老和明海不是说过，有人曾在洞中迷失了一个多月吗？

可是，不走显然也是不行的。

玄奘四处看了看，便开始在一些走过的路口处重新做上标记，同时，努力记住自己走过的岔路，以期能够找到归途。

不知又行了多久，穿过一大片石林，他发现自己进入到一个相对开阔的地方。令他感到惊异的是，这地方显示出曾经有人居住过的痕迹——

一个用苇草编织的已经破烂不堪的蒲团，上面放着个不大的布包。

除此之外，洞中别无他物。

玄奘慢慢走上前去，将火把小心地插入洞壁的石缝里，在火光的映照下，他看出那个布包是由深褐色的粗麻布制成，大约两尺见方，上面积满灰尘，有些地方已经残破。

他来到蒲团前，双手合十深施一礼，然后便踏上一步，小心翼翼地将布包揭开——

包布里面竟是一摞摆放整齐的卷轴，共有六卷！

玄奘重又取了火把，然后很小心地取下最上面的一卷。

随着卷轴的徐徐展开，映入眼帘的是用毛笔书写的弯弯曲曲的奇特文字。

梵文！居然是梵文！

只在卷轴的最后，玄奘发现了一列小小的汉文注释：放光般若波罗蜜经卷第一。

“阿弥陀佛……”玄奘低低宣了一声佛号，又打开了第二卷。

同样是梵文抄卷，最后的汉文注释是：放光般若波罗蜜经卷第六。

后面四卷都是《放光般若波罗蜜经》，从卷二到卷五。

在这阴暗潮湿而又深邃无比的九老洞里，居然可以看到梵文佛经，玄奘心中的震惊可想而知。

不过他也知道，真正的梵文经典都是刻写在贝多罗叶上的，因而又称“贝叶经”，像这种用毛笔书写在卷轴上的，显然是抄本。

留下这些经文抄本的，或许是来自佛国的罗汉，或许是来自西域的大德，或许是在此地修行的中原高僧，又或许是虔诚正信的居士。

不管他是谁，玄奘都觉得冥冥之中，有一双充满智慧的眼睛在看着自己，令他在这一瞬间豁然开悟！

玄奘将这些卷轴重新包好，将包袱小心翼翼地背在背上，又对着那破烂的蒲团顶礼三拜。

他的心中满是虔诚和恭敬，思绪仿佛已飞过那不可思议的时空……

许久，他才重新站起身来，举着火把，慢慢地退出洞厅，沿着洞壁往回走。

一边走，一边在心中思忖着这些经文的含意。

他毕竟是学过一点梵文的，有时想起什么，便停下来，将这些经卷小心翼翼地拿出来核对一下，看看有没有可以对得上的……

梵文是天竺的雅语，它的影响力极大，西域和中亚很多国家的文字均起源于梵文。

在天竺和西域诸国，贝叶经是非常名贵的，一般人得不到也买不起。那些国家的佛教徒传授佛经大多是口口相传，而不像中原汉地，师父徒弟人手一本经书。

据说在一些国家，为师者手中通常只有一两部佛经，不是用来教学的，而是用来传承的。师父临终前，会将这些佛经传给他的衣钵弟子，这样一代一代地传承下去。

而在这之前，所有的教学都是口授，经书被供奉在神龛之中，是不能轻易被请出来的。

贝叶经既然如此神圣，要将它带出国门当然很不容易。

首先，携经者必须在佛界拥有一定的身份和地位，并且需要得到国王的许可，而这又要求你必须是个高种姓者。

佛教讲众生平等，并以此为口号向婆罗门祭司发起挑战。但是在天竺，种姓制度依然根深蒂固，单靠佛教根本无力改变。事实上，许多信奉佛教的统治者也是种姓制度的坚决拥护者。

也就是说，如果你是一个低种姓的僧人，那么你很难成为被国王、百姓乃至信徒认可的高僧，你绝不可能随身携带一部佛经，至于将佛经带出国门，更是连想都不要想了。

虽然释迦牟尼在很多佛经的后面都说了抄写佛经的功德利益，但是世俗之人更加深谙“物以稀为贵”的说法，以至于很多国王甚至佛教领袖都曾下令，不允许私人随便抄写佛经。

实际上，就算你想抄也未必能找到原本。有的经书只有一本，不是那么容易找到的。你若没有一定的身份、地位，很可能连看一眼的福分都没有，更不要说抄了。

在当时，中原、西域、中亚乃至南海诸国，判断一个到你国家来传播佛法的天竺僧人是不是高僧，有没有地位，其中一个重要的标志就是，你是否携带佛经，携带了多少经书。

那些没有携带经书的游僧，通常都是到了某个地方之后，才开始凭借记忆把经书默写出来，绝大多数的游僧都是如此。

最早来到中原的两位天竺僧人——迦叶摩腾和竺法兰。他们原本在大月支讲学，被中原使节请到洛阳时，携带了一部分贝叶佛经，用一匹白马驮着，来到洛阳。

汉明帝盛情款待了两位天竺游僧，专门为他们修建了一座佛寺，这便是汉地第一所佛寺“白马寺”。

两位游僧将带来的梵经翻译成了汉语，按章节的多少，定名为《四十二章经》。据说，这是传入中原汉地的第一部佛经。

后来人们才知道，其实《四十二章经》只是《法句经》的一小部分——早期的佛典翻译就是这样，零零碎碎的很不成体系。

在玄奘之前一百年的梁武帝时期，达摩祖师从海路来到中土，那时正是佛教在中土最鼎盛的时期。

可惜，由于他来的时候没有携经，以至于当时极度崇佛的梁武帝都不太信任他。

很多人以为梁武帝慢待达摩是因为达摩顶撞了他，其实那只是禅宗语录。真实的原因是，武帝见这个胡僧没有携经，心中不确定他是不是一个高僧。要知道当时由于武帝崇佛，冒充高僧来武帝这里领赏的异域僧人实在太多了！

其实，达摩出身王族，系婆罗门种姓，身份非常高贵。但他所修习的如来藏即大乘性宗在天竺佛教中不属于主流，所以他来的时候就没有携经。

达摩后来所传的《楞伽经》是他背诵下来的。在当时，记忆力也是衡量才华的一个重要标志，很多从西方来的僧人，一张口动辄就是几十万偈。这也是练出来的，书不让拿，不让抄，那就只好用背的了。

后来，西域和中亚等国沿袭了天竺诸国对佛经的神圣化处理，也不允许随便抄经，更不允许买卖佛经。很多经书因此被束之高阁，秘不示人，让那些求法者费尽了脑筋。

《放光般若经》梵本便是由更早的汉地求法者朱士行大师从西域取来的，这其中也发生了许多波折。

朱士行是汉地第一位出家受戒的比丘，比玄奘早四百多年。同时，他也是中原僧人中第一个前去西域求法的取经者。

早在东汉末年，就有支谶和竺佛朔二位大师译出《道行般若经》，又名《小品般若》，朱士行出家受戒后，便在洛阳研习此经。然而他发现经中文句简略，义理艰涩。

原来，当初翻译的人把领会不透的内容删略了许多，以至讲解起来词意不明，无法贯通。他听说西域有完备的大本《般若经》，就决心远行去寻找原本。

其实，《般若经》是一部极大的经，其梵文抄本分散在当时的西域各国，都属于秘不示人的国宝。

朱士行大师于曹魏甘露五年从雍州出发，经河西走廊到达敦煌，再经西域南道，横渡流沙，直抵于阗——这个绿洲国家是丝绸之路南道的交通要道，天竺佛教经由此地传到中原，因而在当时号称“小西天”。

大师用了十几年的时间才找到他想要的经书，即梵本《大品般若经》，共计九十章，六十万言，他又花了大量的时间精力将其抄写下来，准备带回中原。

然而当地的佛教领袖上奏于阗王，称：“汉地沙门惑乱正典，大王如果准其出国，大法势必断灭，这将是大王的罪过。”

于是国王派人将他拦了下来，不予放行。

这件事令朱士行大师愤懑不已，他想出了一个主意，当着于阗王和诸位僧人的面，建议由佛祖来决定佛经的去留。

他提出的方法就是，点上一把火，把经书付之一炬——“若火不焚经，则请王准许送经赴汉土。”

国王同意了他的请求，下令在殿前空地上积起柴薪，当众焚经。

众目睽睽之下，大师将自己亲手抄录的《大品般若经》投入火中，火焰即刻熄灭，整部经典丝毫未损!

在大众骇服的目光中，《大品般若经》终于获得了流传中土的机会。不过已经八十高龄的朱士行大师却无力回去了，只得委托弟子弗如檀等十人将经书带回东土。

就在弗如檀等人走上东归之路不久，朱士行大师圆寂于于阗。

元康元年(公元291年)，高僧无罗叉、竺叔兰等人开始翻译、校订大师抄写的《大品般若经》梵本，历时十二年，终成汉文《放光般若波罗蜜经》，共二十卷。

玄奘在九老洞中所发现的梵文抄本，是其中的六卷，而且，显然已经不是原抄本。

作为汉僧西行求法的创始人，朱士行大师虽然止步于于阗，虽然只送回一部经，虽然这部经只是《大般若经》中很小的一部分，但对当时的佛教义学影响却很大，此经翻译之后即风行京华，凡有心讲习的都奉为圭臬。据说，中山国的支和尚使人到仓垣断绢誊写，取回中山之时，中山王与僧众具备幢幡，出城四十里去迎接，可谓盛况空前。很多著名的义学高僧如帛法祚、支孝龙、竺法汰、竺法蕴、康僧渊、于法开等人，都为之作注或讲解，形成两晋时期研究大乘般若学的高潮。

另外，这个故事也说明了西域各国对经书是多么看重。

这其实很不利于佛法的传播，因为很多经典只有一本，只能有一本，像神像一样供奉在那里，一旦遭遇到火灾、兵劫就完了。

反倒是中原汉人，将文化看作是很实用的东西，既尊重，又不觉得其神圣到需要供起来的程度。

既然佛陀都说了，抄写佛经有莫大的功德，于是在中原汉地，上至帝王下至百姓，只要是会写字的，人人都可以抄经，人人都乐于抄经。

于是佛经在中原就灭不了。虽历经多次灭法，数度焚经，依然灭不了，因为太多了！

相比之下，佛教在其发祥地就显得异常脆弱——孤版的东西哪经得起毁灭啊！

玄奘心里很清楚，不管是天竺僧人还是西域、中亚乃至东南亚过来的僧人，凡是携带经书者，基本上可以断定其在本国有一定的地位，才能允许他把经书拿走。

所以说，当时拿到中土来的这些原版经书都是宝贝，绝对是某个寺院的镇院之宝。

佛教东传几百年，积累下来的贝叶经书汗牛充栋，据说净土寺里就有不少，可惜的是，魏武和周武法难时，全部被烧毁了。

玄奘只见过景法师的私人收藏，那是两片薄薄的树叶，不过一尺来长，像羽毛一样轻，上面刻着浅浅的褪色的梵文。

他有限的一点梵文知识就是从那两片树叶上学来的。

现在，他得到了六个卷轴的梵文经典，这真是一笔巨大的财富！他全部的精力都集中到这些经文上，至于能不能找到出口，已经完全不在乎了，实在找不到又有什么关系呢？

就这样走着、看着、想着、忆着……突然间，眼前豁然开朗，明亮的光线刺得他差点睁不开眼睛，令他在一瞬间竟有些恍惚。

原来，他竟于不知不觉间走出了山洞！

第13章

付汝般若舟

“长老，您见过这些经卷吗？”玄奘将他从九老洞中得来的经卷摆放在净善长老面前。

“这……这是……”长老吃惊得张大嘴巴，半晌没有合拢。

“这是梵文佛经啊！”他用颤抖的声音说道，“哦，对了，当然不是原本梵经，想必是某个人抄下来的。想当年，我的师祖就曾抄写过。那是周武灭佛之时，很多经书都被烧了，我师祖的一个朋友保留有一些梵文贝叶经，被官府知道了，要他限期交上去销毁。当时我的师祖就在他那里，知道是佛宝，就将这两部经典一笔一画地抄了一份下来。”

玄奘不禁肃然起敬：“阿弥陀佛！这些经书很有可能便是大师的师祖所抄录的。”

净善长老黯然摇头道：“没有这个可能。”

“为什么？”

“我师祖当年不是抄在纸上，而是抄写在细绢上的。唉，最重要的是，那些辛苦抄好的经书后来还是被查抄销毁了。好在当时还有其他修行者也在悄悄地抄经，这个就不知道是哪位菩萨留下来的了。”

玄奘感慨不已道：“《放光般若经》的汉文译本弟子读过，想做一下梵汉对照。只是这些纸张已经很脆弱了，弟子打算另外再抄一份。”

长老道：“好哇！佛法要想保存下去，首先就要这些经文留存于世。若只搞些孤本，一旦遭遇危难，可就什么都没有了。”

于是，玄奘就在这座山间小庙里抄经，把这些梵文经典全部抄录一遍。

这并不是件容易的事，因为玄奘并不太懂梵文，只能照猫画虎地抄。与其说是抄，倒不如说是临摹。

虽然这样抄写很不容易，但是，跟他接下来要做的一件事相比，就显得太容易了！

这六个卷轴上抄写的是《放光般若经》的前六卷，是较早传译到东土的大品般若类经典，玄奘自然是读过中文译本的，于是他开始比照中文译本学习梵文。

这在很多人看来简直不可思议，拿两部中外对照的书就可以学习外文了？

准确地说，这不叫学外文，这叫研究外文。

这是一项异常艰难的工作，他只能由译文中所获得的关于大乘般若学说的基本思想，如性空、诸法如幻、诸法皆假名、方便、二谛、法性等思想，同原文一一比对，以期找出规律性的东西。

然而译文同原文并不都能够一一对应得上，很多时候他需要反复对照、反复思考、反复注释，才能确认某几个字母组合代表的是什么意思。除此之外，他还需要了解当初翻译这部经书时的历史状况和翻译风格。

这是真正的哑巴梵文，因为不知道发音，研究起来也就显得越发艰难和没有头绪。

在此后的一段时间里，玄奘每天都会用自己的方式研究那几卷梵经，用心寻找着每一个字符间的规律。他越来越觉得，自己的面前坐着一位智者，在与他共同分享人生的感悟，他们之间存在着一种不可思议的默契。

于是，就在这座空灵浩瀚的佛山之上，就在这细雨微蒙的金秋时节，他细细品读智者的低语，浑身上下无不沐浴在这清净的大自在中……

秋去冬来，玄奘已将那几卷经文钻得透熟，对梵文也有了更多的认识和了解。

当他终于决定要下山的时候，峨眉山上却飘起了纷纷扬扬的雪花，山道早被大雪遮盖得严严实实。

明海高兴地说道："这才是'人不留客天留客'哪！"

由于大雪封山，玄奘不得不在山上又多待了两个月，他踏着深雪走访各寺，拜师习经；有时又回到九老洞里，在发现梵经的地方修习禅定……直至来年开春，路上冰雪渐渐消融，这才告别净善师徒，飘然下山。

再次走到青衣江边，玄奘不经意间回了一下头，远处，那水墨画般的峨眉山在雾气中若隐若现，如同缥缥缈缈的海市蜃楼……

回到空慧寺，玄奘又开始了四处访学的生活。

这时长捷兄长早已做完法事归来，韦尚书送来许多精美的丝缎做供养。而另一边，酂国公的邀请函又到了，同样是七七四十九天平安道场。

这一次，长捷邀请弟弟一同前往。

玄奘谢绝了，他的心思从来都不在这里。

这天，玄奘去福感寺里读经。回来的路上，看到一个衣衫褴褛的老胡僧倒在路旁，浑身上下长满恶疮，恶臭难闻，在烈日下奄奄一息。

玄奘走近一看，不禁倒抽了一口凉气，只见他身上的脓疮处竟有无数白色的蛆虫在蠕动，一大群苍蝇围着他嗡嗡乱飞。路人见状，大都皱眉掩鼻匆匆而去。

见此情形，玄奘心中一阵难过，低低地念了声佛号，便走上前，欲将这个老僧扶起。

“法师别动！”一个行人大叫一声。

玄奘缩回了手，问：“怎么了？”

那行人站在离他两丈远的地方，摆着手叫道：“法师快快离开！此人十有八九得的是瘟疫，已经有人去报告官府，要将他带走烧掉了。”

“烧……烧掉？”玄奘禁不住心中一抖，回头望了一眼这个可怜的老人，颤声道，“可是，他还活着啊……”

“顶多还有一口气，横竖活不成的。”那人道，“法师千万别去招惹他，染上了瘟疫可不是好耍的！”

旁观众人也都点头称是。

玄奘心中更加酸楚。他早听说过，数十年前这里曾爆发过一场大规模的瘟疫，使当地百姓心有余悸，谈瘟色变，一旦发现有可能患瘟疫的人，就想着立即消灭掉，把瘟疫扼杀在摇篮状态中。

人们并不觉得这么做有多残忍，因为病情一旦扩散，死的人只会更多。

因此他们极力劝阻玄奘，甚至有人说：“这老头得有七十了吧？看他的模样不像中原汉人，估计也没什么亲人，法师还是莫要管了。”

玄奘只觉得心中一阵刺痛，他悲伤地说道：“这个世界本就充满了苦楚，世人若再见苦不救，岂不是苦上加苦了吗？”

说罢，不顾众人的劝阻，将这个老胡僧背回寺中，放在自己床上，给他洗澡换衣，煮粥熬药，为他治病。[1]

空慧寺的僧侣们见玄奘带回一个模样怪异、满身疥疮的老头，不禁又惊又怕，嘴上虽不好说什么，却都不由自主地离他的房间远远的。寺里也不再安排他讲经说法。

玄奘对此毫不介意，眼下病人正需要安心静养，自己也可以在照顾病人之余，趁着这难得的清净时光多读些梵书。

于是，在给老胡僧治病期间，他还在抽空继续做他的梵汉对照研究。

然而他想要清净并不容易，先是住在隔壁房间的同修搬走了，因为传说有人身上起了疙瘩；接着，饭头师父也不许玄奘再到厨房煮粥，别的僧人一见他从屋里出来，立刻躲得远远的，仿佛他是瘟神一般……一时间，寺中竟是人心惶惶。

这样显然不是个长久之计，没几日，知客师父就找到玄奘，叹息着说道："这几日，空慧寺的香火清淡了许多啊，居士们都不来了……"

玄奘明白他的意思，沉默片刻道："他是个僧人，虽然不是中原人，但看装束，肯定是佛门弟子。对僧人来说，寺院就是他的家，我们没有理由把他赶出去。"

知客师父连连说道："我知道我知道，只是……能不能想点别的办法？"

玄奘不再说什么，他理解大众的心思，也知道瘟疫是个让人唯恐避之不及的东西。如今，看到知客师父一脸为难的样子，心中暗自思量：我为救一个人，却让其他人生活在恐惧之中，此举绝非慈悲之意。

于是合掌致歉，平静地说道："是玄奘思虑不周，让师兄们为难了。师兄放心，玄奘今天就带他搬出去。"

他带着老胡僧来到城外的荒山上，用修竹和芭蕉叶简单地搭了个棚子，两人便住在这里。

之所以选择这座山，是因为此山清净，无人居住，白天偶有一些山民上山砍柴打猎，但他们的家都在山脚下。

这样，就不用担心老胡僧的病会过给他人。

玄奘每天就在这山间采集草药，为老胡僧治病。

"这样也算是度夏了。"坐在亲手搭建的竹庵前，玄奘边煎药边自嘲地想，"当年佛陀就经常在森林里度夏，有一回僧团闹别扭，佛陀就一个人跑到森林里躲清净，可见森林是多么适合僧侣修行啊……"

从峨眉山回来，他便迷上了山林，他喜欢把自己的身心放置于洁净的大自然中，让生命获得自然的韵律，如同一朵莲花在阳光下悠然地舒展……

转眼到了深秋，天气转寒，老胡僧的身体渐渐复原，疮口愈合，原本苍白的面色也有了红润，玄奘一颗悬着的心终于放了下来。

一日，见他再次端药进来，老胡僧侧过脸来，用生硬的汉语轻声说了句："多谢小菩萨。"

玄奘又惊又喜："老师父，您终于开口说话了！感觉怎么样？"

"还好。"老胡僧轻叹一声，"总算是捡了条性命回来。小菩萨心眼好，日后必定得福。"

玄奘听这老人的声音虽然有气无力，但确实顺畅多了，不禁微微一笑："多谢老师父吉言。敢问老师父是何方人氏，要到哪里去？”

“老僧阿缚卢多伊伐罗，云水僧人，游方至此，不知来处与归处。”老胡僧慈爱地看着少年人愕然的眼神，笑道，“对你们汉人来说，这个名字可能有点长，你就叫我伊伐罗吧。”

其实，玄奘之所以感到惊愕，倒不是因为他名字长，而是这个名字像极了梵文音译中的“观世音菩萨”。

不过想想一些来自西域甚至天竺的高僧中还有叫“佛陀”的，也就释然了。据说很多地方的人都喜欢用圣贤的名字来为自己或晚辈命名，以示尊敬。这一点同汉人的避讳做法完全不同。

他将药钵端到老人面前：“老师父，俗话说，病来如山倒，病去如抽丝。虽然您已大安，还需接着服药才是。”

伊伐罗连声说着“多谢”，玄奘将他扶起来，让他半靠着一个草编的软垫坐着，然后便用汤匙给他喂药。

“不敢再劳烦，还是老僧自己来吧。”老胡僧说着，伸手接过药钵，咕咚咚一饮而尽。

夜晚，玄奘照例在灯下看那几卷梵文经典。

“你翻过来倒过去地看那几卷破书，究竟在搞什么？”伊伐罗声音嘶哑地问，显然是对玄奘正在做的研究感到好奇。

玄奘心中有些不悦，这可是佛经，怎么能说是破书呢？

按照佛教的说法，佛经又被称作“法宝”。一个僧人管佛经叫破书，这还真是头一回听说。

不过玄奘毕竟心念纯净，想起伊伐罗说话时那生硬的口音，估计汉语水平有限，用错词也是正常的。

于是恭敬地答道：“弟子在学梵文。”

伊伐罗的眼中流露出惊奇之色：“这样学梵文，老僧还是头一回见着。好像东土的梵文经典也没有很多，你费这么大劲，学会了它，准备做什么呢？”

是啊，我准备做什么呢？玄奘也这样问自己。

可能是因为照顾了这老胡僧几个月，玄奘觉得与他颇为投缘，于是就把自己内心深处的渴望说了出来：“弟子想，西行求法。”

伊伐罗似乎并不觉得惊奇，他凝视着玄奘，蓝灰色的眼中带着隐隐的笑意：“西行求法？去哪里？天竺吗？”

玄奘轻轻点了点头。

伊伐罗依然目不转睛地看着他："小菩萨年纪轻轻，为什么会有这样的想法呢？"

玄奘道："佛法传到中原已经六百多年了，但是译经的人都来自很遥远的地方。弟子现在搞梵汉对照，就是想弄明白这两种语言是怎么转换的，为什么要这样转换？可是怎么看都觉得不对，因为这些佛经都不是从梵文直接翻译的，而是通过其他文字一层层地辗转翻译。弟子不知道，它们是否还能保留原文一半的意思？"

说到这里，他神色黯然地站起身来，将目光投向窗外的山林："中原各门各派对佛经的理解偏差实在太大，弟子幼时读过的经书就有前后数译、文义各不相同的情况。现在书读得多了，这个问题非但没有解决，反倒越来越突出了。"

"原来如此。"伊伐罗平静地点头，"那么，你想如何改变这一切呢？"

玄奘道："弟子想去各地参学，广拜名师，学习各宗各派的佛法。如果仍然解决不了，弟子就去天竺，去那个诞生了佛陀的地方，学习真正的佛法。"

这番话，他说得极轻极淡，却又字字清晰，不容置疑。

伊伐罗开怀地笑了："你以为，仅凭这样的对照，就能学会梵文吗？"

听了这话，眼前那对明亮的眸子瞬间黯淡了一下："弟子知道这很难，但实在找不到更好的办法了。就是这些梵文抄本也是近一年前才看到的，当时真是如见天书，我都不知道这些文字是用一种什么方式组合在一起的，是横读还是竖读，是从左向右读还是从右向左读，所有这些我都一无所知。好在经过这些日子的探究，总算明白了一些。"

"哦？"伊伐罗显然有些意外，"那么，你能把你明白的地方给老僧讲讲吗？"

玄奘点头道："弟子明白了梵文是由四十七个基本字符，通过各种组合的方式构成字，再构成句；还有，弟子发现梵文是横读的，从左至右；梵文中有很多字是有变化的，同样的字在不同情况下会发生变化，这变化大约有七八处之多；另外，弟子还知道了一些基本字义，比如如来是多陀阿伽陀……其实这些都不是最重要的，重要的是，弟子发现，梵文与汉文的侧重点好像不同，有些事物汉文分得很细，梵文却不怎么细分；还有一些事物梵文分得很细，汉文却很粗略；另外，弟子还发现，有些梵文根本找不到合适的汉语字词与之对应，那些所谓的翻译其实都是硬译，并不能准确表达梵文的意思……"

听玄奘一口气说出这么多梵文的特点，以及梵文与汉文的区别，伊伐罗那双深陷的蓝灰色眼睛越瞪越大，惊叹不已。

这太了不起了！仅仅凭着六卷书七八万字就能总结出这么多，这个年轻人的智慧不逊于鬼神哪！

"现在还有一个问题就是……"玄奘迟疑着说道，"弟子不知道这些梵文字符该怎么读，如果能读出来的话，理解起来可能会更方便一些吧。"

伊伐罗脱口而出："老僧会读。"

玄奘大吃一惊："师父，您是从佛国来的吗？"

伊伐罗摇了摇头："老僧只是一个云水僧人，会读这些字而已。小菩萨，你救了我的性命，老僧无以为报，就给你读读这些经书吧。"

玄奘大喜过望，学了这么久的哑巴梵文，总算碰上个能发声的了，赶紧下跪拜师。

伊伐罗搀起了他，叹道："你不必拜我为师。老僧的汉语说得不好，因此就不为你解释了。至于经义，以你的智慧和悟性，还是自行领悟的好，也不需要老僧多说。我只读给你听便是了。"

玄奘立即点头，将手中的梵文经卷恭恭敬敬地递了上去。

伊伐罗每天给玄奘读一个时辰的梵文经书，用了七天时间，把这六卷经书从头至尾读了一遍，里面七八成的单词玄奘都会读了。

玄奘自己又看了三天后，便去找伊伐罗道："老师父，请恕弟子愚鲁，您能再读一遍吗？"

伊伐罗明显犹豫了一下，倒也没有推辞，便开始为他读第二遍。

玄奘凝神静听，越听越觉得奇怪，因为他发现，这第二遍的有些发音与第一遍不尽相同，有些还差得很多。

他忍不住问了出来："老师父，这个地方，您第一遍不是这么读的。"

伊伐罗默然点头，看着这些用毛笔抄在竹纸上的梵文，似乎有些心事重重。

玄奘不敢打扰，便静坐等待着。

终于，伊伐罗放下经卷道："老僧不能再为你读了，你的记性太好了。"

玄奘心中不解，他的记性固然很强，但能够仅听一两遍就记个差不离，最主要的原因还在于，这些经卷他已经在哑巴状态下研究了大半年，早已经熟得不能再熟了！基本上能够将声音与文字对应上。

有些单词肯定是重复出现的，这些重复出现的单词，他自然能够迅速记住。

还有就是，在听第一遍与第二遍之间，玄奘用了三天时间进行消化，除了确定哪些词会读，哪些词不会读以外，他还在寻找着发音规律！

因为字母文字的发音是有规律的，找到了发音规律，后面的就简单了。

这个时候再请伊伐罗读第二遍，记住一些不太常见的单词，同时再次确认自己找到的发音规律。

他感到自己获益良多，这种收益不仅仅是语言上的，对经文本身也有了更多更深的理解。心中对这位异族老僧自是充满了感激。

可是，对方的反应却令他大惑不解。

“师父是说弟子的悟性不足吗？”他小心翼翼地问道。

伊伐罗笑了：“小菩萨的悟性已经可以通神了。”

“那您……”

一阵沉默，老胡僧终于下了决心，说：“这不是天竺梵文。”

这句话很轻，传到玄奘耳中却不吝于一声惊雷，直接把他给炸蒙了：“这不是梵文？那……那是什么文字？”

“我没说这不是梵文。”伊伐罗纠正道，“我说的是，这不是天竺梵文。”

玄奘有些不解：“这有分别吗？”

伊伐罗认真地点头，随即喟然长叹道：“传说，是梵天发明了梵文。自孔雀王朝起，这种文字便随着阿育王的征战向外传播，那时，周边的很多国家都还没有自己的文字，纷纷以梵文相代。到了贵霜王朝时期，影响就更远了……”

“于是佛教也便随之传播到了那些国家？”玄奘好奇地问道，“这不是很好吗？佛法通过梵文直接传播，连翻译都省去了。”

“好是好，但这些文字与佛法一样，在不同的国家都走了样。”

“走样？”玄奘一时有些怔忡，“为何会走样？”

“因为当时周边各国虽无文字，却有语言。”伊伐罗解释道，“文字总归要与语言相适应的。”

玄奘恍然大悟：“所以，很多传入汉地的经书虽是用梵文写成，却已不是天竺梵文？”

伊伐罗点了点头，指着面前的抄本道：“这是西域梵文。”

玄奘沉默了，他想，如果不出意外的话，这应该就是朱士行大师从于阗抄回的梵本。

“那么老师父您给弟子读的是……”

“老僧一开始确实是照着这上面读的。”伊伐罗看着那抄本苦笑道，“后来觉得，应该将其转换为正宗的天竺梵文，于是有些地方就给转了。可惜老僧年事已高，很多地方记得不真。况且，这经文也不是全本，而是删略本，是以读起来有些吃力。”

难怪！自己请求他读第二遍的时候，他那般犹豫。玄奘不禁觉得有些歉意。

其实伊伐罗确实是可以将天竺梵文原本部分背给他听的，但与面前这西域梵本相比，需要大量的增删和改变，而他并不想这么做。

若让面前这个青年汉僧看着西域梵本，听的却是天竺梵音，只怕更容易感到困惑和无所适从吧？

要命的是，这年轻人几乎还过耳不忘……

“老僧不能再为你读了，因为这么做对你有害无益。”伊伐罗终于下决心道，“如果小菩萨愿意，老僧倒是可以教你一些天竺梵文。日后若有机缘，你当亲眼看到这些经书的原文。”

玄奘心下感动，立即合掌称谢。

玄奘与伊伐罗相处半年之久，得到的东西远远超出他的想象。不仅是知识和语言的获得，更重要的是眼界的获得。他平生第一次知道，两个国家两种语言系统竟是如此不同，这种不同绝不仅仅是把如来称作“多陀阿伽陀”那么简单，而是从构词到语法，再到组成句子的方式，乃至整个思维模式上的完完全全的不同！

此时，伊伐罗的身体已经完全康复，与玄奘建立起了亦师亦友的关系，他甚至开始用梵语同玄奘对话，这对玄奘的梵语能力提升极大。

更为重要的是，这位异国老僧的某些思维方式，为玄奘打开了一个全新的视角，他惊喜地发现，有些原本百思不得其解的问题，其实只需要换一个角度想想，就立刻迎刃而解了。

玄奘对天竺越发向往，有时会提起西行求法的可行性，伊伐罗就会用梵语问玄奘：“你知道天竺离这里有多远吗？”

玄奘答道：“不知道。不过只要有路，走一程近一程，终归能到吧。”

“那要是没有路呢？”伊伐罗追问。

玄奘笑道：“怎会没有路？佛法是怎么传到中原来的？还不是靠人一程一程传过来的吗？人走过的地方就是路。既然佛法可以传过来，玄奘自然也可以走过去。”

听了这话，伊伐罗不置可否，“呵呵”地笑了起来。

所以玄奘也不急着回空慧寺，一老一小就在这山间竹庵中说着“天书”，其乐融融。

蜀地有饮茶的习惯，伊伐罗有时也会下山，到附近的茶肆里要上一壶茶慢慢品尝，他非常喜爱这里的茶，说在他的国家，就喝不到这么好的东西。

茶肆里的人一看，这不就是玄奘法师在大街上救下的那个模样古怪的老头儿吗？几个月前还只剩下半口气的家伙，现在居然又活蹦乱跳的了！于是都好奇地来到他的身边问东问西，但这位老胡僧却不怎么爱搭理人，也从不说自己是从哪个国家来的，要到哪里去。

转眼又到了冬天，腊八这天，各大寺院都要举办庆祝佛陀得道日的法会。

玄奘对伊伐罗道：“老师父，您现在的病已经大好了，想不想随玄奘去空慧寺，参加法会？”

伊伐罗摇了摇头："诵经才是对佛陀最好的纪念。"

玄奘道："那好吧，弟子就在这里陪您诵经。"

伊伐罗微笑颔首。

"只是……"玄奘为难地说道，"梵文经典弟子只会那几卷，别的就只能用汉文诵读了。"

伊伐罗道："老僧可以再教你一部，真正的天竺原经。"

看到年轻人惊喜的目光，伊伐罗的心情也甚是愉快，说："老僧自幼受持一部短经，名唤：三世诸佛心要法门。虽然经文很短，却极为灵验。这次来中原，不幸染上恶疾，本以为必定客死异乡，不料竟遇到了小菩萨，救我性命，想来也是此经的护佑吧。"

玄奘笑道："伊伐罗师父，您教给玄奘的梵经最为殊胜。玄奘有幸遇到师父，才是累世累劫修来的殊胜因缘，救命之事，休再提起了。"

伊伐罗欣慰地点头，跏趺而坐，开始口诵梵经。

这一次没有文字，只是口授。

有了前面那些西域梵经打下的底子，有了与伊伐罗几个月的相处，玄奘对这部小经的感觉显得格外敏锐。他凝神静听，待那老胡僧诵完两遍，已将梵音牢牢地记在心里。

"多谢老师父，弟子记下了。"玄奘合十称谢。

伊伐罗感慨地说道："到底是少年人啊，灵敏善记。老僧当年可是听了不下百遍才勉强记下，想来此经当真与小菩萨有缘。"

玄奘也觉得此经与自己有缘，虽然他还不明白经文的意思，甚至连原文都没看到过，但是诵读此经，仍然感觉到一股舒爽的自在遍布身心。

他又将此经诵念一遍，从伊伐罗惊奇的神色中，知道自己没有念错，不禁欣喜万分，合掌拜谢道："老师父授经之德，弟子玄奘没齿不忘！"

腊八这天一大早，玄奘起身熬好了粥，盛上一碗供在竹庵中临时设下的佛龛前，然后自己做早课。

早课后，他把剩下的粥盛了出来，便去叫伊伐罗出来吃饭。

这时候，他才发现老胡僧不见了。

在他的床上，玄奘发现了一片长条形的写满梵文的树叶，大约半尺长、四指宽。之所以一眼就看出是树叶，是因为那上面有很多或粗或细的纹路，类似树叶的筋脉。

玄奘小心地拈起这片树叶，感觉轻若无物，至于上面那些弯弯曲曲的文字，他已经熟得不能再熟，一看就明白了——这便是伊伐罗口授给自己的那篇《三世诸佛心要法门》。

而这片树叶显然也不是中原的植物，难不成是真正的贝叶经？

玄奘小心翼翼地将这片贝叶翻到背面，立刻发现，上面竟歪歪斜斜地写着几行汉字——

“为法忘体，甚为稀有。然此去天竺，十万余程。道涉流沙，波深弱水。胡风起处，山鬼啼鸣。朝行雪岭，暮宿冰崖。树挂猿猱，境多魑魅。峦叠葱岭，木簇鹫峰。程途多难，去也何如？我有三世诸佛心要法门，师若受持，可保来往。”[2]

紧接着下面是一首佛偈：付汝般若舟，慈悲度一切。普贤行愿深，广利无边众。

这首佛偈的大概意思就是：我送你一条智慧的小船，让你能够发慈悲心普度一切众生，希望你能像普贤菩萨一样知行合一，发大誓愿，利益广大无边的众生。

这么神龙见首不见尾的到底是要闹哪样啊？玄奘心说，你这个老师父，连汉话都说不利索，就这么不吱声地自己走了，大冬天的，可别出什么事啊！

玄奘越想越不放心，将此贝叶揣入袖中，立即转身出门去寻。

走了几家伊伐罗常去的茶肆，都说没见着那老胡僧。

茶肆里的老板、伙计们见玄奘一脸担忧的样子，都纷纷安慰他道：“法师不用着急，那老和尚人老成精，没人害得了他！再说他一个胡人，能大老远地跑到咱大唐来，走路的经验绝不会少，不会有事的。”

玄奘又委托一些居士帮忙寻找，也没找着，这个奇特的老胡僧仿佛人间蒸发了。

再看他留下的东西，只有一部梵文短经，也没说自己要去哪儿，看来是不打算让玄奘找到他了。

外来的游方僧人通常都有几分孤僻，否则也不会背井离乡到那么远的地方去。或许伊伐罗觉得，自己教给玄奘的东西已足够报答救命之恩，那么随缘而来随缘而去也就是了，根本不需要解释什么。

玄奘只能叹口气，心中有些淡淡的失落。

但他还是很快地调整心情，开始研究这部写在贝叶上的《三世诸佛心要法门》。

这是一部他既能看到文字又知道发音的梵文经典，而且按伊伐罗的说法，是真正的天竺梵文。因而对玄奘来说，具备极高的价值。

山间竹庵，昏黄的油灯下，那片略呈淡黄色的贝叶经摆放在书案上，细细的叶脉清晰可见，仿佛还带着生命的气息。

这是来自遥远佛国的气息——那个曾经以为仅存在于传说中的遥不可及的西方佛国，就这样在他的眼前生动起来。

玄奘手执一枝细毫，比照经上的文字，照猫画虎地将梵文抄录在一张毛边纸上，抄完后又细细对照一遍，确定无误后才放下笔。

他在心中默诵了一遍老胡僧所授的梵音经文，再与眼前的原文逐一比对，思忖着其中的含义……

烛影晃动，映着出奇静穆的夜色，也给灯下那专注的面庞上打上了一层温暖的轮廓。

不知不觉，灯油燃尽，“啪”的一声熄灭了。

奇怪的是眼前并未变黑，经文仍历历在目。玄奘抬起头，这才发现，天不知何时已经大亮了。

他起身来到窗边，推开窗棂，一股带着新鲜露珠的草木香气扑面而来，令他的精神不觉为之一振！

窗外山风阵阵，鸟鸣啾啾，伫立窗前，深深吸一口清晨寒冽的空气，只觉得胸中无比的畅快。

一夜未眠，他却不觉得疲累，内心只有一个热望，想要对这天地山川畅怀一诉的热望！

石壁上的霜开始融化，温润的金光笼罩着山间的林木，也遮盖住了布满落叶的山路。

玄奘踏着覆霜的苔藓走出竹庵，来到一座小小的石台上。他清秀的面庞显得恬静淡泊，僧袍被晨风吹得鼓荡起来，呼呼作响，竟与周遭幽静的山林、清亮的鸟鸣，极为和谐。

在他的身周，群山绵延如海，似佛法般浩瀚广阔，又深邃莫测。

这一刻，他感觉自己的灵魂仿佛也沁入到群山巍峨的形态之中，引证着自然和人生的不可思议。

就在这波动的山间雾霭之中，玄奘轻抬衣襟，趺坐下来，进入禅定。

---

[1]关于玄奘在四川救治一个病人，并由此获得《般若心经》的这段典故，历来有很多不同版本的说法。《大慈恩寺三藏法师传》中说：“初法师在蜀见一病人。身疮臭秽衣服破污。愍将向寺施与衣服饮食之直。病者惭愧乃授法师此经。”只说遇见的是一个病人，没说是不是僧人；而在《敦煌遗书》中有《唐梵翻对字音般若波罗蜜多心经》，经文的《序》中却说，玄奘西行取经路过四川空慧寺时遇见一病僧，传授此经。但是玄奘取经时并未取道四川，所以还是《慈恩传》更可信些。本书将《慈恩传》与《敦煌遗书》合并。

[2]出自《敦煌遗书》《唐梵翻对字音般若波罗蜜多心经序》：“梵本般若多心经者，大唐三藏之所译也。三藏志游天竺，路次益州，宿空慧寺道场内。遇一僧有疾，询问行止，因话所之，乃难叹法师曰。为法忘体，甚为希有。然则五天迢递，十万余逞，道涉流沙，波深弱水。胡风起处，动塞草以愁人。山鬼啼时，对荒兵之落叶。朝行雪巘，暮宿冰崖。树挂猿猱，境多魑魅。层峦叠于葱岭，似带雪之白云。群木簇于鹫峰，耸参天之碧峤。逞途多难，去也如何。我有三世诸佛心要法门，师若受持，可保来往。遂乃口授与法师讫。至晓失其僧焉。三藏结束囊装，渐离唐境。或途经厄难，或时有阙斋馐，忆而念之四十九遍，失路即化人指引，思食则辄现珍蔬，但有诚祈，皆获戬祐。”

第14章

负笈游学

一个多月后，玄奘感到自己对梵文以及这部短经有了更多的了解，于是他开始尝试翻译。[1]

这是玄奘此生翻译的第一部经书，他没有想到的是，这部处女作同时也成为他的代表作，成为汉传佛教史上最重要的一部经典！

伊伐罗称此经为《三世诸佛心要法门》，玄奘将其译成汉语，命名为《般若波罗蜜多心经》，简称《心经》。

在与伊伐罗的相处中，玄奘逐渐意识到了许多问题，例如天竺梵文与西域梵文的不同，有些只是细小的差异，却会造成极大的不同。

比如，这片贝叶经上的菩萨名称为Avalokiteśvara，含有“观照纵任”的意思，即观照万法而任运自在。Avalokita便是“观照”，iśvara为“自在”，所以玄奘将其译为“观自在菩萨”。

此时的他并不确认这个拥有般若智慧，洞彻“五蕴皆空”的观自在菩萨，与《法华经》中那个寻声救苦、大慈大悲的观世音菩萨是否是同一个菩萨，只知道“观世音”与“观自在”在梵文中只相差两个字母。或许，这是梵文在向西域的传播过程中出现的差异吧？

他心中一直对观世音菩萨要避秦王的讳感到不快，改译成“观自在菩萨”就不存在这个问题了，这么做也算是“无心插柳”，谁也不干涉谁。

奘译《心经》的全文只有260个字，去掉了佛经中必有的序分与流通分[2]。以七个“空”字接十九个“无”字，高度凝练了佛学真谛，诠理深奥而又微妙。其文字纯净透明、简洁有力、如诗如歌，充满了音韵之美。

此时的玄奘还不知道，这是后来他所翻译的六百卷《大般若经》的精髓所在，从它转梵为汉的那一天起，千余年来一直流传不衰，成为汉传佛教史上最重要的元素。

他更加没有想到的是，这篇译于他青年时期的简短的《心经》，成了汉传佛教史上阅读人数最多的经典，各宗派均将其选入朝暮课诵，不仅僧人和居士们必诵此经，就连许多民间人士也喜欢诵读。

玄奘又回到了空慧寺，回到了讲经说法的狮子座上。

他开始讲解自己翻译的《心经》，越来越多的人开始接受并持诵这部短小的经文，随着这些人的流动和传播，他的声名连同《心经》一起，被传扬到长江中下游一带。

然而，随着他的声名越来越大，越传越广，他心中的困惑也越来越多。

在益州的这些年，他已经差不多把四川各地的佛经一网打尽了，益州的每一位高僧他都请教过，可是很多问题还是无人能够为他解答，这些问题越积越多，令他困惑难安。

玄奘毕竟是玄奘，既然蜀地已满足不了他的求知欲，他便决定离开成都，游学四方。

人有愿力，必获天助。就在他计划出川游学之际，一个偶然的机会给他指出了方向。

一日讲经结束，一个商人上前赞叹道："法师讲得太好了！只可惜弟子明日便要返回荆州了，今日特来向法师辞行，这一去不知何时才能回来再听法师宣讲妙理。"

玄奘觉得奇怪："沙门听说，梁帝萧铣盘踞江陵，与唐皇对峙，长江水运已多年不通航了，居士如何去荆州？"

"原来法师还不知道，萧铣已被唐朝大将军李孝恭和李靖平定了！"那荆州客商兴奋地说道，"现在，整条长江水路已畅通无阻，我等也可返乡了！"

原来，玄奘在益州的这几年里，新兴的唐王朝先后削平了窦建德、王世充、李子通等割据势力，接着又破梁师都、刘黑闼、徐圆朗等军阀，至此，李唐政权已基本稳定。

"阿弥陀佛，原来如此。"天下重归一统，玄奘也由衷地感到高兴，"居士得以重返故乡，当真可喜可贺！但不知以后是否再来益州？"

"来，当然要来！"那客商爽快地说道，"我打算把这里的蜀锦运到荆州去，再把荆州的羽扇、莲藕等好东西拿到益州来。有佛陀保佑，这生意总该很兴隆的！"

看来，这是个生意头脑颇灵的商人。

"如此说来，我也打算到赵州去做这份买卖。"站在旁边的另一个商人说道，"闲来还可听听高僧讲经，既挣了钱，又积了功德，一举两得啊！"

"有玄奘法师在此，你还上哪儿去听高僧讲经啊？"又有一位打趣道。

赵州商人尚未答话，旁边又过来一位："你们都不明白，要听高僧讲经，最好是去长安！那里毕竟是京城啊。听说唐皇在长安修建了好几座大寺，每一座都庄严宏大！朝廷又设立了十大德，供养极其丰厚，全国各地的名僧都扎堆地往长安去了。”

“那又怎样？”赵州商人不服气地说道，“我不知道什么十大德，只听说深法师在赵州，正在那里设坛讲学呢。”

“檀越说的是道深法师吗？”玄奘心里一动，忍不住插问了一句。

“正是。”赵州商人兴奋地说道，“原来奘法师也听说过深法师？”

玄奘点头，他早就听说了这位大师的名头，知他对《成实论》[3]颇有造诣，只是一直无缘相见。如今听了商人们的议论，不禁心向往之。

多年来，他一直抱持着远行求法之心，以前是担心战乱，如今全国平定，自己还有什么理由不去各地访求名师，结识学友，而要继续待在这里坐享安乐呢？

“我想去赵州，从道深法师学习《成实论》。”一回寮舍，玄奘就找到长捷法师，将自己的想法和打算告诉了兄长。

“去赵州？”长捷吃了一惊，“四弟，你没发烧吧？路途遥远、战事未宁，你去那里做什么？想学《成实论》，蜀中难道没有高僧可资请教吗？”

“道深法师对《成实论》的研究独步天下，为各大德所不及。”玄奘解释道。

“就算如此，也不过是一部经论而已！”长捷道，“佛门经典浩如烟海，有必要仅仅为了一部经论跑那么远吗？”

“有必要。”玄奘平静地说道，“学贵经远，义重疏通。若只在一处钻仰，终究难明真谛。”

长捷有些不快：“学贵经远，那也要等天下太平了才可行，你现在冒冒失失地出川，只怕学不到什么，反而招来祸事。”

“二哥说得是。玄奘听一些客商说，梁皇已被唐皇所平，天下初定，不仅长江水运已然通航，就连京师长安也已重开法席。二哥，我们走长江水路出蜀，沿途可探访请益各地名僧，然后，再北上返回长安。到那时，各地高僧必定齐聚京师，可容你我从容问学，那样岂不是很好？”

长捷一摆手：“你说得倒是轻松。不错，如今唐皇已经据有天下，但也制定了新的关禁律仪。律云：各地僧侣必须定止在一个地区，非经核准，不得远行。如今各处水陆关卡，均有门禁，行人来往皆须持有公文。你要出川，可有过所和公验吗？”

玄奘怔了一下，这些年来，他一门心思潜心于佛法之中，于这些世俗之事确实不及兄长了解得多。

长捷又道：“你在益州受戒，便是益州之僧。若无过所公验便不得离开益州，否则就是私渡关津！私渡关者，徒一年；越度者，加一等。你要如何？”

“我们可向益州有司申请过所公验。”玄奘提议道，“二哥不是与他们常有来往吗？只要我们申请，有司一定会为我们发放过所的。”

长捷法师摇了摇头：“我可不像你这般异想天开，净冒些孩子气的想法。再说益州安静，衣食无忧，是个学法修道的好地方。我为什么要离开？”

见玄奘一脸惊讶地看着他，长捷不禁叹道：“四弟啊，你还是太年轻了！当年我早说过，留在长安等待局势的明朗，你却为了求学硬要入川，我心中一软便依了你。如今我们好不容易在这人生地不熟的蜀地扎下了根基，你却又要出川！为何就这般待不住呢？你说长安是京师，那又怎样？长安有一百余坊，成都也有一百余坊；长安有东市和西市，成都也有东市和西市，哪点儿比长安差？”

他说得不错，成都的西市，又称“少城”，是城中之城，乃是益州商业和手工业荟萃的地区，大街夹着小巷，大铺连着小摊，货物如山，花样繁多。

见玄奘不再说话，长捷只当说服了他，接着劝道：“况且关中冬日苦寒，哪里比得上蜀中气候温和，四季有不谢之花，八节有常青之草？”

玄奘越来越觉得自己同二哥说的不是一码事，他只能报以苦笑：“成都当然很好。可是，二哥你难道不觉得，对于现在的你来说，这里已经太闭塞了吗？”

“我没有这种感觉。”长捷道，“我们要学的东西这里都有，经、律、论，什么都不缺；佛、法、僧，哪样也不少。何必四处漂泊呢？就在这里潜心研读不好吗？”

玄奘摇头：“可是我觉得，继续留在这里，已经很难再有进益了。”

“你还要什么进益？你读的书已经够多了！”长捷教训他说，“佛法不仅仅是理论知识，更需要亲身修证。经论学到一定程度，就应该身体力行，实际修行了。”

“可修行又是什么？”玄奘反问道，“读万卷书，行万里路。广游博览，横洞百家。这难道不是一种修行吗？”

一阵沉默，兄弟二人四目相对，竟是谁也说服不了谁。

许久，长捷才长叹一声道：“四弟啊，我明白你的想法。可是，我们当年历经千难万险才从关中来到这里，你在益州求学，在益州受戒，还在这里拥有了众多敬奉你的信徒，好端端的，又何必离开，四处漂泊地找罪受呢？”

“我不是为了受人敬奉才来到这里的！”玄奘脱口而出。

他默默地望着眼前这位将自己带入佛门的二哥——他风度高雅，身材魁伟，像极了父亲，而这些年来对自己的照顾和保护更像父亲；他才华横溢，不仅精通佛学，还长于老庄，善于讲说。益州路总管酇国公窦轨、益州行台民部尚书韦云起都对他极为钦敬，常与其谈玄论佛。

在益州人眼里，清雅的谈吐，美妙的诗文，渊博的知识，是这对兄弟法师共同的优点。而他们又各有所长：长捷极具名士风格，玄奘则在悟性和机敏上更胜一筹。

在益州的四五年时间里，兄弟二人亲近了众多名僧大德，研读了大小乘经论和南北地论学派、摄论学派等各家学说，名望日高。现在，他们已经在益州佛界站稳了脚跟，拥有了极高的声望。并且，由于益州这些年来未受战火的侵扰，因此同其他地方相比，就连生活也要富庶和安逸得多。

显然，哥哥是留恋这些才不愿离开的。

兄长无意离开，玄奘自是不能勉强，但他自己却不肯放弃出蜀游学的念头。

既然哥哥不愿走，那就自己走吧。玄奘开始向益州府尹申请过所和公验。

然而益州府拒绝发给玄奘过所，在他们看来，年纪轻轻就获得“三藏法师”称号的玄奘已经是益州的名人，长江中下游一带，几乎无人不知他的大名，因此，他们不想放他离开。

很多听过玄奘讲经的人也都这么认为，玄奘不仅精通佛家要典，还通晓医术，经常给人治病。他容貌俊秀，口才又好，有着非常高的人格魅力，很受当地人士的仰慕。他们悄悄向官府请求，不要放走玄奘。

“我就知道，益州府是不会给你过所的。”一个月后，看到玄奘黯然的神情，长捷淡淡地说道。

玄奘有些不悦：“二哥，这就是你的不是了。你不肯离蜀也就罢了，为何非要阻止我离开？”

“你怎知我阻止了你？”长捷反问道。

“长江水路已经畅通，许多商人向益州府申请过所公验，都迅速得到了批复。玄奘不过是一介僧伽，想要出蜀求学，自问并无什么不当的理由。如若兄长不曾从中作梗，为何益州府单单不肯发给我过所？”

“不关长捷法师的事。”叶丹参恰于此时到来，听到他兄弟二人的争执，当即插言道，“是益州的僧俗各界一致认为，‘陈门双骥’理应留在成都。”

“如何？”长捷看着玄奘问道。

玄奘心中沮丧不已，默默地坐了下来。

长捷走到他的身边，语气沉缓地说道，“四弟啊，自从你随为兄到净土寺出家，我们兄弟就从未分开过。家门不幸，父母早逝，就剩你我兄弟二人，又何忍骨肉别离？”

“二哥是否知道慧持大师别兄赴峨眉的故事？”玄奘轻声反问。

长捷一时语塞，他住在空慧寺，又怎会不知这座寺院的建造者的故事——

那一年，慧持大师随兄长慧远南下，先居于荆州上明寺，后又前往庐山。

晋隆安三年，慧持要辞别兄长入蜀，慧远苦留不住，于是叹道："人生都爱欢聚，只有你愿意离别，这到底是为什么？"

慧持忍悲道："如果贪恋人间欢聚，当初就不该出家。现在既然舍弃尘欲，寻求正道，那我们就以西天弥陀净土为目的吧。"

于是兄弟二人洒泪而别。

后来慧持大师振锡西来，涉险无数，终抵峨眉。传说山上沉香塔旁的老僧树，就是大师入定之处。

再后来大师下山，在成都建龙渊精舍，并栖止于此。四面八方的人仰其厚德，纷纷前来皈依，于是才有了这空慧寺。

丹参见长捷沉吟不语，唯恐他被玄奘说服，赶紧说道："法师还是替我们这些俗家人想想吧，锦儿最近听奘法师讲经入了迷，一日不听就浑身不自在，如果奘法师此时离川，只怕她心里会很难过的。"

玄奘叹道："还请居士转告尊夫人，蜀中大德众多，皆可闻经听法。况且修习佛法，讲究的是闻、思、修，单靠听法师讲经是不能得证的。"

"你到处乱跑，就能得证了吗？"丹参忍不住问道，"我说你这小和尚，怎么就这么喜欢折腾呢？"

他还是禀持了幼时的习惯，一不高兴就喊玄奘为"小和尚"。

玄奘知道自己一时很难说服他们，索性不再多说什么，合掌施礼后，默默地回到自己的寮舍。

丹参却不肯罢休，追过来继续喋喋不休："你执意离开益州究竟是为了什么？你现在安宁自在，法筵、经书、高僧大德，一样都不缺，为什么还要离开？我真是不明白，你到底还想要什么？"

玄奘没有回答，这个问题他已经不需要回答。

安逸的生活，崇高的声望，信徒的供奉，这些都不是他想要的。他想要的东西在他十一岁时就已经说得很明白了——意欲远绍如来，近光遗法。

在佛前燃上一炷香，再从书架上取下一卷经书，他在案前跏趺而坐，静静地诵读。

香气袅袅中，他的心逐渐平静了下来……

武德七年（公元624年）初春的一个凌晨，寺院的晨钟尚未敲响，忙了一天的人们也还沉浸在浓浓的睡梦之中……

空慧寺，一间寂静的禅房内，玄奘将一封书信轻轻折好，放在长捷兄长的床边。

随后，他背起简单的行囊，悄然离开空慧寺，朝远处的锦江走去。

当他在老胡僧伊伐罗留下的那片贝叶经上读到那四句神秘的佛偈时，就已经在计划这一天了——

伊伐罗是一位来自遥远国度的人，是什么原因让他背井离乡，险些客死在这天府之国？他后来又去了哪里？为什么要写下那四句偈语，让他这个后辈能够“广利无边众”？

所有这一切玄奘都不知道，他唯一知道的是，这位菩萨既然可以跨越千山万水来中原传播佛法，自己难道连一个蜀地都走不出去吗？那么，菩萨又为什么要将这“般若之舟”付于自己呢？

江边的码头上，几位荆州客商正翘首等待着他。这几日，玄奘将自己想要浮江而下，游历荆楚，北上赵州的打算向他们说了，对此，客商们热烈响应，甚至当得知玄奘没有获得官府审批的过所和公验时也毫不在意。

他们告诉玄奘，大唐关禁，在边境或各割据势力接壤之处，执行得确实严格，至于国内各地区间的行止，其实颇为宽松。

“法师根本不用担心！”一个青年客商大声说道，“依《唐律疏议》，私渡关者，最重也不过‘徒一年’，如果有人具保，还可减刑或者改收罚金。像法师这样的，给予豁免也说不定呢！”

“可不是嘛。”旁边又有一位开口道，“法师是个僧人，只要有庙愿意收留，想到哪儿去就到哪儿去，碍不着谁的事儿！”

一名年纪大些的商人则要稳重得多，他缓缓说道：“要我看，法师没有过所和公验，想要出川确实不易。不过若有人愿意结伴，倒是可以一试的。”

“我愿意！”先前的年轻商人立即说道，“过几天，我们正要再往荆州去运一批货，到时法师就与我们搭伴同舟好了，路上还可以讲讲经解解闷呢。你们说呢？”

他把脸转向其他商人，商人们都点头表示同意。

玄奘大喜，当即与众人约定时间在锦江码头相见。

这是玄奘生命中第一次不辞而别。

商船在锦江之上缓缓航行，河面上的流光在阳光的照射下优雅地晃动着，如同一匹碧绿的绸缎。一群织锦女工正在江边濯锦，那刚刚织好的蜀锦经过江水的濯洗，色泽更加鲜亮，就像一片灿烂的朝霞倒映在水中。

玄奘站在船舷边，望着快速后退的一切出神。

如蜀锦般美丽富饶的成都平原，再见了！

船先是行到了岷江，十日后又进入波涛滚滚的长江。

同行的客商们告诉玄奘，顺着长江向东航行，途经险峻的三峡，很快便可到达三楚大地。

“从益州到荆州，行船差不多要半个月。”那名鼓动玄奘私渡关的青年客商眉飞色舞地说道，“最难行的就是前面的峡谷了，山高峡长，水流湍急，特别是经过瞿塘峡时，必须紧贴峡谷航行百里，稍不留神就有可能撞上礁石！”

“法师别听他瞎掰扯。”年纪大些的商人轻捋胡须，慢悠悠地说道，“我们往返长江水路已有多次，三峡虽险，却也没他说得那么邪乎，只要行船小心些就不会有事，法师尽管放宽心。”

玄奘微笑点头，他此刻心情极佳，看着两岸连绵不绝的不老青山，望着满眼令人心情舒畅的碧绿，只觉得天地之间无一处不是佛国，又有什么好害怕的呢？

夜里，一轮弯月倒映江中，给万里长江更增添了一分静美。玄奘靠着船舷，目不转睛地看着这一切。

“法师这么晚了还不歇息，在看月亮吗？”老商人不知何时站到了他的身后，关切地问道。

“是啊。”玄奘叹道，“这月儿也有灵气，像是知道玄奘从此便要远去，不知何时方能再回蜀地，因此一路上都来伴随，为玄奘送行……”

老商人哈哈大笑起来：“到底是个读书人，哪怕出了家，都还带着几分书生气，看到月儿也能生出这许多感伤！其实这天地之间，哪里没有月亮呢？”

不错！天下处处有江水，时时有明月，我又何必感怀？

玄奘回转身，朝这位颇具佛性的老商人深施一礼。

又行数日，眼前开阔的水路突然变得狭窄起来，滔滔江水被两岸的群山挤压得暴烈异常，江水轰鸣如鼓，掀起层层白浪奔腾东去，气势磅礴！

不用说，这便是那惊心动魄的七百里三峡了。

玄奘站在船头上，迎风而立，任三峡的风吹入他的衣袖，鼓荡起身上的僧袍，情不自禁地诵起郦道元的《水经注》中记载的诗句：

“巴东三峡巫峡长，猿啼三声泪沾裳。”

一种特殊的美感袭上心头——逍遥于天地怀抱，心灵一时间进入到物我两忘的空明境界。

商船在惊涛急流中上下颠簸，不仅未让他觉得惊险，反倒有一种要长出翅膀，凌云飞渡的感觉！

出了三峡，便是荆门，荆门山和虎牙山南北对峙，长江从两山之间流过，天地忽然间就开阔了许多，崇山峻岭似乎一夜之间都消失不见了。

玄奘回过头，朝来路上望了又望，却再也望不见连绵的巴山，只有那变化多姿的楚云，在烟水苍茫的江面上飘荡。

碧绿透明的江水，依然是锦江的颜色。翘首东望，江水遥接天边，那天水相接处便是大海吧？海的另一边，又是什么地方呢？

玄奘沉浸在他浪漫的想象之中，此时的他不会想到，他与长捷兄长这一别，从此便是天各一方，再也没有机会相见……

荆州名刹天皇寺内，一场法会正在进行。

突然，一小僧来报："成都空慧寺玄奘法师请求挂单，知客师父要我来禀报住持。"

住持大喜过望地站了起来："这是佛光降临荆州啊，快快有请！"

自晋代以来，荆州重佛的风气就极为浓厚，只要是僧人设坛讲经，百姓们便会前去倾听供养。

天皇寺更是当地第一大寺，东晋的法显、觉贤诸大德都曾在此驻锡讲经，之后南齐的刘虬又在此著《善不受报顿悟成佛义》；

此外，这里还是三论学派僧侣荟萃之地，天台宗圆熟教义之所在。

然而近些年来由于战乱，高僧流离，加之梁帝萧铣盘踞江陵之时，长江水运被阻多年，致使佛法鼎盛不再。

而蜀中高僧玄奘之名早已远播至长江中下游一带，荆州僧俗更是闻名已久，深盼能够亲闻经筵。却不曾想他能够出蜀入荆，到天皇寺挂单，难怪住持喜出望外，立即宣布暂停法会，带领阖寺僧众出门迎接。

玄奘到天皇寺的目的是为了度夏，顺便与荆州诸师共同参详、讨论各种佛学问题。他学问广博，为人又极谦逊，因而深受荆州僧俗的钦敬，纷纷邀请他开席讲经。

于是，玄奘便在天皇寺内开讲《摄大乘论》和《杂阿毗昙心论》，这两部大论均是玄奘极为熟悉的，讲起来便如那滔滔江水，一泻千里，具有非凡的感染力，令听者如痴如迷。一时间，荆楚名僧闻风会聚。

此时的荆州由汉阳王李瓌都督暂管，他是唐朝宗室，又笃信佛法，听说玄奘法师在天皇寺讲经，便亲率群僚及僧俗有德之士，前来听讲。

玄奘虽然名气很大，但他那张过于年轻的面孔却让很多人感到不服。陪同李瓌前来的人中，颇有些佛学底蕴强的，每当玄奘讲完一段，便会立即提出问题，质疑问难。

玄奘一一作答，他辞气清雅，风采洒落，特别善于从浅显处着手，将一个很复杂的问题用故事和譬喻的方式解释得清楚明了，避免了逻辑推论的烦琐与无力。四方道俗无不为之倾倒，每天前来请益问法的人络绎不绝。

年轻法师非凡的气质和才华让李瓌敬慕不已，当即皈依到他的门下，并一再恳求他留在荆州弘法。

然而玄奘心中仍惦记着漫漫求法之路，他在荆州住了半年，将《摄论》《毗昙》连讲三遍，场场爆满。如今严冬将至，他不想再停留了。

一日讲经完毕，李瓌又到禅房内请教经义，玄奘趁机将自己想要游历四方，向各地名宿请益的心愿跟他说了，李瓌心中顿生敬意，当即为玄奘签发了过所和公验，这使得玄奘终于可以自由地在国境内游学四方，寻师访道了。

临行前，李瓌又向玄奘施舍巨财，以做盘缠。加上来自各界的布施和供养，一时堆积如山，而玄奘却一无所取，依然只身云游，沿江东下……

在苏州，玄奘拜访了当地名僧智琰法师。

早在四川的时候玄奘就听说过智琰法师，他是苏州东寺的住持，字明璨，是江南佛教"成实派"的大师。不仅精通成实学派，而且对《涅槃》《法华》《维摩》等经典的研究也都极为深厚，名噪一时。听说他每个月都要在寺中集会一日，建斋讲经，听讲的信徒有五百多人。

玄奘对这位老法师仰慕已久，因此一直想着有机会定要同他结个法缘。

如今这个机会终于来了，沿长江一路参学的玄奘一到苏州，立即就去智琰法师所在的东寺挂单。

智琰本性谦逊随和，与玄奘一见如故。开始时他只是把玄奘当成是个聪明好学的小沙弥，可是没过几天，这位"小沙弥"的学问就令他感到了惊讶，遂决定召集一批名僧前来论学辩经，实际上也是想试试这位少年才俊到底有多大本事。

说到辩经，玄奘自然是毫无异议。他本来就是在游方参学，辩经既是他的强项，也是一种有效的学习方式，他很乐意通过这种激烈的辩难窥见法理。

在这场法会上，众僧执经辩难，玄奘从容应对，不时妙语连珠，引得众人啧啧称赞。

听着玄奘与众人辩经，智琰法师初时还很平静，但很快便汗不能禁，未等法会结束，他便独自一人回到禅房，闷坐不语。

弟子们关切地前来询问，孰料法师竟悲喜交集地长叹道："老衲真没有想到啊，我这块朽木桑榆，居然还能在有生之年看到一个初升的太阳散发出的绚丽光芒！"

言毕潸然泪下，一种老之将至，无法得见慧日临空的感慨油然而生。

自此以后，智琰法师就对玄奘执礼甚恭，而玄奘对智琰法师也极为尊敬，两人遂成忘年之交。

武德八年（公元625年）秋，玄奘离开苏州，转而向北，来到相州的慈润寺挂单。

在这里，他师从慧休法师学习《杂阿毗昙心论》，用了八个月时间，研究小乘毗昙学。

武德九年（公元626年）春天，玄奘告别了慧休法师，北上赵州，终于在观音院见到了大名鼎鼎的道深法师，并拜道深法师为师，研习《成实论》。

这部论著是天竺小乘佛教最后的经典之一，也是由小乘过渡到大乘空宗的一部重要著作。此论经鸠摩罗什大师译成中文后，影响甚广，在南朝齐、梁、陈间，逐渐形成了成实学派。

隋朝时，随着天台宗的兴起，成实学派逐渐衰落，而道深法师却是此学派的大师。

在赵州观音院，玄奘整整十个月足不出寺，白天向道深法师讨教疑难问题，夜晚则挑灯夜读，很快便理解了这部经典的要义与精髓。道深法师也非常喜欢玄奘，对他深厚的佛理和出众的悟性赞不绝口。

此时玄奘离开成都已有两年，从荆襄到吴扬，从江南到河北，四处参学、求证，足迹遍及河南、陕西、四川、湖南、湖北、江苏、江西、河北等地，已踏遍大半个中原。

这段近似流浪的生活令他获益良多，他向各地名师求学请益，了解到了佛门的各种义学门派，同时也积累了丰富的行脚经验；

而对于中原佛界而言，年轻的玄奘就像一阵狂风，游走各地，出入名寺，学习、质疑、辩难、离开……其带来的冲击无异于一场“地震”……

[1]玄奘究竟是何时开始翻译《心经》的，这是一个谜。普遍的说法是，《心经》是玄奘自印度取经归来后，在长安城组建译场时翻译的。更具体地说，是在李世民病危时，玄奘为弥留之际的皇帝翻译的。

但是，目前发现的最早的手抄本《心经》，却是唐代著名书法家欧阳询于贞观九年抄写的。

玄奘于贞观元年起程西行，贞观十六年起程回国，贞观十九年回到长安。而欧阳询则在贞观十五年就已经去世。

也就是说，这部流传千年举世闻名的《心经》，极有可能翻译于玄奘离开长安之前！

还有一种说法是，欧阳询的《心经》系后人伪托之作。但是这种说法目前还没有得到证实，因此本书倾向于玄奘在出发西行前就翻译了《心经》。

至于有人质疑，那时的玄奘是否有足够的梵文水平翻译这样的经典，这个无法猜测，因为在汉传佛教史上，有相当多的大译经师是没有出过国的，比如晋代的道安大师，隋代的彦悰法师（提出《译者八备》）。可见有许多高僧确实是在国内就掌握了很高的梵文水平。另外，玄奘西行经过龟兹时，曾与当地佛教领袖木叉毱多辩经并取得胜利，虽然没有说明两人辩经时使用的语言，但肯定不是汉语，使用梵语的可能性最大。这也从一个侧面说明了玄奘取经前就已经具备了非常高的梵语水平，翻译《心经》的可能性还是有的。

[2]序分和流通分，佛经的组成部分。序分以“如是我闻”开篇，依次将人、事、时、地、物全部标示出来，讲述这部经的缘起；流通分则是为了让经典在世间流传，以利益众生，通常会在结尾说一下受持此经的功德，然后大众“闻佛所说，皆大欢喜，信受奉行”。序分与流通分中间的部分是正宗分，即经书的正文。几乎所有的佛教经典都分成这三部分，只《心经》例外。

[3]成实论，佛教论书。古印度诃梨跋摩著。姚秦鸠摩罗什译。“成实”即成就四谛之意。反对小乘说一切有部“诸法实有”理论，提倡“人法二空”，弘扬苦、集、灭、道四谛之理。此论译出后，罗什弟子昙影见其结构松散，篇章不分，于是按照文义，区分为五聚，二百零二品。

第15章

皇帝的家谱

茫茫大雪中，长安城终于出现在眼前。

玄奘站在城东的灞桥上，这是长安最著名的桥，桥上有驿站，两旁种有万株杨柳，据说到了春天，柳絮如雪漫天飞舞，成为灞桥的一大景观。凡送别亲人与好友东去，多在这里分手，折柳相送，因而灞桥又被称为“销魂桥”，流传着“年年伤别，灞桥风雪”的忧伤诗句，古往今来，不知有多少人曾在这里洒下离别的泪水。

不过，玄奘来时正值严冬，飘在他头顶上的是真正的风雪，而非那充满诗意和淡淡离愁的“柳絮雪”。

来时还是深夜，借着白雪反射的光，可以看到远处在冰雪覆盖下安静的长安城，虽经多年战乱，长安城依然壮观，那份骨子里的大气是别的城市比不了的。

时间过得可真快，距上次来长安已经七年了吧？

七年的时间可以改变许多，犹记得当年和兄长一起逃难到长安的时候，他还只是个十六岁的少年沙弥。那时，全国正处于各种势力割据的局面，天下沸腾，战火连绵，数万百姓死于非命！

在两京之间，灞河桥上，年少的他目睹尸横遍野，路陈饿殍，田地荒芜。那惨烈景象至今思之仍令他不寒而栗……

如今他回来了，站在灞桥上驻足远望，大唐的国都在夜色下显得如此安宁，垂直落下的雪花将它牢牢覆盖，同南部的秦岭、北方的渭水连成一个整体，活像一个躺在被子里的婴儿……

不知不觉，东方渐渐发白，随着城内钟鼓报晓的声音，一座雄伟壮阔的长安城显现在关中平原的大地上。

估摸着城门已经打开，玄奘把冻僵的手放在嘴边哈了哈，再用力搓搓，便牵着小白龙的缰绳，举步朝长安城的方向走去。

大片大片的雪花飘落下来，把他身后的脚印覆盖……

踩着脚下咯吱作响的积雪，玄奘走进了通化门，这是长安三个东城门中最靠北的一个。

同七年前相比，今日的长安要恢宏壮阔得多，整座城市规划严谨，百坊千里，犹如棋局一般整齐。

城中道路笔直宽阔，尤其是那条宽五百余尺，可容四十七辆马车并行的朱雀大街，当玄奘置身其上时，心中着实发出了一声惊叹！

虽然长安城的变化极大，但玄奘多年游历，有着极强的方向感，根本不用担心会迷路。事实上，自从离开蜀地后，两年来，他独自一人南北参学，广谒高僧大德，即使是初次涉足之地，也鲜有迷路之时，更何况长安已经是第二次来的“故地”了。

凭着记忆一直往西，他很快便找到了位于西市东南方向的崇贤坊，大觉寺就坐落在这里。

寺院客堂之中，稍稍有些发福的知客僧正用挑剔的目光打量着坐在自己对面的青年游僧。

多年的风吹日晒，使那原本白皙的皮肤呈现出健康的小麦色，一身粗麻布做的短褐，由于浆洗得太多，看上去单薄又破旧，肩头等处甚至磨得只剩几根丝线，挂着一层尚未融化的雪花。背上背一只竹编斗笠，身边放一只行脚的竹箧，僧鞋上沾满雪泥，一副风尘仆仆的托钵僧模样。

知客僧不觉皱起了眉头：“你是哪里来的游僧？到大觉寺来做什么？”

“弟子玄奘，慕名至此，欲跟随道岳法师学习《阿毗达摩俱舍论》。”玄奘一面回答，一面双手呈上戒牒。

《阿毗达摩俱舍论》，是世亲菩萨的著作，是一部总结小乘各种学说，向大乘有宗过渡的重要论著，论中详尽描述了佛家的时空观念。真谛论师曾将其译成中文二十二卷，而这里的住持道岳法师又著有《俱舍论疏》二十二卷，成为中原研究俱舍的大家，远近闻名。是以玄奘一到长安，便直奔大觉寺而来。

知客僧显然没听说过玄奘的名字，那戒牒只是随便瞄了一眼便被他随手扔在案上，冷笑道：“道岳法师乃是京城十大德之一，岂是你这无名小僧说见就见的？”

玄奘略略一怔，随即问道：“既然如此，可否容弟子在寺里挂单？”[1]

知客僧有些不耐烦：“你要留在大觉寺，可有银米攒单吗？”

“攒单？”听到这个词，玄奘惊讶极了，他从蜀地一路游学至长安，从来都是走到哪里就在哪里挂单，这一路不知住过多少寺院，从未吃过闭门羹，更未听说过“攒单”二字。

“京城米贵，不攒单，随便哪里来的野和尚都跑来这里来骗吃骗喝，大觉寺如何供养得起？”

“师兄此言差矣。”玄奘肃然道，“不管哪座寺院的银米，都是檀越们供养十方僧宝的。岂可因僧人来自不同地域、不同寺院而起分别之念？”

知客僧没有想到这个前来挂单的游僧居然敢跟他顶嘴，顿时勃然大怒：“哪里来的野和尚？不好好待在自己庙里念经，跑到这里来说嘴！大觉寺总共就这么大点地方，什么人都来蹭饭吃，你当那白花花的粮食是从天上掉下来的吗？快走快走，这里没有多余的地方收留你！”

说罢将袍袖一拂，转身便走，摆出一副送客的架势。

玄奘起身道：“师兄请留步！”

“还有什么话说？”知客僧满脸的不耐烦。

“知客师父。”玄奘走上前，恳切地说道，“弟子虽无银米攒单，扫地担柴还是会的，可否容弟子在此做个行堂？”

知客僧皱着眉头，再次认真打量了一下玄奘，这游僧一脸书生气，修长的身体稍显单薄，乍一看就不像是个会干体力活的人。但毕竟年纪轻，又常年在外奔走，或许可以试试？

“好吧。”他勉为其难地说道，“看你初来乍到，我就行个方便吧。你到后院的斋堂去找石顽，让他给你安排点活干。”

“多谢师父。”玄奘合掌道。

石顽是一名粗壮热情的伙头僧，他将玄奘领到斋堂，笑着说道：“师兄先在这里吃点东西，然后我带你去寮房，先安顿下来再说。”

“多谢师兄。”玄奘称谢道，“知客师父要玄奘凡事听从师兄的安排。”

“有啥好安排的？”石顽显得颇为豪气，“你就跟着师兄弟们扫扫庭院，打打杂也就是了。”

“是。”玄奘答应一声，又问，“请问师兄，道岳法师最近讲经吗？”

“好像……不怎么讲了。”石顽犹豫着说道，“师兄你问这个做什么？法师便是讲经，咱们这些做行堂的也没工夫去听；便是听，也弄不明白啊。”

“有些法师讲经极其通俗，不难听懂的。”玄奘道。

“反正我是听不明白的，再说现在法师不讲经了，就算想听，也听不着了。”

“这是为何？”玄奘不解地问道。

石顽叹道：“师兄有所不知，最近几年，京城里那班道士不知中了什么邪，一门心思就想把咱佛门灭掉，朝廷官员也跟着鼓噐。听说那个太史令傅奕，已经为此上了好几道表文了。又有一班道士儒生，三天两头上寺院来辩论挑战，还向前来上香的居士们分发那个什么《老子化胡经》[2]。道岳法师已经被这些事弄得焦头烂额，哪还有工夫讲经啊？”

石顽所说的这些事情，玄奘早在荆州时就已经听说了，如今再次听到，不禁皱紧了眉头。

长安的冬晨格外寂静，树上、屋顶、地面，都铺上了一层厚厚的雪花，天上还在簌簌地往下落着，发出“沙沙”的声响，天地之间，除了这个单调的声音，别的什么都不存在似的……

但很快，一阵清脆的打板声便打破了这一宁静，那是寺院开始起床了。

一声磬响，清澈悠长，寺院早课的唱诵声伴随着这声清脆的声响悠然传出。

玄奘提着水桶，不由自主地停下脚步，细细聆听，就如同幼年时第一次听到这声音一样，他再一次感受到一种玉宇澄清的意境。

“嘿！你在这里发什么呆呀？”石顽走过他的身边，笑问道。

“没什么。”玄奘自嘲地摇了摇头，跟着石顽朝井边走去。

天气寒冷，水井已被一层坚冰牢牢地封冻住，玄奘用绳子系住一块大石头，朝下一掷，随着一声闷响，冰上只留下了一个浅浅的白印。

“哈哈！”石顽笑道，“玄奘师兄，别看你会讲故事，论力气还是不行啊。看我的！”

说罢哈了哈手，袖子向上一捋，三下两下，便将这块石头拉上来抱住，再用力朝下一掷，只听得“咔嚓”一声脆响，冰块应声碎裂。

“如何？”石顽得意地问道。

玄奘点头赞叹：“还是师兄厉害。”

石顽一边往上提水一边说：“我这算什么厉害？不过有股子蛮力罢了。师兄你才厉害，肚子里学问多，还有那么多好听的故事，大伙儿都听入迷了。今晚还讲吗？”

“只要师兄们爱听，玄奘当然会讲。”

“这世上哪有不爱听故事的人？”石顽笑道，“只是不知那么多的故事，师兄都是从哪儿听来的？”

玄奘奇怪地看着他：“这些大都是经书里讲过的，师兄平常不阅经吗？”

石顽摇了摇头。

两人担了水往回走，石顽道："我听人说，经书都是很神圣的，只要读错一个字就要下地狱！我想我又不是每个字都认识，万一读错了怎么办？所以还是不读的好。"

玄奘奇道："师兄是听谁说，经书读错一个字就要下地狱的？"

"我也忘了是听谁说的了，反正都这么说。"

"这纯粹是魔说。"玄奘道，"只有不愿意让三宝弟子读经阅藏的魔罗，才会这般出言恐吓。难道佛菩萨讲经说法是为了给众生下圈套吗？"

"师兄说得也是啊……"石顽猛一激灵，顿时有一种如梦初醒般的感觉。

清晨，随着大觉寺的晨钟敲响，沙弥及行堂们立即又忙碌起来，两个小沙弥在冷风中哈手跺脚地将寺门打开，行堂们则拿着扫帚，清扫院中的积雪，准备迎接那些到寺院里赶早香的居士们。

一名中年人大踏步走了进来，骂骂咧咧地说道："你们这都什么佛法呀？我不学佛还好，一学佛烦恼更多！"

他声音很大，惹得众多香客围了过来。

站在大殿前的道岳法师不禁摇了摇头——这段日子，太多前来捣乱的人了。

"施主请了。"一个声音突然传入耳中，"其实施主学不学佛不是关键，关键是您的烦恼是否能真正减少。"

中年人一愣，这才注意到说话的竟是一个手执扫帚的扫地僧，不禁大怒："你是个什么东西？也敢跟我说话？"

道岳法师也觉得奇怪，他认得说话的僧人，此人名叫觉行，是寺中的一个行堂。这觉行原本是一介武夫，三年前为避仇家才躲进寺院，像他这种情况是不可能剃度为僧的，因此只能在此做个行者。

"这觉行平常说话做事一向粗鲁，经书是一卷都不读的，也没听人说起他有多高的修行，怎么今日突然变得文质彬彬起来了呢？"道岳法师奇怪地想着，不自觉地朝这边走了过来。

"观人不洁，皆自己心不洁之故。"觉行合掌对那人道。

"师父说得极是。"一些前来上香的居士们纷纷点头。

"小僧送施主一句话吧。"觉行又对那个目瞪口呆的家伙说道，"万事皆有因果，凡夫难以勉强，因缘聚合之时，花开见佛之日。"

听到这句颇具禅意的话，周围的僧侣居士们都哄然叫好。

那人见此情形，知道无法讨得好去，口中又骂了几句后，便急匆匆地走了。

居士们小声议论着："这大觉寺还真是人才辈出啊，一个扫地的行者都有如此道行，更别说那些大法师了。”

“道岳法师可是罗汉转世，他调教出来的还能错得了？”

“这大概就是那些人总也灭不了佛的缘故吧……”

“说起来，道岳法师可是有阵子没讲经了，也不知何时重开讲席，我也好去听听……”

“咦？刚才还看到法师了呢，现在到哪儿去了？”

……

此时在大殿偏侧，道岳法师拦住了即将回寮房的觉行：“行者出言不俗，这段日子一直都在参研佛法吗？”

觉行忙恭恭敬敬地合掌道：“回大师话，弟子一向业障深重，难近佛法。幸好菩萨慈悲，让弟子得遇玄奘师兄。这一个多月以来，弟子每晚都跟玄奘师兄学习佛法，只是生性愚鲁，没有学到多少，实在惭愧得很。”

“你说的是谁？”道岳法师大吃一惊，忍不住抬高了声音。

也难怪他吃惊，他昨日才在客堂接待了一位从荆州来的大施主，此人布施丰厚，并且声称，他是在荆州听了玄奘法师讲经后才皈依佛门的。

而在此之前，道岳就已经听说过玄奘的名字，苏州名僧智琰法师组织江南群僧辩经，竟然败于一位青年才俊，这故事早就传到了京城佛界。

觉行对道岳法师的反应有些奇怪，他当然不知道，一个时辰前，大师还在想：那个玄奘法师，若是能来长安就好了，到时定要见上一见，讨教一番。如今突然从一个行堂口中听到这个名字，心中的震惊可想而知，反应自然也就格外激烈了。

不过他毕竟是京城十大德之一，生性稳重，很快便镇定下来，又随口问了几句后，便对觉行道：“你去吧。”旋即便转身回自己禅房去了。

这天晚上，道岳法师独自一人信步来到行堂的寮舍前。

刚踏上门前湿滑的台阶，他就听到一个声音，陌生而又清朗，正在绘声绘色地讲述《阿含经》中的一个故事——

有一天，一位经常跟随佛陀到处弘法的弟子忽然对佛陀说：“佛陀！您真是有史以来最伟大的老师！”

佛陀听了这话，脸上丝毫没有露出喜悦之色，反而问弟子：“你见过世界上所有的伟大老师吗？”

“当然没有。”弟子回答。

“那么你认识现在活在世界上所有的老师，或未来将要出生的老师吗？”

“不认识。”弟子再次回答。

“那么，你说我是所有老师中最伟大的，这句话毫无意义，因为你没有办法知道你所说的到底是真是假。”

“弟子只是想称赞您，因为您的教示如此高明。”

听了弟子的辩白，佛陀道：“假如你认为我的教示对你有帮助，那么实行我的教示，遵循我的教示，这比谄媚更能使我高兴。”

说到这里，佛陀又问身边另一位弟子：“假如你要买贵重的金饰，没有试验之前，你会付钱吗？”

“当然不付，因为万一是假的，岂不白花了冤枉钱？”弟子如此回答。

“这就与我所教的完全一样。”佛陀道，“你们不要认为我所说的，就一定是正确的真实的，你们应该自己去试验我的教示，如果你发现它是真实而有用的，那么就去实行，而不是仅仅因为尊敬我，才去实践。此外，不要批评别人，不要说别人的教示不好。这个世界上有许多伟大的教师，他们都有帮助别人的办法。因此，对他们中的任何一个都不可心存轻慢。他们教得好与不好，这不关你的事，你的事只在于使自己离苦得乐，同时帮助别人离苦得乐。”

弟子们听了佛陀的教示，从此更能以理性、客观的态度看待任何人、任何事。[3]

听到这里，一个声音赞叹道：“佛陀真是一个伟大的导师！”

道岳法师听出，这是伙头僧石顽的声音。

“师兄，你犯了那个弟子同样的错误了。”这是觉行的声音。

“我知道。”石顽道，“可我实在想不起别的词来称赞他。虽然我也说不上来他为什么伟大，可我就是这么认为的。”

先前那个讲故事的声音再度出现：“佛陀的伟大之处就在于，他不要别人盲目地崇拜他，他也不会盲目地贬低别人。在他的眼中没有敌人，只有等待度化的众生。他有这样的自信，让弟子们在思考和比较中获得最终的真理。”

“正是，我也是这么想的……”几个声音七嘴八舌地说道。

道岳听得入了神，不觉伸手推开虚掩的门，他看到行堂们盘坐在长长的广单上，往昔的粗鲁全都不见，每个人的脸上都写满虔诚。而坐在他们中间的，是一位面容清俊，年不过双旬的青年比丘，正用舒缓温和的语调为大家讲解佛法。

见法师进来，行堂们都不禁有些吃惊，忙不迭地穿鞋下地，合掌行礼。

“不必多礼。”道岳摆了摆手，眼睛仍停留在讲故事的青年比丘身上，“行者绝非寻常之人。敢问法号？”

“不敢。”僧人合掌恭敬地答道，“弟子玄奘，拜见道岳法师。”

果然是他！道岳上下打量着玄奘，感叹道："想不到把江南群僧辩驳得哑口无言，让四方诸德深为折服的玄奘法师竟然如此年轻，真是后生可畏啊！"

"大师千万别这么说，弟子愧不敢当。听说大师精通《阿毗达摩俱舍论》，弟子此行是特来拜师求教的。"玄奘说罢，伏身顶礼。

道岳连忙将他搀起："法师太过谦了，不知法师到大觉寺有多久了？"

"快四十天了。"玄奘答道。

"四十天……"道岳法师先是一呆，随即叹道，"老衲今日还想，玄奘法师何时会来长安，想不到法师早已至此，且在我这大觉寺中做了这么久的行堂，老衲昏昧，竟然对此一无所知。"

说到这里，道岳颇有自责之意。

玄奘却微微一笑："佛门中时时处处皆是修行，弟子年少时曾在东都净土寺中做过童行，如今重操旧业，倒也未见生疏。"

见玄奘说得轻松，道岳法师也便释然地笑了。

道岳的师父是大译经师真谛的及门弟子道尼法师，当年，真谛的得意弟子智恺大师去世后，以道尼为首的十二人，曾在真谛面前立誓弘传《摄大乘论》和《俱舍论》。真谛在广州译出的这两部论能够弘传到北方，并且创宗立派，都是道尼等人的功劳。后来，年轻的道岳慕名来到北方，师从道尼法师，研究俱舍之学，成为著名的萨婆多部学者。[4]

和当年的道岳一样，玄奘此行，同样是慕名而来，拜师学法。

"法师这些年来云水天涯，遍访名师，想是参悟良多？"引领着玄奘走在寺院的回廊之中，道岳法师开口问道。

玄奘摇头道："弟子愚鲁，虽有众多大德劳神施教，却还是有很多疑难不解。特别是近两年来，参悟没有多少，困惑倒是日增。"

道岳笑道："法师何必过谦？中原道俗盛传玄奘法师乃是佛门稀世之才啊！"

"那些不过是大家的谬赞罢了，玄奘焉敢领受？"

"老衲可是听苏州东寺的智琰法师说的。"道岳法师微笑着说道。

提起智琰法师，玄奘不禁感慨万千："老法师学养深厚，玄奘从他那里受益良多。更为难得的是谦逊，他虽为玄奘讲解了《成实论》，却说自己无论如何也比不上赵州的道深法师，还劝玄奘说，日后若有机缘定要前往赵州，再从道深法师学习此论。唉，法师的人品学问，着实令玄奘难以望其项背啊！"

道岳听玄奘言谈之间，对智琰法师极为敬重，不禁也有些感叹。

作为京城十德之一，道岳法师不仅是一位高僧，而且还是天下一等一的学者。大凡学者都有个毛病，喜欢考较新人，道岳法师自然也不例外。

他开始就佛家义学方面的知识向玄奘提问，接连问了六七个问题，玄奘始终畅言，对答如流。

道岳法师已经很久没遇到这么投缘的人了，一时间竟是越说越愉快，越说越带劲。双方你来我往，又是佛学又是诗文，早把其他人其他事忘在了一边。

冬去春来，玄奘已在大觉寺待了数月之久，与道岳法师共同参研佛法，学习《阿毗达摩俱舍论》。

随着时间的推移，两人已成忘年之交，渐渐地便无所不谈。

一日，他们竟聊到了皇帝新修的家谱——

"南北朝时期西凉国的开国皇帝李暠是当今圣上的先祖。"道岳法师说道，"他同时也是汉代名将李广的后裔。李暠生子李歆，西凉国传到李歆就被北凉灭了，李歆的儿子逃到南朝的宋国，后来生子李重耳，李重耳生子李熙，李熙生子李天赐，李天赐生子李虎，而这个李虎就是当今圣上的祖父。"

听道岳法师详细介绍着这份帝王谱系，玄奘不禁莞尔一笑道："开国皇帝都会弄一张自己认可的谱系表，这也不足为奇。依玄奘看，圣上的这个谱系着实牵强得紧。"

"何以见得？"道岳法师有些愕然。

玄奘道："当今圣上认西凉开国皇帝李暠为先祖，大约是想说明其出自龙种，注定是要当皇帝的。但李暠根本就不是真正的皇帝，只是一个小小的割据政权的头领，而这个头领的身份还是手下的段姓将领怕自己不能服众强加给他的。"

"说得也是……"道岳法师若有所思。

"还有。"玄奘接着说道，"这个谱系的另外一个破绽是李重耳，据《魏书》记载，根本就没有李重耳这个人。这个暂且先不说，更重要的是，圣上既然追认老子李耳为自己的先祖，李耳和李重耳只相差一个字，李重耳作为老子的后裔居然不知为祖先避讳，这不是太奇怪了吗？"

"是啊！"道岳顿时恍然，"玄奘法师，亏你想得出来，这谱系其实矛盾重重，不攻自破啊！明日，老僧定当上表圣上，禀明此事。"

"师父还是不要上表的好。"玄奘的语气淡淡的，显得有些索然。

"这是为何？"道岳不解地问道。

玄奘道："圣上修家谱，自称是道教祖师的直系后裔，说到底，也不过是为了证明李氏有当皇帝的命，借此抬高身世，以志正统罢了。师父又何必强去辩明？"

道岳哧地一笑："老衲也不是吃饱了撑的没事干，非要去干涉皇帝的家谱。实在是两个月前，圣上亲自到国子监宣布，国中三教，道第一，儒第二，佛第三，硬是借用朝廷力量打压佛门。老僧身为佛门弟子，如何能够听之任之？"

道岳所说的倒也是实情。隋朝末年，民间就有"老君度世，李姓当王"的民谣四处传播。不得不说，这个民谣实在太聪明了！因为当时的义军之中，几个较大的势力都姓李：李渊，李密，李轨……随便哪个李上台，都符合"李姓当王"的谶语，都可以同老君攀上关系。

武德三年，道士岐平定利用李渊在楼观祈福的机会，率先提出了老子是皇室先祖的说法。

同年，晋州樵夫吉善行奏称，看见一骑白马的老叟对他说："你与我告知唐天子一声，我是太上老君，是他的祖上，今年的贼乱就可以平灭了，从此天下太平。"[5]

此说一经提出，李渊简直是大喜过望，立刻顺水推舟地接受了，因为眼下的他恰好需要这些东西。

魏晋以来门阀士族势力强大，门第观念根深蒂固，而在这种氏族门第之中，李唐家族根本排不上号。

李渊正对此事深感头痛，虽然当了皇帝，但在自命不凡的氏族面前仍时不时地感到心虚，那是浸透到骨子里的东西，赶都赶不走。

没奈何，只得重新修订家谱，与西凉王族攀亲，以期能够抬高皇族。虽说这个西凉王李暠的分量实在有些不足，且族谱之中矛盾重重，但好歹是个王，聊胜于无。

现在可好，天上突然掉下个老子做祖宗，这可是圣人啊！李渊能不欣喜若狂地抓住不放吗？

"圣上将我佛门排在最末，对此佛弟子们虽有抗争，奈何帝命难违呀！"道岳说到这里，忍不住摇头悲叹。

老法师忧心忡忡的样子，令玄奘感到难以理解，于是合掌道："弟子有一事不明，还请师父为我解惑。"

"法师请讲。"

"我佛门为何要与道家争这第一第二？"

这话倒真把道岳法师问得一愣，思忖良久，方才说道："这不是争不争的问题，而是朝廷步步紧逼，打压佛门。以往从未听说，以君王的名义对三教进行排位的。"

玄奘道："师父说得对，但是君王硬要排这个名也只能随他去，因为天子姓李，道祖也姓李，这是不可改变的事实。再说此事对佛门而言，真的很严重吗？"

道岳法师忍不住苦笑道："法师到底还是年轻，未经历过周武法难啊。你可知那个太史令傅奕，自武德四年起，年年上表，请求废佛。此人亦儒亦道，对佛门似乎恨得要命，大有不灭了佛门誓不罢休之态！"

玄奘的眉头轻轻皱了起来，的确，佛教自传入东土，就与儒道之间有了数不清的纠缠，光灭佛就有了两次。

大约180年前，北魏太武帝拓跋焘下令灭佛，在全国范围捕杀佛教徒、焚毁佛经、佛像——

"诸有佛图、形象及佛经，尽皆击破。沙门无少长，悉坑之！"[6]

这是一场惨烈的法难，虽然太子延迟宣诏，使得一些僧人及时逃脱，然而被坑杀者还是达到数万。据说当时士兵们得到的命令是：凡是秃头的格杀勿论！致使一些不长头发的或头发较稀的老百姓也惨遭牵连，死得不明不白……

魏武驾崩后佛法重兴，直到一百多年后的北周武帝宇文邕时期，再度发生法难。

周武灭佛的理由据说是因为一条奇怪的谶语——黑衣人夺天下。

宇文邕并没有考虑多久就将矛头对准了僧人。

佛律中禁止僧人使用上色、纯色的衣服，僧服的颜色必须是杂染色，又"坏色"。天竺僧服以绛赤为主，传入汉地就成了熟桑椹色，即黑中微有赤意，一般用作袈裟的颜色，因此又被人们称为"缁衣"。

宇文邕认为，所谓黑衣人夺天下，很大的可能是指僧人中会有人篡夺了大周的江山。

不过他并未像拓跋焘那样直接下令灭佛，而是召开了一场儒释道的辩论法会，以辩论结果来决定是否废佛。

这种做法看似公正，其实也只是给皇帝的行为披上了一层漂亮外衣罢了。在皇帝的干预下，佛道两教均告失败，儒家成为最后的胜利者。

接着，周武帝宣布在全国范围内彻底铲除二教，所有非儒家的经典一律烧毁，僧尼则勒令还俗。

周武帝去世不久，隋朝取而代之，自幼长于尼姑庵的杨坚结束了宇文家族的皇祚，并一统天下。佛教再度恢复了活力。

"黑衣人得天下"这句谶言，居然应在了杨坚身上，这对为避谶纬而灭佛的周武帝来说，真可谓是一个绝妙的讽刺。

眼下距周武灭佛还不到五十载，一些当年亲历此难的老僧都还在世，太史令傅奕就已经在积极准备第三次灭佛了。

武德四年（公元621年）六月，傅奕上疏，请废佛法。

李渊将傅奕的奏章分发给群臣传阅讨论，他问："傅奕常说佛教无用，卿等以为如何？"

尚书左仆射裴寂奏道："陛下昔日起义师之时，就是凭借佛法的力量，您曾说过，位登九五之后，要弘扬佛法。现在天下统一，六合归仁，富有四海，您却相信傅奕的话，要废除佛教，这岂不是亏往昔而彰今过吗？"

别的大臣们也大都赞同裴寂的观点，他们说："佛教兴于前朝，弘善遏恶，冥助国家，理无废弃。"

结果是，朝中大臣，赞同傅奕的只有太仆卿张道源一人，其余大臣均反对，高祖这才搁置了废佛之事。

这也是一件令佛教徒们深颇感快慰的事情，唐初社会风气普遍崇佛，朝廷高官也不例外。

信仰不同于别的东西，涉及人心，难以胁迫。因而李渊再怎么有废佛之意，仍不能不考虑大臣们的意见。

可是，看到佛教在朝廷之中如此势大，却也不能不令李渊感到深深的警惕和不甘。

---

[1]挂单，指行脚僧就寺院投宿。单是单位，指僧堂内各人的座位，各单前长六尺、宽三尺的空间，亦即各人坐卧、饮食的坐席。若人已额满而不接受云水僧挂单，称为"止单"；左右相邻的单位，称"邻单"；辞别寺院而去，称"起单"或"抽单"；若犯戒被摈出门，称"迁单"。

[2]《老子化胡经》，佛道相争的产物，西晋道士王浮依据汉魏流传下来的传说撰写，称老子西出函谷关，过西域，至天竺，教授浮屠为弟子，是为《老子化胡经》。

[3]本故事出自星云大师《学法四依止》。

[4]萨婆多部，意译为"说一切有部"，是部派佛教中上座部分出的一部。

[5]出自唐·封演《封氏闻见记》：高祖武德三年，晋州人吉善行，于羊角山见白衣老父，呼谓曰："为吾语唐天子，吾是老君，即汝祖也，今年无贼，天下太平。"高祖即遣使致祭，立庙其地。

[6]出自《魏书·释老志》。

第16章

我有一百个问题

“这些都不过是一时因缘罢了。”听了道岳法师的介绍，玄奘倒显得十分平静，“弟子去岁在荆州听到此事时，也觉得寝食难安。只是到了长安之后，日日听师父讲经，心中豁然开朗，便觉得有些事情真的不值得放在心上了。”

道岳闻言不禁一愣，事关佛门生死存亡的大事都可以不放在心上吗？还说是因为听我讲经之故，我何时讲过这些？

看到道岳法师不解的神色，玄奘微微一笑：“师父这些日子，一直在为弟子讲授《阿毗达摩俱舍论》。弟子记得，《俱舍论》中有言：佛之大悲，摄化众生，常住于三种之念，第一念住，众生信佛，佛亦不生喜心。第二念住，众生不信佛，佛亦不生忧恼。第三念住，同时一类信佛一类不信，佛知之，亦不生欢喜与忧戚。弟子心中常想，为什么佛可以不喜不忧不恼呢？那是因为佛常安住于正念正智的缘故。”

道岳叹道：“惭愧呀，老衲修行数十年，说到底也不过是一介凡夫俗子，每看到众生不能从迷梦中清醒，不肯回观寻找自家宝藏，就感到悲伤忧恼；若见众生从迷梦中走向醒悟大道，就不由自主地欢喜赞叹。这正是不能常住于正念正智的结果啊！诸佛菩萨慈悲加护，当悯恕老僧的无知和鲁莽吧。”

玄奘道：“师父为佛陀遗法而担忧，是为护法罗汉，人人钦敬，又何必自责？”

道岳一阵悲叹：“老衲对朝廷的排佛主张完全无能为力，还说什么护法？奘师此言，当真让老衲惭愧无地。”

“师父也不必太过忧虑了，天子虽认李老为主，毕竟没有因此排佛和灭佛，傅奕要求灭佛的奏章不也被搁置了吗？”

“可是傅奕不肯死心，此后连续几年，年年上表，里面的内容大同小异。”

“圣上似乎很乐意听到和看到这种情形？”玄奘饶有兴致地问道。

“圣上的事，老衲不知。想来也是被傅奕迷惑了吧。”

玄奘摇了摇头：“这不是傅奕的事。此事定然得到了圣上的默许。如果圣上在他第一次上表被群臣否决后就告诉傅奕，此事既已定论，以后就不必再提了。傅奕还会再次上表吗？可见这根本就是圣上的想法，圣上对佛门心有忌惮，希望有人能时不时地提起此事。”

道岳法师细细一想，也不禁深感佩服：“法师果然聪慧。可是，既然是皇帝希望灭佛，那么我辈难道就什么都不能做了吗？老衲只是担心，等到有朝一日朝廷下旨灭佛时，一切都已经太晚了。”

玄奘沉默了一下，突然问道：“师父可还记得阿难陀的那个梦吗？”

道岳点头道：“阿难在佛陀入灭前三个月，梦见百兽之王的狮子死去，名花洒在它的头上，禽兽仍然恐怖远离。但不久狮子身内生虫，蚕食了狮子肉！[1]

“当时佛陀向他解释说，狮子身上虫，还食狮子肉，就是说佛灭后，诸弟子修道之心，一切恶魔皆不能扰乱。只是后来佛弟子自行不法，破坏佛教。”

“不错。”玄奘面色庄严，一字一句地说道，“没有任何外道能够破坏佛陀正法，除了僧团内部的破坏力量。”

道岳再次点头：“法师说得极是。当年魏武灭佛，拆佛寺，砸佛像，烧佛典，坑杀十万僧尼。可他死后，佛法不但立即复苏，而且更加兴盛。相比之下，当今圣上虽然崇道，对佛门当不至于如魏武那般。除非佛门内部起了事端，不再崇信正法，那便无药可医了。”

玄奘道：“可是如今僧团内部纷争四起，僧侣们各持异见，不能安住于正法正念，弟子以为，这才是于弘扬佛法最为不利之处。”

谈及佛门现况，道岳法师不禁感叹：“如今的佛门还算兴盛，僧侣也多，然其中真修实证者实在是凤毛麟角。其实何止是各持异见？有些僧人根本就是为了贪图安逸、逃避赋税而出家；还有的便如三阶教那般，打着苦行的幌子骗取钱财，最终被朝廷取缔。唉，佛门广大，宣扬正法者为何却如此之少呢？”

玄奘有些吃惊：“师父说的三阶教，是信行法师所创的教派吗？弟子在相州时，还曾去过他们的寺院，见过他们的住持。怎么，它被朝廷取缔了？”

“原来法师见过三阶教的人？”道岳也觉得有些意外。

玄奘点头道：“弟子游学相州时，曾去过法藏寺，听说那里便是信行法师的出家之地。”

“法师既已去过，感觉如何？”

玄奘沉默了一下，道：“弟子感觉……三阶教是个极端苦行的教派，教中僧侣因多年苦行大都病弱不堪。弟子对他们的一些观点和极端做法并不赞成，何况他们还对大乘经抱有偏见。但是那种苦行利他的精神还是值得同情的。”

“苦行利他？”道岳法师不屑地哼了一声，“法师有所不知，这三阶教在长安发展极快，他们到处传法，劝人行十六种‘无尽藏’行，聚敛了不少钱财。”

“何为无尽藏行？”玄奘不解地问道。

“就是劝人布施。”道岳法师道，“凡是加入无尽藏的，每天至少要施舍一文钱或一合粟。与相州不同，长安的三阶教财力不俗，在很短的时间内，就建起了许多新的寺院。可是，他们这般敛财，却引起了朝廷的不满，没多久，就被封了。”

玄奘呆滞了片刻，方才说道：“真没想到会发生这样的事情。不过弟子想，当初信行大师创立三阶教，必有其如法的理由。只不过门下弟子愚痴，竟然背离了大师的本义，使得最终的结果又不如法了。”

道岳法师很不以为然：“你知道他的本义是什么呢？或许他的初衷是如法的，但老衲看到的三阶教有许多地方违背世尊的教理却是真的，否则他的徒子、徒孙们又怎么会有机会钻空子，拿着师父的苦行理论去收敛钱财呢？”

不知怎的，玄奘突然想起经上所说，当年魔王波旬曾数次与佛陀争斗不敌，一气之下对佛陀说，等你灭度之后，我便于末法时期派出我的魔军去你的寺庙里出家，以扰乱正法。

一想到这些，玄奘就不禁有些心酸。

像“三阶教”这种情况自然不是佛界的主流，但是它的存在也与佛家宗派林立的现状有关，不同地区的僧侣对同样的教理经常会有完全不同的解释，甚至为了圆自己的解释而不惜制造伪经。

这种情况更加激发了玄奘追根溯源，一定要找到佛经本源的心愿。

道岳法师显然不愿再提起这个不愉快的话题，打趣道：“法师千里迢迢去相州，应该不会是专程去拜访法藏寺的吧？”

玄奘点头道：“弟子之所以会去相州，主要是听从了智琰法师的推荐，去向慧休法师学习《杂心论》。”

“是《杂阿毗昙心论》吗？”

“正是。”玄奘道，“慧休法师是遍读诸经的佛学大师，他的驻锡之地就在相州南街的慈润寺。弟子亲近大师八个月，主要学的就是小乘毗昙学。”

道岳恍然道：“难怪法师读《俱舍论》时能融会贯通，却原来早已学过一段时间的毗昙学了。常听人说，玄奘法师的兴趣在大乘佛教上，难得却肯花那么多时间去钻研小乘经典。”

话虽如此说，对于玄奘的杂学旁收，道岳心中颇不以为然。

玄奘道："大乘小乘皆是佛陀妙理，各有方便不同。况且中土佛经本来就少，弟子又怎敢再挑挑拣拣？"

"法师觉得中土佛经少吗？"道岳感到甚是奇怪。

"难道不少吗？"玄奘反问道，"佛法自传入中土以来，只译出少量的经典，实在不足以教化芸芸众生，所以才会有像三阶教这般有违佛理的教派产生。"

道岳法师摇头道："众生痴愚，经典再多又有何用？"

"众生不是痴愚，只是暂时被蒙蔽了。佛家经典自有为其拨开迷雾之作用。只是弟子多年云游，四方参学，常见同样的经论有着不同的解释。而诸师所说义理，也往往各持己见，这才令许多人莫知适从。"

道岳不以为然："学佛之人自然是以佛典经论为依据，又何必去管诸师各持己见？"

"师父教导的是。弟子也曾将这些不同的解释验之于佛典，怎奈这些佛典也各有不同，自相矛盾之处比比皆是。甚至，有的经书自身就前后不符，各经论间，更是相互冲突。或许是玄奘太过愚钝，无论如何求证都无法通达。"[2]

"法师不是愚钝，是太聪明了。"道岳法师说道，"请恕老衲直言，其实修行人只需要依止一部经书就够了，你为什么要知道得那么多呢？"

玄奘沉默了一会儿，缓缓说道："依止一部经书真的可以树立信心吗？弘扬《十地经论》的地论学派和阐发《摄大乘论》的摄论学派，本来都是依止于大乘瑜伽行派，可是这两部著作传入中土以来，反而分裂成了不同的学说，自南北朝起便争论不休，在一些有关佛性的基本问题上，两家说法甚至已经到了水火不容的地步。"

道岳沉吟不语，却也深有同感。中原佛教宗派林立，每一宗下还有无数小派，彼此争执不休，内讧频仍，不仅对佛门是个消耗，也使得广大信众无所适从。

玄奘的特点是学无常师，无论是大小乘，还是涅槃、摄论、般若、毗昙、成实、俱舍等各宗各派，皆有涉猎，其学问几乎涵盖了中原地区所有的佛教义学，在这方面受到的困扰自然也就更多。道岳法师原本的想法是，劝他把精力集中到俱舍宗上来，然而现在看来，可能性不大。

果然，玄奘接着说道："依弟子愚见，只学一经一论，完全不接触他宗，并不足以树立信心，只不过是盲人摸象，自欺而已。"

这是佛经中记载的一个著名的故事：

有八个天生的盲人从来不知道大象长什么样子，国王叫人把他们带到一头大象的面前，让他们用手去摸。

八个盲人分别摸到了大象的牙齿、耳朵、头顶、鼻子、腿、脊背、肚子和尾巴。于是他们各自口中的大象分别是一只萝卜、一个大蒲扇、一块巨石、一只捣衣杵、一根柱子、一张床、一只瓮和一根草绳。

八个盲人争吵不休，都说自己摸到的才是大象真正的样子。而实际上，他们一个也没说对。[3]

显然，玄奘是想起了这个故事，有感而发。

道岳叹道："盲人生来就没有看到过象，难怪他们摸到的、想到的，都是错误的。"

玄奘道："可是他们仍各执一词，坚持认为自己是对的。而他们之所以有这样的自信，只因为那是他真实的体验。"

说到这里，他不禁叹息道："我们生活的世界就是一头大象，众生就像盲人，围绕着这头巨象在乱摸，并把自己摸到的那一点当成是世界的真相。很少有人知道，亲身体验是有局限的。

"佛弟子若只依止于一宗一论，与那只摸一处却以为见到了完整大象的愚痴之人有何分别？如今中原佛学各宗派间的争执纷纭，盖因如此。"

"或许你说得对。"道岳点头道，"佛门弟子自当相互参学，而非故步自封，这样或可见到全象也未可知。法师有什么问题尽可提出，不论是俱舍还是毗昙，老衲皆可与你共同参详。"

这番话令玄奘惊喜万分也感动万分，当即说道："弟子有一百个问题。"

说罢，从袖中取出一副卷轴交给道岳，上面全是他在这两年游学生涯中记录下来的"先贤之所不决，今哲之所共疑"的问题，计有一百多条。

道岳法师看后，不觉呆住了。

"诸位大德可以回答玄奘比丘的问题吗？"大总持寺的方丈室内，七八位大德同坐一室，品茗论佛，道岳法师适时抛出了这个卷轴。

长安城内高僧云集，研究义学的也不在少数，因此像这样的聚会是常有的事，各寺住持轮流坐庄奉茶。

年迈的慧因法师将卷轴取过来展开，只看了一眼，便流露出惊奇之色。

座中高僧也都凑过来细看，这才发现，里面的一些问题已涉及佛教义学的根本，且都难以回答。其中有很多，他们也是在近些年的讨论碰撞中才隐隐有所意识的。

"这个玄奘便是岳法师最近新收的弟子吗？"智实法师不禁来了精神，"难怪有人称他为'释门千里驹'，果然是个不世出的俊杰啊！佛门何时出了这么个天才？老僧孤陋寡闻，竟然不知。日后光大法门，弘传圣教，只怕要着落在此子身上了。"

法常也将那卷轴拿了过来，看后突然说道："老衲这几年研究摄论，倒是颇有些心得，岳法师若是同意，不如叫他到我这里来听习好了……”

“呵呵，常法师倒是一点儿都不客气。”僧辩立刻打断了他的话，笑道，“你是摄论师，我也是摄论师，这个徒弟我也有意要收的啊……”

道岳觉得好笑，法常与僧辩都是上京法匠，长安城中最顶尖的高僧。门下负笈从学者如云，临时前来拜师求教者更是不计其数。想不到他们竟都对玄奘情有独钟，甚至像个小孩子般争抢起来。

世人皆知找一个好师父不易，却不知寻一个好徒弟更难。

“罢了，罢了。”法常终于无奈地摇了摇头，“收徒只是游戏之语，若是他于《摄论》上有什么问题，随时可以前来垂询，老衲扫榻恭迎便是。”

玄奘此时却在大庄严寺中，大唐成立未久，百废待兴，暂时无力兴建新的寺院，于是便对这座老寺进行了翻修，使之成为新王朝的皇家寺院。经过朝廷出资的几次整修，如今的庄严寺金碧辉煌，僧徒众多，早已不是战乱时期的那副破败模样了。

皇家寺院的住持又被称为“上座”，多数情况下由皇帝亲自任命。此时大庄严寺的上座为长安名僧慧因长老。

寺内大讲堂前僧俗齐集，格外热闹，却原来是慧因上座邀请到了慈悲寺的玄会法师来寺中设坛，讲说《大般泥洹经》。

玄奘自然慕名前来听讲。

接近正午时分，玄会法师刚刚讲完离座，坐在玄奘身边的一位僧人便悄悄问道：“请问这位师兄，会法师方才所讲的，是《大般涅槃经》吗？”

玄奘有些犹豫，严格地讲，这两部经是有区别的，而且区别还不小。但它们又确实是从同一部经典中翻译过来，因此，说是一部经也无不可。

看着同修期待的目光，玄奘略一迟疑，点了点头：“算是吧。”

那僧人顿时如释重负，笑逐颜开地说道：“那就好。我这次到长安来，就是应师父之命，专程来学习《大般涅槃经》的！”

玄奘忍不住打量了一下眼前这位同修，二十四五岁的年纪，黝黑的脸庞，壮实的身材，看上去颇为质朴敦厚。

“敢问师兄上下，宝刹何方？”玄奘合掌问道。

“小僧乃是秦州南廓寺僧人，法名孝达。”僧人爽朗地说道，“还未请教师兄上下？”

“参学僧，玄奘。”

听到这个名字，孝达忍不住面露惊喜之色：“小僧听说，京城大觉寺里，也有一位法号叫玄奘的大法师，精通经律论三藏及各家学说，犹擅《摄论》《涅槃》《毗昙》等经，可惜孝达初来长安，尚无机缘拜见。师兄与大师同名，可曾见过他吗？”

“不敢，沙门便是挂单于大觉寺的玄奘。”

“你就是玄奘法师？”孝达惊讶至极，难以置信地打量着他，“我一到长安就听到你的名字，还以为是位年高德劭的老法师呢！”

“阿弥陀佛。”玄奘合掌诵了一声佛号。

这位名叫孝达的秦州僧人性子极为开朗洒脱，加上与玄奘年纪相仿，因此两人很快便熟稔起来。

“听师父说，《大般涅槃经》是佛陀示现圆寂前所讲的最后一部大经，位列大乘五大部经涅槃部之首。他要我这次来长安，一定要好好修习，回去后也好登坛讲经，光大南廓寺。”

原来这孝达是专程来长安学这一部经的，玄奘觉得自己有必要跟他说清楚些。

“玄会法师方才所讲，乃是东晋法显大师与佛陀跋陀罗大师共同翻译的，全名叫作《佛说大般泥洹经》，而师兄你说的《大般涅槃经》则是北凉昙无谶大师的重译，虽说此二者均为《涅槃经》的译本，但还是有些不同之处的。”

“怎么会这样？”孝达奇怪地问道，“既然是同一部经，为什么要翻译两次？”

“理解不同。”

“可孝达记得，昙无谶大师也是东晋时期的人吧？”

“没错。”玄奘答道。

孝达觉得不可理喻：“照这么说，这两位译师同处一个时代，怎么会理解不同？”

对他这个说法，玄奘很是无语：“同处一个时代，为什么就不能理解不同？人的思想难道还有范本吗？”

看到孝达仍是一副不理解的样子，玄奘只得安抚他道：“玄会大师乃是京师讲解《泥洹经》的翘楚，玄奘这些日子一直都在听他讲经，获益良多。方才师兄在此听经，想必也有同感吧？”

孝达犹犹豫豫地点了点头，老实说，他没听懂多少。

“既然如此，师兄尽管继续随玄会法师习经，玄奘另外抄有《大般涅槃经》一部，可送与师兄，也算与师兄结个法缘。”

“多谢法师！”孝达大喜过望，忙起身行礼。

“真想不到啊，《涅槃经》居然真有两个完全不同的译本！”僧寮内，孝达翻看着玄奘送来的《大般涅槃经》，一脸难以置信地问道，“我如何才能知道哪个译本是正确的，哪个译本更符合佛陀的教理呢？”

玄奘一时也不知该从何处向他解释。

《大般泥洹经》与《大般涅槃经》虽然号称是根据同一经本译成，但这两个译本间的区别却是惊人的。玄奘当初对孝达说，区别不是太大，也只是担心影响他的道心罢了。

这两部译本间的区别，绝不仅仅是后者是全本，篇幅比前者大出数倍那么简单。更重要的是，《大般泥洹经》主张一阐提人不能成佛，而《大般涅槃经》则认为，一切众生悉有佛性，一阐提人经过修行也能成佛。

在这个问题上，两部经的观点可以说是截然相反。

所谓“一阐提”，指的是断绝一切善根的极恶众生，没有成佛的菩提种子，就像植物种子已经干焦了一样，这样的人没有成佛的可能。

六卷本的《大般泥洹经》先行译出，风靡建康城。经中多处宣说一切众生都有佛性，唯独“一阐提”人例外。

竺道生[4]大师对这种说法很不满意，他认为一阐提人固然极恶，但也是众生，并非草木瓦石，因此主张“一阐提皆得成佛”。

这种说法，在当时可谓是闻所未闻，因而引起旧学大众的摈斥，并将他逐出僧团。

孤掌难鸣的道生，在大众的指摘下，不得不离开建康。但他坚持认为自己是正确的，临行前他面对大众立下誓言：“如果我所说的背离佛意，就让我的身体示现恶疾；若我说的与佛法不相违背，愿舍寿之时据狮子座。”

说罢拂衣而去。

传说道生来到苏州虎丘，曾聚石为徒，讲说《涅槃经》。当他讲到“一阐提”的经句时，就言明“一阐提也有佛性”，并问石头：“如我所说，契合佛心吗？”奇妙的是，石头竟然点头了。这便是“生公说法，顽石点头”的佳话。

《大般泥洹经》的篇幅只有六卷，只译了《涅槃经》的前五品。北凉玄始十年，著名译师昙无谶来华，译出了《大般涅槃经》四十卷，首次将原经的完整面目呈现于中土世人面前。

宋文帝元嘉七年，大本《涅槃经》流传至建康，其中果然有“一阐提人皆有佛性”的记载，与当年道生所主张的完全契合，南方大众这才佩服道生的卓越见识。

道生获得新经，不久便升座开讲《涅槃经》，他因孤明先发而名声大振，远近徒众咸来皈依。

宋文帝元嘉十一年，道生大师在庐山精舍讲经时，穷理尽妙，众生正听得如痴如醉，忽然发现道生手中羽扇落地，近前一看，才发现大师已然圆寂，他完成了“愿舍寿之时据狮子座”的誓愿，在讲座上端坐而逝。

玄奘与孝达说起这些典故，孝达激动不已："道生大师孤明先发，着实令人钦佩！弟子也觉得，一阐提人既然也属于众生的范畴，自然也有佛性。经中穷凶极恶的阿阇世王，在接受了佛法的教导后，不也能修成正果吗？"

玄奘审慎地说道："或者阿阇世王不属于一阐提，一阐提只是一个极少数的概念。"

孝达摇头道："不管数目多少，说一些人不能成佛，总归不符合众生平等的理念。"

玄奘默然不语，他的心中隐隐感到有些不安。

在佛教东传的历史上，有一个看似奇怪的现象，那就是汉人翻译的佛经往往更有天竺味道，而天竺人和西域人翻译的佛经则往往更具中土特色。

为什么会这样？

这是因为，很多来华的外国人，因语言问题而受制于他们的中国助手，这反而使他们的翻译更符合汉人的思维习惯和口味；而汉人去西方取经求法者虽然不多，却大多是在当地求学多年后才携经归国。由于华梵兼通，使得他们不用受制于其他国人。这样一来，他们的翻译反而有更多机会保有经典的本来面目。

法显是汉地高僧，也是第一位到达天竺的取经人，他提出的"一阐提人不能成佛"的思想却符合天竺人的思维方式；而天竺大师昙无谶却主张一切众生皆有佛性，符合中原人的口味儿！

这真是一个有趣的现象，那么到底哪个说的才是真的呢？

在很多汉人看来，一阐提人能不能成佛涉及一个众生平等的道德观念，玄奘自己也倾向于道生法师所说：一切众生悉有佛性，一阐提人也不例外。

既然如此，他的心中为什么还会感觉到不安呢？

因为玄奘毕竟是个严谨和理性之人，在他看来，佛法首先应该是属于真理层面的，其次才属于道德层面。

真理与道德之间当然有交融，却绝不是一回事，它们在佛法中也不是完全融合的。

毫无疑问，那些不相融合的部分会给人们的思想带来冲击，从而引发巨大的痛苦。人们不喜欢痛苦，于是想方设法在真理层面的佛学中，硬生生地渗入道德层面的东西，使人们更容易接受。

可是这么做究竟是对是错？背离了真理的所谓道德，是真的道德吗？

对于这个问题，玄奘也想不明白，只能把话题引向别处。

"师兄可继续听玄会法师讲《佛说大般泥洹经》，闲暇时自己诵读这部《大般涅槃经》即可。"

"这样就行吗？"孝达还是有些不放心，"不需要弄清楚哪本是正确的吗？"

玄奘叹道："法显大师与昙无谶大师皆为一时之大德，只不过各自表述的方式不同罢了。师兄想学此经，这两个译本都该涉猎，互为补充，方有助益。说不定有一天，师兄自己就会豁然开朗了。”

孝达犹犹豫豫地点了点头。

冬季来临，长安的天气阴冷潮湿，整座城市都被包裹在一层蒙蒙的雨雾中，那雨雾飘在身上，令人感受到一股彻骨的寒冷。

玄奘头戴斗笠，冒着细雨来到庄严寺，却见孝达带着几分神秘的语气对他说：“法师知道吗？长安城里来了位梵僧。”

玄奘笑道：“当然是凡僧，如今这像法时期，娑婆世界又能有几位证果的圣僧呢？”

“不是凡圣的凡！”孝达急道，“这位大师是从佛国来的，所以叫梵僧！”

玄奘一怔：“你是说天竺？”

“是啊！”孝达比画着说道，“有一个好长好长的名字，叫什么波颇蜜多罗[5]……还是波罗颇迦罗蜜多罗？嘿，反正记不清了！大家都叫他波颇大师。我见过他了，脸黑黑的，人长得又高又瘦，像竹竿子一样！络腮胡，眼珠子淡淡的，一看就不是中原人，至于是不是来自天竺嘛……”

他抓了抓脑袋，实话实说道：“其实我也不是太清楚，反正他们都这么说，说他从东边来，走了很远的路才到长安……”

玄奘一怔：“东边？佛国明明是在西边啊。”

“是啊，我也觉得奇怪。不过他好像说，他走的是海路。”

“这就难怪了。”玄奘点了点头，“当年法显大师西去求法，就是从海路归国的。”

他的思绪渐渐飞散出去，想到了东汉时期白马驮经的故事，想到了西去的法显大师，想到了东来的鸠摩罗什大师，甚至，想到了四川的老胡僧伊伐罗，以及那位留经于九老洞的不知名的修行者……

难道，自己竟真的有幸得遇圣贤？

终于，他将四处纷飞的思绪重新拉回，问孝达：“不知那位大师在何处驻锡？”

孝达道：“原本住在大兴善寺里，不过大师喜欢清净，寺里特别为他安排了一处精舍，让他在那里译经。”

“译经？”玄奘心中一喜，“你是说，这位大师还带了梵经来？”

“当然！朝廷还专门派了两位官员监阅呢。”

“阿弥陀佛！”玄奘起身行礼道，“孝达师兄，烦你领玄奘去这位大师处拜望一下好吗？”

他心中涌起一阵激动，这些年来，自己四处参访游学，可是，学得越多，疑问越多，这些疑问一天天不断困扰着他，令他难以安心。这位波颇大师若果真来自遥远的佛国，那么，所有的疑问便都有望得到解决了。

---

[1]出自《阿难七梦经》，东晋三藏竺昙无兰译。讲述了阿难在舍卫国做的七个噩梦，预言了佛教的未来。其中“狮子身上虫，还吃狮子肉”是第七个梦。

[2]出自《大唐大慈恩寺三藏法师传》卷一，是玄奘西行的理由。原文：“法师既遍谒众师，备餐其说，详考其理，各擅宗涂。验之圣典，亦隐显有异，莫知适从。乃誓游西方以问所惑，并取十七地论以释众疑。”

[3]著名的“盲人摸象”故事出自《大般涅槃经》卷三十二。

[4]竺道生，鸠摩罗什门生。罗什门下有“四圣十哲”，道生便是其中之一，其最有影响的思想便是佛性论和以此为依据的顿悟论。

[5]波罗颇迦罗蜜多罗，又译作波颇蜜多罗，略称波颇。中印度摩揭陀国人，刹帝利种姓。十岁出家，习大乘经，后南游那烂陀寺，师事戒贤。唐贞观元年携梵经入长安，住大兴善寺，从事译经工作。贞观七年示寂，世寿六十九。译出经典有《宝星陀罗尼经》十卷、《般若灯论》十五卷、《大乘庄严经论》十三卷等。

第17章

此经在摩揭陀国，那烂陀寺

波颇从海路来华，刚踏上大唐的土地时，正值盛夏，因而并未觉得有什么不适之处。然而半年后，当他风尘仆仆地来到都城长安，却刚好赶上入冬的第一场寒流，连续几天的坏天气，让从未经历过严寒的天竺僧人很是狼狈。

玄奘在孝达的陪伴下进入精舍，有生以来，他第一次见到来自佛国的高僧——又黑又瘦，裹着一条厚厚的毛毡，赤足盘坐在蒲团上，在初冬的湿冷寒气中瑟瑟发抖。

玄奘摘下斗笠，环顾了一下四周。

精舍内有一只火盆，里面只有一些冷灰，也不知多久没用了。幸好窗外堆了些木柴，显然是寺院替这位客僧准备的。

玄奘轻轻叹了口气，立即出门抱了些柴薪进来，孝达取出火石火绒，替大师生起了火。

随着火苗不停的跳动，原本湿冷的屋子渐渐变得暖和起来。

三人团团围坐在火盆边，烤着火，热气让波颇觉得很舒服，他将裹在身上的毡毯褪了下来。

两位汉僧这才注意到，这位天竺高僧居然只穿了件薄薄的褐色长衣，细长的右臂袒露着，皮肤冻得又黑又红。

难怪他怕冷呢。孝达心想。

玄奘用梵语问道："大师从天竺来，那里想必没这么冷的天吧？"

波颇淡淡的双眸中刹那间流露出夺目的光彩！他做梦也没有想到，在这个远离故土的地方，居然遇到了一个会说梵语的青年僧侣！

"天竺不冷！"他激动得挥舞着手臂，"那些商人跟我说，不要带毛毡，说这东西又粗又笨，长安人根本不用！我原本还以为，长安就像摩揭陀国一样暖和，幸好，没有上当！”

说到这里，他显得颇为自得，带着万分庆幸的表情拍了拍放在腿上的毡毯。

玄奘觉得好笑，这位来自佛国的大师还真的很有趣。

他两个说得热闹，却苦了一旁的孝达，连连拉扯玄奘的衣襟：“法师，你们两个说什么呢？能不能讲人话？”

玄奘笑道：“你可以跟他说啊。”

这正合孝达之意，他早对这古怪的客僧产生了兴趣，立即上前合掌问道：“听我师父说，天竺僧人都是修苦行的，就像大师这样，大冬天的穿这么少的衣服，是在修苦行吧？为何还要毛毡呢？”

波颇眨巴着灰色的大眼睛，好半天才明白过来，这位是不会说梵语的。

“我，不修苦行。”他将毡毯再次裹起，用生硬的汉话解释道，“苦行，那是受热，不是受冷！妖孽，提婆达多，才修苦行。我们，佛陀弟子，行中道！”

他说话一顿一顿的，两位中原僧侣都笑了。

“天竺离这里很远吧，大师是怎么来的？”玄奘又问。

为了照顾孝达的情绪，这次他使用的是中文。

“我，跟着商队，坐船。”波颇比画着说道，“很大的船！本来，要去，波斯的。波斯在打仗，不能去。有商队，往东，去狮子国。我，跟他们走……狮子国，住了很久，太久了……还想，去波斯。他们说，波斯，不能去！那里，外道，到处都是。佛弟子，被他们抓住，直接绑上火刑架的！长安好，礼敬三宝，不打仗！那些商人，卖珠宝玉石的，都说好……佛门，讲因缘，我与长安，有缘的！”

他临时学的汉语显然不太行，连说带比画，十分费劲，有时还夹杂着梵语甚至吐火罗语，幸好玄奘对这些语言都多少懂那么一点儿，连猜带蒙，总算大致弄明白了他的话。

“大师确实与东土有缘。”玄奘高兴地说道，“听说，大师要在长安翻译佛典？”

“对，翻译！”波颇说着，从怀里小心翼翼地取出两夹贝叶经书，那细长的略微发黄的贝叶，同伊伐罗留下的《三世诸佛心要》一模一样。

不同的是，这里是数十张叠在一起，上面打了两个孔，用细绳拴着，还有两块长木板，将它们牢牢夹住。

波颇将其中一夹递给玄奘，玄奘恭恭敬敬地接过、打开，只见贝叶上写满密密麻麻的梵文字符。

看着这天书般的文字，孝达不禁有些好奇：“佛国的经书就这些吗？”

“不，还有很多，很多。”波颇指了指自己，比画着说，“我，带了，整整，四十夹！海上，龙王要看经，抢了去。就剩这，两夹，我放在，这里。”他又指了指怀里，

“这里，龙王，抢不走的！我说，这些，要带到，长安的，不能，都给你！”

孝达的眼中露出失望的神色。玄奘却极为钦服，他仿佛看到海上掀起滔天的巨浪，将包扎整齐的贝叶经一股脑地卷入大海。

“大师不避艰险，远来长安传法，这一路一定吃了很多苦。”他敬佩地说道，“弟子此次前来，就是要拜大师为师，学习梵文及佛陀经典。另外，弟子还有许多疑问想向大师请教。”

波颇被这段话弄迷糊了，看到他困惑的目光，玄奘又用梵语说了一遍，波颇这才明白玄奘的意思。

“好，好的！”他高兴地说道，又伸手指了指自己的脑袋，“学佛经，没问题！我脑子里有，很多很多，龙王，夺不走的！只是，长安话不好学。你，教我说！”

“玄奘自当尽力。”

两位异国僧人一拍即合。

出了精舍，雨似乎更大了些，打在房前的青石路面上，溅起一片细小的水花。

孝达站在屋檐下，一边系着斗笠一边笑道：“这位天竺大师可真有意思，连中原话都说不好，还翻译呢。不知道以前的那些译师是不是也像他这样？”

“师兄可别这么说。”玄奘道，“波颇大师的汉话已经说得很好了。”

“这倒也是。”孝达点头道，“我还一点儿都不懂梵文呢，嘟噜嘟噜的，听着都晕。不过法师你可真厉害，那样的天书都会说！难怪人家说你是释门千里驹呢。”

玄奘道：“是一位西来的长者教给我的。”

他的目光望向南方，露出缅怀的神情。

“可是。”孝达依旧有些担忧：“这位波颇大师中文说成那样，能把他带来的经典翻译好吗？”

玄奘道：“这个师兄不必担心。当年，鸠摩罗什大师也是西域人，但他来到中原后，很快就学会了汉话。后来，他在长安设立译场，有上千中原弟子相助。如今波颇大师远来长安传法，想来也会有中原的高僧大德协助大师翻译。师兄不是说过，朝廷还派了两位居士监阅吗？”

“对啊！”孝达恍然大悟道，“确实是需要助译的。我说奘法师你学梵文做什么，原来也是要帮波颇大师翻译佛经啊。”

说到这里，他突然一拍大腿：“嘿！我怎么忘了？也不知他带了《涅槃经》来没有？如果我们能看懂原本，不就可以知道哪种译本更准确了吗？”

玄奘目光微凝，默然不语。

他可没孝达那么乐观，相反，心中的不安反而越来越强。

黄昏的朱雀大街上，清冷寂静，行人寥落，两个僧人默默行走在宽阔的街道上，谁也不说话。

许久，玄奘才轻轻叹道："《涅槃经》还算不错的，虽然在某些地方两个译本间有出入，但多数经意没有差别。有些经书就没这么幸运了，译本间的差别极大，在有些观点上甚至完全相反。"

"难怪佛门宗派众多，相互间谁都不服谁呢。"孝达说到这里，突然又想起了什么，"你说，是不是那些译师都不懂中原语言，或者他们没有助译？"

"应该都有助译的。"玄奘道，"只是各自理解不同罢了。"

又是一阵沉默，只听得越来越大的雨点打在斗笠上，发出"嗒嗒"的声响。

"好了好了，不去想这些了！"孝达摆了摆脑袋，似乎要甩掉那些不愉快的想法。

接着，他乐观地说道："现在波颇大师从天竺带了原典来，再多的问题也都可以迎刃而解了！"

玄奘摇了摇头："近些年来，玄奘所读各类佛典，多有译文不完备者，有些甚至缺章少页，玄奘心中着实困惑难安。初时还以为，这位佛国来的波颇大师会帮助东土众生解决这些疑问，现在看来，只怕没那么简单。佛法如海，莫测高深，或许，只有亲去佛陀故里，广求异本，方能释我心中所惑吧？"

孝达大吃一惊："佛陀故里？你是说——去天竺吗？"

玄奘没有回答，他的心中已是翻江倒海。

去天竺，去佛陀的故乡，学习真正的佛法。这是他少年时期的梦想，只是这梦想似乎总是离他很遥远，不知何时才会成为现实。

他不知道，从他见到波颇大师的那一刻起，这个遥远的梦想一霎时便被拉近了！那原本懵懵懂懂的念头变成了心中的一团火焰，再也无法扑灭。

其实波颇来得很不是时候，新建立的大唐帝国并不崇佛，当今天子既然自称是道教祖师李耳的后裔，对佛教的态度可想而知。

长安的冬天很冷，而波颇的心更冷，他在精舍里译经，并无什么高僧前来相助。他不知道，由于李唐王朝对佛教的不友好态度，高僧们大多被限制了活动范围，便是想过来帮忙也都有心无力。

更让他郁闷的是，两位奉旨监阅的官员成天缠着他，要他教授一些灵验的"法术"和"咒语"，搞得他不胜其扰。

“我，早就说过，没有法术！”波颇站在精舍内，挥舞着两条长长的手臂，“佛门，是不讲，神通的！执著神通，有危险，会着魔的！”

由于语言方面的限制，波颇无法对他们更深入地解释什么，只能反反复复这么说。

“大师何必这么小气呢？”其中一个官员笑道，“您看我们两个，大冷的天儿，跑到这里来陪您，怎么着也得显点小法术出来吧？”

“就是啊，一点点小法术就行。”另一个也帮腔道，“想当年，来自龟兹的鸠摩罗什大师还能一口气吞下一碗钢针呢。大师您可是来自佛国，这法术方面无论如何也不会比那龟兹胡僧更差不是？要不然多没面子啊！”

“别拿什么着魔不着魔的话来吓唬人好吧，您佛法精湛，还怕什么着魔啊？连我们这些俗人都不怕。”

“只要有神通，我倒宁愿着魔呢，大师我求您了，就让我们着一回魔吧。”

这两名监阅官一位是太仆卿张道源，另一位是他的门客张松。张道源是傅奕的好友，朝中大臣中唯一支持傅奕灭佛的就是他。

选这么一位完全不喜佛教的大臣来为天竺僧人监阅，这本身也反映出高祖对佛教的抑制政策。

波颇当然不知道这些事，但他还是觉得忍无可忍了：“我不要你们在这里，我不要！你们，出去！都出去！”

张道源不高兴了：“这胡僧真是不知好歹！你以为我们愿意来啊？大冷的天儿，要不是圣上的命令，我才不来陪你这个怪物呢！”

“大人犯不着跟这胡僧生气。”张松安慰张道源道，“蛮荒之地的人都这样，不可理喻。依下官看，这胡僧根本就不是天竺来的，也不知是从哪个蛮荒小国跑出来的，跑到长安打秋风来了。”

对于他们两个的话，波颇是不太懂的，更不明白什么是“打秋风”，秋风也可以用“打”的吗？

但他不喜欢这两个人，因而也就不打算问，干脆在蒲团上结跏趺坐，默然入定。

张道源看着这个枯瘦的胡僧，感到有些无趣。他冷冷地说道：“哼，说什么翻译佛经，统共就带来了那么几片干树叶子，还说是什么圣典？成天坐在这里装神弄鬼，半点神通也见不着。干脆回禀圣上，断了他的供养，也省得他继续骗人！”

张松立即接口道：“太仆大人所言极是！正当禀明圣上，以正圣听。也让那些奸佞之徒知道，长安的供养不是那么好骗的！”

两位官员一唱一和，波颇却只管装聋作哑，一句话也不说，二人说得累了，颇觉无趣，拂袖而出。

刚出精舍大门，就见一位面貌清秀的青年僧人怀抱一包衣物走了过来。

张松当即拦住，冷冷问道："你是哪里的和尚，到这里来干什么？"

僧人一手夹着衣物，一手置于胸前问讯道："小僧乃大觉寺沙门玄奘，来此为波颇大师送些衣物。"

"波颇大师？佛国来的罗汉，也会怕冷吗？"张道源说到这里，哈哈大笑，旁边的张松也跟着笑了起来。

好在这两人见玄奘满脸稚气，身上穿的又是极普通的粗布衲衣，以为他不过是个打杂的小僧，因而也没太在意，就大笑而去了。

玄奘目光忧郁地望着两位朝廷官员，直到他们的背影消失，这才转身朝精舍走去。

看到玄奘，波颇黑黑的脸上终于露出轻松的表情。

这个汉僧最近常来，每次都会给他带些可口的食物和暖和的衣物，还帮他劈柴生火，跟他学习梵文经典，向他请教有关佛法的各种问题，教他说正宗的长安话，有时也向他打听佛国及西域各国的见闻……

波颇终于在这异乡寒冷的冬季里感受到了一股难得的暖意，同时感受到的，还有博大精深的中原文化以及中原人温和谦逊的魅力。

而最最重要的是，玄奘会说一口虽不标准却很清晰的梵语，两人单独在一起时，用梵语交流竟是毫无障碍。对于波颇来说，孤身一人在异国他乡听到乡音，自然是备感亲切，无形中也拉近了两人之间的距离。

"如果法师便利的话。"波颇指了指对方，又指了指自己，用梵语请求道，"每天都来这里好吗？我们翻译佛经。"

"好啊。"玄奘高兴地说道，"弟子正求之不得，就怕弟子的梵文尚未学通，难以胜任。"

"法师的梵文已经很好了。"波颇由衷地说道，"我们可以一边学，一边翻译。"

玄奘立刻答应下来。事实上，他来这里的收获比波颇更大，每天听波颇用梵文讲授佛经，这可比他在四川时的独自摸索要方便多了。虽然有很多地方听不明白，但他还是实实在在地感受到了天竺佛学的魅力。

波颇带来的佛经虽说少了些，记在脑子里的却很多。他说在他的国家，人们不习惯用笔来记录经典，而习惯将学问记在脑子里，无论是婆罗门学者还是佛教僧侣，个个都有很强的记忆力；

他还说，早期的佛教是忌用文字的，都是口传心授，他本人能记诵大小乘经典各十万颂。

他一句一句地诵念出来，玄奘则在旁边认真地听着，记着……

波颇或许不是天竺最好的法师，玄奘提出的很多问题他也回答不上来，但通过与这位天竺僧人的接触，玄奘再一次打开了眼界，感悟到了一种与中华文化完全不同的另一种思维模式。

就这样，两位异族僧人相处月余，渐成知交，他们开始相互配合，翻译《大乘庄严论》，这是波颇从天竺带来的一部最完整的论书。

太阳已经很多天没露脸了，整个长安城都笼罩在一片浓浓的阴云之下，天气又冷又湿，无孔不入的西北风将丝丝潮气送进每个人的身体，时而会有淅淅沥沥的小雨洒过街道。街上的人们紧缩着身子，急冲冲地朝家里走去。

武德八年（公元625年）的除夕就在这样糟糕的天气中姗姗而来。

大觉寺的厨房里，膀大腰圆的圆安正在案前用力地和着面，汗水一滴滴地滚落下来，滴在面上，被他毫不在乎地揉进了面里。

每年的除夕他都要和很多面，包大量的素馅饺子，这不仅是寺内僧众们初一早课后的伙食，也是为了招待那些凌晨赶来烧新年头炷香的居士们。由于需求量实在太大，一向大大咧咧的圆安也就不大注意卫生方面的细节了。

"圆安师兄这般和面，包出来的饺子还有谁敢吃呢？"一个熟悉的声音突然在耳边响起，倒把他给吓了一跳。

回头一看，竟是久未谋面的玄奘。

"是你呀，玄奘师兄！"圆安咧开嘴笑了起来，"今天不做晚课了吗？怎么有空到这里来？"

"你还迷糊着呢。"玄奘笑道，"晚课已经结束了。"

"玄奘师兄来了？"正提水进屋的石顽高兴地跟他打了声招呼。

"师兄，有空来给我们讲故事啊。"几个饭头围过来说。

"是啊，好久没听师兄讲故事，连饭都吃得没味道了。"另几位嘻嘻哈哈地应和。

玄奘微笑道："我正有很多新鲜的故事要讲，都是天竺来的波颇大师讲给我听的！"

"真的吗？"众人立即来了兴趣，"那位天竺大师也会说汉话？他的故事好不好听？"

"那还用说？"圆安替玄奘回答道，"佛国来的罗汉，讲的自然是好的。"

说罢又转向玄奘，"师兄哪天也给咱引荐引荐。"

"不用引荐。"玄奘道，"师兄们若有兴趣，只管前往大师的精舍拜望，大师定会欢迎你们的。"

“还是算了吧。”石顽摆摆手道，“我们这些伙头僧什么都不懂，打扰大师清修，岂不罪过？”

玄奘摇头道：“你们以为大师万里迢迢的到这里来做什么？还不是为了弘传佛法？若是诚心前去请教，他高兴还来不及，怎会怕打扰？玄奘今天到这里来，便是向师兄们讨几个饺子给大师吃。”

“没问题！”石顽爽快地一挥手，“看圆安包了那么多，管够！”

圆安憨憨地一笑：“那位天竺大师也吃饺子吗？”

“入乡随俗嘛。”玄奘笑道，“也得让他知道咱们大唐过年的习俗。”

石顽哈哈一笑：“圆安，你和的面可不大干净啊，能用来供奉佛国来的大菩萨吗？”

“谁说不干净了？”圆安擦了把汗，用力一甩，“你说的是我的汗？这可没什么不干净的，不信你问问玄奘师兄，他吃的是不是我包的饺子？可曾出过毛病？”

众人哄地笑了起来。

玄奘无奈地摇了摇头，没办法，眼不见为净。

天竺僧人初来乍到，显然还没有在东土过新年的习惯，因此，精舍外“噼噼啪啪”的爆竹声，让这个远道而来的异乡人既惊吓又迷惑，不觉裹紧了围在身上的紫色毛毡。

“大师！”玄奘提了个包袱推门进来，波颇立时脸现喜色，如同见到了亲人。

“怎么才来？”他问，“天都黑了。”

“是晚了一点儿，让大师久等了。”玄奘有些歉意地说道。

没办法，在行堂的寮舍里，他被石顽、圆安等人围住，连着讲了好几个故事，他们才肯放他走。

“今日玄奘特地跟住持告了假，来此陪大师守岁。”玄奘放下包袱后，便忙着去抱柴生火。

随着火苗的升起，原本冷气森然的精舍内渐渐变得温暖起来。

“守岁？什么是守岁？”波颇现在的长安话已经说得很流利了，但是这个词对他来讲显然还是新鲜的。

“这是咱们唐人的习惯。”玄奘道，“每年的最后一天不睡觉，叫作守岁。”

“为什么不睡觉？”波颇觉得奇怪，“修苦行吗？”

在他的眼里，不睡觉当然是一种苦行的方式，天竺地区有很多人都在修这种苦行。

“不是的。”玄奘笑道，“守岁是唐人过年的一种习惯，可没人觉得苦。嗯……怎么跟大师解释呢？”

玄奘边说边到外面去，又铲了一罐雪，拿回来吊在火盆上烧着。精舍内水汽蒸腾，更加暖和了，波颇大师裹在身上的毡毯不知不觉滑落了下来。

“在汉地，过年是很重要的。”玄奘一边烧着火，一边解释道，“一年就这么一天，在惜别过去的时候感念时光的流逝，不想再把这么殊胜的日子在睡眠中白白荒废掉，于是就有了守岁。”

“新年，很殊胜？”波颇觉得这种说法很有趣。

“一年就一天，难道不殊胜吗？”玄奘反问。

波颇摇头道：“如果一劫就一天，那才是很殊胜的。一年的时间并没有多长。”

“大师说得是，可是对娑婆世界的众生而言，也不能算短了。身为凡夫的我们，哪里会有机会历劫呢？”

说着话，玄奘已拿出冻得硬邦邦的饺子，放在一边：“在汉地，守岁必须吃这个，这叫饺子，取‘交子’之意，所谓‘新年旧年，交在子时’。”

“真有意思。”波颇笑道，“不过我们僧人有戒律，过午进食属于非时食。”

“弟子知道。”玄奘用木棍拨着火盆里的火，“我们现在烧水泡茶，等到了明日再下饺子吃也不迟啊。”

看着玄奘忙忙碌碌的样子，波颇缓缓说道：“你们唐人很会享受。”

“不是享受，是习惯。”玄奘解释道，“唐人喜欢在新年旧年交替之际庆祝，很多人家一年过得都很清苦，只在这一天穿上新衣，吃上一顿饺子。孩子们放爆竹驱邪，人人们则忙着给各路神佛上供，祈求他们保佑来年一切顺遂。”

仿佛是为了印证玄奘的话，外面又传来爆豆般的爆竹声。

“各路神佛？”波颇觉得既奇怪又有趣，“你们拜很多神？”

“是啊，”玄奘笑道，“唐人见神三分敬，很多人家里既拜佛陀观音，也供玉帝老君，此外还有灶君土地、福星财神，大神小神一起请，可谓热闹至极。”

“果然热闹。”波颇含笑点头，“他们不会打架吗？”

“他们是神，怎么会打架？”玄奘解释道，“每个神要做的事情各不相同，这也是民间供奉很多神的原因。神祇们挤在一起，只会让人觉得热闹有趣，他们彼此间和和睦睦，各做各的事，绝不会打架的。”

波颇终于忍不住，大笑了起来。

“在我的国家也有很多神。”他说，“他们之间有的和睦，有的打架，打得很厉害。”

“婆罗门神？”玄奘想起在四川，那个老胡僧伊伐罗曾经跟他说过的话。

波颇点点头，换了个话题问：“你们唐人是不是很喜欢神通？”

“有些人喜欢，有些人不在乎。”玄奘捅着火说。突然又觉得很奇怪，抬起头来，“大师怎么想起问这个？”

“那两个，朝中来的官，他们总问我会不会神通。”

“他们不懂佛教。”玄奘继续捅火，顺口说道，“大师不用理他们。”

“我不理他们，但是心中不安。我到长安就是来传法的，对众生不管不顾，是对佛陀的辜负。”

玄奘的动作停滞了一下，安慰他道：“大师已经做得很好了，众生各有业力，便是佛陀也替代不了，何况我们？”

然而波颇心中还是无法释怀，他垂下眼帘，神色黯然地说道：“他们说，我不会神通，是来打……秋风的。打秋风，这是什么意思？长安的秋风很冷，打了它，就不冷了吗？”

玄奘心里很难过，这位质朴的梵僧，一路上不知吃了多少苦，经历了多少生死之险才来到长安。他没有别的想法，只为传法利生。我们身为主人，为何要这样对待他？

看着梵僧渴求答案的目光，玄奘实在不愿打妄语，只得轻轻说道：“他们的意思是说，大师是来骗吃骗喝的。他们不懂佛教，才会犯下这等口业。这是他们自身的习气和业力所致，也是佛陀所说的可怜悯者。大师不用放在心上。”

“是这样。”波颇若有所思地看着玄奘，“朝廷里，没有懂佛教的官员吗？”

“有，”玄奘道，“有很多。”

“那为什么不叫懂的人来做监阅，而要叫不懂的来呢？”波颇不解地问道，“那岂不是叫他们无故造业？”

玄奘心中一酸，默然不语。

好在波颇没有再继续追问下去，他听着窗外传来的“噼里啪啦”的爆竹声，突然又想到了一个问题：“长安的树，很多都是光秃秃的，不长叶子，是不是被那些声音吓的？”

原本心情沉重的玄奘，被这个古怪的问题逗乐了。

“大师，现在是冬天。”他笑着说，“等天气暖和了，树叶就都长出来了。难道大师家乡的树从来不落叶吗？”

“会落叶的。”波颇道，“但是一边落，一边长，就像这个世界，有的人生，有的人死。不会落得这么干净……”

“摩揭陀国没有冬天吗？”

“没有。”

玄奘心中突然升起一股奇异的感觉，把目光投向窗外。

他来的时候天上还阴云密布，现在，那阴沉了半个多月的天空终于飘起了雪花，那些在风雪中裸露的枝干，以前他从未在意过，现在见了，却令他不胜感慨。

“树跟人不一样。”他缓缓说道，“树是夏天穿衣，冬天脱衣，让躯干傲雪。”

“法师说得对。”波颇以为他是在劝诫自己，若有所思地点了点头，“佛陀的弟子，走到哪里都要随缘。其实，长安真的很好……有些人虽然不懂佛教，但也有善根。至少不会把佛弟子绑上火刑架。”

不知怎的，听到这句话，玄奘竟差一点落下泪来。

他赶紧转移了话题：“大师你说，《摄大乘论》与《十地经论》这两部经典，有没有可能在教义上不同，甚至……在某些方面完全相反呢？”

“怎么可能？”波颇眼中露出不解的神情，“这两部论分别是由无著和世亲菩萨所造，他们是兄弟，又是师徒，同是大乘瑜伽行派的论师，怎么可能完全相反？”

听了这个回答，玄奘不禁轻轻叹了口气。

天色已晚，玄奘在佛前的香炉里插上一支线香，在袅袅的轻烟中合掌参拜。

波颇看着他，问：“法师岁末拜佛，是不是也像那些俗家人一样，要求什么呢？”

“是啊。”玄奘望着那丝徐徐上升的轻烟，缓缓说道，“佛说众生皆苦。从小到大，玄奘看到了太多的苦难。如今，新的一年又开始了，玄奘只希望，从今往后，不要再看到众生受苦受难了。”

说到这里，他轻轻摇了摇头，沉声说道：“佛陀说过，修行者心要空。可是玄奘心中装着太多疑惑，郁积日久，都快把心给塞满了，怎么也空不下来……”

波颇望着这个大唐比丘，沉默良久，才徐徐说道：“我知道有一部经论，或许能帮助你。”

玄奘转过头来，怔怔地看着这个异国僧侣。

“此经名叫……”用生硬的汉语说出这四个字后，波颇明显顿了一顿，索性改用梵语道，“此经名叫《瑜伽师地论》，又名《十七地论》，总括三乘，能解除一切众生的苦难……”

说到最后那个词时，他的声音明显放得很低，但在玄奘耳中，那仿佛就是来自天边的一声惊雷。

“大师有此经？”玄奘看着他，黯淡的双眸骤然亮了起来，在这有些昏暗的精舍内熠熠生辉。

“没有。”波颇摇了摇头，“这是一部大论，计有十万颂，光是抄写经文的贝叶就能装满一车。我没有足够的功德和威望，怎能将它带来？”

“那么，此经在……”

“此经在摩揭陀国，那烂陀寺。”

“摩揭陀国，那烂陀寺……”玄奘喃喃重复着这两个梵语词汇。

在见到波颇之前，玄奘并没有想到，这个来自遥远异国的僧人会给自己的生命带来什么。然而，就在这个除夕夜，他从这位梵僧口中得知，在遥远的中天竺，有一个神奇的国家，那里有一座神奇的寺院，里面有一位学识渊博、精通所有经论的高僧，他便是正法藏戒贤菩萨，大乘瑜伽行派的嫡传祖师，也是全天竺最有学问的法师。

“大师见过戒贤菩萨吗？”玄奘盘坐在波颇对面的蒲团上，用梵语问道。

“我就是戒贤菩萨的弟子。”波颇双手合掌，庄重地回答。

“那么，您一定也精通《瑜伽师地论》了？”玄奘满怀希望地问道。

“不，我不会。”波颇缓缓摇头，“如果我精通此经，早就可以回答你前面的问题了。”

“可是，您身为戒贤菩萨的弟子，难道就没有听他讲过？”玄奘仍不死心。

波颇道：“我只是听他讲经的弟子，并非亲弟子。这部《瑜伽师地论》，我确实听过一遍，但是，有很多地方不能理解。这部经论太深奥了，即使有高明的师父讲授，读通它也需要很长时间，至少要……四五年吧。没有这样的工夫，很难明了其中的宗旨。我不够精进，不肯花那么多时光在这一部经上，我觉得自己与此经无缘。很多年过去了，就算当初记得几句，现在也都忘了。”

玄奘遗憾地叹了口气，眼底的光泽又黯淡了下来。

波颇又说道：“法师要学此经，除非去那烂陀寺。我在那里学习了四年，我所有的知识都从那里得来。你知道吗？戒贤菩萨已经快一百岁了，不但对瑜伽行派的法典烂熟于心，而且学识极其广博，经律论三藏、大小乘佛法、五天竺各种流派，无一不通，无一不精。我生性愚钝，大师所授的知识，我连万分之一都不能领会。但是你不同，玄奘法师，你慧根天成，一闻千悟。若能得到戒贤菩萨的教导，不仅能解决你的难题，还能将正法藏的学问发扬光大。”

听了天竺僧人的介绍，玄奘不禁心驰神往——

“那烂陀寺，戒贤菩萨……”他喃喃念叨着，那究竟是个什么样的地方，什么样的人？我真的可以去那里学法吗？我真的可以学到那部总括三乘的《瑜伽师地论》，普度我大唐众生吗？

从波颇的禅房走出时，已是武德九年大年初一的清晨，地上早铺了厚厚一层雪，而天上的雪花也已经有巴掌那么大了。

顶着迎面呼啸而来的北风，走过白雪覆盖的朱雀大街，玄奘的心却是越来越热，波颇大师的话一直在他的耳边回荡——

“那烂陀寺除了戒贤菩萨，还有很多智慧广大、辩才无碍的大菩萨、大法师，我跟他们相比，就像萤火虫遇到了日光一样……”

玄奘的目光越过茫茫大雪，凝视着西方的天际——经过多年的游学，痛苦的求索，他的目光终于锁定在了遥远的天竺国。

第18章

佛不东来，我便西去

“天竺是我佛诞生之地，那里有佛陀当年宣讲的妙理原本，弟子希望能亲眼看到这些，而不仅仅是各位西域高僧的译本和注疏。”玄奘坐在大觉寺的禅房内，向道岳法师说出了自己意欲西行的打算。

坐在他对面的不只是道岳法师，还有智实、法常、僧辩、玄会等高僧，长安十大德中居然来了五位！

“玄奘，这些译本都是前辈高僧的心血，为这些译本注疏的高僧也都是当时公认的大德，他们可不是一般的修行人，而是菩萨降世度生，为人天所共敬。你才读了几年经，就敢妄议圣贤？”道岳不满地责备道。

“弟子不敢妄议圣贤。”玄奘恳切地说道，“可是现今流传中原的经本大多自西域传入，有的经过多次转译，与原文难免会有出入。这些年，弟子读经听经，疑问日多，想来也缘于此，非西去天竺不足以释疑解惑。”

几位法师相互看看，没有再说什么，他们其实也都认同玄奘的说法。

“你说得不错。”僧辩法师开口道，“佛经的原文是梵文，还有一部分是巴利文。而译者也并非全是以这两种语言为母语。但他们都是乘愿而来的大菩萨，这一点却是毫无疑问的。”

玄奘苦笑，对这个问题不置可否，只说：“即使是梵文经本，其成书地点除天竺外，还有西域和草原诸国。这些国家的梵文，与天竺梵文也都不尽相同。”

“哦？”法师们显然不知此事，因而感到有些意外。

玄奘没有解释，他的脑海中又响起老胡僧伊伐罗的那句话：“这是梵文，但不是天竺梵文！”心中顿时一阵茫然。

自南北朝起，中原佛教的教理研究就进入到理解和发挥的阶段。由于译本越来越多，研究的人也日益增多，师资不同，传承各别，对佛经理解上的偏差自然也就越来越大。

杨坚统一全国后，南北学说汇合，矛盾更加尖锐，且由于数百年来各地不断的传抄和转译，一些差误根本无法得到校正。僧人们就算有疑惑，也只能将错就错，以讹就讹。

无论是玄奘还是老法师们，心里都很清楚，这些问题现在已经完全暴露出来，并且到目前为止，还看不到任何解决的办法。

“这些日子以来，弟子跟随中天竺来的波颇密多罗大师习经，越来越觉得，即使弟子懂得那些胡语，如若不直接接触梵文佛经，依然无法参透佛法真谛。而要改变这一切，就必须到天竺求取原经。毕竟，那里是佛陀的故乡。”

玄会法师深深叹了口气：“老衲也知道，中土佛经多有讹谬之处，法师欲往西方寻求真经，志向确实惊人。只是那佛国距此数万里，中间流沙横亘，雪山阻隔，更有无数盗匪，再加上杀人不眨眼的突厥人……难哪！以往也有高僧大德发愿西行，然行者虽多，到者寥寥。法师年纪轻轻，才华过人，可谓前途无量，又何必以身犯险？”

玄奘道：“昔日法显前辈就曾不辞劳苦、长途跋涉取得律学经典。他出发时已年逾花甲，而弟子尚未及而立，怎敢说道路艰远？”

玄会法师道：“法显西行求法，乃是五人同行，途中又添五人，可是有人中道返回，有人病饿而死……十五年后，法显以老迈之躯孑然一身返回长安。”

“可他终究还是回来了。”玄奘突然涌起一阵激动，“前辈求法尚且如此不顾性命，玄奘又何惜此躯？”

法显是中原取经人中到达佛国的第一人，他因慨叹汉地律藏的缺失，遂于东晋安帝隆安三年(公元399年)，与慧景、道整、慧应、慧嵬等高僧结伴，从长安出发，前往天竺寻求律藏。那一年他已经63岁。

玄奘读过法显大师留下的《佛国记》，那里面的记载令他感动，更令他震撼！他想象不出这样一个年纪的老人何以会爆发出如此强大的力量，做到无数年轻人都做不到的事情。或许，这便是佛法的力量吧。

义熙八年(公元412年)，法显携带《摩诃僧祇律》《弥沙塞律》《大般泥洹经》《长阿含经》及《杂藏》等梵本，搭乘商船，经海路返回中原，那一年，他76岁。

想到年迈可敬的老法显，玄奘就觉得，自己眼下面临的所有困难都是可笑的。

知道说服不了他，法常索性将话题转到另一个方向：“现在国内群雄并起，关外的突厥人乘机控制着河西一带，法师这时候出关，怕是不可能的。”

玄奘道：“弟子已决定向朝廷上表，请求发放过所和文牒。”

“异想天开！”一直未开口的智实长老冷冷地说道，“朝廷一心敬道灭僧，能给你关文吗？”

18
佛不东来，我便西去

玄奘被这声断喝堵住了嘴，几位老法师也都不再出声，禅房内的气氛一时有些压抑。

良久，道岳法师才苦笑着说道："智实大师所言极是，朝廷是不会给法师发放关文的。"

玄奘想了想，道："其实，也不一定非走玉门关不可，波颇大师走的就是海路。"

"走海路要有船。"道岳提醒他道，"而且必须是那种上乘的大海船，才能行得远路。这样的船只有借助朝廷之力方能打造，你一个僧人上哪里弄去？再说了，就算你到了天竺，又能怎样？你懂梵文吗？"

玄奘道："弟子年少之时，恩师慧严法师也曾这般问过我。这些年来，弟子一直在向一些西来的胡人商旅学习梵文及诸多胡语，最近又师从波颇大师，虽然算不得精通，倒也能说会写。至于朝廷，就算推崇李老之道，目前看来也无灭佛之意。弟子愿上表一试。"

高僧们面面相觑，虽然有感于玄奘非凡的决心和勇气，但他们还是不赞成他的计划。

僧辩法师叹道："玄奘法师，佛门是讲因缘的。中土众生与佛有缘，所以才会有汉帝夜梦金人、白马驮经等事的发生。如今我们看到的经典与原典多有抵牾，想来也是因缘未到之故。依老衲看，法师就不必太过执著了。"

玄奘愣了一下："我中原众生多有一心向佛之人，怎么能说因缘未到？"

僧辩道："若是因缘到了，佛陀怜悯众生，自会着人送经到中土。否则纵然勉强为之，也会徒劳无功。魏晋以来，西行求法者去者无数，回者寥寥便是明证；虽常有西土诸贤东来传法，然所携经典有限且又残缺不全也是明证。法师去过少林寺，不知可曾听过慧可大师立雪断臂，只为求一安心法门的故事？佛陀经典极为殊胜，岂可强求？"

听了这话，座中高僧俱都点头称是。

玄奘沉默片刻，问道："如若所读经典与佛说相去甚远，何时因缘才到？"

僧辩道："老衲想，有朝一日众生内心清净，彼此间不再有杀伐恶斗，则不仅佛法会东来，便是弥勒菩萨也会下生东土吧？"

玄奘苦笑不已："诚如大师所言。可是如今，东土众生内心不清净，世上仍有杀伐恶斗，正是最需要正法住世之时，佛法不就是用来普度众生的吗？"

"玄奘。"道岳法师插口道，"自古佛度有缘人，须知因缘未到，是不能强求的。强求岂非攀缘？"

玄奘道："弟子并非攀缘，只是有因有缘，方为因缘。佛法住世便是因，众生渴求正法也是因，此时若有人愿意西行求法，那便是缘了。佛度众生也须众生自度，岂有因缘皆由佛来做，而众生坐等之理？"

玄奘自幼口才便佳，这一番话竟说得几位大师默然不语。

玄奘抬起头，望向大殿正中的佛像，而佛像也正俯看着他，那慈悲庄严的面容，那令人一见之后永世难忘的微笑，绝非“魅力”二字所能形容——那样的宁静愉悦，淡然潇洒，分明是对大千世界的一种昭示。

佛陀啊，你想昭示什么？是对人生苦难的同情，还是对滚滚红尘的看破？是对沧海桑田的理解，还是对兴亡闹剧的蔑视？令人说不清，也道不明，唯有浮想联翩……

终于，他长身而起，面对佛像，缓缓说道：“佛不东来，我便西去。就算需要立雪断臂，乃至敲骨取髓、刺血济饥，玄奘自问也可做到！只要中土众生一心倾慕正法，便是因缘和合之日，定会有诸佛慈护，保佑玄奘最终到达佛国，取得真经！”

玄奘开始正式为他的西行做准备。他首先要做的便是，确立一条路径。

对于天竺的具体方位，此时的他并没有一个确切的概念，只知道“佛自西方来”，然而这是一个太笼统的说法。中原人提到方位，总是习惯于依照东西坐标，而不是南北坐标。这是因为在汉人的传统方位观念中，东西轴的走向总是优先于南北轴。人们习惯于说“买东西”，而不是“买南北”就是一例。

另外，在中原汉人心目中，东西轴向两边延长都是死后的乐园，如西边的昆仑和东边的蓬莱。

所以，一般来说，只要两地不是处于正南正北，都是用东西来确立方位的。

“佛自西方来”，这个西究竟是正西，还是西南、西北？偏度究竟有多大？对此，玄奘一无所知。

好在通过这些年的游学，玄奘认识了很多人，也了解了很多事，大致知道，从大唐到天竺，有四条主要的路径。

这四条路径，依照从东往西的顺序分别是：海路、川南路、吐蕃路和丝绸之路。[1]

海路似乎是很多天竺僧人来华的首选，远有菩提达摩，近有波颇密多罗，就连当年法显大师回国，选择的也是海路。

“走海路，很好！”精舍内，波颇大师挥舞着细长的手臂对玄奘说道，“我们摩揭陀国的人要去远国，不管是做生意，还是弘法，大多数人都是这样，找一条同路的船，上了船就好了，什么都不用费心。”

玄奘点点头，海路确实可避免舟车劳顿，时间上不太长，遇事也不用太操心，似乎是个不错的选择。可是……

“为什么中原的僧人和商人，很少选择海路出国呢？”他问。

“我不知道。”波颇老老实实地回答，“这是你们中原人的事情。”

玄奘心中隐隐知道原因，史书上有“逐鹿中原”的说法，也有“拓土开疆”的豪情，然而除去为秦始皇寻找“不死药”的那帮术士外，历朝历代的先人们在航海方面投入的热情少得可怜，远远比不上周边国家。

道岳法师说得没错，走海路要有船，而且必须是那种质料上乘、适合远航的大海船。在当时，要想得到这种船，必须依靠国家的力量。

可是大唐此时的经济和政治中心均处于中原地区，都城长安更是远离海岸，朝廷的目光主要集中在北方、西北、西南这几个方向，对于从南部的蛮荒之地出海贸易缺乏热情，以至于海路极少为人所知。

那么，可不可以等待那些外国来华的海上商队，搭乘他们回国的商船一起走呢？玄奘开始多方面打听起来。

然而他很快就失望了，每年来唐的船队虽然也有七八支，然而绝大多数都是从邻近的新罗、日本等地来的。至于西海来的商船，除了波颇搭乘的那一起外，最近再没听说有第二支了。

一位扬州商人对玄奘道：“大师您说的西海船队，那绝对是稀罕物啊！咱们这儿的人一辈子能看到一回就是造化了，而且还都是单程的，到了之后，那些船差不多也就废了，修都修不好……”

“那他们怎么回去？”玄奘问。

“他们不回去。”那商人笑道，“人家九死一生，好不容易到了中原，卖掉货物赚了钱，正该安顿下来，好好享受一下中原的繁华，还回去干什么？”

“可是中原也就近几年才安定下来。”玄奘不解地说道，“之前连年战乱，留下来命都难保，还能享受什么？难道真的没有人回去吗？”

“倒是听说有走的。”那商人道，“不过他们弄不到船，只能往西走。听说啊，那些人大多滞留在河西和西域一带做生意，真正回国的也不太多，我估摸着，他们是找不着回家的路了吧。”

玄奘顿时无语了。

他又想起波颇所说，在海上遇到风暴而失经的事情，以及法显大师《佛国记》中所记载的海上风暴。

在波颇的精舍内，玄奘曾好奇地问道：“大师，海上遇到风暴的概率很大吗？”

“大，大得很！”波颇张开手臂，夸张地比画着说道，“在海上，没有不遇到风暴的。”

“遇到了风暴，人们通常做什么呢？”

“念佛，诵经。”

“还有呢？”

“等待。”

“还有呢？”

“没有了。”波颇道，“海上有龙王，有海妖，念佛诵经是祈求佛力的加持，战胜龙王和海妖。”

玄奘有些不甘：“难道我们自己什么都做不了吗？”

波颇笑了：“法师，我们是凡人，怎么可能与神力相抗衡？除了等待，我们什么都不能做。”

玄奘心中暗叹，他想，中原汉人轻易不愿意出海，恐怕也是对自身掌控力过低的一种不安吧？毕竟在陆地上遇到危险，还有腾挪的余地，而一旦上了船，你的命运就完全交付给这条船和你心中的神祇了。

“除了风暴，还有很多奇怪的海流。”波颇说道，“有时候，船行得好好的，方向却莫名地变了，等你发现，已经不知道自己在哪里了，更不知道它会把你送到哪里，这个时候，你除了祈祷和等待，还能做什么呢？”

玄奘明白了，海路不靠谱，还是不去多想了，看看陆路吧。

川南路他是听说过的，但也仅仅是听说而已。

这是一条“丛林之路”，它从天竺东北角，经过缅甸的重重密林，到达中国的滇、黔、蜀，或者进入南海诸国。

这条路见诸史书，最早是在张骞出使西域的时期，汉武帝元朔元年（即公元前128年），张骞在西域见到了蜀地出产之物，得知是当地人从“身毒”交易得来的，于是大胆推断有一条经蜀、滇到达身毒的贸易之路，便在回国后建议皇帝打通了这条道路。

所谓“身毒”就是天竺。到了东汉时期，朝廷已经在云南设置了永昌郡，其辖区一直进入缅甸境内。

当年在成都，玄奘遇到的身患恶疾的老胡僧阿缚卢多伊伐罗，便是走这条路来华的。

玄奘记得自己同伊伐罗说过的每一句话，也曾向他细细打听过那条道路，但伊伐罗对此似乎并不热心，只说确实可经此路到达东天竺，也不长，顺利的话半年足矣。

这听起来似乎很吸引人，玄奘当时便多问了几句。

伊伐罗叹道：“这条道上有妖魔，不适合法师。”便不再多说了。

后来，玄奘渐渐从其他人那里了解到了西南诸蛮的剽悍野蛮，对于进入领地的陌生人，他们通常都是毫不留情地袭杀，下手之稳、准、狠令人瞠目。森林里生活着诸多食人部落，人们称其为“妖人”，这大概就是伊伐罗口中的妖魔了吧。

而且，川南路从一开始就不为中原人所熟知，经过汉代的短暂发展后又逐渐凋敝，淹没在茂密的热带丛林中。史书的记载大都语焉不详，没有具体的路线和地标，只知道这条路上充满了毒虫、猛兽、蛮族和瘴气，此所谓“蜀身毒道”。

太多的未知，使它更像是一条传说中的路线，因而玄奘很快就放弃了。

他又将目光转向吐蕃路，就是经日月山进入西南的大高原，前往逻些，然后取道亚东或者樟木南下，经尼婆罗国到达天竺。[2]

这是一条相当便捷的陆路，如果不是唐蕃交恶，倒真的可以考虑。

可惜这个世界上没有“如果”，刚刚崛起的吐蕃甚至已经威胁到了河西走廊的安全，在这个时候孤身进入吐蕃的控制区域，存在着很多不可知的风险。

一位曾去过吐蕃的胡商对玄奘道：“大师可千万别从那里走，从未听说有人从那里到达佛国的！有没有路暂且不说，吐蕃是大唐的敌国，这个也不说，便是朋友，你也走不得！”

“这是为何？”玄奘奇道。

“因为那个地方太荒凉了！”那商人心有余悸地说道，“日月山后，便渺无人迹。除非是大队人马才能继续向前，人数少了就必须回头！我们那一次也是鬼迷心窍，居然去那个地方行商。原本同行的人已经不少了，路上还雇了很多民伕，最后还是饿死、冻死了很多人，不得不回头了。法师您只有一个人，不行的，绝对不行的！”

玄奘这才明白吐蕃路真正的困难所在，他是个书生型的僧人，从小到大基本上没干过什么重活。即便幼年时在寺院里做童行、沙弥，从事的也多是抄经之类的文字工作，所以常常会给人一种文弱儒雅的感觉。长途跋涉，他不可能背负太多食水，只能依靠沿途补给。

而吐蕃是个地广人稀的地方，路上恰恰没有补给，因此对于玄奘来说，日月山，便是尽头。

现在，就剩下最后一条路线了——丝绸之路。

这条路最遥远也最艰难，却是目前看来最靠谱的路线。

这也是商人们极力向玄奘推荐的路线——沿着佛教东传的方向，向西逆行，经过广袤的西域地区，再翻越葱岭，穿越中亚的大草原，一路向西……

这是一条神奇而又漫长的路线，辗转跋涉数万里，横贯亚欧大陆，途经一些世界上最荒凉的地区——大沙漠，大雪山，大沼泽，大森林……其中的艰辛险阻，可想而知。

但是不管如何的漫长艰险，至少对玄奘来说，这是目前已知的唯一可行的路线。

选择好了路线，玄奘立刻具表上奏，向朝廷提出出关的请求。

在等待批文的日子里，玄奘开始做着语言和身体上的各项准备。

从大唐到天竺，这一路上诸国林立，语言殊隔。他必须对西域和中亚的各种语言都有所了解，才有可能顺利往返。

好在西域各国虽然语言各不相同，却都属于吐火罗语系，而这种语系又深受梵文的影响。

过了葱岭，进入到广大的中亚地区，则又是另外一种语系——粟特语，这里面衍生出来的突厥语、贵霜语，其实都只是名相上的不同，语法结构大同小异，与梵文间的关系同样紧密。

当然，这中间还有一些小国，使用着古老的楔形文字，甚至还有使用绳文的，但那些都已经不是主流了。

再然后到了天竺，就是梵文和巴利文语系了。

除此之外，天竺还有一种古老的线形文字，也是一种独立的语系，只不过使用范围并不广泛。

玄奘在语言方面的天赋极高，当年入蜀的时候，他还听不太懂当地方言。然而两个月之后，他的口音就已经与蜀人无异了。

如今，他已经通过自学掌握了梵文，甚至翻译了《心经》，因而语言对他来说，并不算是特别大的障碍。

当然，必要的准备还是要有的。

他开始有意结交来自西域各国的僧侣客商，向他们学习诸国的语言文字。他以语系为单位进行学习，这种方式极其有效，掌握起来快得惊人。

一场大雪过后，长安城内一片洁白。

不到三更，玄奘便起身了，他穿上一件单薄的短褐，盘坐于床榻之上，闭目念了几段简短的经文后，便穿上芒鞋，轻手轻脚地来到禅房门前。

门刚被推开一点儿，一股凛冽的寒气便扑面而来，令他不由自主地打了个冷战。

他伫立门前，深深吸了几口禅院内清冷新鲜的空气，只觉得神清气爽，举步便朝山门外走去。

“奘师！”随着一声轻轻的呼唤，有四五个年轻僧人朝这边径直走来。

“你们这是……”玄奘有些惊讶，现在离天亮可还早着呢。

“奘师要去城外爬山，带我们一起去吧。”

“你们怎么知道的？”玄奘问道。

一个看上去胖乎乎的僧人冲他一笑：“法师要去佛国求取真经，我们几个两天前就知道了。大伙儿商量好了，要跟你一起去。”

玄奘认出他是道岳法师的弟子，法名叫作圆朗，年纪与自己相若。

“你们不做早课了？”他问，“这事师父知道吗？”

“师父怎会不知？”圆朗一脸的得意之色，“这件事原本就是师父跟我们说的！师父还跟我叹息说，他为僧多年，从未见过像你这么执著的佛子！我当时就想，要是能跟玄奘法师一起，去佛国求取真经，不知道会有多大的功德！我跟师父说了，师父一开始说什么都不同意，还说我这纯粹就是胡闹！可禁不住我苦苦哀求，最后也只好同意了。”

接着，他用手指了指另外几个僧人：“他们几个都对法师佩服得五体投地，也说要去呢。”

“是啊，玄奘法师，带上我们吧。”另外几个僧人也热切地说道。

他们的声音都不大，但在这寂静的夜晚还是非常清晰。玄奘心中升起一丝温暖和感动，他知道要做出这样的决定需要下很大的决心。

“我们走吧。”他简短地说道。

虽然还是深夜，但雪光照得骊山周围如白昼般明亮，漫天的星星眨着眼睛注视着这群自讨苦吃的古怪僧人。

玄奘来到一片碎石地，拨开积雪，取了十几块石头放进随身携带的布袋里，然后将袋口扎紧，背在背上。

其他僧人见此情形都吃了一惊，他们倒是准备了褡裢，但里面装的却是干粮。

有人想出了主意，干脆直接取几块石子塞进腰间的系带。

圆朗看着玄奘道：“师兄，你穿得太少了。”

玄奘没说什么，他知道西行的艰难，必须下功夫磨砺自己，别说在冬天着单衣，负重爬山，有时他常常一整天，甚至两三天水米不进。

关于骊山的得名，坊间是这样解释的——这座山，从远处看，形如一匹俊美的马，故名“骊山”。骊的意思，就是深黑色的骏马。

然而这匹“马”虽然俊美，个头却不很高，像玄奘这样的年轻人，在平常的季节里，只需一个时辰就可登顶，即便像现在这样霜雪满山，也用不了两个时辰。

正因为如此，他才不得不背负一些石块来增加强度。

雪又下了起来，一片片地飘落在身上，天气也逐渐冷起来。由于是负重攀山，人们丝毫感觉不到寒冷。相反，走不多久，就出了一身的热汗，头上也开始冒出白色的气雾。圆朗等人大口喘着粗气，边走边不停地扔掉身上的负重。

“慢点儿啊，玄奘师兄，等等我们……”

“春来草自青，雪落山辄白。”

玄奘站在骊山顶峰，望着满山霜雪，沐浴着强劲的山风，一丝禅悦，渐渐充满了整个身心，所有的劳累与疲乏全都一扫而空！

然而随他同来的僧人们却没有这份闲情雅致，他们早已累得东倒西歪，纷纷找地方歇息。

圆朗坐在树下的一块石头上，摘下身上的褡裢说：“趁现在还没过晌午，赶紧吃点东西吧。”

一面说，一面从褡裢中取出干粮，分给几位伙伴。

大家天不亮就起来，走了大半天的路，的确饿得很了，接过干粮，简短地诵了几句经咒，便都狼吞虎咽地吃起来。

“玄奘师兄，给你！”圆朗将一块麦饼抛给正站在山巅观景的玄奘。

玄奘伸手接住，微微一笑，又随手抛还给了他。

“怎么了？”圆朗有些奇怪。

“西行路上可不是每天都有吃的。”玄奘解释道，“我们必须尽可能增加自己的忍耐力。”

他依然背着装满石块的布袋，望着西部遥远的地平线，大踏步地朝山下走去。

“西行西行，那也不能玩命啊！”圆朗很不理解地摇了摇头，用力咬了一口饼。

直到傍晚时分，一行人才又回到大觉寺，每个人都已是筋疲力尽，只想赶紧洗个澡，好好歇上一歇。

一个沙弥匆匆跑来：“玄奘法师，你可回来了！朝中有贵客来，说要见你，几位法师正在客堂等着呢。”

朝中来人？定是自己的上表有批文了！玄奘精神一振，“咣”的一声，将背了一整天的布袋往地上一扔，直奔后院而去。

那沙弥看着玄奘远去的背影，又好奇地看了看地上那个似乎颇为沉重的布袋，眼中露出困惑的神色。

一个同行的僧人一边擦着脸上的热汗，一边笑道：“这里边儿可是玄奘法师的宝贝！你要是感兴趣的话，就打开来看看。”

沙弥抑制不住好奇心，真的上前打开布袋，见里面竟是些普通的石块。

他抬起头，用迷茫的目光看着眼前这几位累得东倒西歪的僧人。

“你看什么？”圆朗挣扎着坐起来，没好气地说道，“我跟你说啊，那家伙就是个疯子，我们今天只不过是心血来潮，跟他一块儿疯了一把罢了！”

佛不东来，我便西去

玄奘匆匆回到自己的禅房，将浸满汗水的短褐脱下来，简单擦拭了一下身体，换上长袍袈裟，便径直往客堂而去。

大觉寺客堂内，一位身着儒袍的长者正同道岳、法常等法师坐在一起，谈玄论佛。

玄奘进入后，先向各位大师顶礼。

“玄奘，你来得正好。”道岳法师指了指那位长者道，“来见过当朝尚书左仆射萧居士。”

玄奘合掌施礼道：“莫不就是为《法华经》撰疏的萧瑀居士吗？”

“不敢，正是在下。”萧瑀起身还礼。

道岳法师道：“这些日子以来，太史令傅奕数次请旨废佛，多亏瑀相和其他几位居士在朝堂上与他论辩，据理力争，圣上才没有采纳他的奏章。”

玄奘早已听说此事，最近这段时间，佛道两家的口水仗是越打越激烈了，先是清虚观道士李仲卿作了《十异九迷论》、刘进喜作《显正论》攻击佛教；然后明慨法师作《绝对论》，痛责傅奕谤佛八事；紧接着，又有秦王府的典仪李师政，作《内德论》，高僧法琳作《辨正论》十喻九箴，破道士的十异九迷之谬……一时间，各方就夷夏之争、释道先后等问题展开交锋，你来我往，煞是热闹。

那天，傅奕再次向皇帝进呈《废省佛僧表》，李渊再次将这个奏章拿到朝堂上讨论。

也就在这一次，萧瑀与傅奕在朝堂上进行了激烈的辩论，他气愤地说道：“佛是圣人，圣人是不能被非议的，而傅奕屡次三番非议圣人，是为大恶，当治其罪。”

傅奕则反击道：“圣人之大伦，莫如君父，而佛逾城出家，逃背其父，以匹夫而抗天子。你萧瑀不是生于桑树洞里，却尊崇这种无父之教，我听说没有父母的人才会这样，说的莫不就是萧仆射您吗？”

听了这话，瑀相无奈合掌道：“地狱之所以存在，就是因为有这样的人哪！”[3]

最后的结果当然是谁也不可能说服谁。

“阿弥陀佛。”提及此事，玄奘感佩万分，合掌道，“居士佛理精深，更敢于在朝堂之上护持正法，实乃佛门之护法也。玄奘深感佩服。”

萧瑀哈哈一笑：“法师取笑萧某了。若说佛理精深，瑀哪里比得上在座的诸位大德呢？至于护法一词，更是惭愧难当。傅奕谤法，瑀身为三宝弟子，焉能作视旁观？虽自不才，却也不得不在朝堂之上勉为驳之。也幸得诸佛菩萨慈悲加持，圣上和群臣才没有听从他的恶见。对了，听京师诸大德说，玄奘法师乃是释门千里之驹啊！”

“不敢。那都是各位师尊的抬爱之辞，玄奘愧不敢当。”

众人再次落座，萧瑀看着玄奘，赞赏地点头道：“瑀今日前来，本为讨教佛法。几位高僧均是佛门硕德，京师佛界德高望重之人，却都不约而同地向瑀说起了玄奘法师。瑀心中甚是好奇，便想见见这位释门千里驹，看看究竟是何等人物，能赢得京城诸师的共同称赞。万万没有想到竟是如此年轻俊逸，当真是少年英才啊！”

“居士谬赞了。玄奘年少识浅，这些年不过是在求师访道，游学而已，哪里有什么见地？”

“哦？”萧瑀目光一闪，含笑道，“只是四处访师游学，就能有这么大的名气，法师了不起呀！”

玄奘尚未答话，道岳却开口了：“奘法师的游学可非同小可，始洛阳，经长安，越秦岭，过汉川，抵成都。后又乘船东出巴蜀，游历荆州、扬州、苏州，北上赵州，南下相州，师无远近，皆负笈求教。仅他正式从学过的法师，就有十三位之多！所学涉及般若、涅槃、摄论、毗昙、成实、俱舍各个门类，几乎涵盖了当今中原所有的佛教义学！”

听了这番话，萧瑀不禁竦然动容，惊叹不已：“难怪法师年纪轻轻就有大家风范，龙象之态，真是可钦可佩啊！”

玄奘合掌称谢，连说“惭愧”。

---

[1]丝绸之路是1877年由德国地理学家李希霍芬命名，本书为方便起见，直接使用了这个名词。

[2]逻些即今天的拉萨，尼婆罗国是今天的尼泊尔。

[3]出自《旧唐书·傅奕传》，原文：高祖付群官详议，唯太仆卿张道源称奕奏合理。中书令萧瑀与之争论曰：“佛，圣人也。奕为此议，非圣人者无法，请置严刑。”奕曰：“礼本于事亲，终于奉上，此则忠孝之理著，臣子之行成。而佛逾城出家，逃背其父，以匹夫而抗天子，以继体而悖所亲。萧瑀非出于空桑，乃遵无父之教。臣闻非孝者无亲，其瑀之谓矣！”瑀不能答，但合掌曰：“地狱所设，正为是人。”高祖将从奕言，会传位而止。

第19章

释道之辩

“瑀今日前来拜访，却听说法师一大早就出了城，是去找那山野无人之处修行吗？”萧瑀微笑着转入正题。

玄奘点头道：“也算修行吧。沙门与几位同修去攀骊山，有劳居士久候，深感不安。”

“哪里。”萧瑀笑道，“少年人就是精力健旺，冬日里登山赏雪，真是好兴致啊，羡煞我这老朽了。”

“居士见笑了。”玄奘道，“西路艰远，玄奘既然请旨西行，自然要先让身体强健。”

“请旨西行？”萧瑀面现惊奇之色，“法师是说，曾向圣上上表出关吗？瑀竟不知矣。”

原来不是有回表来。不仅没有，身为宰相的萧瑀竟然对自己上表一事一无所知！玄奘失望之余，心中隐隐感觉有些不对劲儿。

难道自己的表文根本就没有递到圣上手里？

“法师怎么想起要西行呢？”萧瑀对此颇感好奇。

“沙门这些年来游学各地，深感佛门各宗义旨有殊，经典异类差舛。想要弄清佛法真义，唯有去佛国求取真经，纠正错讹，方可使佛理通达，弘扬正法。”

“法师差矣。”萧瑀不以为然地说道，“瑀倒是认为，中原佛法已然完善，多年来在我天朝上国声名远播，信徒多如牛毛，正在迈入大乘兴盛之态！法师又何必多此一举，去那偏远蛮荒之地自寻烦恼呢？”

“萧居士既说我中原佛法已然完善，那么，玄奘倒有些问题想要请教。”

萧瑀道：“请教不敢当，法师请讲。”

玄奘问道：“为何佛法的一味之旨，分成当、现二常？大乘不二之宗，析为南北两道？”

面对萧瑀惊愕的目光，玄奘又加了一句：“地论师与摄论师为了此事，彼此间纷纭争执已达数百年之久。全国的佛子都在怀疑，为何却没有一位大德能够出面决断释疑？”

萧瑀闻言一愣，忍不住又抬头细细打量了一下玄奘，四目相对中，只觉得那双澄澈如水的眼睛里，竟似包含着清冷的雪色，令他不由得为之一滞。

看来，几位老法师是对的，这位年轻法师或许真能解决目前佛门所面临的困境。

“玄奘法师果然不凡。”萧瑀打了个哈哈道，“三言两语竟将老夫说得无言以对，瑀方才真是失敬了！法师既然心存弘法之念，我中原佛教眼下正面临一大关口，急需像法师这般的年轻大德出面，扫清迷雾，以扬正法！”

“一大关口？”玄奘奇怪地看着萧瑀。

萧瑀轻叹一声，说出了自己来此的真正目的——

原来，看到废止佛教的动议在朝中难以通过，李渊只得暂时放弃了这个念头，但心中的不安与不甘却愈发强烈。

于是，当傅奕第七次上表废佛时，他动了念头，准备将释道二教召集到庙堂之中来一场公开论辩。

听萧瑀这么一说，玄奘更为惊讶：“我佛门法理本就博大精深，长安城中又高僧如云，论辩只会对佛门有利，还可利用这难得的机缘弘宣正法。萧居士有什么可忧虑的呢？”

听了这话，高僧们面面相觑——果然是年少轻狂啊，说得竟如此轻松！

智实长老忍不住讥讽道：“玄奘法师乃是少年才俊，心存弘法之念，连西去佛国取经这样的事情都敢想，自然不把这简简单单的论辩放在眼里。”

玄奘听出这话味道不对，立刻不吱声了。

萧瑀也在苦笑，其实玄奘说得也没错，这样的辩论对佛门是有利的，因为佛教的特长就是思辨。但是，前提条件是，皇帝不把他的倾向性带入辩论。

“没那么简单啊。”萧瑀摇头叹息道，“圣上本就不敬佛法，此次辩论着实不容小视，一不留神就要重蹈周武帝时的灭顶之灾。”

“那么居士认为该当如何呢？”玄奘问道。

“法师乃佛门一时之俊才，不知可愿与诸大德一同参与此次法会？”萧瑀问。

“萧居士是要玄奘参加僧道辩论？”

“正是。法师以为如何？”

玄奘将目光转向座上其他高僧，高僧们的目光也都在他身上，充满期许。

略一思忖，玄奘合掌回道：“承蒙萧居士与诸位大德厚爱，玄奘何敢推辞。只是此次论辩关乎佛门生死存亡，玄奘年少识浅，贸然前往，恐会误了大事。”

“无妨无妨，”萧瑀道，“正因为法师年轻，反倒不必太过拘泥。辩论那天，法师可先代佛门出场，摸摸他们的底细，就算输了，后面还有岳法师及诸位大德呢。”

座上诸位高僧也都点头称是，道岳法师道：“玄奘，出家人原本不与人争，况且此等争论徒扰清净，实在没什么意思。只是事关佛门法运，又不得不应……”

玄奘总算弄明白了，萧瑀与诸位法师的意思，是让自己为佛门打头阵。毕竟自己年纪轻，来长安的时间又不长，在佛界以外尚无多大名气，就算输了，对佛门声誉也不会造成太大影响，还可让后面的大德们摸清对方的实力；而一旦侥幸赢了，对佛法的弘扬自然更为有利。

“如此，弟子义不容辞。”玄奘合十道。

辩论在长安清虚观前的空地上进行，由于圣上特准百姓可在一定范围内观看这场辩论，因而一大早这里就挤满了来看热闹的人。大家津津乐道于这场即将开场的好戏，猜测着哪方能够获胜。有些虔诚的佛门居士或道门弟子说着说着竟等不及地先行辩论起来，双方唇枪舌剑，竟不亚于正式辩论，一时间清虚观前热闹非凡。

随着一声响亮的金锣，远处浩浩荡荡走来一支队伍。大家知道，这是圣上的銮驾到了，赶紧都住了口，一个个翘首瞻望。

李渊先带着太子及群臣进入大殿上香，虔诚地礼拜三清四帝。

看到皇帝如此公开表示对道教的尊崇，辩论的结果似乎已在帝心之中，人群中的道家弟子显得颇为得意，佛门居士则有些沮丧，更多的人事不关己，只为看看热闹。

敬香完毕，李渊在众人的簇拥下施施然走了出来，坐在事先准备好的龙椅上，打量着佛道二教的来人。

由于此次论辩地点设在清虚观门前，因此道家来的人特别多，其中绝大多数都是李渊熟悉的——有些是号称得道的仙长，有些是专门为他配制密方丹药的术士。这里面名气最大的当属李仲卿，那个《十异九迷论》就出自他的手笔。

而在另一边，佛门同样是名僧云集，像慧因、智实、道岳、法常、僧辩、玄会等人，平日里主持法会经坛没少露面，李渊虽然近年来不事佛了，却也认得他们。

但是，这里面也有几个陌生面孔，比如，站在道岳法师身边的那位，如果也是代表佛门出场辩论的僧人，就未免太年轻了！

这僧人身着简单的麻布僧袍，浑身散发出儒雅脱俗的气质。李渊心中略感诧异，忍不住多看了几眼。

“这位法师朕以前从未见过，是谁呀？”

道岳法师合掌答道："回陛下，这是老衲新收的弟子，法号玄奘。"

"原来是玄奘法师。"虽然没听说过，高祖还是礼貌地点了点头，"岳法师好福气，这弟子一看就非俗品哪。"

这时，周围的人群中已起了一点小小的骚动，人们窃窃议论——

"他就是玄奘？誉满京华、名动天下的高僧玄奘？"

"正是。大唐最年轻的三藏法师，果然名不虚传。"

"不会吧，我一直以为玄奘法师是个仙风道骨的大德呢！"

……

"多谢陛下夸奖。"道岳法师再次称谢。

玄奘也合十致谢，李渊见他目光安详自在，风采洒落，丝毫没有初见帝王时的紧张感，心中不禁暗暗称奇。

正想再多问几句，太史令傅奕恰于此时出来奏道："陛下，各方人士均已到齐，是否现在就请他们双方各自立意呢？"

"好。"李渊大手一挥道，"各位仙长、法师，都请入座吧。"

"谢陛下。"

在众人的目光下，玄奘一步一步地登上法座，脑中竟浮现出当年刚剃度不久时的那场辩论，虽然其规模远非今日可比，但激烈程度还是使他记忆犹新。

看来，通过公开辩论的方式来解决各宗派的矛盾，也是由来已久的传统了。

道家率先出场的是清虚观道士刘进喜，他显然没把对面的小僧当成对手，心中暗自思量：佛家莫不是实在选不出高僧来了？居然拉了个小和尚来凑数。

然而，当两个人在辩经台上就座后，刘进喜再次抬头看了玄奘一眼，突然间就有了一种不祥的感觉！

还是那个小和尚，为什么现在的感觉就和刚才不一样了呢？原本稚气的神情被一种庄严肃穆所取代，给人的感觉沉稳得像一座山峰！

刘进喜不知道，玄奘平常温文尔雅，谦逊内敛，与寻常僧人相比，看不出多大分别，顶多也就是性格上更加随和，气质上更加安静罢了。然而，一旦登上狮子座或者辩经台，他整个人就会瞬间变得庄严肃穆起来，沉静如水，凝重如山，恍如佛光罩体，令人望而生畏。定力弱些的甚至会产生一种想要顶礼膜拜的冲动！

这样的气质和魅力，一部分是上天赋予，另一部分则是在无数次的讲经辩经中凝练出来的。

刘进喜的心中产生出一种强烈的不安感，他暗暗念叨了一句："真是活见鬼了！"

第一场辩论，刘进喜讲述的是老子的《道德经》。

他先是复诵经文，接着解释经义，然后主要就“道为尽善”“道生一切”发表议论，最后得出结论说：

“天上天下，唯道至极最大，更无大于道者。”

阐述完毕，便是对方提问辩疑。

玄奘双手合十施了个问讯礼，然后问道：“敢问先生，道生善也生恶吗？”

此言一出，刘进喜不禁一呆，一时竟难以回答。

如果承认道生恶，道就不是尽善的，得道干什么呢？如果说道不生恶，恶又从何而来，又如何能说“道生一切”呢？

刘进喜左右为难，竟被这句简单的问话塞住了嘴。[1]

还是他的师父李仲卿替他解了围，插口说：“道生一切，乃是指道为至极最大，天下更无大于道者；亦可说，道是至极之法，天下更无法于道者。”

玄奘摇头：“方才先生口述《道德经》，沙门记得经中有云：人法地，地法天，天法道，道法自然。先生因何自违本宗，说什么天下更无法于道者？既然天下有法于道者，先生又如何说道法最大，不得更有大于道者？”

李仲卿答：“道本是自然，自然即是道，所以更无别法能法于道者。”

玄奘问：“先生说，道法自然，自然即是道。那么自然法道否？”

李仲卿答：“道法自然，自然不法道。”

玄奘又问：“道法自然，自然不法道；亦可说道法自然，自然不即道？”

李仲卿被这小和尚绕得有些晕了，脱口答道：“道法自然，自然即是道，所以不相法。”

玄奘说：“老子云：道法自然。先生却说，自然即是道。老子又云：地法于天。依先生之意，天即是地了？”

围观的一些人听到这里都忍不住笑了起来，更有人大声喊道：

“法师所言正是！”

“这道士有些缠杂不清啊。”

……

李渊坐在御座之上，见玄奘仅以逻辑和概念的关系，就弄得刘进喜和李仲卿二位道长张口结舌，难以招架，以至狼狈败阵，表现出一种高超的辩论技巧，不禁感到有些惊讶，心想，难怪我朝堂之中有那么多大臣崇佛，一个名不见经传的小僧都有如此才华，更遑论那些高僧大德呢？

幸好，还有太史令傅奕和太仆卿张道源反佛，否则我满朝文武岂不都成了佛门居士？

想到这里，他不觉朝两位大臣看了一眼，却见傅奕脸色铁青，张道源眉头紧锁。

轮到佛门讲经立意了，玄奘讲的便是他在四川翻译的《般若波罗蜜多心经》：

“观自在菩萨，行深般若波罗蜜时，照见五蕴空，度一切苦厄。舍利子，色不异空，空不异色，色即是空，空即是色，受想行识，亦复如是……”

这部短小精悍的《心经》此刻已经开始在长安流行，很多寺院将其选入朝暮课诵之中，这也是玄奘誉腾长安的原因之一。

对于多数佛教徒来说，像《心经》这样言简意深的文字般若并不那么好理解，但由于经中词句简洁优美，读来身心清净，更有种说不出的欢畅之感。仿佛可以透过这些诗一般美妙的文字，看到一颗纯净高贵的灵魂。因此，很多人包括居士在内，都已将其熟背下来。

诵完之后，玄奘开始作解：“此经以般若为名，便是以智度人。古德有云：佛法大海，信为能入，智为能度。可见智慧的重要。般若通常翻作大智慧，智是照见，知俗谛；慧是拣别，照真谛。通达有为之事谓之智；通达无为之理谓之慧。能照一切法不可得，通达一切法无障碍，乃真智慧。”

“法师说般若就是智慧，那么为何不直接翻译成智慧呢？”李渊突然开口问道。

“想必是故弄玄虚。”李仲卿在一旁说道。

玄奘合掌道：“回陛下，般若之所以不直接翻成智慧，是因为它能够透视诸法实相，亲证人生真理，与一般的世俗智慧并不相同。世人缺乏般若的体验，往往一提到智慧，便想到智谋、才干之类，因而若用智慧来翻译般若，很容易引起误解，是以便不翻译。”

高祖微微颔首，显是认可了这一回答。

但李仲卿却不买账，继续问道：“你说般若不同于智慧，可是很多人注经，却将它说成是大智慧。这如何讲？”

“般若的确是大智慧。”玄奘道，“大到不能再大，不仅远非世间智可比，即使是三乘圣众的智慧，亦是望尘莫及。因为，它是一切智的根源，是一切生命的属性，也是每一个众生都拥有的自性。就其境界而言，它是正受，也是正觉。”

听他这么一解释，高祖竟然来了兴趣，再次插嘴：“那么依法师说，般若智慧与世间智慧究竟有何分别呢？”

“回陛下。”玄奘依旧合十答道，“世间智慧是由分别心产生，而般若智慧则是离分别的真心显示，这便是它们的分别。摩诃般若波罗蜜多，就是依靠我们自心的佛智，到达生命解脱的彼岸。生命原本无牵无挂，犹如一颗明珠，光明遍照，自在无碍。可是后来，由于真心起惑，末那起执，便如尘垢覆盖宝珠，埋没了真实的自己。我们若不甘心被埋没，就必须摆脱覆盖，洗刷掉心的尘垢，使原本自他不二的摩诃般若，如明珠般重新显露出来。”

“可是贫道却听说，般若也是一切妄想、一切分别所凭借依靠的。也就是说，如果没有般若，人就不可能有知而起执，自然也就没有分别心了。”李仲卿毕竟不同于一般道士，懂得一些佛学知识，问出来的问题也颇为到位。

“先生所言不虚。”玄奘合掌一揖。

他喜欢这样的讨论，远离谩骂，只关注和探讨具体的教义。如果佛道之间一直都能这样，该有多好！

“人因地而跌倒，也要靠着地才能爬起来。般若是我们的本心，它是离分别的，是父母未生前人人皆具的本来面目，我们的一切知觉包括分别心都必须依靠它。就如同宝珠是光明的，却也是污垢的依靠；大地是我们生存的根本，却也是一切恶行的依靠。如果我们认为般若是一切妄想的依靠，就要抛开它，就如同有人认为明珠有污垢是明珠的错，在地上跌倒是大地之过，佛弟子品行有污是佛法之过一样，都是没有看清问题的根本而得出的奇怪结论啊。”

听到这里，在场的很多人都不禁连连称赞。

本不属辩论双方的傅奕这时忍不住哼了一声，冷冷地说道：“你这小贼秃也配提父母！沙门弃父母须发而出家，只知信奉蛮夷之教，却不知本国也有圣贤。放着孔孟经典不读，却去读那些胡人的佛经，岂非数典忘祖，不忠不孝？”

这慷慨激昂的言辞顿时破坏了正常的辩论气氛。

玄奘淡淡地说道：“如此说来，傅太史是熟读圣人经典的了？沙门虽年幼出家，于孔教所知甚少，却也曾记得《论语·为政》中有这么一句：‘攻乎异端，斯害也已。’圣人教导弟子们要以宽容之心对待不同的学说。太史却反复上表，一心要取缔佛教，岂不有违圣人之教？”

围观众人中读书人颇多，见这位青年法师随口列举《论语》章句来反驳傅奕，俱都佩服不已，纷纷点头称是。

唐初政治清明，百姓胆子也大，便有一些人在人群中相互询问，甚至冷嘲热讽——

“这里不是僧道辩论吗？怎么傅太史也上场了？难不成傅太史是个道士？”

“我也觉得奇怪呢，这位太史令一上来就骂人贼秃，难道这也是圣人之教吗？”

“自己不信因果也就算了，别人信还不行吗？为什么非要赶尽杀绝？”

……

原来，傅奕反复上表要求废佛之事在长安几乎尽人皆知，街巷之中的“秃丁”“胡鬼”之词也大都出于他口。中原百姓心性厚道，对各路神灵都心存敬意，因此，即便是不信佛的人也都觉得傅奕此举实在是小题大做，且太过欺人了。

“贫道周息元，向法师请教。”一位年老的道士走上前来。

“先生请讲。”玄奘微微欠身，温和地说道。

周息元笑道：“法师既唤贫道为先生，便是贫道的弟子了？”

听得此言，他身后的一众道士也都跟着哄笑起来，感觉己方总算是找回了一点面子。

玄奘淡然一笑道：“今日我们对天子言论，乃是为了申明邪正，自当宣说教理。道长竟以此等嘲笑来尘黩天听，诚不可也。”

在佛门辩论中，像这种故意打岔的嘲笑属于“绮语”的范畴，并非正辩，是以玄奘将其指出。

“有何不可？”周息元颇为潇洒地一摆拂尘，笑道，“今日圣上在此，要我们各抒己意，法师若是受不得嘲笑，便当留在寺中，再修行几年，断了嗔心再来。是也不是？”

身后的弟子们哄然叫好，就连李渊也微微一笑，显然对此有默许之意。

围观百姓早已看出玄奘并无嗔心，只是就事论事罢了，不想圣上的倾向性竟如此明显。众人都默不作声，看这法师如何应答。

玄奘的神色依旧淡然：“道长既如此问，沙门只得聊以相答。沙门以事佛为师，为佛之弟子；道长既称先生，莫不是先道而生，自认自己为道祖吗？”

李渊听到这里，再也忍耐不住，“扑哧”一声笑出声来。

周息元一时无话可答，手上的尘尾也垂顿下来，一时竟忘了自己上前的初衷是要问什么。[2]

为免冷场，刘进喜赶紧把话题提了起来：“法师请了。”

“先生请了。”

“当年梁武帝萧衍曾数次舍弃皇位去当和尚，可谓信佛信得无人能及，然最后却落了个饿死台城的下场。这又怎么说呢？”

下面又传来“嗡嗡”之声，关于梁武帝的问题历来都是反佛人士的撒手锏，只要提起，就是个杀伤力极大的事例，道家自然不会将这个反面例证抛在一边。

玄奘道：“说梁武帝饿死台城，那是后世迂儒的说法。史载，侯景攻陷台城之后，见武帝神色不变，以至不敢仰视。侯景退下后，还曾对王僧贵说，武帝有天子威仪，很难进犯，因此不敢再去见等语。后来王纶上了几百粒鸡子，武帝觉得嘴巴苦，想吃蜂蜜而不得，于是怨怒数声而亡。”

在场之人有很多读过史书，偶尔也有对梁武帝之死提出质疑的，如今听玄奘这么说，都不禁议论纷纷，“嗡嗡”连声。

玄奘接着说道："从梁武帝嘴巴苦来看，就知他并非空腹；从他要吃蜂蜜来看，就知他并非饥饿；王纶为他上的鸡子有数百粒之多，就知他的食物并不缺乏，哪里会有饿死的道理？天下读史之人，每每自称独具只眼，却单单看了史书文字而毫无所觉，反而以耳代眼，道听途说，可见习气熏染之深呀。"[3]

"但不管怎么说，梁武帝是个亡国皇帝总没错吧？"李仲卿冷笑道，"可惜啊，他笃信佛教，即位以来广修佛寺，礼遇僧侣，三次放弃皇帝尊位，把自己舍到寺院里出家。最终竟然是个亡国的结局，这佛爷未免也太不给面子了吧？"

众道士听到这里，再次哄笑起来。

玄奘道："道长此言问得好，这也正是梁皇最大的问题所在。"

看到所有人的目光都集中在自己身上，玄奘接着解释道："事实上，武帝从未放弃过皇位，从未真正出离尘世。如果真心出家，就该先将俗家之事了结，皇位传于太子，才好放下身心，精进修行。然他数次出家，均未让位，臣子们以金钱布施即可将他赎出，继续为王。出家又还俗，还俗又出家，如此反反复复，岂不是拿出家当儿戏吗？"

听了这话，很多佛门弟子都在点头——佛门不收欠债之人，世俗债务不清，是不被允许出家的。帝王要出家，怎可不先传皇位就行披剃？

玄奘又道："很多人只知梁武帝是个亡国皇帝，却不知他还是南朝梁的建立者，是一位真正的开国君主。更少有人知道他博学多才，尤擅诗词歌赋，常与贤达交往，与名士沈约等七人共游，号称'竟陵八友'。他是那个时代皇帝中最具道德修养的一位，而在他执政期间，也算得上是南朝文化的黄金时代。"

很多人第一次听到这一说，一时之间议论声又起。

"他再有学问修养又怎样？最终还不是亡国了吗？"李仲卿依然抓住亡国这一条，不屑地说道，"说起来，现在你们这些和尚不吃肉还是奉了梁武帝之命呢，以前的和尚不是还可以吃'三净肉'吗？你们现在吃不上肉了，就该找这位皇帝好好地算一算账。"

玄奘正色道："经中有云：'食众生肉，断大悲种'。世尊在《华严经》《楞严经》《楞伽经》《梵网经》以及其余诸多大乘经典中，多次说明吃肉的危害以及不得食肉的戒律。"

说到这里，玄奘诵道："'夫食肉者，断大慈悲佛性种子，一切众生见而舍去。是故一切菩萨不得食一切众生肉，食肉得无量罪。'

"这些都是经中原话，世尊遗教。只不过世人愚痴，又贪口腹之欲，所以才有了'三净肉'这一方便说法。

"梁武帝也是在读了经书之后，认为僧人食'三净肉'是不依佛制，这才提倡食素，维护正法。佛陀早就说过，邪人说正法，法也是正的；正人说邪法，法也是邪的。

就算梁武帝崇佛走偏，但‘不食众生肉’这一条却是有经典可循，有圣言可据的。”

李仲卿笑道：“小师父，你说梁武帝崇佛走偏，这话倒也不假，他笃信蛮夷之教不杀生之义，就连祭祀这等国之大事都不上血食，却以面捏的三牲来糊弄祖宗和神明，做此不合礼制之事，实为失国之征兆啊。”

座中很多大臣和儒生都在点头，他们受孔孟之教影响至深，认为皇家祭祀乃是国家的头等大事，怎可不依祖例以三牲献祭呢？

就连一向崇佛的萧瑀也认为，先祖梁武帝以佛门护法的身份而亡国，只怕原因就在这里。

玄奘却摇头道：“以面做牺牲，神明可免受血食之罪过，畜生可获得安乐不杀之幸运，这正是梁皇的仁慈之处。至于说到丢失天下，那是国运使然。南朝本来就是个你方唱罢我登场的时代，如果先生认为梁朝灭亡是以面代牲的缘故，那么之前的宋、齐，之后的陈、隋等朝国君，都用三牲太牢来祭祀，何以亡国也同样快速？”

李仲卿道：“宋齐陈隋之亡国，自有它们的理由。我们今日说的是梁武帝，信奉夷教，以面代牲，故致亡国。小师父不用转移话题，扯到别朝去。”

玄奘道：“当年孔子曾经说过：始作俑者，其无后耶。以像人之形状来陪葬，圣人尚且心生慈悯，以至如此斥责。梁皇以像畜生之面牲取代真牲来祭祀，实是为祖先修福之举，若先生还不满意，定要改用真的，何其忍心？”[4]

“既然梁皇如此仁慈，为何还会招致亡国的下场？”李仲卿重又回到这个老话题上。

玄奘道：“国家之治乱，朝代之更迭，皆由无始以来众生所受共业所感，既不是上天的意志，更非哪个君主所能左右。经云：共业的力量，能敌须弥，能障圣道。单单一个皇帝是不能改变众生的共业的。”

“是啊。”下面有人小声议论道，“若是皇帝念经便能改变全国的命运，那别人都不用念了，就君王一个人念佛，天下就太平了。”

“我也觉得，梁之亡国，不见得就是武帝崇佛所致吧？”

“嗐！那本来就是个大乱世，北边的魏晋，南边的宋齐梁陈，哪个政权又长久了？”

“正是啊，就说梁前面的齐，七个皇帝加一块儿才享国二十三年；后面的陈，五个皇帝加一起享国三十三年。相比之下，梁皇一个人就享国四十九年，在那样一个大乱世里活到八十六岁，还弄得文昌国盛，个人福报已经够大的了！”

“侯景虽然占领了皇宫，但一见到梁皇便胆战心惊不敢加害，最后是不是饿死也很难说，八十多岁的人随时都会西去……”

“可惜世间并无‘如果’二字，我们看不到如果梁皇不学佛不修行会是什么样子。”

……

李仲卿丝毫不理会底下的议论，他看着玄奘道："那么小师父方才说，梁皇崇佛走偏，又是什么意思？"

玄奘道："《金刚经》云：菩萨不住相布施，其福德不可思量。梁皇造寺供僧，却抱了一颗求取功德的心。殊不知，以有为之心所做功德并非实有，越是执著于回报，就越是没有回报。"

底下的议论声小了，大家都在认真地听，就连高祖李渊也听得津津有味。

玄奘接着说道："善心便如一粒种子，只要将其种下，经过土地、阳光、水等因缘聚合，它就会萌芽、长大、开花、结果。但这需要时间。若是急功近利，今日播种，明日就想着有收成，甚至总想用铲子去挖挖看，只怕会连芽带根一起挖掉。沙门说他修行走偏，此其一也。"

众人都笑了起来，纷纷说道："这小师父譬喻得真好，那梁皇总想着数数自己的功德，就像拿铲子挖地一样，天下还有比这更蠢的事吗？"

玄奘又道："梁武帝三次舍身同泰寺，劳民伤财，致使财政窘迫、国力衰退。须知皇帝不是比丘，若真想出家修行，也应先把皇帝的本分做好，方可出离。如果他传位后修行，不再为世俗的债务所累，或可得到较好的果报。可惜他从来不肯真正出离，所谓出家每次都不过是做做样子而已，说严重点这是大妄语，非唯没有功德，只怕罪业不小。沙门说他修行走偏，此其二也。"

听了这话，更多的人心悦诚服，连连点头。

玄奘又道，"梁皇虽然崇佛，在很多方面表现得也很仁慈，然一旦涉及自身福报，就显得不仁了。他晚年急功近利，贸然北伐，杀六贵，灌寿阳城，致使生灵涂炭，这是他的不仁之处，由此导致亡国身死也就不足为奇。须知帝王是人间福报的顶点，处于这个位置特别容易造业，善与恶，常常只在一念之间。倒是那些平民百姓，反而难有机会造恶，即使造了恶业也比帝王轻得多。沙门说他修行走偏，此其三也。"

听到这里，坐在龙椅上的李渊不禁连连点头——从隋朝走过来的他，对此显然深有同感。

看看玄奘已经讲完，皇帝又提出了一个问题："这位小师父，梁武帝在位期间，吃斋念佛，造寺写经，供养僧众不遗余力，真的就一点功德都没有吗？"这话说得颇为不甘。

"回陛下。这些事情确实是有福报的，事实上梁皇也得到了福报：他治国四十九年，活到八十六岁，是有名的长寿皇帝。北伐之前，整个国家被他治理得极为强盛，南朝也正是在那个时代，实力才超过北朝的。南北朝乱世之中，说到国家富足，也就数梁皇时期了。如果他不是贪图功利贸然北伐，应当不至于亡国。但国虽亡，其后代子孙却多有在前朝及本朝为官者，其中萧居士位列尚书左仆射一职，这难道不算福报吗？"[5]

说到这里，他看了萧瑀一眼，而萧瑀也愉快地冲他一笑。

玄奘接着说道："由于他敬信佛法，写史之人便故意隐没他的长处，任意加以毁谤，这实在不可取。至于说到功德二字——"

他略略停顿了一下，话锋一转，讲了个故事："当年达摩祖师振锡西来，曾被梁皇请至宫中。问他：'朕即位以来，造寺写经，度僧不可胜记，有何功德？'祖师答曰：'无有功德。'梁皇又问：'何以无功德？'祖师曰：'此乃人天小果，有漏之因，如影随形，虽有非实。'梁皇大怒，当即将达摩祖师赶了出去。"

李渊喟叹道："连达摩祖师这样的大菩萨都不识，光想着造寺度僧修功德，确实是走偏了。"

玄奘道："圣上所言极是。事实上，达摩祖师的回答，并非完全否定了造寺、写经、供僧的价值，而是用遮断的手法，打破对方对功德的执著，使其了解到这些有为的功德，实是世间小小的果报，如果自以为是什么了不起的成就，反而变成了欲望之因。如若梁皇能够觉悟到这些，便可在修行之路上更进一步。奈何梁皇终究不过是一介凡夫，他造寺、写经、供僧，名义上为了佛教，实际上却都是为他自己。"

李渊若有所思地点了点头。

---

[1][2]此二段辩论参考高宗时期玄奘弟子慧立等人与李荣等道士在朝堂上辩论的内容。

[3][4]此二段出自清朝周思仁居士《戒杀四十八问》。

[5]梁武帝的后代在唐朝为官的，有八人官至宰相。

第20章

佛家信命不认命

“如此说来，这佛家功德也太难做了！”下面不知是哪个胆子大的喊了一声，“像梁皇这样的都没功德，那我等普通百姓岂不是更难了吗？”

“居士此言差矣。”玄奘朗声道，“功德是要靠自己修的，若以世俗功利心来做须弥山般大的佛事，并不比以菩提心做微尘般的佛事功德更大。故梁皇善行虽大，可如果我们普通人能够发菩提心，至心念一句‘南无观自在菩萨’，所获得的功德未必就比梁皇小了。《观无量寿经》中说，单是念佛一句，便可消八十亿劫生死重罪。”

闻听此言，很多人的脸上立即现出欢喜的神色。

“还有，功德与福报是两回事。真正的功德也绝非由花钱多少、做事多寡等事相便可评断。学佛之人，学的是佛陀的智慧和言行，梁皇学佛在出世与入世上无法融合，那是他于实践上的不圆满。说到底，无论是功德还是福报，都是虚幻，都不是究竟的佛法。”

“那依你说，什么才是究竟的佛法呢？”李仲卿冷冷地问。

玄奘答道：“凡有声有色，一切有为之法，皆非佛法。立寺起塔，非是佛法；祈福造像，非是佛法；刺血写经，非是佛法；燃指供佛，非是佛法；延寿消灾，非是佛法；转经拜忏，非是佛法……凡有所着，即非佛法。欲求无上正等正觉者，应离一切相而发阿耨多罗三藐三菩提心，不住色生心，不住声、香、味、触、法生心，应生无所住心。”

听了这话，李渊再次叹道：“法师所言固然不错，只是自古以来，皇帝信佛崇佛，又有几个是为了脱生死的？”

闻听此言，道士们面含喜色，一起点头：“陛下所言甚是。”

道士叶静能上前说道：“我道家之教，妙在修丹炼药，肉身得圣，不死成仙，乃是求生之术；而释老之教却要人们离生而入涅槃，乃是学死之术。诸位是想学死还是求生呢？”

这话一出，众人又是一番嗡嗡议论。

龙椅上的李渊也默默点头，无论道家的丹药之术灵验与否，总归是有长生的可能；而佛家讲修来世，了生脱死，这对李渊实在没什么吸引力，眼前的富贵就受用不尽，还去了脱什么？了脱了生死又能怎样？那个所谓的涅槃境界，是不是真的就比当皇帝更快活呢？

总之，这些未来的好处，李渊都是不屑的，他只希望能够牢牢抓住他现在拥有的。既如此，自然还是炼丹修道，求得长生不死更实际些。

玄奘却答道："佛法与道教的分别绝非求生与求死的分别，而是练神与练形的分别。人的肉身终究是由四大和合而成，有生必有灭，这是无法回避的事实。没有智慧的人即使再迷恋这个肉身，最终还是会走向死亡。"[1]

周围一些人纷纷点头称是，自秦皇以来，无数帝王渴求长生，希望永享富贵，术士们也争先恐后地为皇帝炼制不死金丹，可是上千年过去了，从未听说过有谁真的长生不死。

李渊的脸色黯淡下来，他知道玄奘说的是实情，却无论如何都不愿意承认。他一生坎坷，经历了无数血雨腥风才打下这个花花江山，正坐得自在，可一想到自己已过花甲之年，气血日衰，这辛苦打下的江山早晚要抛给子孙，心中便觉不甘。更何况那几个儿子为争储君之位，整日明争暗斗，更让他头痛不已。

近几年来，他做梦都想求得长生，彻底摆脱死亡的阴影。如今希望破灭，心中的失望之情着实难以言表。

这次辩论使年轻的玄奘名声大振，京城佛界总算得到了几个月的清净。

玄奘心中依然挂念着西行取经之事，他见上次上表石沉大海，也不知是哪道环节出了差错，便再次上表奏请。

这一次，在表文中，他加上了圆朗等同伴的名字。

然而，几个月过去了，眼看着天气逐渐从严冬走向盛夏，朝廷那边却依然一点儿消息都没有！

萧瑀经常到大觉寺来，与诸位法师谈玄论佛，他见玄奘仍执著于西行之事，便劝说道："法师不必再想出关之事了，大唐建国不足十载，玉门关外常有突厥人进犯，当此多事之际，陛下是不可能准法师出关的。况且，当今圣上对佛门总是戒心不除，如何肯让法师西行求法？上次辩论，法师虽然大胜，却还不足以改变朝廷对佛教的态度啊。"

玄奘听萧瑀这么一说，不禁轻轻叹了口气。

仿佛是为了印证萧瑀这番话，没过几天，李渊突然带了几个贴身侍卫专程到大觉寺来敬香。这一举动令寺中僧侣居士们兴奋不已，以为当今天子终于又开始奉佛了。其实，皇帝只不过是对玄奘有了点儿兴趣罢了。

敬香之后，李渊命人将玄奘请入了禅房。

“上次佛道辩论时，法师曾经说过，世间并无长生之道，朕对此不大相信。”李渊开门见山地说道，“法师乃当世奇才，说话必有深意，或者是辩论中的方便说法也未可知。朕今日专程至此，就是想问问法师，佛门中当真没有长生之道吗？”

玄奘望着皇帝，这个对佛道二教的兴衰起着重要作用的人物此刻也正看着他，那双原本有些浑浊的眼睛变得极为明亮，显然是渴求到了极点。

玄奘第一次感觉到，原来皇帝也有无助的时候，拥有权力的人并不是什么都能得到的。

死亡，是刻在每个人心底深处最深的绝望、最重的烦恼，即使是坐拥天下的帝王，也无处躲避。

沉默了一会儿，玄奘才轻轻说道：“陛下，沙门并非方便说法，佛门之中确无长生之道。”

这个回答实在是太过直接和明确，完全出乎李渊的意料，他原本以为，这小和尚哪怕是撒谎，也该说句好听的。

“朕听说，佛门经典众多，汗牛充栋，法师年纪轻轻，莫非已将所有的经书都读完了？”说这话时，李渊已是强压怒气。

“不敢。”玄奘合掌道，“佛门经典如大海水，玄奘所读的不过是其中一掬罢了，怎敢妄言都读完了？”

“哦？”李渊冷笑道，“只得一掬便有如此才华，佛门果然了得啊！只是，法师既然没将经典读完，何以一口咬定佛门之中没有长生之道呢？”

“圣典虽多，义理却是相同的。”玄奘道，“天地万物，皆由四大和合而成，存世时间虽有长短，最终却都是尘归尘，土归土。就连佛法也有寂灭的那一天，区区肉身，又怎么可能永恒？”

听了这话，李渊当场变色，遽然起身道：“那朕敬你们释门所为何来？你们解决不了我死的问题，却还要冲淡我生的乐趣，真是岂有此理！”

这一声怒喝，真可谓是霹雳君威，足以让人心惊胆战，魂飞魄散。

玄奘也没想到皇帝会突然发作，忙起身合掌，面对这个只想永久享受今生的帝王，他实在不知该说些什么才好了。

好在李渊毕竟不是秦始皇，知道为此事发火是不智的，只冷冷地说道：“你们释门虽无长生之道，却不代表别的教门没有，虽然比嘴皮子他们可能不及你们。”

玄奘心中暗叹，圣上终究还是不肯死心啊，又把希望寄托在道家的长生丹上了。

问题是，宇宙万物自有其规律，自秦始皇始，想要长生不死并为之努力的帝王比比皆是，可是纵观历史，哪有千秋万世的朝代？又何曾听说过长生不老的帝王？

不过，他心里虽这么想，却也没发疯到把这番话直接说出来的地步。何况此刻皇帝正在气头上，若是再妄议炼丹法门，只怕会给佛门招来无妄之灾。

他只能轻描淡写地把这件事揭过去："陛下，佛道两家各擅其宗，沙门对道家所知有限，前次也只是奉陛下之命参与辩论而已。"

李渊的目光如利剑般直直地射向玄奘，却见这沙门只是垂目不语，神色恭谨坦荡，并无丝毫惧怕之意，心中更是恼怒，忍不住"哼"了一声，拂袖而去。

看着皇帝远去的背影，玄奘突然想到，原本还想问问他有关西行表文的事，竟没来得及问……

这年五月，天子以京城寺观不甚清静为由，突然下了一道《沙汰佛道诏》，理由冠冕堂皇：由于部分佛教徒道德败坏，寺院藏污纳垢，因此朝廷决定要"正本清源""兴隆佛法"。

法令要求："京城留寺三所，观二所。天下诸州各留一所，余皆废。"

僧人们做梦也没有想到，皇帝竟会用同归于尽的方式来削弱佛教！

这道诏令表面上看起来佛道一视同仁，甚至对佛教还略有优待。但由于此前佛寺的数量要远远多于道观，因此实际上还是佛教吃了大亏，真是有苦说不出。

其实，对李渊来说，这么做已经是考虑到天子的"金口玉言"了，毕竟以辩论分胜负是他亲口降旨，那场辩论在长安城已是尽人皆知，成为街谈巷议的热门话题。身为皇帝，若在这个时候沙汰佛教，岂非自食其言？现在把道教连坐，佛道二教一起沙汰，且又以"正本清源""兴隆佛法"为由头，听起来总归要好听一些。

朝堂之上，皇帝再次重申了道先佛后的秩序，为防僧人抗议，又降旨道：

"语诸僧等，明诏既下，如也不伏，国有严科。"

高压之下，多数僧人采取了"忍气吞声"的做法，不敢多说什么。

只有智实法师拒不奉诏，慨然说道："吾固知势不可为，所以争者，欲后世知大唐有僧耳！"

结果，皇帝当场翻脸，并赐下八十廷杖。[2]

智实被抬到大觉寺时已是奄奄一息，从颈下到小腿，一片血肉模糊。弟子们想给他清洗伤口，包裹一下，却发觉根本难以做到。

天气闷热，智实法师脸色蜡黄，嘴唇焦干，浑身汗透。玄奘束手无策地坐在一旁，只能替他轻轻擦去额上的汗水，又将清水一点点喂到他的口中。

许久，智实才终于睁开眼睛，看着眼前还略带几分稚气的年轻法师，轻轻问道："玄奘……你……还想……去天竺……取真经吗？"

面对生命垂危的大师，玄奘没有说话。

"佛弟子……不打妄语……你……怎么想的……就……怎么说……"

"是的。"玄奘轻声答道。

智实苍白的脸上露出一丝笑容，他艰难地说道："玄奘……你……你是……对的……只有将……真正的佛法……带到……中原……才能解除……佛门……之灾厄……"

说到这里，他重重地喘了几口气："五十年前……老衲……亲历……周武灭……灭佛……今生不想再……再见到……法难……只可……惜……老衲……年事已高……否则……便与你……同去……也好过……留在长安……徒逞……匹夫之勇……终究……终究难以……改变……"

他的声音越来越微弱，生命之火似已燃到了尽头。

玄奘含泪道："大师什么都不要想了，一切自有缘法。大师现在专心念佛，玄奘为您助念。"

智实闭上眼睛："好……念佛……念佛是……不会……有错的……阿弥……陀……佛……"

玄奘与其他众僧团团围坐在智实身边，为他助念。在众多僧人庄严而又整齐的佛号声中，智实终于安详地舍报离世。

佛号声中，玄奘轻抬衣袖，擦去眼中涌出的泪水。

虽然他知道，在修道人的眼中，生与死之间是没有多少界限的，但还是难以抑制心中的悲伤。

"玄奘，不必难过。"道岳法师看着智实，轻轻说道，"恩怨既了，牵挂再无，他也可以安心去了！生与死本来就是定数，又有几人能够看破？阿弥陀佛！"

说罢，法师双手合十，双目微闭，默诵佛经。

这是一个闷热而又令人焦躁的夏天，许多修行者的心态都受到天气和朝廷压力的双重影响，开始变得浮躁起来。

和玄奘同去攀山的僧人数量越来越少，大家都说，朝廷已经打算灭佛，是绝对不会同意僧人们出关的，还是好好想想一旦被勒令还俗后该何去何从吧。

的确，这些日子，僧人们最关心的就是皇帝的《沙汰佛道诏》何时付诸实施，偌大的京城只保留三座寺院，这也就意味着，至少有七八成僧人将会被强制还俗。

对此，僧人们毫无办法，只能忐忑不安地等待着这几乎不可抗的命运。

在生存的压力面前，戒律变得极为脆弱，很多僧人开始为未来的还俗生活做准备，京城各大寺院里几乎每天都在丢东西，初时还只是些面粉、衣服什么的，后来就有人开始偷拿法器，再后来就连佛像身上的金屑都有人刮了。对此，一些老僧深感痛心疾首，却又无可奈何。

但也有些修为至高之人，在此情形下继续着自己的修行，他们心如止水，以自己的行动为弟子和信众们做出表率。

对于这些大德，玄奘深感敬重。这些年他游学四方，早看到佛门内部存在的各种问题，看到那表面辉煌的背后隐藏着的越来越多的痼疾。精通医术的玄奘，却对佛门的疾病束手无策，因为这些痼疾都是由来已久的，所谓“冰冻三尺，非一日之寒”。有这么多问题存在，爆发是迟早的事，朝廷的诏令只不过起到了助缘的作用。

佛法凋零，人心丧乱，如果能到佛国取到真经，用真正的佛法来浸润人心，或许可以挽回这一切吧？

玄奘从未像现在这样，急切地想要出行。

他仍在等待，等待朝廷对他表文的批复，与此同时，继续为西行做着各方面的准备。

为了让小白龙也得到锻炼，他每天白天骑马出城，先策马跑上一圈，再将小白龙单独放在外面，然后自己去攀骊山；傍晚下山后再召回白马，去波颇大师处学习梵文经典。

这段日子里，他也看到了一些高僧为保护佛教而采取的相对积极的做法。

就在智实长老圆寂不久，庄严寺沙门静琬大师也示寂了。这位老僧性格内向，多年来一直待在骊山上独自潜修。前些日子，他突然返回庄严寺，宣布即将示寂，并告诉寺中僧人，他在骊山的草棚中留下了许多经文。

大师往生后，庄严寺的僧众们并未将他的话放在心上——藏经阁的经文多得数不清，这位脾气古怪的老僧还能留下什么孤本不成？在这样的非常时刻，寺中杂事实在太多，谁还顾得上这个……

只有玄奘依言来到大师在骊山的修行之所，那是一个偏僻山谷中的草棚，七八间一溜儿排开。玄奘推开柴门，刚一进去，顿觉呼吸都为之一滞！

映入眼帘的是一排排的石经，沉重的石条上刻满经文。原来，这些年来，大师竟然一直都在刻经，所刻石经已满七室！

面对那一块块浸满心血的石经，玄奘眼眶濡湿，心中感佩万分。他知道，大师之所以这么做，绝不是为了积什么功德。很显然，他在数年前就开始担心会有法难的降临，于是提前采取了行动，将大量经文刻在了石头上。

大师期望能用这种方式，尽可能地使这些经典避开王难，流传后世……

玄奘在草棚中住了一夜，他用自己的心灵同这位一直寂寞地刻着石经的老法师对话。

在空明的禅定中，他进入弥勒菩萨的兜史罗天，见到了静琬大师，他问大师："真的会有法难发生吗？"

大师微笑不语。

清晨，玄奘披着一身晨露，走出山间的草棚。

行不多远，竟在山巅处见到了一位故人——

"何弘达居士！"

多年不见，这位占星家竟一改往日的懒散模样，换上了一件干干净净的术士长袍，过去那头总是披散着的长发也整整齐齐地束了起来，三绺胡须飘在胸前，使他看上去既爽利又潇洒。

唯一不变的是，站在山顶的他，手中还提着那只宝贝酒壶。

见到玄奘，何弘达也非常高兴："小和尚，快上来！"

玄奘将小白龙牵到离山顶不远处的一块开阔地，让它自行吃草。自己则爬到山顶，仔细打量着这位久未谋面的占星家："能在这里见到居士真是太巧啦，居士这些年来过得还好？"

"还算不错吧。"何弘达笑道，"你说巧，我却不觉得巧。前天夜里，山人我夜观天象，就知道定能在这骊山之上见到一位故人，因此昨天傍晚特地赶在城门未关前出了城！"

玄奘微微一笑，盘坐下来："居士还在占星吗？"

"不占星，还有什么好做的？"何弘达也在玄奘对面坐下，"长安可是个好地方啊，朝廷又重术士，我在坊中开了家占星馆，每日里忙都忙不过来，不得已，干脆收了几个弟子，替我看着摊儿。"

"怪不得看居士的模样都比以前不同了。"玄奘笑道。

"哪里不同？"何弘达问。

"我观居士现在有了几分仙气。"

何弘达哈哈大笑。

"小和尚的模样岂不是变化更大？"他眯着眼睛打量着玄奘，"虽说佛相我还没见着，至少个子长高了。上次我见到你的时候，你才这么大点儿——"

他伸手在胸前比画了一下："现在倒好，比我都高了。"

"阿弥陀佛，居士收了得意弟子，可喜可贺。"玄奘合掌道。

“啥弟子，一群伙计罢了。”何弘达摇头叹息道，“占星是需要悟性的，不是谁都能学。唉，要说山人这辈子遇到的最有悟性的小子，就属你这小和尚了，要是你肯做我的弟子……”

“居士又在说醉话了。”玄奘笑着打断他。

“我可没讲醉话！”何弘达晃了晃手中的酒壶，笑道，“山人昨晚真的是观了一夜的星象，就是为了算算我跟你这个小和尚到底有没有师徒缘分。唉，可惜啊可惜……”

他遗憾地摇了摇头。

玄奘觉得好笑：“这种事情也需要算？居士可真是喝多了。”

“小和尚别把话说那么满。”何弘达斜了他一眼，“你难道不知道当今圣上下诏沙汰僧道的事情吗？这道诏令一旦实施，七八成的僧人都得还俗！山人就是算算，你这小和尚是否也会被勒令还俗？”

这倒是玄奘眼下关心的问题，他立即问道：“结果如何？”

“结果？嘿嘿，结果就是，如果皇命真下来的话，你铁令是要还俗的！”

听了这话，玄奘心里一阵黯然。

何弘达算得准不准暂且不说，但说自己定会被勒令还俗却是八九不离十。上次辩论他已经让皇帝很不痛快了，在大觉寺的那番话更是火上浇油，再加上连续两次上表请求出关，都没有得到批复。看来，当今天子极有可能借这次沙汰僧道之机，逼他脱了这身僧袍！

“那又怎样？”他低低地说道，“就算寺院被拆毁，经书被焚烧，僧人们被逼还俗，佛依然是佛，玄奘也永远是佛门弟子。皇命再大，也有他不及的地方。”

他想起李渊那双渴求长生而不得的眼睛，那种绝望的目光，好像是求着他这个小和尚说谎似的。玄奘坚信，就算自己真的被勒令还俗，也不会有那种绝望的感觉的。

但不管怎么说，他心中还是有那么几分伤感和遗憾的，脱了僧衣倒没什么，毕竟是属于外相的东西，只是西行求法的心愿，今生怕是难以实现了。

“你这小和尚年纪不大，怎么这么执著呢？”耳边传来何弘达无奈的声音，“也罢，现在你不用担心了，这道诏令怕是来不及实施了。”

“这是为何？”玄奘抬起头，奇怪地问道，“当今天子的诏令，怎会来不及实施？”

何弘达又做起了他那招牌似的动作，提起酒壶往嘴里灌了一口，然后神秘地一笑：“这事儿啊，想必你佛是知道的，又或者就是他安排的也未可知，但他不会告诉你。”

“你少故弄玄虚。”玄奘脸一板，“快说！”

“好，好，跟你说便是。”何弘达又往嘴里灌了一口酒，压低声音道，“朝廷内部就要发生一场地震了。嘿嘿，外战结束之际，便是内斗开始之时。此言当真不虚啊！”

玄奘脸色一沉，他当然明白何弘达这话的意思。

“难道大唐也逃不过这个宿命吗？”

“当然逃不过。”何弘达道，“人性如此，谁都逃不脱。”

他自得地喝着小酒道：“要说这事儿呢拖得时间可不算短了，早该到了见分晓的时刻。说不定就在今天，又说不定已经有了结果。嘿嘿，小和尚，这可是天机哦，山人只跟你一个人说……”

玄奘猛地站起身来，转身便要下山。

“你现在下山，怕是进不了城的！”何弘达在他身后喊道。

但玄奘头也不回，牵了小白龙就往山下走去。

“这小和尚，猴急的性子，还学佛呢。”何弘达笑着，又往嘴里灌一口酒，便优哉游哉地躺了下去。

长安西部的延平门前，一大群准备进城的人将这里围得水泄不通，城门紧闭，士兵比平常增加了数倍。

“听说了吗？”有人小声议论着，“太子跟秦王打起来了！太子一刀砍死了秦王！”

“错了！是秦王砍死了太子！”

“不对不对，是秦王用箭射杀了太子！”

“不会吧？”有人感到不可理喻，“他们可是亲兄弟啊，一个娘生出来的，怎么会打起来？”

“切！”前面的人一脸不屑，“杨广跟杨勇也是一个娘生的，还不是弄得你死我活！皇宫里哪有什么亲兄弟啊？”

“管他谁杀了谁呢，这跟咱老百姓有什么关系？”

“谁说没关系了？”一个老人慢悠悠地踱过来道，“朝廷出了事，城门不开，你想进进不去，里面的人想出又出不来。你说跟你有没有关系？”

“说得是啊。”人们忧愁地说道，“看来今天这城门是不会开的了，咱们就别待这儿傻等着了。”

……

人群中陆续有人离开，又不断有新的人过来，相互打听着城中的消息，有些人显然有急事，坐立不安，满脸都是焦急的神色。

玄奘呆立片刻，决定去别的城门看看，他骑上小白龙，从城西的延平门一口气跑到城南的安化门。谁知这里士兵更多，聚集在城门口的老百姓也都在纷纷议论着城里发生的变故。

这一天，正是武德九年的六月初四，震惊朝野的玄武门之变爆发，皇太子建成和齐王元吉双双被杀，秦王世民夺取了政权。

听着众人的议论，又看了看紧闭的城门和门楼上全副武装的士兵，玄奘知道，今日无论如何也不可能进城了，只得再次转身离开，回骊山找那个牛气哄哄的占星家去了。

“居士是怎么知道朝廷有变的？”一见何弘达，玄奘便忍不住问道。

占星家神秘地一笑：“我何弘达是谁？天上的二十八宿都跟我是亲戚，有什么事情看不出来？”

“沙门不信。”玄奘直截了当地说道。

“信不信由你。”何弘达晃动着手中的空酒壶，看上去扬扬得意，“但山人只能这么讲。”

他转过脸，看着玄奘，用少有的正经口气意味深长地说道：“虽说天地万物广博无尽，世事变化却也不是完全不能揣测。怎么样小和尚？愿意跟我学观星吗？”

玄奘摇摇头：“佛家信命不认命。”

“好一个信命不认命啊。”何弘达懒洋洋地躺在石板上道，“你或许可以改变自己的命运，但未必能改变众生的宿命吧？”

玄奘心里一动，走过来坐在了他的身边：“那你能否看出，我最近想干什么？”

“你这不是在给我出难题吗？”何弘达笑着坐了起来，“你一个小和尚，脑袋瓜子又灵便，一会儿一个主意，我怎么知道你想干什么？”

说到这里，他似乎又想起了什么，半开玩笑地说道：“哦，我知道了！这段日子佛道的口水仗打得不可开交，差点让你们佛门遭到灭顶之灾啊！小和尚该不会是心中怀恨，在想着该怎么灭了那帮道士吧？”

“阿弥陀佛！”玄奘低低地诵了声佛号，“佛门弟子，首先要做的就是自心清净，怎么可能起这等嗔念？你猜都不好好猜。”

“我向来是不会好好猜的。”何弘达美滋滋地晃动着酒壶，“还是小和尚自己说吧，你想干什么？”

“沙门最近想西行，居士既然会观星象，就请帮我看看，能不能成行？路上顺不顺利？”

“西行？”何弘达终于放下了酒壶，“长安往西可就到秦州了，那儿的佛法可不算昌隆啊，跟长安比差远了。你去那儿干吗？”

“不是去秦州，还要往西。”

“再往西？兰州？凉州？那不就过了黄河了？”何弘达笑道，“听说河西一带突厥人闹得很凶啊，还有吐蕃人……莫非小和尚想去从军？”

“居士就不要瞎猜了，沙门要去的地方，是天竺。”

“你说什么？”何弘达扑的一声喷出一口酒来，险些把酒壶也给扔了，“就是……那个生出了佛爷的地方？”

玄奘垂目不语，算是回答。

“我说小和尚，你没发烧吧？”何弘达伸手便去摸玄奘的脑袋，被玄奘轻轻避开。

“西行取经是玄奘自少年起就有的夙愿，玄奘已经两次向朝廷具表，申请过所出关，现在就等批复了。”

说到这里，突然看到占星家略带嘲弄的目光，这才恍然回过神来：“是了，如今朝廷出事，新君即将登基，我可能要第三次上表了。”

他第一次将朝廷的事情同自己的事情联系起来，心中说不上是喜是忧。喜的是，一旦新君登基，很可能便不会沙汰佛道了，自己西行的表文也可能得到批复；忧的是，朝廷发生了这么大的事，不知道会不会祸及百姓？

看着小和尚认真的神色，何弘达终于明白他不是在开玩笑，心中越发觉得难以理解：“我说，你这是怎么了？好端端的，不待在庙里念你的经，大老远地跑去找一个虚无缥缈的国家，你这不是吃饱了撑的吗！”

“居士方才还说，世事变化并非不能揣测呢，再说玄奘只是让你帮忙看看而已，居士若是不肯，那就算了。”

“谁说不肯了？”何弘达笑道，“看看当然是可以的，不过你一个小和尚，又不是什么帝王将相，天上可不一定有你的星啊，到时候看不出来，可莫怪我不灵。”

“阿弥陀佛。居士肯看，玄奘就感激不尽了，怎会责怪居士？”

---

[1]此段出自南北朝时期的一场佛道口水战，道士张融著《三破论》，述及佛、道两教在教义上的不同，说：“道家之教，妙在精思得一，而无死人圣。佛家之化，妙在三昧神通，无生可冀，铭死为泥洹，未见学死而不得死者。”意为道教妙在修炼得道，不死成仙，而佛教鼓励人们离生而入涅槃，乃是学死之术。居士刘勰著文反驳说：“佛法练神，道教练形。形器必终，碍于一垣之里；神识无穷，再抚六合之外。明者资于无穷，教以胜慧；暗者恋其必终，诳以仙术，极于饵药。”

[2]智实被杖责的事情是太宗朝中发生的，本书将它移到这里，以避免同后来的法琳事件重复。

第21章

玄奘不能接诏

夜幕降临，清凉的山风赶走了白天的暑气，吹在身上有一种说不出的舒适自在。

玄奘与何弘达依然坐在山巅上，漫天的星斗就环绕在他们身周，构成了一幅美丽又魔幻的画面。

“小和尚有点门道啊……”何弘达仰望星空，难以置信地说道，“从星象上看，你这次西行，应该是没什么问题的。”

“真的？”如此好的预测，玄奘实在是不敢相信，“居士白天还说，我非帝王将相，天上没有我的星呢。”

“所以说你邪乎呢。”何弘达奇怪地看了小和尚一眼，“怪就怪在天上还真有你的星！该不会是——”

他压低声音，坏笑道：“你将来会做皇帝吧？”

玄奘吓了一跳：“你这神棍！胡说些什么？”

何弘达哈哈大笑：“放心吧，山人平常是喜欢开开玩笑，有时无聊了，也骗骗出家人玩儿，可还真没骗过你呢。”

玄奘轻轻舒了一口气，作为研究义学的佛教学者，他一向相信的都是缘起性空的法理，至于这算命占卜之事，也就听听而已。但只要是人，总归还是喜欢听些吉言的。

更何况，眼前这个占星家确实有点邪门，他的预测常常惊人的准确。

“山人再帮你看看啊。”何弘达兴致勃勃，又把眼睛瞄向了星空，“嗯……你大概骑着一匹红色的老马，瘦瘦的，鞍桥上有块铁……”

“这也能看出来？”玄奘更觉惊讶。

何弘达又得意起来：“山人早跟你说过，二十八宿是我亲戚，常跟我一块儿喝酒的！你当我这个占星家是沽名钓誉来的吗？”

“原来是大仙，失敬失敬。”玄奘合掌笑道。

何弘达也毫不客气地拱手：“好说好说。”

“不过这回大仙可看走眼了。”玄奘道，“我会骑小白龙去的。它既不瘦也不老，毛更不是红色的。”

“就是你那匹漂亮得不像话的马？”何弘达瞅了一眼在他们身下不远处安详入梦的白马，“名字倒是挺好听的，可我怎么看它活不了多久了呢？”

玄奘不高兴了：“居士莫开玩笑。马可以活到三四十岁呢，小白龙才九岁，正值青春鼎盛。”

一匹马五岁成年，从这时起一直到十五岁，是它建功立业的最佳年龄。十五岁后体能开始下降，二十岁以后开始掉牙，从此步入暮年。若无天灾人祸，多数马可以活到三十岁以上，有的甚至能活到四五十岁。

九岁的小白龙相当于人类年龄的二十七岁，正值黄金年华。

“莫非真是看走眼了？”何弘达揉着眼睛嘟囔着，“不过从星象上看，你骑的确实是匹红马啊……”

夏季气候多变，本来还好端端的天气，转眼间就乌云密布，满天星斗皆无。紧接着电闪雷鸣，大雨倾盆而下，霎时间，处于山巅处毫无遮拦的两人就被浇成了落汤鸡。

“快跑！”何弘达抱着脑袋就往山下冲，“待在山顶易被雷击！”

这道理玄奘也懂，两人狼狈地冲下山顶，躲进树林。

雷声震耳欲聋，距他们不远处的一棵树不幸被击中，冒出了火苗，睡梦中的小白龙也被惊醒了，恐惧地嘶叫起来。

看来，这片树林也不是什么安全之处，玄奘说声“随我来！”便将一路上不停抱怨的何弘达领到了那个看上去颇为隐秘的草棚。

“呼……呼……”何弘达跑得上气不接下气，一进草棚就岔了气，大叫起来，“天哪！这么多的石经！小和尚，你刻的？”

“居士也太高看玄奘了。”玄奘一边将马牵进草棚，一边说道，“这些石经都是大德静琬留下的，大师是担心一旦发生法难，纸质经文难以保存。”

“原来执著的和尚并不止你一个啊。”何弘达用力拧着衣角上的水，惊叹道，“乖乖，这得刻多长时间？”

玄奘默然不语，心中充满了对这位高僧的敬重。

何弘达饶有兴味地从这些石经面前走过，一面欣赏，一面忍不住地摇头赞叹：“在石头上刻经，啧啧，这功夫下得可真不小！不过，山人我说句晦气话啊，经文写在纸上固然不易保存，刻在石头上就好些了吗？也不过就是安慰安慰自家罢了。这些东西刻起来困难，毁起来却是轻而易举！真要是有法难，你当能保得住吗？"

"这个我也知道。"玄奘忧郁的目光扫过这些石条，"所以，我想将这些石经运到一个隐秘点的地方去保存，这样至少安稳一些。"

"安稳？哪里安稳？"何弘达笑问道。

"比如，山洞什么的。"玄奘一面说，一面看着何弘达。

何弘达被他的目光吓了一跳："小和尚！你该不会是想让山人帮你出苦力吧？"

"这算什么苦力？"玄奘纳闷地说道，"搬运这些石经总比刻这些石经要容易得多吧？居士就当陪玄奘松松筋骨，不好吗？"

"不好！"何弘达大叫起来，"松松筋骨？你说得倒轻巧。这么多石头，要搬到何年何月？！再说了，他刻经费不费劲儿关我什么事儿？我是个占星家，又不是和尚！"

"你这个占星家也就这么回事了，连快下雨了都没占出来。"

"谁说我占不出来？我只是没注意而已！"何弘达急辩道。

玄奘认真地说道："沙门把居士带到这里来，就是当你是自己人了。居士方才也说了，要摧毁这些石经其实是轻而易举的。"

何弘达恍然大悟："我明白了！小和尚是怕万一出什么事儿，我会把这地方说出去。放心啦，怎么说佛门对我也有些恩德，我何弘达虽说不是什么正人君子，却也不是忘恩负义之辈吧？"

"好吧。"玄奘微微一笑道，"居士不想搬，就不搬吧。过几日城门开了，我叫几个师兄弟过来一起搬。"

何弘达终于长舒了一口气，悻悻地说道："吓我一跳！小和尚可真是用心不善！"

玄奘在骊山上住了两日，估计城中局势也该稳定了，便同何弘达一道下山。

"看到那座烽火台了吗？"何弘达指了指远处骊山绣岭的最高处，"那便是周幽王'烽火戏诸侯'的典故出处了。"

"哦？"玄奘忍不住多看了几眼，"原来这典故发生在骊山。"

当年周幽王为博宠妃褒姒一笑，在无战况的情况下令人点燃了烽火台上的烽火，各路诸侯以为天子有难，急忙率兵长途跋涉赶往镐京。城楼上的褒姒看到诸侯的狼狈相，开怀大笑。幽王从此失信于诸侯。

不久，犬戎入侵镐京，幽王点燃烽火。诸侯以为天子再次戏弄他们，都不再理会，结果周幽王被犬戎所杀，西周灭亡。

由周幽王，玄奘又想到了当朝天子。身为帝王，确实是人间福报的顶点，可最终又能怎样？如果说当年幽王罢命之际，还会有些许悔恨的话，却不知当今天子在得知亲生儿子为争皇位而自相残杀的消息时，作何感想？

“小和尚在想什么呢？”何弘达见他面色凝重，忍不住问道。

“我在想，那位刚刚失去两个儿子的天子。”玄奘道。

“想他做什么？老百姓失去儿子的更多，不比天子更可怜？”

“说得也是。”玄奘叹道，“能当上天子是有很大福报的，圣上希望永远这样，他拒绝面对死亡。在大觉寺里，他曾向我问起长生之道，我说佛门没有这个，他非常失望，甚至发了脾气，对我说：‘你们解决不了我死的问题，却还要冲淡我生的乐趣！’”

何弘达忍不住哈哈大笑起来：“这位天子说话可真是直截了当啊，难怪要下令逼你们这些和尚还俗呢。不过你这小和尚也真是，你就顺着他的话说几句，哄他高兴一下不就完了吗？反正能不能长生这种事短时间内也无法验证。”

玄奘轻轻摇头：“沙门不妄语。”

何弘达哧地一笑：“沙门妄语的多了，是你这小和尚不妄语吧？要我说，圣上没当场拿下你的脑袋，还算他是个明君。”

玄奘苦笑：“圣上不明白，就算真的长生了，他也不见得能永远当皇帝。佛说世事无常，即使生在帝王之家也不能逃脱因果的法则。天子是有福报，可再多福报也有用完的一天，福享尽了，后面的日子就不好过了。”

“这话说得是啊。”何弘达道，“难怪你们佛祖要舍弃太子之位出家修行呢。”

“居士错了。”玄奘正色道，“佛陀这么做，不是为自己，而是为了一切众生！”

两人说着话，不知不觉，长安城高大的城门已出现在了眼前。

望着那雄伟的城门楼，玄奘心中暗想：不知天子现在是否醒悟？他还想长生吗？就这样一直活着，真的是一件很有乐趣的事情吗？

长安城内，人们都在悄声议论着前两天发生的事情。

一位来大觉寺上香的居士心有余悸地对玄奘说道：“太可怕了！弟子一早出门，就看到满大街上全是兵士，挥动着武器驱赶行人。幸好住的离大觉寺近，拐个弯就过来了，在佛祖跟前，心里总归踏实些！听人说啊，玄武门附近全是血，太子和齐王两家，上上下下都被秦王给杀绝了！”

也有胆子大甚至对此事件感到兴奋的人，描述起来绘声绘色犹如亲历：“太子看到秦王时，策马就往回跑，可是已经来不及了！秦王提着弓箭就追了上去。要说齐王才真够窝囊，想朝秦王放箭，连拉了三次弓都没拉开！秦王就不同了，力挽强弓，弦拉满月，一箭就射穿了太子的后心！”

这些话里明显有添油加醋的成分，但玄奘还是感到极度震惊。

当年隋帝国的杨广就是靠发动政变上台的，宇文化及诛杀杨广时，这是最现成也是最有力的一条罪名。没想到历史这么快就重演了，难道新兴的大唐王朝也要像隋帝国一样短命？难道刚刚松了一口气的百姓又要经历一场血腥的灾难？

一念及此，玄奘便深感忧郁。

幸运的是，李世民毕竟不是杨广，京城的局势和舆论很快就被控制住了，长安百姓的生活基本没受到这场政变的影响。

而且，出于稳定压倒一切的原则，李世民取消了父皇那纸尚未实施的《沙汰佛道诏》，在以皇帝名义发布的《诛太子建成齐王元吉大赦诏》中特别指明——

“其僧、尼、道士、女冠，宜依旧定。”

不久，李渊下诏，立秦王世民为太子，代皇帝处理一切政事。

又过了两个月，李渊以年迈为由，正式将皇位传于太子，自己当上了太上皇。

新皇登基后，首先想到的是那些为他打天下而死去的将士，他决定在以前曾经的战场上修建寺院，以超度那些阵亡的将士；[1]

除此之外，他还召沙门玄琬进宫，为皇太子承乾及诸王子授“菩萨戒”，并造普光寺令其居住；

并且，在魏征的建议下，他还决定重新安葬隐太子建成和齐王元吉，并为他们举行盛大的超度法会。

波颇蜜多罗那里，他也允许调派高僧前去相助译经，又将监阅之人换成朝中信佛的居士。

来自天竺的波颇大师终于不用再被人整天缠着显什么“神通”了，他高兴地对玄奘说：“我觉得，新皇很好，懂佛教，比老皇帝，强！”

玄奘只有苦笑，波颇大师毕竟是个外国人，很多事情，他不明白。

不管怎么说，看到新君所做的一切，整个京城佛界都大大地松了一口气。

菩萨保佑！这场危机总算过去了。

“当今天子还是敬重佛门的。”萧瑀对玄奘道，“圣上九岁那年得过一场重病，多方延医无效，当时并不太信佛的太上皇只好向寺院祈请。后来蒙菩萨慈悲加佑，圣体果然康愈。太上皇为此专门请人铸了一尊佛像送给寺院，算是还愿。”[2]

随着萧瑀的这些话，玄奘眼前浮现出一位慈祥而又焦虑的父亲形象。虽然这位太上皇在位时一心抑佛崇道，甚至险些让佛教面临一场沉重的打击，就连自己也差一点被勒令还俗。但一想到他亲生的骨肉拼得你死我活，十个年幼的孙儿也被残忍杀害，本人更是被儿子逼下了皇位，玄奘还是不禁从心底为他感到悲悯——不因为他曾是纵横四海的天子，而只是因为，他是一位父亲，是一个人。

御书房内，登基不久的太宗皇帝坐在书案前，专注地看着面前的一纸帛绢，这是明慨法师应他的诏令呈上的一份高僧名录。

要在从前的战场上建造那么多寺院以超度亡魂，这是一项国家工程，不仅需要大量的人力物力财力，还需要一批有德有行的高僧去住持那些寺院。除此之外，太宗还打算诏令京城有道高僧设大法会，为国祈安，超度隋末以来死于战乱的阵亡将士和无辜百姓。

可是，由于从前的精力都放在如何夺取皇位上，对佛教关注甚少，自己所知道的名僧数量实在有限，只能在最有名望的“京城十大德”中挑选。

谁知挑来挑去，只挑出个明慨法师来。其余大德中，智实遭廷杖而死，另有几位离开了京城，去深山荒野独自修行，有诏也称病不奉；留下来的高僧们大都奉法琳为首，可惜法琳是个刺儿头和尚，脾气倔强得令人头痛……

“难怪太上皇起了灭佛的心思。”太宗轻笑道，“这些老和尚的脾气确实不小。”

还不都是被朝廷逼的吗？明慨法师心想。

但这话也只能在心里想想，他可不敢宣诸口中。

自古以来，“不依国主，则法事难立”，一个皇帝的个人喜好便可以决定佛法的命运，五十年前那场法难就是活生生的例证，明慨法师又怎能不小心谨慎呢？

好在太宗的内心并不认可父亲的行为，他明白堵不如疏，简单粗暴的灭佛行为，最终的结果通常都不怎么好。

他一向对自己有着极强的自信，政变的成功，更加强化了这种自信。他坚信，在这个国家，没有什么不可以为他所用。

这时，他突然想到了大庄严寺，既然是皇家寺院，自然听命于朝廷。

“庄严寺的上座是哪一位？”他问明慨法师。

“回陛下，是慧因法师。”明慨合掌答道。

“朕现在就起一道诏令，传他来见朕。”

“陛下。”明慨法师赶紧说道，“慧因上座早在三个月前就圆寂了。”

“哦？”太宗的眉头皱了起来，“那么现在的上座是谁？”

“现在……暂时无人出任上座。”

“怎么可能？！”太宗一掌拍到了案上，“堂堂皇家寺院，居然一连三个月无人住持？朕不相信现在的和尚都这么清高，连上座之位都不要！”

明慨法师没有说话，他心里明白得很，僧人之中确实有清高的，但大多数都没这么清高，渴望住持皇家寺院的大有人在。只不过当此多事之秋，没有皇帝的敕令，谁也不敢贸然出这个头罢了。

如今，见皇帝怒气勃发，明慨法师只能硬着头皮合掌奏道：“陛下想是忘了，皇家寺院的上座一向是由圣上亲自任命的。”

听了这话，太宗终于冷静了下来。

他对明慨法师道：“朕为战亡人士设斋行道，又建寺院超度亡灵，这不也是弘扬佛法吗？老法师们大都年事已高，以修行为务，原也无可厚非。但总会有些年富力强的僧人吧？法师可否辛苦一下，帮朕草拟一份新的‘京城十大德’名录呢？”

这话说得如此客气，明慨法师自然不能拒绝，合掌领命而去。

现在，这份名录就摆在太宗皇帝的面前。

太宗的目光从那十个人名中逐一扫过，这里面的人大多数他是知道的，比如道岳、法常……都是京城名硕，声名显赫的大德。但也有几个陌生的名字。比如——

他突然注意到了其中一个：大觉寺沙门，玄奘。

太宗皱紧了眉头，这个名字既陌生又有几分熟悉，在哪儿听到过呢？

终于，他想起来了！年初，他率兵去夏州攻打梁师都，回来时却被告知，他刚刚错过了一场精彩的佛道辩论，当时整个长安城都在谈论那场大辩，以及一个叫玄奘的少年法师。

这个名单上的玄奘就是在那场辩论法会上大放异彩的僧人吗？

太宗看了看名字后面的小字：二十四岁。在整个十大德名单中，这是唯一的一位二十多岁的僧侣。

“这个和尚看来有点儿意思……”太宗这样想着，便将这个名字深深印在了脑子里。

就在这时，御书房外传来一个声音：“臣萧瑀见过陛下。”

“是萧爱卿吗？快请进来！”太宗将这份名录放在书案上，站起身来。

虽然换了皇帝，萧瑀的生活却没有什么大的改变，仍然是上朝当他的宰相，下朝读他的佛经，当今皇帝对他的信任更胜过老皇帝。

人们曾这样描述萧瑀的地位：“梁朝天子儿，隋朝皇后弟，尚书左仆射，天子亲家翁。”

萧瑀的高祖是梁武帝萧衍，父亲则是后梁孝明皇帝萧岿，姐姐是隋炀帝的皇后萧氏。他本人原在隋朝做官，后因忤于炀帝，逐渐疏远。隋末之乱，萧瑀受高祖之召，襄助唐室。高祖曾说：“得公之言，社稷所赖。”他因此成为凌烟阁二十四功臣之一，官至尚书左仆射，是货真价实的宰相。

太宗为秦王时，太子、齐王常进谗言，而往往此时秦王都领兵在外，难以为自己辩解。萧瑀生性耿直，每当这时便在高祖面前为秦王鸣不平。

“疾风知劲草，板荡识诚臣。”这是太宗赠与萧瑀的诗句，对于这些往事，太宗是非常感激的。

太宗即位后，对萧瑀格外敬重，亲口将自己的长女襄城公主许配给萧瑀的儿子萧锐为妻。这样，他又成了当朝天子的亲家，身份尊贵无比。

君臣二人坐在御书房内，太宗随口问道：“庄严寺慧因法师圆寂，上座之位一直空缺。朕这段日子国事繁忙，因而也没顾得上这个。卿佛缘深厚，对京城佛界甚是熟悉，可知有谁能堪当此任吗？”

萧瑀立即说道：“臣以为，大觉寺玄奘法师可担此职。”

“哦？”太宗没想到萧瑀如此干脆地说出了人选，他拿起桌上那纸帛绢，指着上面的名字问：“卿所说的，可是这个僧人？”

萧瑀点头：“正是。臣有缘，曾与玄奘法师见过几面，蒙法师宣讲佛理，饱尝醍醐，遍饮甘露，当真是受益匪浅。”

太宗有些难以置信：“那玄奘年纪轻轻，当真如此了得？”

萧瑀道：“玄奘法师确是佛门百年难遇之奇才，很多大德修行数十载，却还自愧不及奘师天生慧根。”

太宗依然不信：“如果那玄奘开坛说法，爱卿会去听吗？”

“这是自然。”萧瑀道，“奘师开坛讲法，老臣只要有空，必会前去洗耳恭听，天籁之音可除去积年蒙障。”

听得此言，太宗不禁暗暗称奇。

玄奘还在积极地为西行做着准备，他在禅房中一边缝补着出门穿的短褐，一边想，骊山已经没什么爬头了，要想把身体练得更结实些，是不是应该再跑一趟蜀道呢?

就在这时，忽听到一声响亮的“大唐皇帝令！”倒把他吓了一跳。

前来传诏的是大唐鸿胪寺一位年轻官员，道岳法师带领寺中弟子，站在殿前，合掌听宣——

“大唐皇帝令，敕命大觉寺沙门玄奘为长安大庄严寺上座，住持皇家道场。即日起速徙往大庄严寺。钦此。”

僧人们立即窃窃私议起来，皇帝任命玄奘出任大庄严寺上座？这殊荣可不是一般的大呀！多少大师级的僧人求都求不来的位置，为何会给了这么一个青年法师呢？

无数道目光齐刷刷地射了过来，聚焦到他的身上，充满艳羡。

然而玄奘却站在那里发愣——数次上表请求西行，一直没等来朝廷的回复，这会儿突然来了这么个任命，什么意思？难道这是皇帝在暗示他，不准西行吗？

大庄严寺上座？是啊，这确实是个天大的殊荣，不仅说明了他的修为、学识、名望得到了朝廷的认可，同时也意味着年纪轻轻的他已正式步入全国顶级高僧的行列。

可是，这真的是我所需要的吗？

"玄奘法师，快接诏书吧。"道岳法师站在一旁，小声提醒道。

玄奘终于抬起头，原本有些迷茫的双眸中，重新汇聚起坚定的光芒："多谢圣上美意，玄奘不能接诏。"

此言一出，宣诏官的身子如遭雷击般地僵了一下，周围的僧众已是一片哗然！

没有人想到会发生这样的事情，这是皇帝的圣旨，也是很多僧人梦寐以求的大好机会，他竟这样毫不犹豫地说了不！

玄奘在禅房内铺好纸张，提起笔来——他已经数次上表请求出关，皆石沉大海，也不知是没送到还是没批复。而这一回，皇帝派鸿胪寺官员来传诏书，那么自己的回表理所当然由这位官员直接带给皇帝。这对他来说，是一次难得的机会，至少可以确保表文顺利到达皇帝手中。

至于有没有麻烦，会不会因抗诏而获罪，已经不在他的考虑范围之内了。

先前打算结伴西行的几个僧侣跑到他的身边，苦劝不已——

"圣上亲自任命法师出任皇家寺院上座，这是何等的荣耀！法师怎可如此糊涂，拒绝圣上的美意？"

"法师啊，这圣旨一下，抗命不尊的后果你可曾想过？不说别的，单单一句藐视朝廷，藐视皇帝，就足够让你身首分离了！"

"法师这究竟是为什么？就为了你那个看上去渺不可及的心愿吗？别傻了，那真的太不值了！"

"现在这种情况，西行是绝对不可能的！你若得罪了圣上，一旦龙颜震怒，后果不堪设想啊！"

……

耳边各种声音响成一片。玄奘默然不语，提笔疾书。

这时，道岳法师也冲了进来，气急败坏地喊道："玄奘啊玄奘，你是当真不要命了吗！多年的修行，你怎敢如此轻视？”

“师父！”玄奘低低地叫了一声。

在他的印象里，道岳法师一直是一位敦厚长者，从未如此失态过。这一次若不是担心他的安危，又何至于此？

“你说，这究竟是为什么？！”道岳法师厉声喝问。

玄奘沉默片刻，低低地回答：“师父，弟子无法安心。”

听到这平静至极的回答，道岳法师沉默了。

对一个佛弟子而言，这确实是天大的理由，是比什么都重要的事情。

老法师终于平静下来，在玄奘身旁颓然坐下，疲惫地说道：“你心中所想，老衲又何尝不知？可是玄奘啊，你要知道，人生苦短而佛理渊深，经论浩瀚如海，非一人一世所能尽学，也不可能一时尽数传来。”

“弟子知道。”玄奘轻声说道。

道岳法师依然摇头：“如今中原的佛法，般若毗昙均已传来，瑜伽一宗也已由菩提流支大师和真谛大师译出《地论》《摄论》和《二十唯识论》，老衲实在想不出，还有什么不能满足你的呢？”

玄奘道：“般若毗昙虽然传来，但都零散不全。至于瑜伽宗的一本十支，所缺更多，尤其是《十七地论》这一根本宝典，大部未能寻得。所以才会出现地论师与摄论师的数百年争执。若是对整个教理茫然无知，则一切歧义都无法解决。”

说到这里，他抬头看向道岳法师：“师父，弟子以为，今日佛门之弊，盖有二端：一曰孤陋寡闻，局于门户；二曰不精法相，谬解纷纭。此二者均缘于此。”

道岳法师面色苍白，默然无语，玄奘知道他其实是赞同自己的，便接着说道：“像成实、俱舍、地论、摄论、涅槃等宗，皆执一经一论。如此，则一身六足、一本十支、四阿含、方广经论无穷，不知要立多少宗了。每宗都说自己是真理，甚至编出一些神迹来宣扬自己的正确，此之谓孤陋寡闻。

“而佛法名相精审，范畴明确，体系严密。像什么色心心所，有为无为，有漏无漏，常与无常，能证所证，都是界域分明、系统不紊的。但是中原学者没有经过阿毗达摩的严格训练，既未见真谛，又不能严守圣言，于是望文生义，附会穿凿。此之谓谬见纷纭。

“弟子多年来研读佛典，遍访名僧，却越来越感到莫知适从。地论宗有法界依持真如生起万法之说，摄论宗有第九阿摩罗识和真常净识和有情真体。凡此种种，既紊乱了有为无为，又紊乱了有漏无漏，名相乱则法理乖。想当年，大德们苦心弘法，阐扬经论，绝不希望看到今日这般谬解丛生、争论纷然的情形吧？”

“可是你西行就能改变这一切吗？”道岳法师问道，“此事重大，只怕不能寄希望于一人一时吧？”

“话虽如此，但最重要、最急需的典籍，必须求得翻出。”

道岳法师无奈了，许久，方才轻叹一声：“就因为这些疑惑，使你不能安心？”

“正是。”玄奘道，“这些年来，弟子一直摸索于迷雾之中，从来不曾见到天日。师父，佛法传到中原已经六百多年了，这个分歧已到了非解决不可的时候！应该有人去做这件事，使天下的佛弟子都有一条明确的道路可走。同时，也不会再因我们内部的纷争而成为他人攻击佛门的口实。”

老法师长长地叹了口气，无力地问道：“这个人就非得是你吗？”

“是玄奘有疑惑，是玄奘不能安心，是玄奘想从根本上解决这个问题。如果不是玄奘去做这件事，又应该让谁去做呢？”

道岳法师无语了，大庄严寺上座，这真的不是个容易抗拒的诱惑，一旦接受了这个职位，在俗，则名利双收风光无限；在教，也可以借此平台充分展示自己的才能，实现他少年时立下的“远绍如来，近光遗法”的宏愿。

这不是很好吗？

然而玄奘还是毫不犹豫地拒绝了，直到此时，道岳法师才终于意识到，这个年轻法师的心真的不在长安了。

西行，这是一条艰难坎坷、充满未知的道路，何况在眼下这个时候，他真的知道自己的选择是什么吗？

很快，表文写好，玄奘从容地将其封好，交给等候在外的传诏官员。

“沙门感念圣上恩德，然而人各有志，还请圣上见谅。”

那官员“哼”了一声，劈手接过道：“这封表文本官自然给你带到。至于圣上见不见谅，本官可就不敢保证了。”

言罢拂袖而去，留下一众僧人面面相觑。

现在，太宗的面前摆放着两份表文。

一份是太史令傅奕的，主张在全国范围内废除佛教。这已经是傅奕第八次上同样的表文了。

另一份则出自那位年轻的高僧玄奘之手，委婉而又郑重地谢绝了朝廷对他的庄严寺上座的任命，再一次重申了想要获得关文以便西行求法的心愿。同样的请求在高祖时期他就已经上过两次，这是第三次了。

太宗苦笑，怎么现在的人都这么执著呢？

他拿起玄奘的表文，仔细观察上面的字体——

太宗酷爱书法且颇有造诣，对于未曾谋面的人，喜欢通过字体来猜测其人。如今看着表文上的字，于平稳端肃中隐隐透着轻虬之气，显得风骨洒落，安雅大方，令他心中好感倍增。

“……自释流西来，慧风东扇，译本残缺，讹谬百出，以管窥豹，难概宏义。中土诸师，或迂而乖本，或偏而不即，各执其见，聚讼纷纭。唯有振锡西去，广求异本，方可正本清源，截伪续真，开兹后学。是以沙门玄奘立誓西行，展谒众师，秉承正法。归还翻译，广布未闻。剪邪见之稠林，绝异端之穿凿，补像化之遗缺，定玄门之指南。使我东土法雨常注，善根广播，王公黎首，皆可福荫，宗庙社稷，万世不颓……”[3]

很不错的文章，太宗想，能写出这么优美庄重又有说服力的文字，这样的人，如果在俗，当为经国治世之才吧？

太宗闭上眼睛，他仿佛看到一位面貌庄严、带着几分书生气的青年僧侣，正站在自己面前。他言辞恳切，侃侃而谈，要求西行的理由又很充分。太宗觉得，自己几乎就要被他给说服了。

可是不行！他断然对自己说道，大唐建国还不满十年，又刚刚经历了玄武门之变，内有忧患，外有强敌，实在不能掉以轻心。

如今的大唐很不稳定，自己这边刚刚登上皇位，屁股还没有坐热，就发生了天节将军、燕郡王李艺的叛乱事件；紧接着，利州都督李孝常反叛，令人头大不已。

外部胡族更是虎视眈眈，特别是突厥骑兵，经常对边界进行袭扰，这已经不是一天两天的事了。

一想到突厥人，太宗就恨得牙痒——这帮狼崽子一直是中原地区最大的威胁，隋末天下大乱时，他们就趁汉人忙着争夺中原之际夺取了丝绸之路的控制权，使得大唐在建国之初就断绝了同西域各国的外交关系。尤其是东突厥，由于与大唐接壤，甚至直接威胁到了帝都长安的安全！

想当年，就连太上皇都曾低声下气地向他们称臣纳贡，这真是大唐的奇耻大辱！

太宗脸色阴沉，他想起上个月，刚刚登上皇位还不满二十天的他，就接到了东突厥颉利可汗率领十多万人马直扑渭水的消息。

颉利的如意算盘是，新皇帝刚刚即位，又是在一场血腥政变之后，国内政局不稳，很可能会像李渊那样派人求和，不趁此机会狠狠地敲上一笔竹杠实在对不住自己。于是先派出使者前往长安城去见太宗，扬言突厥百万骑兵已经杀到渭水四十里外。

然而这位突厥可汗打错了算盘，年轻的太宗皇帝丝毫没有理会他的威胁，而是直接将使者拘押，然后亲率六名臣子来到渭水桥头，指名要与颉利可汗隔河对话。

原本不可一世的颉利可汗，看到南岸顶盔贯甲跃马横刀的大唐皇帝，以及军容整齐、杀气腾腾的唐军，竟不觉害怕起来。双方很快在桥上达成协议，并斩白马签订盟约，太宗重申了大唐会继续向突厥称臣纳贡的政策，突厥人呼啸而退。史称“渭水之盟”。

提起这次会盟，很多人都津津乐道于皇帝的胆识与气魄，而太宗自己却一点儿也不觉得这是什么值得炫耀的事情。相反，随着时间的推移，他越来越感到深深的耻辱。

因为他心里清楚，这个所谓的“渭水之盟”背后，是大唐朝廷被迫送给东突厥大量金帛而换来的短暂太平，这批金帛数额巨大，甚至到了“空府库”的地步！

此后太宗一想起“渭水之盟”，就恨恨地称其为“渭水之辱”！

如果说，金银玉帛还可看作是身外之物的话，那么，东突厥大军一度逼近长安，这一事实也给了太宗极大的震动——这帮狼崽子反复无常，结盟显然是靠不住的。

从此以后，太宗把东突厥看作是心腹大患，一方面励精图治休养生息积聚国力，另一方面厉兵秣马，用外交分化和封锁边关的手段削弱东突厥，以期有朝一日能够彻底解决他们。

---

[1]太宗在他以前的七所战场上，建筑了七所佛寺，分别是：破薛举于豳州，立昭仁寺；破宋金刚于晋州，立慈云寺；破刘武周于汾州，立弘济寺；破王世充于邙州，立昭觉寺；破窦建德于郑州，立等慈寺；破刘黑闼于洺州，立昭福寺；破宋老生于莒州，立普济寺。寺建成后，虞世南、李柏药、褚遂良、颜师良、颜师古、岑文本、许敬宗、朱子奢等七位大臣，为以上七寺撰新寺碑志。

[2]此事载于《金石萃编》卷四十《大海寺唐高祖造像记》，“比闻大海寺有双王像，治病有验，故就寺礼拜，其患乃除”。另，流传至现在的一尊石像上的铭文也记载了这件事，这尊石像正是当初的李渊为李世民祈福而供：“郑州刺史李渊，为男世民因患，先于此寺求佛。蒙佛恩力，其患得损。今为男敬造石碑像一铺，愿此功德资益弟子男及合家大小，福德具足，永无灾障。弟子李渊一心供养。”

[3]此表部分取自玄奘的《启谢高昌王表》。

第22章

这回你该死心了吧？

正当太宗清理着自己繁复的思绪时，有人来报：“陛下，鸿胪卿郑元璹求见。”

太宗一喜，放下手中的表文：“宣他进来！”

这个郑元璹几个月前刚被派去出使东突厥，想不到这么快就回来了。

“东突厥那边怎么样？”太宗斜坐在御书房中的软榻上，关切地问道。

郑元璹道：“回禀陛下，今冬突厥境内遭受了罕见的大风雪，大批牲畜死亡，半年来一直没有恢复元气，如今食物严重不足，闹起了饥荒。”

“哦？”太宗眼中现出喜色，身体略略前倾了些，“那可得加紧边关防卫，别让那帮狼崽子去抢边民的粮食。”

“是，陛下。”郑元璹说完，依然保持着恭敬行礼的样子，一副还有话要说的神情。

“爱卿还有什么要奏的吗？”

“回禀陛下。”郑元璹上前一步道，“颉利可汗因政令苛刻烦琐，内部早已是怨声载道。如今突厥内忧外患，臣以为，这是趁机出击东突厥的好时机。”

正合我意！太宗强按住心中的狂喜，不动声色地问道：“郑卿确定现在开战是最佳时机吗？”

“臣认为如此。”郑元璹道，“最近这段时间，颉利可汗重用汉人赵德言，大改突厥旧俗，草原政局一片混乱。散居漠北的铁勒各部如薛延陀、回纥、拔野古、仆固等十五部，最初依附于颉利，如今见东突厥政治混乱，也相继叛离，改投了西部葱岭一带的统叶护。现在开战，正是最佳时机！”

太宗心里认同他的话，但出兵毕竟是件大事，怎么说也得谨慎一些。

于是说道：“卿所言极是。朕打算明日早朝之时，与诸位大臣共议一下。卿一路辛苦，就请先回府歇息去吧。”

“谢陛下。”郑元璹再行一礼，俯身退出。

郑元璹一走，太宗便将身子重新靠回到了软榻上，嘴角露出一丝难以察觉的笑容。

“终于可以对这帮狼崽子采取强硬措施了。”太宗恨恨地想，“眼下他们正遭饥荒，只怕又要到处抄掠，中原的盐、米、茶、铁都是他们需要的。必须严格限制百姓和商人出境，彻底断绝那帮狼崽子从我中原获取物资的可能！也不能让他们从边境流民那里得到大唐的情报，对了，还有那个和尚……”

他的思绪自然而然又转回到玄奘身上，显然，这个僧人只想西行取经，对大唐的安全并无妨害。

可是，从萧瑀的评价中却可以看出，这个玄奘年纪轻轻却游历颇广，朝廷信佛的官员们都与他有所交往，万一西行途中被那帮狼崽子擒获，无意中泄露国家机密，那可不是闹着玩的！

再说了，怎么着他也是个出了名的高僧，我若正式批准他出行，万一路上被劫持，外交方面也是个麻烦。

想到这里，太宗提起朱笔在表文上写下了驳回的话，他希望这个僧人能够知难而退，放弃那些异想天开甚至疯狂的念头。

玄奘坐在书案前，正专心致志地抄着什么。

在他面前摊着好几页贝叶经，上面写满密密麻麻的梵文，这些经典都是他从波颇大师那里借来的，他要抓紧时间将它们抄写下来。

一个小沙弥进来禀报说：“法师，左仆射萧居士来了。”

话音未落，萧瑀的一只脚已经踏进禅房。

“萧居士请坐。”玄奘愉快地放下笔，起身让座道，“为何不提前说一声，也好让玄奘出门迎接？”

“法师就不必客气了。”萧瑀大大咧咧地坐了下来，单刀直入地说道，“瑀今日专为法师而来。听说朝廷任命法师担任庄严寺上座一职，法师拒绝了？”

“居士如何得知？”玄奘微笑着，递上一盏清茶。

“这个任命，是老夫向圣上举荐的。”萧瑀端茶在手，很不高兴地说道，“大唐国寺，皇家道场，难道还装不下法师的心吗？”

玄奘怔了一下，叹道：“萧居士如此抬爱，玄奘实在愧不敢当。只是玄奘年少识浅，不足以担此大任。”

“年少识浅？”萧瑀哼了一声，“只怕是推托之辞吧？”

“玄奘绝非有意推托。”看着面前一脸冰霜的大唐宰相，他不禁轻叹一声道，“萧居士，玄奘一心想要西行求法，已经数次向朝廷上表。此事居士也是知道的，为何还要举荐玄奘去担任什么上座呢？玄奘又如何能够为了区区一个上座之位而舍弃求法的宏愿，把自己绑在长安无法西行？”

“你说什么？区区一个上座之位？”萧瑀不由得一哂，“法师还真是年少轻狂啊。大唐国寺，皇家道场，日常清众数以千计，上座之位尊贵无比，有多少高僧做梦都得不到这个位置啊！”

“但是玄奘志不在此。”

萧瑀忍不住摇头苦笑，无可奈何，皇帝揶揄的目光又出现在他的眼前——

“卿上次跟朕举荐的那个叫玄奘的僧人，朕已经亲自下诏，任命他为庄严寺上座，卿猜猜后来怎样？”

“臣猜想，玄奘法师定然上表谢恩来了。”看着皇帝手中的表文，萧瑀恭敬地说道。

“卿猜错了。”太宗笑着晃了晃表轴，“他上表拒绝了这个任命。”

“拒绝？！”萧瑀大惊失色，“什……什么意思？”

“就是说，他抗诏不从。”太宗的脸上看不出喜怒，语气也很平淡，“他说他要出关西行。”

萧瑀目瞪口呆——这小和尚！究竟想干什么？

“朕已在他的表文上做了批示，卿顺便带回，交给他好了。”太宗说着，将表轴交给了萧瑀。

看到对方满脸惊愕的样子，年轻的皇帝不怀好意地笑了笑。

没办法，谁叫你推荐了这么个麻烦呢？

“你要取经求法，得到朝廷批文了吗？有过所和公验吗？”萧瑀不悦地问道。

玄奘默然不语。

“瑀也知法师心愿宏大，可是明知不可能的事情，过于执著就是不智了！再说，也未必外面的和尚会念经，长安的高僧大德那么多，有无数法会可供法师选择，为何非要舍近求远呢？”

玄奘道：“如果不能穷究佛法妙理，便是参加再多的法会，也无法悟解和阐释经中之义。玄奘不惜舍身殉命去做这件事。想来圣上念我一片愚诚，会准我表文的。”

萧瑀无奈摇头，大唐朝廷即将在边境发动战争，自己也是主战派之一，这个时候，圣上能准你出关才怪！

便是圣上准了，我萧瑀也是要阻止的！

但是这话属于军事机密，自然不能在外乱说，哪怕是对一个有名望的高僧。

“法师辩才无碍，老夫也不指望能够说服你。圣上的批复我带来了，法师自己看吧。”萧瑀边说边将退表从袖中取出，放在面前的书案上。

玄奘心中一喜，等了这么久，总算等到了一个批复，还真是不容易啊！

打开表文之后，他的心霎时间变得一片冰凉，整个身子如坠冰窟。

皇帝的批文也是驳文，写得极其简单、明确，且措辞严厉，有着不容置疑的口吻。显然，对于玄奘的拒诏行为和出关西行的请求，极为不满。

“如何？”萧瑀看着僧人的神情，淡淡地说道，“法师这回该死心了吧？”

玄奘确实死心了，这一刻，对于请得朝廷的批准，他已经完全不抱期望。

日子过得飞快，新的一年转眼又到，太宗皇帝诏令天下，改元“贞观”。

这个贞观元年从一开始就注定是不平静的一年，无论是大唐还是突厥，所有人都感觉到了一种诡异的气氛。

自打薛延陀、回纥、拔野古等十余个部落揭竿而起后，颉利可汗就下决心血洗叛变的部落，他派大将欲谷统领十万雄兵，企图一举踏平回纥部落。

回纥部落人少力弱，能够用于战斗的不过五千人，跟东突厥的十万骑兵相比，无异于以卵击石。然而天下的事情常常出人预料，回纥与突厥军队激战于马鬣山，居然大败突厥，赢得了一场辉煌的胜利！

“你们听说了吗？”大觉寺中，一位来上香的居士绘声绘色地描述着，“带领回纥军队打败突厥人的那个首领，名字居然叫菩萨！”

“菩萨？想必会些法术吧？”有人凑趣道。

“法术倒不见得有。不过，很多人都说，这位菩萨将军‘劲勇，有胆气，善筹策，每对敌临阵，必身先士卒，以少制众。’看来果然不假啊。”

“这么说来，那位菩萨将军比真菩萨还要厉害啊！”

“咳，咳！我说你们这些后生，都在胡说些什么呀！”一个老人咳嗽着踏进寺门，“突厥人啊，那还用说吗？坏事做尽，连老天都不帮他们！这不，听说今年又发生大雪灾了，冻死了好些牲畜，整个漠北草原发生大饥荒。这个颉利啊，他不想着救灾，反而增加赋税，咳，咳，你们说，这不是作孽吗？他能打胜仗吗？”

“老丈说得极是。”人们点头附和道，“听说前些日子，颉利派出四员大将，率几十万大军，镇压薛延陀部的反叛，照样被打得大败！”

“这就叫天作孽，犹可恕，自作孽，不可活啊！”老人感叹着说道，“还有啊，你们别老拿那些打仗的家伙跟菩萨比，他们都是杀人的，菩萨可是救人的。你们说，这能比吗？咳，咳，这老天，可真够冷的！咱们还是求求菩萨，保佑大家别得病吧。”

“老人家，我看您就受凉了。”先前那位居士笑着说道，“这种天气，您还是多休息少走动吧。”

萧瑀踏着积雪来到大觉寺，迎面正碰到玄奘，只见他身着一件粗布旧袍，背上背着个柳条筐，正要出门。

“萧居士。”看到萧瑀，玄奘单手放在胸前行了一礼。

萧瑀回礼后，随口问道：“法师这是要到哪里去啊？”

“骊山。”玄奘恭敬地答道。

萧瑀抬头看了看天，空中阴云密布，随时都可能再降雪，这样的天气无论如何都不适合登山。

突然想起前几日玄奘还向有司申请过所，说是要去蜀地看望兄长，结果仍然遭到拒绝。这会儿，他该不会是想偷着走吧?

“法师去骊山做什么？”

玄奘从萧瑀的眼中看出了几分不信任，但他并不在意，礼貌地回答道：“这段日子天气骤寒，很多居士都得了病，玄奘去山上挖些草药来。”

“这么冷的天，山上还有草药？”萧瑀奇道。

“有。”玄奘道，“都在土里埋着。”

“山上寒气重，法师衣衫单薄，也要小心不要受寒了才好。”

“多谢居士关心，请居士先去客堂喝杯热茶吧。”玄奘说罢，单掌施了一礼，便径直朝门外走去。

望着他孤寂的背影，萧瑀眼中不禁现出几分忧郁。

他知道玄奘依然没有放弃西行的念头，只是，在如今这样的非常时刻，他是无论如何也走不了的。

东突厥陷入严重的困境，许多文武官员再次上书太宗，建议利用这一难得的时机，发动进攻。

对于这一提议，太宗不置可否，他心里很清楚，现在还不是时候。

尽管已经内外交困，狼狈不堪，颉利可汗仍然没有放松对大唐帝国的警惕。距离渭水之盟仅仅一年，又遭遇到各部族的反叛与雪灾饥荒，颉利自然会想到大唐军队乘虚而入的可能性。因此这段日子，他便以狩猎为名，率军南下，直达帝国的边境朔州，积极备战。

而太宗皇帝则选择了不动声色，他仍在厉兵秣马，等待最佳的时机。

半年时光就这样看似平静地过去了。

八月，天高云淡，整个秦岭都被涂抹上了一层绚丽的金黄色。

玄奘身着白色短褐，附身于陡壁之上，双手抓住一根树藤，单薄的衣服被汗水紧紧地贴在身上。

他还需要再攀丈许才能到达崖顶，而在他的脚下，直直的山谷一片幽暗，深不见底，直让人心里发毛。

这个悬崖是他两个月前采药时无意中发现的，此崖从山谷间直直突起，高不见顶，整个崖壁光溜溜的长满苔藓，草木也不多，几乎找不到可以借力攀缘的地方。

玄奘一见此崖就极为喜爱，当即脱去外袍，又在山谷间采了些结实的树藤，编成两条长绳，系在腰间，足足费了大半日的功夫，也只攀上了数尺。

想不到这长安近郊，竟然还有这么好的地方！既然如此，那就没必要再去跑什么蜀道了。

于是，近两个月来，玄奘每天都来此攀爬，每天都能比前一天爬得更高一些。佛家特有的禅定训练使他心如止水，一点儿都不着急，每次都能耐心总结经验，爬到实在上不去了，就抓着长绳滑下来。

今天看起来运气不错，他抬头看看上面，距离头顶不足两尺远的地方，有一块凸起的岩石，只要抓住它，就可以一鼓作气攀上崖顶了。

玄奘深深吸了一口气，手心里已浸满汗水。

突然，原本明亮的天空竟然毫无征兆地黑了下来！

玄奘吃了一惊，今天怎么天黑得这么早？

他第一个念头就是自己攀山忘了时间，以至于太阳落山了都不知道。但是这个想法一冒出来就被他自己给否决了，他非常了解自己估算时间和距离的能力，没来由的怎么可能出现这么大的偏差？

那么会不会是要下雨了？玄奘忍不住抬起头，望着天空中越来越低的云翳。

不像！这不是一般的阴天，而是提前进入了黑夜！

这时，他看到了一个圆球，黑色的圆球，很诡异地悬在空中……

日食！呆望良久，他才终于想到了这个词。

他突然想到了何弘达，估计此时此刻，在另一个山头上，那个占星家也正目不转睛地盯着天上那黑色的太阳吧。

自汉代以来，太阳便被认为是君王的象征。发生日食，就表示君主受到侵犯，皇帝将有灾难。

然而另一方面，日食也被认为是皇帝做了错事后，天显异象以示警告。

这次的日食，究竟是什么征兆呢？

22
这回你该死心了吧？

一条碧绿的蛇沿着长绳出溜下来，直接盘在玄奘赤裸的小臂上，赤红色的小眼睛紧紧盯着这个人类，嘴里不安地吐着信子，一副紧张不已的样子。

它大概是怕我把它甩下去吧？玄奘猜想。

接着，更多慌乱的生灵从他身边蹿过。

玄奘心中感叹，畜生道虽属三途，对环境变化的敏感程度却远远超过了人类。

紧张的青蛇终于穿过这条温暖的“道路”，下到黑乎乎的山谷里去了。

此时玄奘的手已经握得麻了，他知道不能再耽搁，于是深吸一口气，双足蹬住崖壁，用力向上几步，手臂一伸，便牢牢抓住了那块凸起的岩石。

好险！玄奘将身体紧紧贴在岩壁上，山风吹在身上一阵寒凉，他这才发觉，身上的衣服早已被汗水浸透了。

最艰难的一段路走过，剩下的事情就简单了，喘了几口气后，玄奘手足并用一鼓作气攀上了崖顶！

自从发现这个悬崖后，今天还是第一次登顶，按说应该很喜悦的。可是站在崖顶上，他发觉自己并没有预期的快乐。

莫非是被头顶那个黑色的太阳扫了兴致？

何弘达已经面对那个黑色圆球一动不动地坐了很久了，他的眉头皱得紧紧的，就连玄奘走到身旁都没有发觉。

“第一次看到居士这般为难啊。”玄奘先开了口。

何弘达惊得差点跳了起来，回过头来大骂道：“你这小和尚！什么时候学会吓唬人了？”

玄奘微微一笑，在他身边坐了下来，眼睛看着悬在空中的黑色日头，随口问道：“居士不是说，二十八宿是你亲戚吗？怎么连小和尚来了都不知道？”

何弘达哼了一声：“山人在专心看天象，哪有工夫管你来不来！”

说到这里，他才注意到玄奘一身短打，白色短褐上湿漉漉的沾满苔藓，下摆也被扯破多处，看上去颇为狼狈。

“怎么成了这副模样？跟谁打架了？”

玄奘一指远处的山头：“居士可知那边有个深崖？玄奘便是从那崖底爬上来的。”

何弘达立刻明白了是怎么回事，苦笑道：“听山人一句劝，别折腾了，折腾死了都没用！瞧见这日食没？只怕朝廷又要有麻烦了。”

“日食是很平常的天象，跟朝廷有什么关系？”玄奘当然知道民间关于日食的一些说法，但身为佛弟子的他并不太信。

“我说你这小和尚，是真不明白还是装不明白？”何弘达瞪着眼睛看他，“日食，阴侵阳，臣侵君之象，救日食所以助君抑臣也！”

玄奘眉头微蹙：“如果真像居士所言，不管是不是真的，朝廷都会有所应对了？”

“可不是嘛，就不知道他们会如何应对。”

“不会很残酷吧？”玄奘心中涌起一股不安。

“难说。”何弘达道，“你读过史书就该知道，有时候皇帝为了消除身边的不安全因素，什么事儿都做得出来！搞不好，就会血流成河！”

听了这话，玄奘的眉头皱得更紧了。

日食过后没几天，关中的气候突然变得不正常起来。

先是一场罕见的暴雨，接着竟下起了冰雹，很多路人牲畜被砸伤，田里待收的庄稼顿时变得惨不忍睹。

冰雹过后，气温骤降，一夜之间，关中大地笼罩在一片白花花的严霜之中。

这场灾难来得太过突然，以至于很多人措手不及，田里那些即将成熟待收的庄稼大多被霜雹毁损，每天都有人员和牲畜冻死的消息传出。

何弘达恍然大悟：“原来日食应在了这场天灾上！”

玄奘站在大觉寺门前，望着阴霭密布的天空，心头便如压了块巨石一般，沉重得喘不过气来。

在他身旁，一个老人摇头叹息：“唉，今年的收成看来是没什么指望的了……”

“老百姓，苦啊……”另一个老人随声附和道。

看着两个苍老的身影逐渐消失在街道尽头，玄奘的心情越发沉重不安……

这场霜灾的波及面远远超出玄奘的想象，不仅以长安为中心的关中地区颗粒无收，甚至中原一带也遭受到了池鱼之殃。

长安粮价飞快地涨了起来，很多家庭开始面临绝粮的威胁。

好在现在已不是乱世，长安又在天子脚下，因此百姓们倒也不是太恐慌，大家都在等待着朝廷发话，尽快拿出个赈灾方案来。

几天后，大唐皇帝发出一纸紧急诏令：长安城四门大开，任由灾民出城，“随丰就食”。

此令一出，长安城内一片哗然！

灾荒降临，朝廷不说救灾施赈，反而由皇帝亲自下诏，鼓动首都百姓出城要饭！这话怎么听着都有几分滑稽的意味。

其实，太宗皇帝也是有苦自家知。

22
这回你该死心了吧？

由于前朝战乱兵灾的消耗，大唐的府库本就不够丰裕，而太宗又刚刚给颉利可汗送了三分之一的“贡款”，国库立刻变得干瘪起来。剩余的钱粮还得维持朝政，重修因战乱而毁坏的城池，最重要的是，还得准备大批军粮——他已经下定决心，以颉利可汗援助叛军梁师都为借口，出兵征讨东突厥。刚刚任命了兵部尚书李靖为行军总管，张公谨为副总管，朝边关地区进发。

在这种情况下，他哪里还有多余的钱粮来安抚灾民呢？

然而总拖着也不是办法，任何时候，对饥民的无视都是很危险的，一个处理不当，就会使刚刚稳定不久的国家重陷乱局。何况受灾地点又在国都长安，更是麻烦多多。

万般无奈之际，皇帝只得采纳大臣们的意见，下一道紧急诏令，鼓动缺粮的百姓们自己想办法，随丰就食。

大雄宝殿内，帷幔曳曳，香火萦萦。玄奘合掌跪在蒲团上，默默诵念着《往生咒》：

“南无阿弥多婆夜。哆他伽多夜。哆地夜他。阿弥利都婆毗。阿弥利哆。悉耽婆毗。阿弥利哆。毗迦兰帝。阿弥利哆。毗迦兰多。伽弥腻。伽伽那。枳多迦利。娑婆诃。”

一连三天，玄奘肋不沾席，始终跪在佛前，诵持着这段不可思议的咒语。他不知道自己诵了多少遍，金碧辉煌的佛祖端坐于巨大的莲台之上，神态宁静、眉目慈祥地俯瞰着他。

一滴晶莹的泪水从他的眼中缓缓滑落，滴在宽大的僧衣上。

他的视线变得模糊了，父母、师长、同修、饥饿中的百姓、死于战火兵劫的冤魂，以及娑婆世界中一切苦难的众生……他们的面孔伴随着殊胜的咒语，在他的眼前时隐时现……

一个宁静而又悲悯的声音在他耳边突然响起：“玄奘，你怎么了？是什么让你如此悲伤？”

他抬起头，眼前渐渐浮现出一个头戴璎珞，身穿白衣的女子，面容绝美，神情沉定。

不知怎的，玄奘觉得，她像极了自己记忆中的母亲。

或许，母亲原本就是菩萨吧。

“菩萨。”他伏下身，虔诚顶礼，伤感地说道，“弟子自幼亲历战乱，眼见民不聊生。如今战火止歇而天灾又至。弟子不明白，为什么这个世界会有如此多的苦难？弟子又能为那些身处苦难的众生做些什么？”

菩萨温润的目光注视着他，声音清净如水：“玄奘，你自幼舍俗出家，当深信因果。还记得在《维摩诘所说经》中，佛陀是如何开示舍利弗的吗？心净则佛土净。”

玄奘当然记得，这是他初到净土寺做童行时学的第一部经。可是现在，经中的开示并不能令他的心平复下来。

“弟子明白，这世间的一切表象皆出自众生的共业。可是，生死海中，众生是如此的弱小，又有什么能力逃脱？佛菩萨具足智慧，可以看到众生在苦海中轮回，在业网里挣扎，循环往复，无有止息。那么，能否解开这张网，让一切众生都不再为其所缚？”

菩萨轻轻叹了口气：“这世间的众生彼此虽然纠缠不清，归根到底都是独立存在的。修行人使自己归于清净已属难得，又有什么能力去解脱别人呢？”

“可是，菩萨不是普度众生的吗？难道也无法解开这张业网？”

“菩萨普度众生，是告诉众生该如何去做，方可解脱。菩萨希望这世间的每一个众生都能具足正知正见，这样他们就可依靠自己的力量解开业网。”

“可是要每一个众生都具足正知正见，这实在太难了……”玄奘说到这里，心中一恸，不禁流下了眼泪。

“玄奘，你不必难过。”菩萨悲悯地看着他道，“世间苦乐相随，有大痛苦的人，才能够得到大智慧，大解脱。”

“弟子不明白，请菩萨为弟子释疑。”

“你心中还有所疑？”

“弟子心中有万千疑问，难以开释。”

菩萨轻叹一声，温软柔和的声音在他的耳边回荡：“世间万法盛衰，端在人心起灭。玄奘，你心中既有所疑，何不直上灵山，亲问世尊？”

玄奘心头巨震，正欲再问，却见朵朵莲花自空中坠落，缤纷的花雨中，白衣菩萨悄然消失，整个大殿就此寂静无声。

一切仿佛是一场梦，玄奘不明白，刚才是菩萨真的出现了，还是他西行求法的心愿太过执著，以至于心中起了魔障，做出这样的梦来？

他站起身，望着莲座上巨大的佛像出神。

佛像面含悲戚，垂眉下视，似乎也在看着他。那慈悲祥和的面容，令玄奘觉得他就像一个人，一个心中澄明，又充满智慧的人。看着他，便感到他是可以信赖的；看着他，便觉得一切魔障都会化成这漫天的花雨……

“世尊。”他重又跌跪在蒲团之上，虔诚合掌道，“弟子玄奘决意西行，远赴佛国，拜于金刚座前，菩提树下。以决心中疑难，以求我佛正法。此行不至婆罗门国，绝不东归一步！祈愿我佛慈悲加护，使般若重耀于阎浮，令正教光大于中原！”

说罢，他庄重地顶礼三拜，起身退步出殿。

这注定是一个难眠之夜，就在玄奘在佛前发下西行大愿之时，数万里外的中天竺，摩揭陀国那烂陀寺，另一个僧侣也在决定着自己的命运。

“像我这样年纪的人，已经没有什么命运可以决定了。”苍老的声音，漂浮在树影婆娑的暗夜之中，如同梦中的呓语，“能够被决定的是你们。觉贤，我跟你说的，你都明白了吗？”

“明白了，师尊。”一个略显年轻但依然衰老的声音恭敬地回答。

“如此，我便可以安心地去见弥勒菩萨了。”

“可是正法藏，您的行为可能不如法……”

“没有如法与不如法，有人降生于生，有人降生于死。就如同一些花朵白天开放夜晚凋谢，另一些花朵夜晚开放白天凋谢一样，是再自然不过的事情。不同的只是，我现在有一个机会，可以自行决定这件事……”

“正法藏……”

月亮从厚厚的云层中出来，淡淡的光华映照在菩提树下的两个僧侣身上。

老僧穿着深红色的九带僧伽梨衣，眉毛和胡须都白得像雪染的一般，在月光下散发出明净的光泽。

看不出他的年纪，或许对一个年迈的老僧来说，年纪本身就是一种很荒诞的东西，听起来极不现实。

倒是那个叫觉贤的僧侣，显然是他的弟子，能看出已经年逾古稀了。

月光中，白须老僧缓缓走向静立一旁的精美高大的法堂，那里有他的房间，他的弟子肃立于原地，目送着他，如一尊雕像般，一动不动。

老僧在自己的禅床上静静打坐，宛如森林中那些伟大的苦行者，宁静而又安详。

他的法号叫戒贤，是东天竺三摩呾吒国的王子，年少慕道，曾游历五天寻师访学，得到大乘瑜伽行派护法论师的真传，并从他的手中接过这座全天竺最大的寺院。

如今，将近百年过去了，他已穷解三藏八万四千法门，总持如来一切法藏，受到各国国王和僧众俗民的敬仰。人们都不直呼其名，而尊称他为“大三藏尸罗跋陀罗”，意为“正法藏”。

然而，与声名相伴随的，除了学道的弟子、辩论台上的敌人，还有那驱之不散的恶疾。

准确地说，后者才是他朝夕相处的伙伴，已经陪伴了他整整二十年，慢慢地融入他的肌理、关节，与他血脉相连，并且还将继续融入下去……

他深深地厌恶尘世，厌恶这个障碍重重的肉身。与他同龄的修行者们大多已经入灭，为什么他还要留在这个娑婆世界，忍受这无休止的痛苦?

难道是他的修为还不够吗?

难道是菩萨还不肯接受他吗?

他早就明白，寂灭才是最高等级的禅定，不受任何声色干扰，全然祛除愤怒，不为世间所动。

他决定，自行灭度。

生命犹如一场漫长的梦境，在这场梦境的尽头，他将到达他想要到达的地方。

可是，为什么这条路如此漫长？他的心中隐隐感到有些不安。

终于，一个人影出现在他的面前。

准确地说，出现在他面前的更像是一道光芒，而不是人体。

那个身影被包裹在金色的光芒中，显得灿烂高大，难以逼视。那烂陀寺精美的法堂因为这个人的存在而显得狭小低矮。

金色天人的声音像是从很遥远的地方传来，声声叩在老僧的心底：“戒贤比丘，你是否知道你在做什么？”

老僧立即垂下头，恭敬地答道：“戒贤一直希望能够往生睹史罗天，侍奉弥勒菩萨，亲闻菩萨说法。不知是否能如愿？”

天人道：“你广传正法，当可如愿。可是戒贤比丘，你为何直到现在还被死亡这个问题所困扰？”

戒贤苦笑：“不，菩萨，死亡对我来说已经不是问题，活着才是问题。我知道，所有活跃的生命之力最终都会在绝对中归于寂灭。为什么我要例外？佛陀要我守着这具腐朽的肉身做什么？”

金色天人缓缓摇头，精美的脸庞包裹在流动的月辉中，难以看清他的表情：“你还是不明白。你以为摆脱了这个充满禁制的肉身，你的灵魂就可以得到净化了吗？”

“可是，戒贤真的已经厌弃这个肉身了。”

金人道：“厌离此身无济于事。你于过去世中曾为国王，以暴政施民，故招此报。现在你当观省宿业，至诚忏悔，勤宣经论，则病痛自会消除。似你这般轻生厌世，痛苦只会如影随形，生生不息，终究难以消除。”

听得此言，戒贤心中惭愧，紧紧地伏在地上，至诚礼拜。

金色天人接着说道：“我是曼殊室利菩萨。我见你要白白地舍离此身，特来劝说于你。你是一个智者，信的是佛陀正道，不要做此不智之举。尽你的所学，大力显扬《瑜伽师地论》等正法，遍及未闻，你的身体自会得到安稳。”

“戒贤明白了，多谢菩萨慈悲开示。”

金人点了点头，目光越过年迈比丘的头顶，投向远方：“从这里到大雪山的东北方向，有一个东方国度，那里有一位年轻的比丘，乐通大法，欲来此处向你求教，现已准备出发。你当安心等他前来，传法与他。此事功德不可称量，汝当切记。”

戒贤闻听此言，虔诚礼拜道：“敬依尊教。”

言毕抬头，那金人已然不见。

第23章

别了，长安

夜色正浓，长安大觉寺的一间禅房内一灯如豆，玄奘收拾好简单的行囊，将一纸书笺轻轻地放在书案上。

他还是决定不告而别，正如多年前在成都，告别空慧寺和长捷兄长一样。现在，他又用同样的方式向大觉寺和道岳法师告别。

想起道岳法师，玄奘心中便不由得一恸，这位老法师与他虽说只是临时的师徒关系，却始终对他掏心掏肺，如待子侄。

就在昨天晚上，法师还恳切地劝他道："西行求法之事，就暂且先搁置一下吧。当今圣上对佛门还是礼敬的，你不妨先耐心等待一段时日，待朝纲稳定，边关安宁，那时再向朝廷申请出关，或可得到准许。到时老衲再给你多召集些人来，大家一起走，胜算就更大了。"

当时，他默然不答。

常言道，事不过三。三次上表均告失败，他已不再希求这种无效的尝试了。

朝廷发布诏令，任由灾民出城，前往没有受灾的地方随丰就食。对他来说，此刻离开长安，应该是个机会。至于出关文书，只有到了边关再想办法了。

至于道岳法师所说的召集同行者一事，他早已不再考虑，毕竟是私渡。

即使没有朝廷的阻挠，他对此事也不抱太大的指望。想当初，圆朗等人是何等的热情，一遇阻碍也就纷纷退缩了。西行求法是一条漫长的征途，一路上不知还会遭遇多少困难，仅凭热情是很难坚持到底的。

人心如此脆弱，何必强求别人同自己一样呢？

现在，一切都已准备就绪，他静静地坐在书案前，等待晨钟的敲响。

长安实行夜禁制度，在晨钟敲响之前，所有的城门、坊门都是关闭的，他只能等待。

面前的书案上正对着自己留下的书笺，这也是为了不连累道岳法师和大觉寺的同门，日后圣上问起来，也好让他们有个交代。

贞观元年（公元627年），秋八月，长安。[1]

清晨，随着太极宫承天门上敲响的第一声晨钟，长安城各城门相对的大街上的街鼓齐声响应，这便是诗人笔下所描述的“六街尘起鼓咚咚”。

钟鼓声中，最先开启的是长安城四周的城门，接下来是各坊区的坊门。

在唐朝，门下省中设有“城门郎”这一官职，每个城门郎管理八百名门仆，轮流值班。当晨钟响起时，当班的门仆会准时将统一保管的城门钥匙送达相应的城门下。

各城门行人、车马实行左进右出，正中的大道是专为皇帝留的。

在这密集的街鼓声中，东方开始浮现出一丝白光，雾霭中的古寺里传出悠悠的晨钟声，与街鼓声连成了一片……

新的一天又开始了。

玄奘头戴斗笠，肩背竹箧，踏着钟声走出大觉寺的山门。他面色温润平静，如同往常游学一般上路。寺前的青石阶上沾满露水，芒鞋踏在上面，发出有节律的声音，令人感受到一种慈悲、庄严却又不可动摇的力量。

大觉寺的塔楼上，道岳法师静静地站立着，目光复杂地望着他的背影，街鼓声与晨钟声在耳边此起彼伏，恍如在为这个僧侣壮行。

老法师的眼眶不觉湿润了，喃喃自语：“他终于还是走了……”

“他疯了吗？”圆朗和另外几名弟子不知何时出现在了师父身边，“大战在即，他没有过所，私自出关根本就是死罪，他难道不知？师父为何不阻止他？”

道岳自嘲地一笑：“为师哪里阻止得了他？”

自从上回玄奘干脆利落地抗了圣旨，让他感到一阵恐慌和不安后，这一阵子，他的心态反而平和了，于修行上似乎又有进益。

或许人就是这样，经历的多了，接受度也就强了，也就不那么容易感到吃惊了。

不仅不吃惊，他的心中甚至隐隐有些羡慕。

“也好，他能在有生之年解决自己心中的疑惑，这是他的福报。不像老僧我，童真出家，修行数十载，却注定一生与妙法无缘……”

“他能解决吗？”圆朗纳闷地问道，“他根本无法同以前的取经人相比，那些先贤大多是菩萨应世，而且他们有过所、有同伴、有朝廷的资助。尽管如此，还是十去九不回。而他什么都没有。师父，您真的认为他能成功吗？”

“你说得没错。”道岳缓缓点头，“同那些求法先贤相比，玄奘确实有许多劣势。

但是别忘了，他也有优势，足以弥补这些劣势。”

听了这话，圆朗更加纳闷：“优势？是什么？”

“他年轻。”道岳法师轻轻说出了这三个字。

圆朗等人呆了一呆，一时想不明白这算不算优势。

法显大师踏上西行之路时已经六十三岁，其他的取经僧人至少也都在五十岁上下。相比之下，二十几岁就已名满天下的玄奘简直可以算是一个特例。

“年轻真好啊……”道岳低声呢喃着，“等你们到了我这个年纪的时候，就会明白我的话了……”

钟鼓声声，玄奘的身影渐行渐远，直至消失在街角，他始终没有回一下头。

道岳双手合十，为这个出色的弟子低声祝祷：“佛祖保佑吧……”

恒河岸边的摩揭陀国，东方已呈现出一抹白色，僧侣与婆罗门晨祷的声音在天地间不轻不重地回荡着，晨光从法堂的窗格漏进来，温暖着戒贤比丘的面庞，令他感到一阵舒适。

他闭上眼睛，很快便睡着了……

长安西城垣北侧的开远门是踏上“丝绸之路”的起点，它通向遥远的西域。

“开远门”，顾名思义，就是打开通向远方的大门。

在这座城门外的土堠上写着：“由此西去瓜州九千九百里。”

之所以不说一万里，是因为人们不愿意有离乡万里之遥的伤感。

“咚咚”的鼓声中，城门郎带领值班的门仆打开了厚重的开远门。

多数时候，开远门都是进多出少。随着大唐帝国的逐渐稳定，国都长安的吸引力越来越大——西域各国的客商不远万里来到这座城市；一些心高才大的河西青年也来这里寻找机会；还有当年那些为避战乱而背井离乡的本地人，战乱结束后又纷纷携带家小返回故里……

每一个黎明，城门外都会挤满各式各样等待进城的人，这些人中的一部分就永远地把家安在了长安。

但是这几日不同，城门外萧索冷清，反倒是城门内侧挤满了急于出城的人，很多人还拖家带口。

城门郎知道，都是今年这场突如其来的霜灾惹的祸，长安已经开始面临绝粮的威胁，这些人都是打算出城寻求活路的灾民。

这么多人出城，显然不方便一个一个地检查“过所”，事实上也没这个必要，反正皇帝都已经下令放行了，城门郎也乐得清闲，带着门仆们站在城门两侧，任由人群蜂拥而出。

“这样也好。”一个门仆小声说道，“我早就说过，这长安城里的人太多了！”

“我说，你小子没挨过饿是不是？说这种没良心的话！”城门郎不屑地骂了一句。

这时他突然注意到人群中的一个僧人——头戴青竹斗笠，肩背一只旧竹箧，身上的粗布僧衣已经洗得发白，赤足穿一双布条编结而成的芒鞋。这身装束在逃荒的人群里倒是毫不起眼，但他牵的那匹白马却是神骏异常，城门郎长这么大，还从未见过如此漂亮的马。而且，也不知怎么的，就算没有这匹马，他也觉得眼前这个僧人甚是出众，至于为什么会有这样的感觉，他却说不上来。

僧人低着头匆匆地走着，经过城门郎身侧时，微微欠身，施了个佛家的问讯礼。他的神色恭谨甚至谦卑，却有着一种说不出来的高贵气质。

城门郎不由自主地合十还礼，心中暗暗纳罕：这和尚好生面熟，在哪儿见过呢？

正想着要不要问上一句，却见那僧人和白马已经随着拥挤的人群，飘然踏出了这繁华的都市……

太宗皇帝坐在大殿上，眉头紧锁，听着各地发来的灾情报告。

“按陛下诏令，这几日关中地区的灾民随丰就食，四处离散。有些已前往河西，很可能进入边关地带。”有官员上奏道。

“传令边关，严守关卡，不令灾民出关即可，切记不可为难他们。”皇帝下了命令。

接着，他又下令准备祭天，起草罪己诏，祈请上天慈悲。同时决定亲率百官去京师重要的道观、寺院上香礼拜，为百姓祈福。

“启奏陛下。”有人出班奏道，“陛下体恤灾民之心，天日可鉴。况且又有先祖老君神力慈护，这场灾祸相信不久就可以平安渡过，实在不必再去拜那些胡神了。”

此人正是数次上表反佛的傅奕，几位崇佛大臣脸现怒色，尤其是萧瑀，已经准备好踏出来反驳了。

太宗奇怪地看着傅奕，不明白他为何到了这个时候还想着灭佛之事。当下缓缓问道：“佛法微妙，圣迹可师，且报应显然，屡有徵应。卿独不悟，是何道理啊？”

太宗所说的“报应显然，屡有徵应”，显然指的是他童年生病时父亲求佛菩萨保佑的往事，这件事令他对佛教产生了一定的好感，何况当年攻打洛阳时，他还得到过少林武僧的帮助。如今自己刚刚登基，怎么可以过河拆桥呢？

傅奕从太宗平静的问话中听出了几分不悦，但他还是昂然道：“佛是西方桀黠流入中原，尊尚其教之人，都是些邪僻小人。既无补于国家，又有害于百姓。陛下圣明，如果下旨取缔佛教，一来可收得大量寺产存粮以丰国库，二来可令数万僧尼相互婚配，生儿育女，以足民强兵。”

底下的官员们立刻窃窃私议起来——让和尚与尼姑配对生子来益国足兵？这么损的主意也真亏他想得出来！别说，还真挺让人来精神的。

太宗也觉得有趣，微笑着说道：“这么做是不是太过分了？佛道二教各有信众，大家各拜各的神，各烧各的香也就是了，何必非要赶尽杀绝呢？”

“陛下此言差矣。”傅奕正色道，“夷方之教，误国害民，容之则为害甚大。那些僧人，平日里妄说罪福，其实还不是为了逃役？他们剃发隐中，不事一亲，专行十恶，奸伪逾甚……”

“傅太史所言，只怕都是妄自猜测吧？”萧瑀再也忍耐不住，出言讥刺道。

“难道我说得不对吗？”傅奕道，“难道很多人不是为了逃避赋役才出家为僧的吗？”

萧瑀微微一哂，道：“傅太史的意思是说，道士们都缴纳赋税，参与征役了？”

傅奕怒道：“夷方之教，岂可与先圣先贤相比？萧仆射身为中原之人，放着本土之教不去信，却去信那夷方之教，岂非数典忘祖、不忠不孝？”

“好了！都不要再说了！”太宗烦躁地打断了他们的辩论。

所有的人都不作声了，他们也知道，此时皇帝的精力还在那场天灾以及与东突厥即将爆发的战争上，与这两件事无关的争论只会徒增他的烦恼。

见两位大臣都不再说话，太宗也平定了一下自己的情绪。他想，眼下的当务之急是，不管采取什么手段，先尽快结束这场灾难，让百姓们安定下来，才好腾出手来准备对东突厥的战争。至于傅奕所提的废佛一事，说来说去不还是佛道之争、夷夏之争吗？且等这段时间过去了，再行定夺也不迟啊。

想到这里，他威严的目光扫视了一下殿中群臣，缓缓说道：“如今天灾频频，汝等不可再起争执，徒惹天怒！佛道二教既然各有神祇，何不各自选派仙长高僧，在寺观之中作法，以祈求神灵护佑？”

“陛下圣明。”阶下群臣一起应道。

太宗又将目光转向萧瑀：“萧卿上次说的那个玄奘法师，朕倒是想见见。卿可让他去庄严寺，主持这场佛事。”

“这……”萧瑀登时呆住了。

太宗剑眉一挑：“怎么，他还准备抗诏不从？”

“回圣上。”萧瑀硬着头皮奏道，“臣刚刚得到消息，玄奘法师……他……已经离开长安了。”

“什么？！”太宗的嗓门顿时大了起来，拳头用力砸在面前的龙案上，“出长安？

是谁让他走的？！”

萧瑀汗如雨下，傅奕却在一旁冷冷地说道：“大觉寺好像不缺供养啊，一个年轻有为的高僧也需要随丰就食吗？”

萧瑀讷讷地说道：“回陛下，玄奘法师一向喜欢在各地行脚参学，拜访名士高僧，其为人有些……有些……古怪。平日里独来独往，与任何人都无深交。听说他来长安之前，已经走过大半个中原，师从十余位名僧大德，这一点，长安的僧侣居士们都可以做证。臣猜想，他一定又去哪里拜师习经去了。”

“陛下，臣倒是听说，这位玄奘法师曾数次上表请求出关。”傅奕扬声道，“这会儿，该不会是去了边境了吧？”

“朕谅他没这个胆子！”太宗厉声喝道，“他的上表已被朕亲手驳回，想他不过是个僧人，还不至于违旨西行吧？”

“陛下所言极是。”傅奕恭敬地说道，“违旨出关，那可是死罪。微臣也觉得，他没这个胆量。”

说罢，意味深长地看了萧瑀一眼。

“傅太史。”萧瑀忍不住说道，“大唐有律，私自出关者，也就是科以流放而已。怎么到您这儿，就成死罪了呢？”

“连圣上的手诏都不放在眼里，难道还不是死罪吗？”傅奕冷笑道，“再说，现在是什么时候？边关重兵集结，大战一触即发。此时出关，只怕还不只是死罪那么简单吧？”

“私自出关该定什么罪，理应由圣上说了算，傅太史岂可越俎代庖？”萧瑀不觉提高了声音。

“你我做臣子的，于国家之事发表意见难道不是分内之事吗？再说——”傅奕停顿了一下，再次用颇有意味的眼神注视着萧瑀，“那位玄奘法师如果没有违令出关，死罪之说自然无从谈起，萧仆射你紧张什么？”

萧瑀心中忐忑，一时竟不知该说什么才好，却听太宗已经下令：

“宣道岳法师来见！”

太阳已从地平线上升起，为天边的云层涂抹上了一层绚丽的色彩。周遭连绵的山林树丛都一一显露出轮廓，远处，茫茫晨雾若卷若舒，如梦似幻。

玄奘牵着心爱的白龙马，默默站立在一座土坡上，回望长安。

时值深秋，正是落叶飘飘、万木凋零之时，大风从北方席卷而来，在满目萧瑟的五陵原上奔走呼啸。

然而玄奘并未觉得寒冷，他的心中装着一团火。

23
别了，长安

没有人告诉他，那个诞生了佛陀的神奇国度究竟在什么地方，离这儿有多远。前方等待着他的，是一条布满荆棘与未知的道路，是完完全全不可预测的凶险征程。

年轻使他无所畏惧，无论前方等待他的是什么，他都有足够的勇气去面对。

晨雾散去，长安城伟岸高大的城墙在他眼中渐渐清晰起来，城头闪耀着星星点点的光亮，那是守城士兵枪尖上冰冷的寒光。

玄奘虔诚地跪了下来，面向长安，深深一拜。

别了，关中之地，繁华之都。如果佛祖让我见到真经，我会为你祈祷，祈祷我的故国家园，祈祷我的同胞……

他从怀里取出一小块深褐色的麻布，放在地上展平，俯身捧起一捧黄土，放在布上，小心翼翼地包好，扎紧后揣在怀里。

此一去，关山万里，渺渺茫茫，就让这捧关中的泥土伴随我孤独的旅程吧。

小白龙将脑袋凑了过来，很亲昵地摩挲着他的肩膀，大大的眼睛里闪动着天真的光。

玄奘终于回过神来——我这是怎么了？还没上路就这么多的感慨，这么多的挂碍，这岂是一个佛弟子应该有的？

苦笑着摇了摇头后，他一个翻身，很轻盈地上了马背。

小白龙明白主人的意思，机灵地转过身，便将他带上了西行的道路……

道岳法师很快来到殿上，他知道皇帝为什么宣他，一路都在提醒自己要小心行事。

“大师可知沙门玄奘出关一事？”太宗对这位老僧颇有好感，因而尽量让自己的语气显得温和一些。

“回陛下。”道岳法师合掌道，“玄奘法师确实曾跟老衲说过，他有出关西行的打算，老衲也曾反复劝他放弃。怎奈少年人性喜冲动，前日留下一纸书笺后便不知所终，老衲也不知他去了哪里。”

“那书笺现在何处？”太宗问道。

“老衲已经带来。”道岳法师说着，从袖中取出玄奘的那纸书笺。

早有内官过来，从道岳手中接过书笺，呈给皇帝。

书笺是一张一尺来长的纸条，上面只有一句话：“固是经来未尽，吾当求所未闻。”[2]

“吾当求所未闻……”李世民喃喃自语。

仅仅是为了“求所未闻”就甘冒奇险留书出走，这样的想法，这样的胸怀，即便是皇帝看了，也不禁为之动容。

这时傅奕冷冷地说道：“玄奘既是你寺中僧人，你明知他要违禁出关，却既不阻拦，也不报官，是何道理？”

道岳法师合掌诵道：“阿弥陀佛！傅太史怎知玄奘就一定是违禁出关了呢？”

“那么大师说他去了哪里？”傅奕反问道。

“老衲确实不知。”道岳法师答道，“玄奘只是一个行脚僧人，临时来我大觉寺里挂单。他一向独来独往，要去哪里，老衲也不好过问。至于说到报官，玄奘持有汉阳王的过所文书在国内游方，天经地义，老衲又凭什么报官呢？”

“两年前的那场佛道辩论，大师不是亲口对太上皇说，他是你新收的弟子吗？怎么现在又说是挂单僧了？”傅奕冷笑着问道。

道岳法师苦笑道：“不瞒傅太史说，玄奘法师是拜了老衲为师不假，只是像老衲这等便宜师父，法师于游方参学途中，不知拜了多少！仅京师一地，就有法常、僧辩、玄会等数位大德，皆被他以师礼相待。说来惭愧，玄奘法师的佛学造诣实不在老衲之下，他称我一声‘师父’，不过是敬我年长几岁罢了。似这等临时的师徒关系，老衲又怎好厚着脸皮当真？”

这番辩白倒让傅奕无话可说，只得换个话题：“你说他在国内游方？那么这纸留书又是怎么回事？难道还不足以说明他要出关西行吗？”

“老衲愚钝，实在看不出来。”道岳法师谦卑地说道，“玄奘只是留书说，他想求所未闻，在国内游方想来也能做到这一点。老衲又怎敢因为一个没有根据的猜测而惊动官府和朝廷呢？”

傅奕见这老和尚强词夺理，正要再讥刺几句，太宗却已不耐烦，将手一摆道：“好了！传朕旨意，命边关各地严加防范，将那个胆大包天的和尚给我抓回来！”

深秋的渭水坦荡而沉静，让人分不清它从哪里流来，又向哪里流去。

玄奘还不知道自己已经玩大了，此时的他正行走在渭水河畔，极目所见是遍地的风尘，呼啸的西风，干裂的土地和饥饿的人群。荒野中时时可见横陈的尸首，其中不少是饿死的，腐臭传来，令人一阵阵地作呕。

每见到一具尸身，玄奘都要动手将其掩埋，让死者入土为安，然后诵念《往生咒》为其超度。

他幼逢乱世，见过太多的灾难和死亡，然而这种事情，无论眼见多少回，都无法做到熟视无睹。

从长安及附近城镇出来的逃荒大军，潮水般地从他身旁经过。他随身携带着银针和一些应急的药物，一路为灾民们治病疗伤。

快到晌午了，他似乎并没有走出多远，却已经筋疲力尽，便在渭水河畔找了块平坦的地方坐下，从行囊中取出些干草料喂马。

接着，他掏出一块干粮，正要往嘴里送，一个瘦骨嶙峋的孩子悄无声息地出现在他面前，泛着绿光的眼睛直直地盯着他手中的干粮。

玄奘心中叹了口气，将干粮递给孩子，那孩子几乎是一把夺了过去，拼命往嘴里塞，不时地发出“呜呜”的护食声，干粮的粉末呛得他剧烈地咳嗽起来，玄奘赶紧又递上水袋。

七八个孩子见状，立刻围了上来，黑瘦的小手一起伸到面前。玄奘手忙脚乱地打开包袱，将干粮分给他们。

接着，又有更多的孩子前来……

本就不多的干粮很快便分发一空，玄奘只得又将盘缠拿了出来……

人越聚越多，终于，再也没有什么东西可以布施了，他望着跪在自己面前的这些衣衫褴褛、面呈菜色的灾民，不知所措。

一个年轻人挤了进来，不停地叩头：“大师慈悲，救救我的妻子和孩子吧。”

玄奘顺着他的目光望去，只见一个脸色灰白的孕妇，挺着大肚子躺在地上，不知是死是活，在她身边，还有两个骨瘦如柴的小姑娘。

他走上前，将两根手指搭在那妇人的手腕处，只觉得脉息微弱——很显然，这不是病，只是饥饿所致。

现在，只需要一口薄粥就可救回她的性命。

“可是，沙门真的什么都没有了。”玄奘难过地说道。

在众人饿狼般的目光中，他打开自己的干粮袋，袋口向下，里面确实已经空空如也。

一位精瘦的老人拄着拐杖颤巍巍地走了过来：“大师慈悲，你的这匹马，就可以救活很多人。”

“它？能救人？”玄奘有些迷惑地看着小白龙，这匹漂亮的马儿已跟随他走过大半个中原，却从未用来耕种过。

再说，就算它有这本事，现在这情况也来不及啊。

当玄奘把困惑的目光再度转向灾民时，不禁吓了一跳！

很多人都在看着小白龙，原本已被饥饿折磨得有些呆滞的眼睛又重新焕发出了光彩，那是一种绿色的饿狼般的光彩！这光彩令他感到恐惧，甚至有些心虚。

“这么大一匹马，够吃好几天的了。”他听到有人小声地议论着。

“是啊，好久没沾过油腥了……”

接着是更多的咽口水的声音。

玄奘呆住了，恐惧像梦魇一般攫住了他的心，令他透不过气来！

他从来就没有想过小白龙也是可以吃的东西，对他来说，那是一个充满灵气的生命，是能够用温情的眼神同他进行交流的朋友。

“不……”他搂住他的马，无力地说道，“你们不能吃它！它，它没有做错什么，它不该死……”

老人欲言又止，那个年轻人什么都不说，只是不停地叩头，额头已被他磕出了血，他却一无所知。在他的身后，更多的人加入了磕头的队伍。

望着眼前这些拖儿带女、面黄肌瘦的灾民们，玄奘感觉自己才是最无助的那一个。他没有办法解开这个死结，放眼望去，人群中一只牲畜都没有，显然，能吃的都被吃了。

他又转身望望小白龙，这匹跟随他从汉川到益州，从益州到长安，又从长安西行至此的漂亮的马儿，此刻也正安详地看着他，目光温暖又柔顺，一点儿也不知道自己即将大难临头。

八年的相处，人与马之间早已建立起了牢固的相互信任。

玄奘心中一酸，他知道，马的生命力比人要强得多，而小白龙在这方面更强过一般的马。它还不到十岁，这个年龄就如同二十八九岁的人一样，体力、精力、智力都处于巅峰状态，是最黄金的时期。靠吃干草和谷糠，它一定能在这场灾荒中活下去！

人可就不一定了，如果找不到稳定的食物来源，就算吃了这匹马，也顶多维持三两天的生命，最终还是难逃一死。

佛说众生平等，为什么一定要小白龙去死，去救那些或许根本就救不活的人呢？

可是，面对这些灾民，他又实在不知该说什么才好，原本流畅的语言变得结结巴巴，好像这一切都是他的错：“它，它是我的……朋友……求求你们，别吃它……你……你们……吃我吧。”

昔日佛陀可以舍身饲虎、割肉喂鹰，自己这副臭皮囊又有什么舍不下的呢？

那老人摇摇头，道：“法师是个修行者，吃了你岂不是造了莫大的罪孽？”

“沙门是自愿的。”玄奘从老人的口气中听出，此事似乎可行，不觉精神一振，“沙门愿替你们承担一切罪责，就算要下地狱，也是沙门前去！”

老人看着玄奘，惨笑了一下：“法师还真是慈悲，愿效佛祖舍身，当真可敬。只是，不知法师有多少肉身可以舍弃？难道法师真的以为，舍弃了肉身就能保住这匹马吗？”

玄奘被问住了，他不知道该如何回答这个问题。

老人叹了口气：“小老儿这一生不知经历了多少灾荒，灾荒年头人吃人，实在没什么稀奇，我当年就是个‘菜人’，也差点被人吃掉。”

“菜人？”玄奘心中一抖。

“那可有些年头了。”老人抬着头回忆道，“莫说本朝，就是前朝都还没有建立呢。到处都在征伐打仗，偏偏关中又连年大旱，赤地千里。很多人实在没法子了，只好易子而食，他们把被吃的孩子叫作‘菜人’……”

玄奘想起那年的洛阳，也曾有过易子而食的惨剧，一颗心揪得更紧，曾经以为早已愈合的伤口又开始滴血……

老人倒是很平静，声音舒缓，像是在讲述一个与己无关的故事：“小老儿那年也就十一二岁吧，父亲拉着我的手，走了很远，然后把我交给了一个陌生人，而那个人也把一个孩子交给我父亲……”

说到这里，老人停顿了一下，看着玄奘悲悯的眼神，惨然一笑：“师父是想知道我是怎么活下来的吗？”

玄奘沉默着，没有说话。

老人自顾自地说道：“其实很简单，那人把我带到了一间小茅草房，捆在一根木桩上，回头就要取菜刀来杀我……”

他抬起头，回想着当时的情形：“可他已经饿得没有力气了，捆得一点儿都不结实，而且举起刀就倒下了，再也没有起来……”

说到这里，老人凄然一笑，饱经沧桑的目光中满是悲哀的神色：“说来也真是奇怪，我当时明明知道自己就要被当作菜人吃了，竟然一点儿都不害怕，是真的不怕。好像，那就是我的命运一般……那个被交到我父亲手中的孩子也是一样，眼中只有茫然，没有恐惧，我们都接受了命运的安排。”

“那孩子后来怎样了？”玄奘费了很大的力气，终于问出了一句话。

“还能怎么样？”老人惨笑道，“他可没我那么好运，回家后，我还吃到了他的肉……”

玄奘只觉得一阵晕眩，浑身上下充满了不适的感觉。

“法师觉得不好受？”望着僧人苍白的面容，老人轻轻问道。

玄奘紧紧闭着嘴，没有回答。只觉得腹中一片翻江倒海，幸好没吃东西，否则一定会吐出来。

老人的脸上依然带着笑，在玄奘看来，那笑容仿佛来自地狱：“其实，吃人的人心中更不好受，永远也不会好受的。那段日子，我们一家子都精神恍惚，觉得自己是罪人，睡梦中看到地狱之门已经为我们打开了……唉，不到万不得已，谁愿意吃人呢？”

“万不得已又怎样？！”玄奘突然爆发了，痛苦地质问道，“难道万不得已就可以吃人了吗？”

“如果不吃人，大家都会死。”老人平静地说道，“吃人至少可以活下来一部分。”

“活下来又怎样？”玄奘仍觉得不可理喻，当年净土寺也曾断粮多日，可没有谁想过要去吃那些因饥饿而死去的师兄弟，更不要说吃活着的人了。

就算俗家人的想法与出家人不同，可毕竟都是人，是同类，怎么吃得下去？

“为了活着，就可以什么都不顾了吗？”他忍不住质问道，“你说过，吃过人的人，一辈子都不会好受的，因为他的心已经下了地狱！这样活下来，与行尸走肉有什么分别？”

“是啊，法师说得一点儿都没错。”老人悠悠地说道，“可是，既然有机会活着，谁又愿意死呢？”

玄奘一时无语，在他看来，用一生精神上的痛苦去换取肉体短暂的几十年生存，是无论如何都不能接受的。但他实在不想去反驳了。

老人的目光再次落在了小白龙身上，似乎有些期待：“吃人不好受，吃马就不同了……法师啊，你说你愿意舍身，可是那样的话，我们心中会永远背负着罪孽啊！”

“是啊。”旁边有人小声说道，“马毕竟是畜生啊……”

是啊，玄奘悲哀地想，到了所谓迫不得已的时候，吃人都没了罪恶感，何况吃马呢？

其实，以玄奘的辩才，完全可以同这位饱经风霜又颇懂佛法的老人就此问题展开一番讨论，但此时的他已经完全没有了这份心情，人间的苦难早已将他的心压得无法呼吸了。

已经在河边喝过水的小白龙慢悠悠地走过来，它看上去极为安详，用天真的大眼睛与主人对视着。

玄奘抱住马儿的脸，轻轻抚摸着，他的手在微微发抖，一颗心便如被千万根钢锥刺中一般，痛得他眼前发黑，恨不能立刻死去！

可以拒绝这些灾民的要求吗？如果拒绝，灾民们当然不会强迫。可是看眼下这情形，用不了多久，他们就会吃人，那些骨瘦如柴的孩子们，那些不幸失去父母的孤儿，将会是第一批牺牲者；

如果他答应灾民们的要求，交出小白龙，不管最终能不能救得了他们，至少可以使他们吃人的时间向后延迟几天。小白龙高大健壮，不管是吃还是卖，都能顶上几十个小孩子……

或许再过几天，情况就会好转，他们可以挨到河西，找到食物，渡过这个难关……

想到这里，玄奘抬起头，面对着那个老人，惨然一笑：“沙门可以把马给你们，你们不要吃它。我刚刚经过一个市集，就在东边不远的地方，你们可以到那里去把它卖掉，换些粮食。”

这是他为小白龙的生存所做的最后的努力了。

老人沉默不语。

玄奘祈求道：“它虽然不是人，却有人的情谊。它真的什么都懂。沙门只求你们，饶它一命。”

老人看着他，终于点了点头：“好，我答应法师。”

玄奘又将目光转向其他灾民，那些人也都忙不迭地点头。

他默默转身，从马背上取下行李，用颤抖的手把缰绳递到那老人的手里。

小白龙一点儿也没觉得有什么异样，它依然很平静、很高贵地站在那里。

玄奘感觉自己快要虚脱了，他费力地背起行囊，最后看了一眼心爱的马，又冲着那老人微微欠身施了一礼，便转过身，头也不回地朝西走去。

他不知道自己为什么会做出这样的决定，或许仅仅是因为他也是个人，物伤其类罢了……

灾民们跪成一片，异口同声地喊着：“多谢大师慈悲……”

他抬起衣袖，轻轻擦去眼中涌出的泪水。

[1]关于玄奘西行出发时间，历来有不同的说法，主要有贞观元年说和贞观三年说，还有贞观二年说；月份上有四月和八月两种，本书取《慈恩传》中的贞观元年初八月一说。

[2]此句出自《大唐三藏大遍觉法师塔铭》。

第24章

罪也是一种责任

孤独地行走在黄土高原上，玄奘觉得自己越来越麻木了，苍白的脸上满是倦色，那是因饥饿才有的倦色。

离开渭水之后，他已经三天没有进食，头晕眼花，身上没有了丝毫的力气。原本应该很坚实的黄土地，在他踉跄的脚下却有一种软绵绵的虚浮感……

灾民们真的会信守承诺将小白龙带到市集上卖了换粮食吗？他不知道，他只能选择相信，也拼命地强迫自己相信。

或许小白龙现在还活着吧？

当初促成他西行求法的因素，除了对佛教经典的疑惑外，潜意识里还有试图借助佛教，来寻求医治唐初社会创伤的良药这样一个动机。

波颇大师曾经说过，《瑜伽师地论》可以解除一切众生的苦难，这也是让玄奘怦然心动的地方。

他一心想要普度众生，却不想刚走出长安，就有一个生灵为他而死。

整整三天，他一直都在拼命地赶路，可是小白龙那温和而又充满信任的眼神，仍时不时地冒出来，深深折磨着他，令他痛不欲生。

每当脑海里闪出那个安详的眼神，他的内心就会被深深的愧疚和巨大的负罪感塞得透不过气来，就仿佛有人拿着一把钝刀对准了他的心，一刀一刀，在残忍地分弑着。

那个老人说得可真实在啊！人吃马是绝不会有负罪感的，毕竟这与吃人不同。小白龙就是在这种意识下，被它最信任的主人送给了那些摆明了要吃它的饥民，还自欺欺人地以为他们会把它卖掉！现在，它怕是早已被吃得连骨头渣子都不剩了吧？

玄奘一直不敢去想这件事，一想起来心就痛得发抖。

他知道这是他的罪，对一个无辜生灵犯下的罪，罪无可赦。

但他并不后悔，如果可以重来，让他重新选择一次，他大概还会那么做的。

或许人生就是这样，当你面临一种选择的时候，你实际上已经错了，无论怎么选择你都是错，都需要背负罪责。

罪责……他在心里默默咀嚼着这个词——是啊，有的时候，罪也是一种责任，必须把它背负起来……

佛陀昔为尸毗王时，一日在林中静坐，却见一只鸽子，被饥饿的老鹰追逐。鸽子飞入他的怀中，向他求救，于是尸毗王便将鸽子藏入袖中。

老鹰飞来，向他讨要鸽子，尸毗王说："这只鸽子在危难之际向我寻求庇护，我不能把它交给你。"

老鹰说："你爱惜鸽子的性命，可你有没有想过，如果我没有食物也同样会丧命的。"

尸毗王想想也对，但又不能放弃鸽子，于是便和老鹰商量，用自己身上的肉来换取鸽子的生命。

老鹰同意了这个建议，但要求尸毗王割下的肉必须与鸽子等重。

尸毗王取来一只天平，将鸽子放在天平的一端，然后从自己身上割取同等大小的肉放在另一端，但是天平并没有平衡，他再割一块肉添加进去，天平依然没有平衡……无论他割下多少肉，天平始终一动不动。小小的鸽子似乎有千斤重，直到他把股肉臂肉全部割尽，天平竟然没有移动分毫。

最后，尸毗王起身，将自己整个身体投入到天平的一端，天平终于平衡了。[1]

每当想起这个故事，玄奘都不禁为佛陀的大悲心所深深感动。他知道，这只天平所称量的，不是肉的分量，而是生命的分量。

生命是等值的，不管它是以什么样的方式呈现于世，都是不可替代的。

所以，像这样的舍身，佛陀在过去无数生中一直都在做。

可是，为什么佛陀就能够如此轻易自在地舍身，没有任何思虑上的负担，而我却不得不牺牲无辜的小白龙呢？是因为我的业力太过沉重，以至于连舍身的权力都没有了吗？

玄奘感到自己的头剧烈地痛了起来，这算是一种惩罚吗？

黄昏时分，空中突然飘起了小雨，狂风吹起冰冷的雨水，洒在行者消瘦的身体上，寒气森然。

雨是天的泪，这道理玄奘早就知道了，他抬头看着漫天的雨，漫天的雨也在看着他。

雨越下越大，上天已经在号啕大哭了。

玄奘全身早已湿透，但他没有去撑开竹箧上的雨伞。

就让上苍的泪水来洗刷我的罪业吧，不管能不能洗刷得掉。

天黑得伸手不见五指，路上行人几近绝迹，途经的村庄甚至连一声犬吠都听不到，除了呼啸扫过大地的风雨声，周围全都是死一般的寂静。

天地越来越广阔，行走其间的旅者便显得越来越渺小，路远得望不到尽头……

“这就对了。”他边走边自嘲地想，“人自大得也太久了，只有到了这里，方知天地之大，一个人同一只蝼蚁又有多大差别呢？”

仿佛是为了对应这句话，远处突然传来一声狼嗥，如同一声凄厉的哭喊划破夜空，那极富穿透力的声音，充满了苍凉与野性的力量。

玄奘在风雨中喘息着，这几天他的体力消耗得实在太大，感觉比当年在围城洛阳消耗得还要大，已经累得迈不动双脚了，只得找了块石头坐下来。

无孔不入的寒风从四面八方向他发起围攻，他闭上眼睛，只觉得身上又冷又痛，脑袋像灌了铅一般沉重，身体似乎正在慢慢变得僵硬……

狼嗥声再次传来，且离他越来越近了……

“如果我就此倒下，很可能就在这个夜晚喂了狼……”他迷迷糊糊地想着，“也好，小白龙被人吃，我被狼吃，因缘果报虽然残酷，却是多么的公平合理……”

他双手合十，诚心发愿道：“弟子玄奘，祈请十方三世一切诸佛，慈悲护持，令小白龙业障消除，脱离恶道，得升净土；令诸灾民平安渡过这场天灾，离苦得乐。一切罪责，皆在玄奘一人，玄奘甘愿为此承担一切果报！”

眼前依稀出现了一片柔和的光明，仿佛峨眉山金顶上的佛光，透着慑人的庄严。

一个轻柔的声音突然响起：“玄奘，你不记得因果定律了吗？”

玄奘有些发呆：“菩萨，是你吗？”

抬眼四望，但见细雨绵绵，衰草萋萋，并无一个人影，刚才那个声音竟似从他心底发出的一般。

可是，这声音却又是如此熟悉，玄奘完全可以肯定，这正是那天他在大觉寺里听到的声音——菩萨的声音，母亲的声音！

他静静地闭上双眼，声音果然再次响起，清冷宁静，充满慈悲的力量：“一切众生都在六道中轮回，都有因缘果报，如同欠债还钱一般天经地义。”

天经地义？玄奘苦笑，这一切真是天经地义的吗？如果我欠了别人的，我当然不能不还。可如果是别人欠我的，我有没有选择不要对方还债的权力？

“你有这个权力。”菩萨仿佛能深入他的心灵，知道他的所思所想，“可是玄奘，你应该知道，这并不容易。六道轮回就如同一个巨大的涡旋，众生身处其中，如水中的一片叶子，身不由己。如果你没有脱离这个涡旋的智慧，就将永远在里面轮转。你说你不要对方还债，可以的，但你见过哪只老虎宁愿把自己饿死也不去杀生吗？”

“弟子没有见过，也没有听说。”玄奘悲哀地说道，“这便是《道德经》中所说的，‘天地不仁，以万物为刍狗’，上天故意不给众生摆脱业网的机会。”

讲到这里，玄奘心中伤感更甚，他自幼痴迷佛学，并不像长捷兄长那样对老庄也涉入极深，道家的经典他也仅仅是在闲暇时翻翻，甚至只在与道士们辩论前夕看上一看，平常并不怎么在意。可是现在，当脑海里闪出这句话的时候，他第一次感受到了本土先贤的智慧，以及说这句话时的沉重与无奈……

“你真的认为天地不仁吗？”菩萨温和地问道，“人生于天地之间，便承天盖地载，日月照临，土地生苗，雪山流泉……天地给予众生的已经够多，众生又给予天地什么了呢？”

玄奘苦笑，是啊，众生给予天地什么？恐怕只有污秽与破坏吧？

“菩萨责备的是。”他无力地说道，“众生确实没有资格说什么‘天地不仁’的话，但与众生相比，天地是那么强大，既然生养万物，又为何要屠灭万物？”

“玄奘。”菩萨惊讶地说道，“你是佛门弟子，怎么开始用外道的思维来理解天地众生了？”

玄奘无语，可能从小到大，见到的苦难太多，心中的压抑实在无处宣泄，只能责备上天了。

“菩萨，玄奘心中有太多疑惑，为什么这世间的生灵要相互吞食，否则便不能生存？难道生命的存在和延续就非要用这种残忍的方式来获得平衡吗？真的就不能有更好的方式了吗？这一切究竟是谁的安排？难道不是天地不仁吗？”

“玄奘啊。”菩萨柔和地说道，“你应当知道，这不是天地不仁，是众生自身被贪、嗔、痴三毒所迷，失去了智慧，也就失去了左右自己命运的能力。众生常为一些细小之事而生嗔心，恨不能食肉寝皮，依着业力的牵引，当然会生在虎豹群中。而今生被其所食之物，忧愤难消，自然希望其生生世世为自己所食……因小果大，恶意层层递增，众生于轮回中轮转不息，又怎么能说是天地不仁呢？”

“那么菩萨，如果玄奘不起嗔恨之心，以宽容之心对待今生的伤害，是不是就可以解开这张业网了呢？”

“至少，可以使恶意的传递到你这里终止。”菩萨平静地说道，“玄奘，你说是天地不给众生解脱业网的机会，这不是佛弟子该有的想法。真正的佛弟子不应指望天地帮你，而应靠自己的智慧去帮助自己和众生解脱。”

“但众生是弱小的，甚至不知道自己身处涡旋之中，想要脱离，谈何容易？”

“不，玄奘，众生并不弱小，只不过没有发现自己的能力罢了。”

见他沉默不语，菩萨缓缓说道：“即便真的很难，也不是完全不能做到。玄奘，你不顾艰险，违抗皇命，执意西行寻求佛法，不也困难重重吗？你不是依然踏出了这一步吗？”

玄奘惨然一笑：“或许弟子真的是自不量力，未出国门，就造下这无边罪业。”

“这不是你的罪业。”菩萨安抚他道，“是灾民们为求活命而起杀生之心，才会做出此等饮鸩止渴之举，此之所以他们无法跳出轮回之道，业力的牵引就是这样。”

“是我让他们造下罪业的！”玄奘大声喊道。

他被自己的声音吓了一跳，连菩萨都未想到他会有如此激烈的反应，以至于四周一片沉寂。

玄奘冷静下来，再次合掌，诚心发愿道：“菩萨，如若灾民们因吃了小白龙而造下恶业，玄奘愿以此一报之身，尽无始劫，全力荷担。不全此愿，誓不解脱！”

“阿弥陀佛。”菩萨轻轻叹息了一声，“玄奘，你一身之力如何替众生荷担无始罪业？佛陀告诉过你应该如何解开这个结，只有获得般若智慧，登上彼岸，才能彻底脱离这个巨大的涡旋，也才可以真正地帮助众生摆脱业网的缠缚。到那时，无论是你，还是那些灾民，抑或是小白龙，都可以真真正正地成为自己的主人！”

真真正正地成为自己的主人！玄奘的心被震撼了——是啊！我究竟是怎么了？我自幼学佛，不正是为了获得脱离业网，摆脱轮回的智慧吗？我现在去天竺求法，不也正是要为众生寻找出离涡旋，踏上坚实彼岸的方法吗？

我们现在都不是自己的主人，无法掌控自己的命运。只有脱离苦海，不再被身体缠缚，不再被三毒左右，不再被业力牵引，才能成为一个真真正正的自由人，那时的生命才真正属于自己！我应当朝这个方向不停地努力才对，又为何要在这里苦苦抱怨呢？

他抬起头，想谢过菩萨的点化，却只感到大地一片沉寂，空气中呢喃着轻轻的佛音，风一吹就散了，菩萨轻柔的声音似乎已经去得很远很远……

“菩萨……”他刚刚唤了一声，意识便跌落下去，沉入到浓浓的黑暗之中……

好清凉啊，是什么东西进入了他的口中，还带着几分甜香？难道，我已经到了极乐世界？是菩萨带我来的吗？

不对，这好像是拌了水的馕饼！他可以清晰地感受到自己饥饿的脏腑都争抢着涌到了咽喉部位——极乐世界里也有这种东西吗？我怎么从来不知？

耳边传来轻轻的呼唤声：“奘师……奘师……”这声音时而近在眼前，时而又远在天边……是谁在叫我？

他费力地睁开眼睛，迷蒙中，一个僧侣正坐在自己身边，一脸担忧地望着他。

“菩萨……”他喃喃地说道。

“阿弥陀佛，你总算醒过来了！”那僧侣如释重负，长叹道，“可真得感谢菩萨保佑，要是我再晚来一步，你就喂了狼了！”

他终于听清，这是秦州僧人孝达的声音。紧接着，对方的形象在他眼前逐渐清晰起来，敦厚的眼中闪动着欣喜的光泽，说出的话又快又急——

“你居然会饿昏在这里！离开长安的时候没带干粮吗？我跟你说，走长路一定要带足干粮盘缠，就算你是高僧，离开了寺院也什么都不是了，未必总能化到缘……”

玄奘的头脑依然懵懂，他听不清孝达后面的话，也不明白自己身在何处——天亮了吗？我饿昏在这里？我怎么不知道？对了，菩萨呢？他到底有没有来过？难道我一直都在做梦？那么，小白龙呢？

他猛然坐了起来：“小白龙……”

刚说了一句，就觉头脑一阵晕眩，眼前的世界迅速转黑，身体像经霜的嫩苗一样摇摇晃晃，若非孝达及时扶住，几乎又要倒下。

“你身体好烫，别乱动。”

“小白龙……”玄奘虚弱地说道，“你看到小白龙了吗？就是那匹白马，在长安……你见过的……”

“没有啊。”孝达莫名其妙地四下看着，“这附近没看到马啊。”

玄奘痛苦地闭上眼睛，出城后的这段经历在他的头脑中简直就像是一场噩梦。

孝达扶着他，安慰道：“奘师，你别担心，马丢了就丢了，没什么大不了的，只要人活着就好！”

玄奘勉力点头：“多谢师兄搭救……”

“没什么。”见他说话趋于正常，孝达不觉舒了口气，憨憨地笑了，“怎么说你也是个经常走路的，我才不信你会不带干粮出城！我猜你定是在路上遇到了灾民，把干粮盘缠全都布施出去了，是也不是？”

玄奘依旧没有说话，眼前尽是小白龙充满信任的目光，心痛得都快要麻木了。

“我就知道是这样。”孝达絮絮叨叨地说个不停，“你这个活菩萨啊，可真是没药医了。也不想想，那么多的灾民，连朝廷都无能为力，就算是你把性命搭进去又能救几个人？”

“我知道……”他低低地说道，“我的能力太小，救不了几个人，可救一个是一个……”

“这么说，你是不打算去天竺取经求法了吗？”

取经求法，不也是为了普度众生吗？他伤感地想。

孝达见他面容憔悴，神色凄然，不禁摇头叹息道：“我觉得，像法师这样的人，还是适合待在寺院里讲经。若是再往西去，一准死在路上！倒不如——”

他说到这里，突然冒出一个主意：“走吧，跟我去秦州，我们南廓寺眼下正需要人。法师从京师来，又是朝廷钦点的名僧大德，到了那里必定万人皈依！咱们一起去光大秦州的佛法，你看如何？”

他为自己的这一想法而兴奋，热切地望着玄奘。

玄奘缓缓摇头：“师兄好意，玄奘心领了……”

“奘师，你这样是根本到不了佛国的！”孝达急急地打断道。

“不管到得了到不了，玄奘都不会放弃。除非死在路上。”

他的声音有气无力，却带着一股不容置疑的坚决。

孝达无奈地叹了口气：“我嘴笨，说服不了你。也罢，前面再走五十里就到秦州了，法师先过去挂单，歇歇脚再走。我告诉你啊，我们秦州可是伏羲诞生的地方，你去了保准喜欢。跟我走吧。”

说罢不由分说，一把抓起玄奘的行囊，放在自己的马上。

孝达所说的南廓寺并不在秦州城内，而是在城西十里处的一座山上。

途中果然有座伏羲庙，这是最早的皇帝庙宇，代天称王的伏羲，是其母毕胥踩了巨人的脚印后孕育而生的。他结网制弓，教人渔猎和畜牧，创造文字和琴瑟，教人知书达理；他通晓天文地理，阴阳八卦，著述《易经》，制定历法，揭开了中华文明的第一页。

瞻仰过伏羲大帝后，两人沿着弯曲盘旋的山道登上山巅，便看到一座小小的寺庙。

虽然有些破败，但那疏朗大气的布局却显出几分古朴。再看四周苍翠的松柏槐杨，玄奘不禁有些羡慕，常住于此的大德们，想必禅心也会比常人更加坚固吧？

不过，这座寺院此刻已经没有了静寂与安宁，它更像是一座难民窟，山门前挤满了衣衫褴褛的灾民，手里拿着各种家什，一名老僧正带着几个小沙弥在向他们施粥。

一看到那个老僧，孝达顿时兴奋起来，忙不迭地跑了过去，高声喊道：“师父，师父！”

小沙弥看见他，高兴地说道：“师父，是孝达师兄！”

老僧停下手中的活计，慈祥的眼中露出欣喜的目光：“是孝达回来了？”

“师父！”孝达跑上前去跪倒在地，“咚”的一声磕了个响头：“徒儿回来了！”

“好，好哇，回来就好……”老僧激动万分，忙着伸手搀扶，一迭声地说道，“快起来，这位法师是——”

“哦，这是玄奘法师。”孝达赶紧介绍道，“在长安时，徒儿曾多次蒙奘师教导，获益匪浅。”

玄奘走上前去，合掌问讯：“弟子玄奘，见过大师。”

老僧眼中闪过奇异的神采：“老衲智辛，久闻玄奘法师盛名，想不到今日有缘相见。”

“不敢。大师乃前辈大德，玄奘不过是一后生晚辈，何敢称什么盛名？”

“老衲听说，去岁长安的那场大辩，法师一人直通全场，其他大德竟连出场的机会都没有。从京师到河西，道俗各界无不交口称颂啊！”

“这都是佛陀遗法的殊胜，玄奘不过是在鹦鹉学舌罢了。”

智辛大师哈哈一笑：“法师真乃谦谦君子。也罢，一路辛苦，请先去客寮歇息，待老衲忙完此间俗事，再去与法师共同参禅论道。”

玄奘合掌道：“大师不必客气，玄奘与孝达师兄同在京城习经，都是您的弟子晚辈。师父有什么事情，弟子自当服其劳。岂有师父在此劳碌，弟子安坐之理？”

说罢便与孝达一起拿起大铁勺，继续为灾民们施粥了。

望着这两个忙碌的年轻人，智辛心中一阵欣慰，合掌诵道：“阿弥陀佛……”

秦州虽是商旅云集的热闹城镇，佛教盛行，南廓寺却只是一座山间小庙，只有七八个僧侣在此清苦修行，香火自然稀少得很。若不是这场天灾引来一群饥民，平日里简直可以说是门可罗雀。

正因如此，玄奘的到来令智辛大师喜出望外，当晚便来到客寮，与其对谈佛法，颇为投机。

智辛长老的面前摆放着两套佛经，都是孝达从长安带回来的。一部是法显大师翻译的六卷本《佛说大般泥洹经》，另一部则是昙无谶大师翻译的大本《大般涅槃经》四十卷。

“孝达说，多亏了玄奘法师，他才找全了这两部经书。”智辛长老缓缓说道，“法师对这两部经中所说的佛性问题怎么看？”

显然，秦州的长老也注意到这个问题了。

玄奘讲了自己对此的一些看法和理解，智辛大师点头叹服道：“法师精通佛法三藏，老衲实在佩服。如今老衲有个请求，不知法师可否答应？”

“不敢，大师请讲。”

智辛道：“法师也看到了，南廓寺是座小庙，经书典籍所藏不多，平日里前来挂单的僧侣也甚是稀少，寺中僧众难得有机缘听受高深佛法。今日法师前来，实为我寺之大幸，故而老衲想请法师不辞辛劳，为寺中僧众和居士们讲经说法，不知法师意下如何？”

玄奘合掌道：“大师过奖了，讲经说法乃佛家弟子的职责所在，玄奘安敢推辞？一切恭听大师安排。”

智辛大喜，当即决定，法会在明日一早举行。

讲经这日是个大晴天，阳光暖暖地洒在南廓寺，孝达同师兄弟们一起进入宣法殿，端坐于狮子座前，静候玄奘法师的到来。

慕名赶来的僧侣居士们则在法殿外的空地上肃穆而坐，每个人的脸上都饱含期待之色，虽有僧侣俗众数百人，此刻却是寂然无声，一片安宁静谧。

玄奘换上一件干净的僧袍，披一袭缁色木棉袈裟，神色庄严地步入大殿。

秦州道俗从未见过如此年轻的讲经师，更兼其容颜灵秀，气质清雅，众人于惊诧中纷纷站起，合十行礼。

玄奘走到殿内狮子座前，转过身面向大众合十还礼后，便于法座上结跏趺坐，轻敲法磬，开始讲经。

原本智辛长老是要玄奘讲说《涅槃经》的，但玄奘却说，这部经里有许多问题他还没有想明白，他不想糊弄众生。

他选择的是《六度集经》，这是三国时期吴国的康僧会大师所译，那个尸毗王割肉喂鹰的故事就出自这里。

“《六度集经》是一部大乘佛典。”玄奘沉声说道，“乘乃舟楫车船之属，能载人到达彼岸之地。声闻、缘觉修行解脱，如乘木舟，是为小乘；而菩萨发菩提心，上求佛道，下化众生，舍己度人，如乘帆船，是为大乘。大乘佛教以‘六度’‘四摄’来实践自身的解脱，并使众生都能到达涅槃的彼岸。”

法台下方一片静谧，随着法师的讲述，人们渐渐平复了起伏跌宕的心绪，随之进入到一片澄明宁静的精神世界之中。

“‘度’的梵音为‘波罗蜜’，取‘到彼岸’之意，就是从烦恼的此岸渡到觉悟的彼岸。六度便是六种到达彼岸的方法。”

“哪六种呢？”台下突然有人出声，引起一阵小小的骚动。

玄奘并未注意到是谁这么胆大，直接回答道：“一是布施波罗蜜，对治我们的贪念，培养我们的仁爱与大悲；二是持戒波罗蜜，护持我们的身、口、意，从而遮断一切恶业；三是忍辱波罗蜜，令我们不起嗔心；四是精进波罗蜜，对治我们的懈怠；五是禅定波罗蜜，让我们观照内心，从自身处获得智慧；六是般若波罗蜜，消除我们的无明，使我们具足正知正见。”

接着他开始详细地讲解“六度”，台下众人专注地听着，大乘佛法的根本教义，随着他娓娓的讲述，慢慢浸入到在场每个人的心田。

“除勤修六度外，菩萨行者还须行四摄法，摄便是‘摄受众生’之意。菩萨深入人群，用四种方法接引众生，普度众生。这便是四摄，分别是布施摄、爱语摄、利行摄和同事摄。”

六度的第一条和四摄的第一条都是布施，这令玄奘心中生出无限感慨——他生逢乱世，自幼时起，就常见众生挣扎于苦难离乱之中。离开长安的这些日子，更是眼见灾民食不果腹，衣不蔽体。而自己就算想要布施也常常感到力不从心，心中甚是伤感。

“布施可以帮助我们成佛吗？”突然有人喊了一句，声音很大，一时惹得众人侧目。

玄奘朝台下望了一眼，见喊话的是一个胡人青年，年纪与自己相仿，高鼻深目，满面胡须，穿一件油腻腻的旧毡衣，坐在人群中并不显眼，只是那双灰褐色的眼睛里露出几分桀骜不驯的神色。

“当然可以。”玄奘微笑着回答，“佛陀要我们修六度、四摄，其中第一条都是布施。佛陀慈悲为怀，所教授的自然对众生有很大的利益。”

“好像是对和尚有很大的利益吧？”那胡人又喊了一句，接着便哈哈大笑起来。

有几个人也跟着笑起来，像稀稀拉拉的雨点，在这庄严的法会现场显得极不和谐。

“我说，这位朋友该不会是突厥人吧？”坐在胡人身边的一位中年商旅冷冷地问道。

“你儿子才是突厥人呢！”胡人怒骂道。

“难说啊。”另一位书生模样的慢条斯理地说道，“这一带的西域国家都信奉佛法，只有突厥例外。”

“不错。”周围的人顿时炸开了锅，开始起哄，“我看这个人长得就像一头突厥狼！”

“你们别胡说！”那胡人急了，一张黝黑的大脸涨得通红，褐色的胡须一翘一翘的，气愤地说道，“我叫石槃陀，是石国来的粟特人！”[2]

“石国？”那商人冷笑道，“石国不是早就投降突厥了吗？”

众人哄地一笑，连声附和。

“喂喂，你们可别含血喷人啊！”石槃陀跳着脚地辩解道，“我家就在瓜州，十几年前就在那儿了。前些年瓜州加高城墙的时候，我还出过力呢！”

“怕是被当作俘虏出力的吧？”那书生慢条斯理地问道。

众人哄的一声，再次大笑起来。

智辛大师皱起了眉头，他感觉这场面已经快要失控了。

玄奘倒是不以为意，只是伸出双手，轻轻往下一压道：“诸位，请安静。”

他声音不大，却极有穿透力，刚好能让在场的每个人都听到。人群果然安静下来，所有人的目光都集中到这位青年法师身上。

玄奘道："佛言众生平等，这位檀越是从什么地方来的并不重要。"

"怎么不重要？万一他是突厥奸细，怎么办？"下面有人喊道。

"我们现在并没有证据这么说。"玄奘的语气依然平静，"他今日与诸位一同坐在这里听经，难道不是与佛有缘吗？"

"我觉得他更像是来捣乱的！"一个商人恨恨地说道。

玄奘淡然一笑："沙门愿与这位檀越一起讨论。"

石槃陀顿时一脸的得意。

"其实这位檀越并没有说错，布施自然会对僧伽有利，但这种利益最终还是会回到众生的身上来。"

会场重新安静下来，众人静静地听着。

玄奘道："布施有很多种。智辛大师引领寺中僧众施粥救济灾民，诸位居士以食物器具供养僧伽，以衣食等物施于贫苦之人，以药草施于病人，这些都可称为财施；若是向人宣说正法，令得功德利益，则称为法施；若是在人或其他生灵遭遇危难时，施以救助，使其远离种种恐怖，便称为无畏施。诸位若是救人、护生乃至素食等，都属于无畏施。"

"布施有功德吗？"石槃陀大声问，"我是说，世俗的功德，不是成佛涅槃啥的。"

这话一出口，顿时引来很多鄙夷的目光，若非法师说过愿与其讨论，只怕早有人又要发作了。

"有啊。"玄奘的声音依然温润，目光柔和而平静，"行财施者，得财富；行法施者，得明慧；行无畏施者，得健康长寿。"

这些东西都是俗人喜欢的，底下的人顿时窃窃私议起来。

"可是。"石槃陀今天似乎打定主意抬杠到底了，"如果我没钱去行财施；也不识字，行不了法施；又没能耐救人护生行无畏施，让我吃素我也受不了，那怎么办？"

"这还用问吗？"旁边的商人冷冷地说道，"你这辈子注定享受不到布施的妙处了。"

"下辈子也难。"旁边不知是谁接了一句。

玄奘倒不介意他的粗俗无礼，依然温和地说道："布施不一定非要用金钱或财物去帮助别人，还可以有别的形式。"

"还有别的形式？那是什么？"石槃陀梗着脖子问。

看着眼前这个桀骜不驯的家伙，玄奘突然笑了："檀越想听沙门讲个故事吗？"

"故事？好啊！"

玄奘道："当年有一个穷人，因为事事不如意，跑到佛陀面前去哭诉，他说：我无论做什么事情都不快乐，这是为什么？

"佛陀告诉他：这是因为你还没有学会布施和给予。

"可是这个人说：我是个穷人，拿什么来布施？

"佛陀告诉他：一个人即使身无分文，也是可以行布施的，因为他至少可以给予别人七样东西。"

"哪七样东西？"石槃陀插嘴问道。

玄奘道："第一，颜施。待人和颜悦色，施以微笑和友善；

"第二，言施。说话诚实，不口是心非，不挑拨离间，不背后说人过失。多说温柔的话，鼓励的话，安慰的话，称赞的话；

"第三，眼施。用善意的目光，平等的目光去看待他人；

"第四，心施。心存恭敬，心存谦让，心存喜乐，心存慈悲，心存感恩，心存宽恕；

"第五，身施。以清洁端正的仪容示人，以清净庄严的威仪待人，以行动去帮助他人；

"第六，座施，乘船坐车时，将自己的座位谦让给更需要的人，乃至能舍弃自己的利益、地位、名誉，设身处地地为他人着想；

"第七，房施，为远方的客人提供住宿，将自己空下来暂时不用的房子提供给需要的人歇息，或供作讲堂和道场，请明师来讲道说法，启发众生。

"佛陀最后说，无论是谁，如果有了这七种习惯，好运便会如影随形。"[3]

---

[1]出自《菩萨本生鬘论·尸毗王救鸽缘起》。

[2]石国，西域昭武九国之一，位于今天的乌兹别克斯坦共和国首都塔什干附近；粟特人是古丝绸之路上一个独具特色的商业民族，生活在中亚阿姆河与锡尔河一带，建立过许多绿洲城邦，却从未建立过统一的国家，因此长期受周边的强大外族势力的控制。以经商闻名于欧亚大陆。

[3]"无财七施"出自《杂宝藏经·七种因缘施》第七十六。

第25章

泅渡过黄河

“这样就行？”听完故事的石粲陀显得有些发呆。

“沙门从不妄语。”玄奘道，“布施不在多少，而在于是否发心。如果是发自内心的行为，哪怕是一个微笑也会有莫大的功德。这种无形的布施，是因为布施者心怀慈悲，自然而然产生的善行。即使换一个场合，他还是会做出同样的行为。”

可是石粲陀依然不服：“我以前也听过一些和尚讲经，他们只说供养僧人会有功德，很少提到对穷人布施。”

“怎么会呢？”玄奘惊奇地说道，“佛陀认为供养贫穷和困乏的人是值得赞叹的布施，著名的给孤独长者就是践行者之一，给孤独的意思不就是‘施与贫穷与孤苦的人’吗？”

“那僧人呢？”石粲陀问，“僧人不一定贫穷和困乏，为什么要供养他们？”

玄奘道：“在家信徒供养僧团，使他们能够心无旁骛地弘法与修行，善尽其教导佛法的职责，这等于是在续佛慧命上尽了襄赞之力，当然是莫大的功德。而比丘在接受供养之后，通常也会向供养者讲经说法，使他们慧根显现。”

见石粲陀不再抬杠了，玄奘笑了笑，接着说道：“佛陀确实鼓励大家护持修行人，令佛法延续。但是，佛陀并没有说，要人们只供养僧侣。任何心灵尊贵的、脱超的、诚挚的并且教导正见的人都值得人们去供养。供养之所以有意义，就在于供养人信心坚定，清净供养给具有同样清净心的人。这其中，也包括照顾贫穷、疾病和困乏的人，使其远离烦恼，身心安宁。”

说到这里，玄奘略略停顿了一下。

一般说来，高僧主持的法会讲的都是些佛经奥理，玄奘却更喜欢以具体的事例来阐述佛心本义。比如这一次，提到供养和布施，他便自然而然地想到了那些从关中一路逃荒来的饥民。

“今秋关中霜灾，田间谷物颗粒无收。玄奘从长安走到这里，一路上所见最多者便是逃荒的饥民。”

他的眼睛望着远方，仿佛又见到了那些面黄肌瘦、眼睛里闪着饥饿的绿光的灾民，仿佛又听到那个老人在对他讲述令人毛骨悚然的“菜人”的故事……

“他们在这个世界上飘飘荡荡，就像无根的浮萍一样，没有寄托，没有希望，没有未来……很多人走着走着，就倒在路旁死去，他们的亲人有的当场号啕大哭，那是世间最凄厉最无助的哭声，就像一张慢慢收紧的网紧紧挤压住旁人的心，令人无法呼吸……更多的人目光呆滞地从死者身边走过，仿佛早已失去了悲伤的能力……”

玄奘语气沉缓地诉说着他这一路看到和听到的一切，善念于心，自然流露，因而具有特别的感染力。况且，听经的人大都见过此等惨状，此时听法师这么一说，人们的心仿佛被抽紧了，恍如也被那张无形的大网挤压得没了气息，就连那个捣乱的石槃陀也不再出声。

“佛说众生皆苦。苦难并不是最可怕的事情，麻木才是。如果我们在看到世间苦难的时候还能够懂得悲伤，那么我们至少还保有一颗清净柔软的心，这便是成佛的种子。而当我们怀着感同身受的心情去帮助那些身处苦难的人，我们实际上也是在帮自己。这便是布施波罗蜜。”

看到人们都面色沉重，玄奘便又讲了一个关于佛陀的故事——

有一天，佛陀通过天眼神通，知道阿拉维村里的一位穷人证初果的机缘已经成熟，就带着弟子们前往该村。

但不巧的是，当天，这个穷人唯一的公牛走失了，因此佛陀来的时候，他正出村去寻找这头公牛。

村民们虔诚设斋，供养佛陀和众比丘，希望佛陀能够为他们说法，但是佛陀说，还是先等等吧。

那个穷人终于找到了他的公牛，急忙跑回来向佛陀顶礼，他又累又饿，佛陀就请村民们先拿出食物来给他吃。

等到这个穷人吃完饭后，佛陀才开始向村民们说法，他一步一步，由浅入深，一直说到四圣谛。

听完佛的说法后，这个穷人证得初果。

回祇园的路上，比丘们都十分讶异于佛陀要求村民们先给那个穷人吃饭，然后才开示佛法。

佛告诉他们：“比丘们！我来阿拉维村的唯一目的，就是要向那位居士说法。因为我知道，他已经具备了正确明白佛法的能力。可是，如果他饥饿难耐，这痛苦可能会障碍他理解佛法。他一整天都在寻找走失的公牛，一定非常疲累，非常饥饿。比丘们！你们要知道，饥饿才是世间最大的疾病。”[1]

听到这里，人们惊讶万分，这里的多数人包括一些僧人在内，都曾经忍受过饥饿的折磨，但他们还是头一回听说，佛陀曾经说过“饥饿是最大的疾病”这样的话。

原来佛陀不只关心众生的精神世界，也关注物资的匮乏；原来佛陀并不像人们想象的那样高高在上，需要仰视，他竟然也有着如此人性化的一面。

法会结束后，人们纷纷解囊布施，声称供养佛陀，救济那些身处苦难中的灾民。一时之间，寺内寺外热闹非凡。

当晚，南廓寺继续设斋施济，城内城外的灾民们大都涌到了这里，几间客房均已住满，智辛大师不得不将一部分灾民安置在大殿里。

夜已经很深了，智辛长老仍兴致不减，与玄奘秉烛夜谈。

“真想不到，玄奘法师竟会用如此浅显通俗的事例来阐释佛理，此等说法，老衲竟是从未听闻，实在是佩服不已啊。”

“大师过奖了。”玄奘道，“弟子只是一路行来，眼见生灵涂炭，心有所感罢了。”

“法师学识不凡，更兼悲天悯人，令人钦敬。不若留在本寺——”

玄奘摇摇头，道：“不瞒大师说，弟子就是深感自己学识不足，这才离开长安的。这一路上已经耽搁得太久，明日必须要走了。”

智辛长老有些奇怪：“老衲听说，朝廷在长安设立十大德，京师法事日渐兴隆。法师如此年轻就已名动天下，又跻身十德之列，留在京师前途无量，为何要走呢？”

玄奘低声道：“弟子还差得远。再说，一个人的意义并不在于他的成就，而在于他所企求的东西。”

“法师企求什么呢？”长老好奇地问，“是佛法吗？中原高僧大都聚集于两京繁华之地，长安更是四方佛子求学的最佳处所，所以老衲才让孝达去那里学习《涅槃经》。法师独独往西，却是要去何方拜师？”

“不瞒大师说，弟子准备西去天竺。”

“天竺？”智辛惊讶极了，“法师一个人？”

玄奘尚未答话，旁边的孝达忍不住插嘴道：“他不光一个人，连过所都没有！”

智辛长老更为吃惊：“若果真如此，法师万万不可西去！如今边境紧张，朝廷下了严令，无过所而偷渡玉门关者，杀无赦！此事法师难道不知？”

“弟子知道。”玄奘叹息道。

“那为何还要以身犯险？”

玄奘沉默片刻，望着面前桌案上跳动的烛火，缓缓说道：“弟子幼逢乱世，眼见多年征战与天灾人祸，苦无解救之良方，只能徒然悲叹。那时便曾发下誓愿，必在有生之年，万里西去，寻访佛家真义，解救我中原百姓，使他们都能够脱离苦海，心升乐土。即使知道这是一厢情愿，也在所不惜。”

“阿弥陀佛。”智辛长老不由得低宣一声佛号道，“法师一片慈悲度世之心，着实令人钦敬。可是，法师今日在法会上所讲的，难道不是佛家真义吗？又何必再往远方更寻经义？”

“那些，只是一点基本教义。”玄奘沉声道，“佛学精要，远在天竺。必须亲赴佛国，方可学到大乘佛法之真义。”

智辛长老被玄奘这番话所打动，许久，才长叹一声道：“这些年来，老衲所思所想，皆是如何光大这南廓寺。法师要做的，却是光大整个华夏的佛教。当真令人佩服得紧哪！”

玄奘低声道：“大师过奖了。能否光大佛教，玄奘还不敢想。能否帮助众生脱离苦难，玄奘也不敢想。眼下，玄奘只是希望，此行能到佛陀的故乡，解决自己心中的疑惑。”

智辛长老感叹不已，情知留不住他，只得说道：“那么法师就先在本寺小住些日子吧。”

“不用了，弟子明早就走。”

“明日是万万走不得的。”长老叹道，“法师真要出关，也要等边关安宁了再说。”

“边关何时安宁？”玄奘问。

“这个，老衲确实不知。”智辛长老倒是实话实说，“不过，总会有安宁的那一天吧。”

玄奘摇头道：“边关是不可能真正安宁的。当年大汉王朝赶走了月支人，又来了匈奴人。如今，即使大唐灭了突厥，还有吐蕃、契丹以及别的国家。纵然与他们订立盟约，边界上还是会有摩擦。玄奘已经等了数年，再也等不起了。人命如露，无常转瞬即至，又如何能等？”

看着这个倔强的青年，智辛长老无奈地劝说道：“那也要先休息好再走吧，我观法师气色不佳，想是这段日子赶路太辛苦了些。”

“可不光是辛苦了些。”孝达再次插言道，“那天晚上若不是弟子及早发现，只怕这个活菩萨已经在狼腹里普度众生了！”

“阿弥陀佛。”智辛再次低眉合掌，口宣佛号道，“法师就听老衲一言，在这南廓寺里多住些日子吧，把身体调养好，再走也不迟啊。”

“大师好意，玄奘心领了，但玄奘真的不想耽搁了。”

西部的原野一片萧瑟，在清晨的料峭寒意中，两名青年僧人纵马朝西而去。

八只马蹄扬起一路尘沙，遮盖住了来路。

一口气跑出十余里，眼前陡然出现了一座奇峰，峰巅状若麦垛，峭壁上密布着蜂巢般的石窟和巨大的雕塑，还有很多造型各异的群像和壁画，堪称鬼斧神工。

这便是麦积崖，属西秦岭山脉的小陇山，那苍郁的森林，迂曲险峻的小径，足以让它成为秦州的一道风景。更不用说崖上的那些浮塑、圆塑和影塑了。古人称：“其青云之半，镌石成佛，疑是神功。”

玄奘勒住了马，看着峭壁间的雕塑，赞叹道：“想不到秦州的荒坡秃岭之中，竟然还环绕着这样一处神奇的地方！”

“这石窟是后秦时期建造的。”孝达向他介绍道，“起初叫作无忧寺，后来又改称石岩寺。这里的万龛千室，全是出自人力，我师父年轻时还曾在这儿修行过呢。”

玄奘感慨万分：“先人如此虔诚，我辈敢不精进？”

说罢从马上跳了下来：“送君千里，终须一别。师兄请回吧。”

“奘师。”孝达目光忧郁地看着玄奘，“你一个人……”

玄奘轻松地一笑：“孝达师兄还是觉得，玄奘会死在路上吗？”

孝达没有回答，视线沿着麦积山默默地朝西望去——晨光中的旷野无边无际，除了披着一层白霜的萧瑟野草，再也看不到一点生机。

终于，他犹豫着对玄奘说道：“我还是……再送法师一程吧……”

“再送一程，不还是要分别吗？”玄奘说着，从孝达手中接过行囊，“师兄请回吧，别让智辛大师担心。”

他将行李放在坐骑身上，这是一匹大宛马，名叫乌骓，是他昨日讲经时，一名来自张掖去往长安贩马的客商送给他的。乌骓八岁，正值壮年，全身毛发黑亮，肚腹处略带些苍白色的杂毛，四肢修长，身形矫健，显得神骏异常。在玄奘眼里，它简直就是涂了黑漆的小白龙，连脾气禀性都像！此刻它正不耐烦地踢踏着两条前腿，一副还没有跑够的样子。

玄奘喜爱地拍了拍乌骓的头，随后便翻身上马：“师兄请回吧，代玄奘向智辛大师道谢。”

“奘师！”孝达走上前，拉住了马缰。

“师兄还有什么不放心的？”

孝达犹豫了一下，方才嘱咐道：“奘师，再往西去，人烟稀少，化缘会很艰难。

你……可别再把自己的干粮盘缠什么的，都给布施掉了。”

玄奘爽朗地一笑：“师兄放心，佛陀会保佑我的。”

说罢一提马缰，绝尘而去……

六盘山同玄奘所见的其他山脉都有所不同，这里的地形高低差距极大，山峰上上下下，犬牙交错。尽管乌骓的身体极为健壮灵活，还是有很多地方无法通过，只能绕行过去。

这样走走停停，一整天的时间也没能走出多远。

山上气候寒冷，霜露打湿了衣襟，然而玄奘浑身上下却已是热气蒸腾。

傍晚时分，一人一马终于攀上一座山头，一抬头，只见峰顶正飘浮着一团白云，那云朵不停地变幻着，恍如披着白衣的仙子。

见此情景，乌骓竟快活地长嘶起来。

西风森冷，霜花闪耀，玄奘停住脚步，抬手擦了把额头的热汗，再深深吸一口山顶清寒凛冽的空气，只觉得自己的灵魂都要飞升起来，幻化成一朵白云，在蓝天上飘荡……

两天后，隐隐听到水声，出了山，便进入到一片荒漠丘陵地带。

这里是黄色的世界，除了稀稀拉拉的芨芨草和酸枣刺外，再也看不到绿色的迹象。

耳边，水声却是越来越大，直似惊天动地。

这雄浑的声音使得本已十分疲劳的乌骓精神抖擞，加快了脚步。

玄奘猛然间回过神来——这是黄河的声音！

过了黄河，就算是离开关中，进入河西了。

他忍不住回头，想再看一眼来时的路，可是，高高的六盘山挡住了他的视线，那繁华无匹的长安城早已遥不可及。

一种难言的情愫陡然间在心头涌起，他低下头，从怀里取出那个土褐色的小布包，这里面装的是取自长安城外的泥土，握在手心里还有股温热的感觉，他的眼眶不由得湿润了……

当玄奘看到黄河时，夜已深沉，头顶的月色如水如瀑，笼罩着那波翻浪卷、白沫飞腾的河面。

河宽数十丈，河水苍莽浑浊，其声震耳欲聋，呈现在眼前的，是最原始的狂野和激昂。

玄奘牵马站在高处，面对奔腾咆哮的河水，默默思索着过河的方法，他宽大的僧袍在狂风中猎猎飘动。

和大多数东西走向的大河不同，黄河在这里是南北走向，但这并不影响它到达自己的目的地——大海。

江河也像人一样，各自有着不同的性格。面对重重阻碍，它们选择了截然不同的应对方式——长江劈山开路，黄河迂回曲折。但不管使用什么方法，它们最终都到了大海，找到了自己的归宿。[2]

那么我呢？我的归宿又在哪里？

天亮了，一群山羊从河岸上悠闲走过，时不时低下头，啃着岸边为数不多的青草。

羊群后面，跟着个十二三岁的少年，身穿一件破旧的羊皮袄，手提荆条，神情倒是显得怡然自在。

玄奘走上前去，朝这牧羊少年打了个问讯，道："小施主，你可知如何过河吗？"

少年仰起黑红的脸膛，好奇地打量着玄奘道："我阿爷就是这里摆渡的。"

玄奘大喜，取出几枚开元通宝交给那少年："劳烦小施主跟你阿爷禀报一声，就说有客人要过河。"

少年眼睛一亮，露出喜不自禁的神情，忙说了声："好，客人你等着！"也不管羊群了，撒腿就跑。

玄奘微微一笑，牵马来到一片杂树灌木丛边，放开乌骓的缰绳，让它自行去吃草。自己则找了处平坦的地方端坐下来，双手结印，微闭双目，让心灵渐渐归于平静与安详……

他幼时便喜欢这样，一个人独处时，静坐冥思，使自己长时间沉浸在这种超凡的快乐体验中。离开长安后，每日里长途跋涉，没有了大块时间供他禅坐，只能这样见缝插针地修行了。

不知过了多久，耳边隐隐传来几声怯怯的呼唤。睁开眼睛，却是那牧羊少年回来了，身边还有一位年约七旬的老者。

"你这客人一定是太困了，怎么坐在这里就睡着了？天这么冷，也不怕着凉吗？"少年关切地问道。

玄奘微微一笑，站起身来。却听那少年对老人道："阿爷，就是这位客人要渡河！"

说完这话，便又拾起荆条，去收拢他的羊群了。

"阿弥陀佛。"玄奘朝老者合掌行礼，"沙门玄奘，见过老檀越。"

老人眯缝着双眼打量着玄奘："原来是个出家人。"

"正是，沙门要到河西去，劳烦老菩萨助我过河。"

"去河西啊。"老人慢悠悠地说道，"从这里往下游走，也就七八里吧，有一座官桥。小师父为啥不从那里走呢？"

“官桥上有官兵把守吧？”玄奘问道。

“没官兵怎么能叫官桥呢？”老人眼中带笑地看着他，“怎么，你怕官兵？老汉还是头一回听说，有和尚怕官兵的呢。”

玄奘没有说话，他在想，要不要把实情告诉这位摆渡的老人。

那老者还在絮絮叨叨地说着：“其实怕官兵也没啥，那些个当兵的脾气不好，又有家伙在手，我也怕呢。不过这位小师父，你会泅水吗？”

玄奘摇摇头，不明白这老人为什么会突然冒出这么个问题来。

“这倒有些麻烦了……”老人抓着脑袋，自言自语地咕哝了一句什么。

认真地想了一会儿，老人像是下了很大的决心，说了句：“随我来吧。”便径自向前走去。

玄奘忙牵马相随。

沿河走了三四里的样子，便看到一个简陋的木棚，木棚前支着几根木架，上面摊了很多皮革。

阳光很好，这些皮革显然是放在这里晾晒的。

老人走上前去，拿起一张皮革，迎风一抖，半人多高的皮革里顿时充满了空气——原来这竟是个由整张羊皮缝起来的革囊。

玄奘惊奇地看着那老者用牛筋将已经鼓满了气的囊口扎紧，又去拿第二个，接着是第三个……很快便充好了十二只革囊，用粗索紧紧地连在一起。又同那少年一起，将两个木架一上一下地夹住这些革囊，竟做成了一只简陋的筏子。

“就用这个过河吗？”玄奘心中感到疑惑不安。

“就是这个了！”老人爽朗地说道，“师父放心，用这浑脱过河可比坐那些大木船方便多了，您别看那些官船瞧起来挺大个，其实中看不中用，一个浪头过来就打翻了。”

原来这古怪东西叫“浑脱”，玄奘看着它，又看看自己的马，有些惊疑地问道：“只是……这么小的筏子，马能站上去吗？”

“马和人都不需要站上去。”老人道，“就在水里抱住浑脱，泅渡过去。”[3]

怪不得他问我会不会泅水！玄奘心中越发不安，向老人重申：“老檀越，沙门不识水性。”

“没关系！”老人打个哈哈，指着地上的浑脱，满不在乎地说道，“师父只管抱紧了它，老汉我包你过河！如果到了河中央革囊被尖石划破，你也不用害怕，抓住上面的木架子就行。到时候，我一样能救你上岸。”

玄奘忍不住又朝河中望去——眼前是一川沸腾的泥浆，在氤氲的雾气中翻滚着，汹涌而去，那种气势，着实惊心动魄。

“真的……就没有其他方式过河了吗？”他犹豫着问道。

老人爽朗地笑了：“师父要是害怕，就别过河了。或者，去走官桥便是。想你不过是个和尚，官兵不会为难你的。”

玄奘一咬牙：“沙门就在这里过河！烦请老檀越指点沙门该如何去做。”

老人脱去衣服，露出被阳光晒得黝黑发亮的身体，又从木棚里取出两片宽大的皮革，将其中一块摊开，把脱下来的衣服放在上面，包裹起来，再用牛筋紧紧地捆扎住，系在浑脱的木架上。

做完这一切后，他将另一块皮革扔给了玄奘：“这样过了河，衣服也不会弄湿了。”

开弓没有回头箭，玄奘只得照他的样子脱了衣服，用皮革包好。

老人又取出一条长索，命玄奘将其中的一端系于腰间，另一端也系在浑脱上。乌骓的缰绳则从另一端系上。

一切准备就绪，老人取出一个葫芦，拧开盖，仰脖灌了一口，又将葫芦递给玄奘道：“来一口，暖和暖和。”

玄奘正冷得浑身发抖，听了这话，只当是热水，忙道了声谢接过来。

谁知刚把葫芦口放到嘴边，就觉得一股浓烈的辛辣气息扑鼻而来，熏得他头昏脑涨，不禁问道：“这是何物？”

“你这小师父，连烧酒都不认识吗？”老人笑问。

玄奘吓了一跳，忙将葫芦递还给老人：“多谢老檀越盛情，沙门从不饮酒。”

老人倒也不勉强，拧上葫芦盖，把这酒葫芦也系在浑脱上，说了声：“那我们下水了！”便朝水中走去。

深秋的西北寒风如刀，玄奘刚一下水就忍不住打了个冷战，却见那老人已将全身浸入水中，布满皱纹的黑黄皮肤仿佛与这黄土地黄河水融在了一起。

玄奘心中顿生敬意，心想：“世人为求一衣一食，艰辛至此，今玄奘为求正法，又所惧何来？”

当下学着那老人的样子，扶着浑脱上的木架一步步地往前走，直至全身没入水中……

老人熟练地划着水，推动着浑脱向前，乌骓则在另一侧凭着本能用四足划水。

玄奘不识水性，只觉得四周水流湍急，身体便如一片树叶，随时都会被冲走似的。他冻得浑身发抖，眼前模糊一片，早已辨不清东西南北，只知用双手死死攀住筏子上的木架，剩下的便是随波逐流了。

佛经中关于“生死如海，六道轮回便是个大涡旋”的说法突然闪现在他的脑海里。

以前对这个譬喻只是想象，现在才算是有了真真切切的体会——身处急流当中，竟是完全不能自持，若无这摆渡老人，自己莫说是登上彼岸，就连岸在哪里只怕都找不到！

如此看来，这位可敬的老人实在是位大菩萨啊！

“很够劲吧？”老人在水中呵呵地笑着，“刚才要是喝口烧酒不就好了吗？这么冷的天，喝口酒暖暖身子，便如救命一般，难道佛祖还会怪罪不成？”

没有听到玄奘的回答，健谈的摆渡老人边划水边接着问：“师父啊，老汉我就是有点儿想不明白，河那边兵荒马乱的，你这会儿过河去做什么？这天高地阔的，哪里不好去呢？”

还是没有回答，此时的玄奘早已冻得浑身麻木，牙齿上下打战，根本无力回答老人的问话了。

这样也不知漂了多久，总算于迷迷糊糊中听到了一句：“到了，上岸吧。”

玄奘精神一振，这才发觉自己全身都已僵硬得动弹不得，就连攀住木架的手都有些松不开了。

老人与乌骓先行上岸，又回过头来将玄奘和“浑脱”一起拖上岸，便独自走开去穿衣服了。

玄奘伏在浑脱上，大口喘着粗气，强行让自己振作起来。费了好大的劲儿，才狼狈不堪地爬起来。

当他哆哆嗦嗦地穿好衣服时，摆渡的老人已经在岸边烧起一堆火等着他了。

“过来烤烤火吧！”老人热情地招呼道，“你真的不喝酒吗？喝一口身上就暖和了！”

玄奘赶紧摇头，牵着湿淋淋的马匹，来到老人身边坐下，将冻得通红的双手放在篝火旁烤着。

火烧得很旺，玄奘感到自己麻木的身体渐渐有了知觉，虽然全身的骨头都像被拆散了一般，痛如针刺，但他知道这是复苏的标志，心中暗觉欣慰。

“多谢老人家，可是，您怎么回去呢？”

“怎么过来的，就怎么回去呗。”老人往嘴里灌了一口酒，满不在乎地说道。

玄奘心头一热，忍不住又回头看了一眼那浑如泥汤般的黄河水，很难想象如果再让自己走一遭，结果会是如何。

他打开行李，取出全部的盘缠，默默地放在老人身边。

“不用不用。”老人连连摆手道，“你给我孙子的那些元宝，已经足够过河的费用了。俗话说‘穷家富路’，师父您是走远道的，还是留着自己用吧。”

玄奘听了不禁莞尔。

开元通宝是中国货币史上最早的信用货币，其购买力极其强大，且币值稳定，即使算上灾荒的因素，用这种钱来购买米面也是相当划算的。加上百姓们习惯于转圈读，结果竟将钱文读成了“开通元宝”，因而这种钱在民间又被简称为“元宝”。

“老菩萨不用客气。”玄奘诚恳地说道，“沙门是个游方参学的僧人，平日里一向托钵为生，似这等黄白之物，带在身上徒增累赘。天气寒冷，老菩萨又如此年纪，还为我下水涉险，实在是感恩不尽，就请老菩萨不必推托了。”

老人听他这么说，便不再客气，高高兴兴地将钱袋接了过来，笑道：“其实师父来得不巧，若再迟个把月来，等这黄河结了冰，冻得硬邦邦的，要过河还不容易？”

玄奘也笑了，心情甚是舒畅，原本他还担心自己孱弱的身体是否有能力走这漫漫长路，现在却对自己越来越充满信心了。

“只要我坚持。”望着眼前滔滔的黄河水，他暗自思量，“这世间便没有什么渡不过去的难关！”

太阳已经到了头顶，暖暖地晒在身上。玄奘合掌告别了摆渡的老人，便跨上乌骓马，一抖缰绳，再次踏上了西去的征程。

过了黄河，原本青翠的山岭逐渐被荒芜、巍峨的黄色山脊所取代。

玄奘单人独骑，沿河西走廊径直往西北方向疾驰而去。

山坡上是在冷风中瑟瑟发抖的衰草，偶尔看到几个面色黑紫的牧人，在道旁一闪而过，他们的脸上满是好奇之色，大概从未见过这样快速赶路的僧侣吧。不远处，几头野山羊仰着高高的头，不知在眺望着什么……

这是自汉代以来的著名要道，北依浩瀚无际的腾格里沙漠，南临层峦叠嶂的祁连山脉，向西直通玉门关，又有合黎、龙首两脉夹峙，得一条绵延数千里的狭长通道，酷似一条长长的走廊，“河西走廊”便因此而得名。

这也是古代长安去往西域的唯一通道，自古以来就是兵家必争之地。

玄奘单人独骑，行进在这条著名的通道上，脚下是茫茫戈壁，身边是绵绵祁连。边秋草白，塞近云黄，沟壑纵横，山川辽阔。大宛天马载着他，向着西北的至深之处一路飞奔……

---

[1]此故事出自《法句经故事集》，偈203。

[2]参考俞敏洪的演讲：“每条河流都有一个梦想：奔向大海。长江、黄河都奔向了大海，方式不一样。长江劈山开路，黄河迂回曲折，轨迹不一样，但都有一种水的精神。”玄奘年轻时冒禁西行，颇有劈山开路的气势。回国后在帝王身边弘扬佛法，又有迂回曲折的意味，因而本书使用了这个比喻。

[3]抱着“浑脱”过黄河，直到十几年前有些地方还有这风俗。现在貌似没有了。

第26章

我准备悄悄潜出去

离开长安一个月后，玄奘抵达凉州。[1]

这是一座有着两万多人口的繁华城市，是河西的首府，也是从西北进入关中平原的要冲，更是中原与西域各国通商及使节往来的必经之地。城中居民多数为外国商人，他们占据了城内七个区中的五个。

自隋末以来，凉州就一直战云密布——西南的吐蕃实力强大，对河西和关陇地区虎视眈眈；西北各突厥部落的骑兵更是经常性地越边骚扰、掠夺人口。

唐朝建国后，这里更成为西北边境的国防重镇。朝廷颁布了“禁边令”，严禁没有过所的人出境。所有人都明白，大唐与东突厥之间迟早会有一战，而且从朝廷调来名将李大亮出任凉州大都督便可看出，这一天似乎已经不远了。

一股看不见的紧张气氛，笼罩在凉州城的上空。

到达凉州后，玄奘直奔安国寺挂单。

选择这座寺院，是因为这里曾是鸠摩罗什大师讲经的地方，寺中有一座建于后凉时期的宝塔，里面至今还供奉着什公的舌舍利。

多么奇妙的缘法！一座一直被战云笼罩的城市，却与一代译经大师结缘整整十七年！

站在罗什塔前，玄奘感觉有些恍惚，那细细高高的宝塔在他的眼前逐渐虚化，化成了一个身材高瘦的西域僧人——身披褐红色的袈裟法衣，袒露在外的右臂被西北的阳光晒成蜜色……他微笑着朝玄奘走来，那双幽蓝的微微下陷的双目中满溢着智慧的光泽……

“大师！”玄奘忍不住迎上前去，却发觉究竟是一切皆空，那个佛法高绝的西域僧人在他的眼前悄然消失，唯余历史的烟尘在塔前飘荡……

打从少年时起，玄奘就听过鸠摩罗什的故事：其父亲出自天竺婆罗门族，世袭高位，母亲则是龟兹王的妹妹。七岁那年，罗什随母亲一起出家，他天赋异禀，据说每天能熟读并背诵佛经一千偈。成年后的大师，更是深通佛法，尤善经文。

前秦建元十八年，皇帝苻坚派大将吕光率七万精兵出兵西域——不为金钱土地，只为一胡僧。吕光不负使命，终于在两年后攻陷龟兹，得到了鸠摩罗什。

吕光原不信佛，不理解苻坚为什么一定要得到罗什，更无从知晓这位龟兹高僧的智慧。他见罗什未达高年，便存了轻视辱慢之心，常逼他骑劣牛劣马取乐，甚至强逼他与龟兹王女成了亲。

对于这些强加于身的屈辱，大师都一一忍耐下来，因为他心中始终有一个心愿：他要到遥远的东方去弘扬佛法。现在，这个心愿就快要实现了，那些屈辱又算得了什么呢？

然而人算不如天算，符坚竟在淝水之战中被东晋打败，继而被部下姚苌所杀，江山也改姓了姚。吕光干脆割据凉州，自立为王，建立了后凉国。鸠摩罗什也被迫羁留凉州讲经说法，一待就是十七年。在这段时间内，他佛法精进，并学会了一口流利的汉语。

弘始三年，姚兴出兵西攻凉州，凉主吕隆兵败投降，五十八岁的鸠摩罗什大师终于被迎入关，实现了他向东弘法的心愿……

天色已晚，安国寺中古木苍苍，香火缭绕，静寂而又安宁。

玄奘没有回禅房，他准备在罗什塔前的石阶上打坐一晚。

像这种通宵打坐，肋不沾席的修行方式，称为“不倒单”，玄奘以前并不常用。这时的打坐修行，完全是出于对前辈高僧的敬意。

“须菩提白佛言：世尊！颇有众生，得闻如是言说章句，生实信不？

“佛告须菩提：莫作是说。如来灭后，后五百岁，有持戒修福者，于此章句能生信心，以此为实，当知是人不于一佛二佛三四五佛而种善根，已于无量千万佛所种诸善根，闻是章句，乃至一念生净信者，须菩提！如来悉知悉见，是诸众生得如是无量福德。”

……

夜已经很深了，从北部荒原刮来的风打着尖厉的呼啸，吹埙般地掠过凉州大地。塔周的芨芨草挑着白色的霜花，摇摇晃晃，宛如一群幽灵，在迷蒙的夜色里上下飞舞，仿佛在凭吊那逝去的岁月。

玄奘微闭双目，静静聆听着风声，口中默诵大师翻译的《金刚经》，一颗心逐渐安宁下来。

“何以故？是诸众生无复我相、人相、众生相、寿者相；无法相，亦无非法相。何以故？是诸众生若心取相，则为著我、人、众生、寿者。若取法相，即著我、人、众生、寿者。何以故？若取非法相，即著我、人、众生、寿者，是故不应取法，不应取非法。以是义故，如来常说：汝等比丘，知我说法，如筏喻者；法尚应舍，何况非法……”

诵读着这些文字，玄奘心里真是说不出的舒畅自在，那种感觉就如同沐浴着清凉的月光，洗去一身的尘埃。在皎洁的月光下，一步一步地走进前辈大师的内心，走进那清凉的心海……

什公到达长安后，姚兴专门为他建了一座“逍遥园”作为译经的场所，这也是中原最早的皇家译场；

什公一生共译经35部、297卷，俱为传世经典。玄奘读过的许多经书都出自他的译笔，比如幼时读的《佛说阿弥陀经》，少时学的《维摩诘所说经》，以及现在正在诵读的《金刚经》；

什公通晓梵汉双语，堪称“译界第一流宗匠”，他偏意译，趋文饰，注重表现原文的文体和意趣，其译文有着“天然西域之语趣”。

对于翻译，什公曾有过一个妙喻——

“但改梵为秦，失其藻蔚，虽得大意，殊隔文体，有似嚼饭与人，非徒失味，乃令呕秽也。”[2]

意思是说，看翻译的文章，就好比吃人家嚼过的饭一样，非但没有味道，还令人作呕。

这段话无形之中也影响了玄奘，他此次西行，固然有很多理由，但偶尔在脑海中也曾隐隐冒出一念：我为什么不能去佛国，尝尝真正的法味，而非要待在这里吃别人嚼过的饭呢？

什公七十岁圆寂，临命终时发下善愿：“我一生所译经典，如无违背原意的地方，死后焚身舌不烂。”

果然，大师遗体火化后，“薪灭形碎，唯舌不坏”，这座罗什寺塔就是为供奉大师的舌舍利而修建的。

……

大师的故事已经很遥远了，它们在这位汉家比丘脑中渐渐虚幻，直至一切皆空……玄奘觉得自己的头脑突然间变得清明起来，恍如佛光遍洒……

接着，身边似乎有了什么动静，睁开眼睛才发现，天不知何时已经大亮了。

不知不觉，玄奘已在凉州停留了三天，除拜谒罗什塔外，还应安国寺僧众的邀请讲经说法，同时预备干粮马麦，为下一段行程做准备。

这样到了第四天清晨，一切准备就绪，玄奘背起行囊，再一次来到罗什塔前，深深顶礼道："大师历尽千难万险向东弘法，为中土众生带来佛陀的声音，弟子心中感佩万分。奈何弟子福薄业重，未能与师同代，亲睹大师风采，心中常以为憾，只盼有朝一日能到大师的舍利塔前参拜。今日得偿夙愿，也算与师有缘。弟子意欲西行求法，亦当以大师为表率，无论遇到什么阻碍都能精进向前，方不负此缘。"

敬拜一番后，他站起身，将背上的竹箧向上托了托，便又继续西行了。

然而他与凉州的缘分显然还没有完，这一点，当他看到那扑面而来的滚滚沙尘，以及在尘土中飞驰而至的那支全副武装的唐军队伍时，就已经知道了。

凉州都督李大亮的书案上摆放着这样一份文告：

"有僧自长安来，欲向西国，不知何意。"

提供消息的是一个商人，曾在安国寺内听玄奘讲经，也不知他从哪里得知，这位来自长安的游方僧意欲西行，于是便向大都督告了密。

其实李大亮早就注意到玄奘了。大唐军队在边关集结，对突厥的战争一触即发。作为凉州地区的最高长官，李大亮除了要做好物资集结、百姓安置等具体事务外，更重要的工作便是情报搜集、缉拿奸细、盘查出入。可以说，从玄奘到达凉州的第一天起，便自然而然地被李大亮列入了调查范围。

"这僧人名叫玄奘，虽然年纪不大，在两京地区也算是赫赫有名的了。"手下的探子向他报告说，"去年京城举行的僧道大辩论中，他独自一人贯通全场，震动京师！圣上亲自下诏，要他担任皇家寺院庄严寺的上座，竟被他一口回绝。后来不知什么原因，此事又不了了之。"

"嗯。"李大亮闭着眼睛点了点头，心中却想，一个来自帝京的名僧，又如此年轻，也算前途无量了。却甘愿抛弃荣华富贵跑到这又干又冷的西北地区，岂不是邪门得很？

莫非——凉州都督的脑子迅速转了个弯，这和尚在京城闯了祸而不得不逃亡？抑或是又有什么别的企图？该不会是个奸细吧？

想到这里，李大亮睁开眼睛，对探子道："再探！把这和尚在凉州的行踪搞清楚了。"

对于边关这些训练有素的探子来说，搞清楚一个僧人的行踪一点儿也不难。第二天，更多的消息源源不绝地传到凉州大都督耳中——

26
我准备悄悄潜出去

“大都督！这和尚果然是私离长安的，没有过所！”

“这两天他在安国寺挂单讲经，听的人多极了，比慧威法师讲经时还多！”

“听安国寺的僧人说，这和尚很有几分道行，晚上不睡觉，在罗什塔前彻夜打坐，已经坐了好几夜了。”

“属下想，他可能要违禁出关，也可能只是游方到了这里。”

“游方？”李大亮抬了下眼睛，忍不住轻哼出声，“亏你想得出来！长安是什么地方？这里又是什么地方？只听说这里的和尚拼了命的往长安、洛阳那种繁华地带游方，没听说还有反着来的！他是个和尚，又不是商人，跑到这兔子不拉屎的地方来干什么？”

其实凉州实在不能算是个“兔子不拉屎的地方”，恰恰相反，这里是河西最繁华富庶的城市了。可是再繁华富庶，能比得上中原，比得上长安吗？

第三天，有人来报：“那个长安来的玄奘和尚已经离开凉州，往西去了。”

李大亮猛地站了起来：“把他给我追回来！”

现在，这个古怪的和尚就坐在凉州都督的面前。

他比李大亮想象的还要年轻，身材纤细单薄，甚至稍显柔弱。然而，面对他这个一言九鼎的凉州大都督，那双眼眸竟是纯净如水，略无波澜，既没有一丝一毫的畏惧神情，也不存一点一滴的对抗之意。

这就是那个在京师大辩论中以不败战绩贯通全场的义学比丘？这就是那个一到凉州就引起满城震动的讲经法师？在此之前，李大亮自信已将此人的底细摸得透熟，可是现在，却又有些拿不准了。

两人默然对坐，俱是一言不发。

让整个房间处于一种寂静的压抑状态中，这是李大亮对付那些桀骜不驯的家伙时最喜欢使用的手段，他一向屡试不爽。

然而这一次他却失算了，眼前的僧侣只是端端正正地坐着，眉目低垂，恭谨温顺，安静得就像大漠中的一泓碧水，看上去一点儿都不着急，比他这个大都督还不急。

终于，还是李大亮先开了口，不动声色地问道：“法师到凉州多久了？”

“三天。”玄奘恭敬地回答。

“从长安来的？”

“是。”

“京都长安，那可是很多人都梦想去的地方啊。”凉州都督的声音依旧平和，“法师舍弃关中繁华之地，屈身来到这遍地狼烟的边防僻地，不知所为何来？”

“沙门想要西行。”玄奘毫不隐瞒地回答道，“去佛国天竺求法取经，探寻佛家真义。途经凉州，耽搁了几日。”

“果然是要出关的。”李大亮冷笑道，“去西天取经？法师志向倒是不小，只是这样的话拿来哄哄小孩子也就罢了，如何敢来蒙骗本官？”

“沙门所言，句句是实。”

“未必吧？如何能证明你不是突厥的探子？”

玄奘不禁一愣，心想这怎么证明？

这单纯的模样倒让李大亮放心不少，他阅人无数，也确实不信这样一个目光纯澈的柔弱僧人会是什么细作，看着就不像。

于是踱开来问道：“圣上已经下了禁边令，不知法师从长安出来时，可有过所文牒，朝廷批文？”

玄奘摇了摇头，原本明亮的眼睛霎时间黯淡了下来，露出几分遗憾和悲凉。

“本官就知道没有。”李大亮猛然转过脸来，直视着僧人，目光逼迫得他不由自主地垂下了眼睛，“你没有过所，又是孤身一人，也敢前往几万里外的天竺？撒谎都不提前想想清楚，本官看你就是个探子！”

这话说得疾言厉色，玄奘以前从未被人这样怀疑和逼问过，加上没有过所确实也有点心虚，因而脸色略显苍白，双手合十，低声解释道：“沙门曾向朝廷递表申请出关，怎奈未获批文。”

“所以法师就敢冒越宪章，私自出关？”李大亮再度提高了语音。

玄奘沉默了一下，抬眸道：“将军，沙门西行只为求法，别无他意。愿与将军结个法缘，请将军网开一面，放我西去吧。”

李大亮摇头道：“法师没听懂本官的话吗？如今边关不太平，朝廷明令，任何人都不得出关。这个缘本官才不会跟你结！”

玄奘默默垂下了眼帘，心中万分郁闷。

就在这时，伴随着一声尖锐的鹰哨，一道闪电般的黑影从窗外疾速飞来，落在李大亮的胳膊上。

原来是一只鹞鹰。

凉州都督微笑着抚了抚这只鹰，像哄小孩子似的说：“急了？再等会儿，等会儿我就带你出去。”

说罢再次抬头，鹰一般犀利的双眼毫不含糊地逼视着面前的僧人。

这是他从驯鹰中得到的启示，作为一个地方军事长官，他经常用这种方式直视对方的眼睛。

然而这一次，他没有从对方的眼睛里读到乞求和畏惧，只看到了几分难言的萧索和悲哀。

不知怎的，对这个文弱又执著的僧人，李大亮倒有几分同情了，因而口气有所缓和："法师乃是京城大德，人人钦敬，何必为了个虚无缥缈的想法以身犯险呢？况且西路艰远，也不是法师这样的身子骨可以支撑的。所以，依本官之见，还是尽快回转，返回长安去吧。"

"将军，玄奘只是一个出家人……"玄奘抬起双目，还想努力挽救他的西行计划，却被李大亮挥手打断了——

"朝廷严令，任何人不得私自出境。本官身为凉州都督，职责所在，是断然不会放你西行的！"

他的语气严厉冷峻，声音低沉地补充道："若再不回转，可休怪本官无礼了。"

话说到这里，已经没有了丝毫转圜的余地，玄奘只能在心底轻叹一声，合掌道："如此，沙门告辞了。"

从都督府出来，空中竟飘起了小雨，这在凉州是不多见的。

整个天空阴气沉沉，又湿又冷。那些铁块般的乌云，同四周的山脉连接在一起，像铁笼一样将这座城市团团围住，也将行者的心锁紧了。

独自行走在雨中泥泞的街道上，玄奘第一次感受到一种强烈的孤独。他没有打伞，任由这瑟瑟的风，蒙蒙的雨，挟带着透骨的寒气，扑到他的脸上、身上，令他浑身上下都有一种被冻结了的冰冷。

不过，他的头脑倒也因此清醒了许多。

西行不是他一时的心血来潮，而是经过多年深思熟虑后才做出的决定，他已在佛前发下誓愿，无论有没有阻碍，他都不会放弃。无论成功与否，他都不会后悔。

眼下的困难是，没有"过所"的他无法继续西行——河西地区人烟稀少，一个外来人很难逃脱。一旦被官兵捉到，西行求法的心愿就再难实现了。

看来，只有先在这个人生地不熟的城市暂住下来，慢慢想办法了。

安国寺显然不能再去，他只得换个地方，来到城西的清应寺挂单。

玄奘早就听说，清应寺住持慧威法师乃是河西名僧，长期在凉州传法，在僧俗两界都有着极高的威望，想必对这一带的情况极为熟悉。因此挂单不久，便将自己欲往天竺求法之事说了，顺便打听一下最近有没有商队要出关。

他的想法很简单，若能像当年出蜀时那样，跟随一支商队一起上路，定会安全许多。

“最近这段时间是不会有商队出关的。”慧威法师道，“大唐皇帝发出了禁边令，李都督守得又紧，已经有好几个申请过所的商队被驳回了。”

说到这里，他有些奇怪地看着玄奘：“朝廷这个时候居然肯发给法师过所，想必是对法师西行之事颇为看重。只是如此遥远艰险之事，怎么就法师一个人，连个同伴都没有呢？”

玄奘苦笑：“我没有过所，怎么会有同伴？”

“你说什么？”慧威法师吃惊地睁大了眼睛，沉声问道。

“我没有过所。”玄奘又说了一遍，语气依然很平静，“我准备悄悄潜出去。”

慧威法师自打见了玄奘，便深为这个关中僧人的博学多闻所倾倒，他做梦都没有想到，这位看上去文质彬彬的法师竟然打算冒越宪章，私自出关！一时竟被他这疯狂的想法弄得说不出话来。

对于慧威法师的反应，玄奘一点儿也不感到奇怪。自出长安以来，一路上，他见过太多这样的反应了。

沉默良久，慧威法师才轻咳一声，苦笑道：“法师不避辛劳，欲往佛国求取正法，固然可钦可敬。但是这件事情谈何容易啊！法师可知自东晋法显大师之后，欲往天竺求法者已逾百人？”

“玄奘知道。”

“那么法师可知，他们之中无一人活着回来？”

玄奘抬起头，声音一如既往的平静：“玄奘知道。”

慧威法师被这无所畏惧的目光所打动，不知怎的，竟想起了自己的青年时代，心中既钦佩，又有几分伤感。

“老衲近些年来一直在这河西一带修行弘法。以前，这里往来商旅众多，老衲除讲经说法外，更多的便是为那些葬身大漠的施主做法事。唉，这么些年过去，不知有多少人死在这条路上，他们还都是持有过所的……”

他悲悯的目光显得遥远又深邃，仿佛已越过寺院的围墙，飞到了茫茫大漠：“就说那莫贺延碛，即使是当地经常行走于沙漠的驼队也不会轻易从中穿越，因为那里既没有水，也没有草，除了绵延数百里的石头和沙子外，什么都没有……”

“但玄奘知道，也有成功的。昔日法显、智严诸大德，不也都是出家人吗？他们能够西行求法，导利群生，玄奘又有何惧哉？”

慧威摇头道：“法师有所不知，如今的丝路不比从前了。”

“有何不同？”玄奘道，“法显前辈出发之时，莫贺延碛早已存在。今日之大漠，也是当年前辈所履之地！”

26
我准备悄悄潜出去

慧威苦笑着摇头，缓缓问道："法师自幼生长于中原，大概从未到过西域吧？"

"是的。"

"那怎么就敢独自上路啊？"慧威法师只觉得不可思议，"有一件事情你大概不知，其实西行未必非走莫贺延碛不可的。"

"怎么，还有别的路线吗？"玄奘既惊喜又惊讶。

"有是有，但是法师走不了的。"慧威叹息道，"玉门关外，便是突厥人的世界。他们控制着西域诸国，从关外的伊吾、高昌起，一直到'昭武九姓'，都受他们的节制。突厥人不信佛法，各部之间时有争斗，战败者沦为盗匪，四处抄掠。听说那些突厥骑兵自小便长在马背上，性子既凶狠又残忍。这些年来，丝路商旅越来越少，大半是因为他们的缘故。"

"可是，商旅并未因此断绝啊。"玄奘迷惑地说道。

"也快了。"慧威轻声说道，"以前之所以没完全断绝，全是因为靠着莫贺延碛南部边缘，从瓜州到伊吾间还有一条官道，那里虽然也是戈壁流沙，却有水草，远不似莫贺延碛那般死寂。持有中原过所的商人们都从那条官道上走，可以得到中原军队的庇护。当初西域各国使臣进出中原，走的都是这条路。"

玄奘总算听明白了："如今，朝廷颁布了禁边令，这条官道是不能走的了？"

"不错。况且法师没有过所，更不能走那条道。"

玄奘不再说什么，他本就对那条"官道"不抱希望。北有突厥骑兵，南有大唐官兵，对于像他这样私自出关的求法僧来说，除了莫贺延碛，再无第二条路可走。

慧威法师接着说道："即使走官道，商旅们也都是成群结队，并且雇有向导引路，镖师保护。否则稍不留神，就可能被那看不见的妖兽引入歧途。莫说是商人，便是当年的法显大师，也是十七八人一起上路，最终到达天竺时，只剩下了他一个……"

玄奘依旧默然无语。

过了好一会儿，他终于抬起头来，墨黑的双眸一如既往的明亮："多谢大师点化。大师说的这些，玄奘都已明白。但玄奘出发时，曾在佛前立下重誓，此行不至天竺，绝不东归一步。"

慧威法师知道无法再劝，转念又想，反正李都督执行"禁边令"甚是严厉，你想走也得能走得掉才行啊，我又何必虚耗口舌再多说什么？

这样一想，就觉得自己有些多事，干脆转移了话题："法师前些日子在安国寺讲经，有幸听闻的僧侣居士们莫不交口称赞。只可惜时间太短，清应寺僧众得知此消息时，法会已经结束。未能亲聆开示，终是憾事。如今听说法师来本寺挂单，阖寺僧众无不欢喜踊跃，都盼着能够亲聆法音。法师您看——"

玄奘犹豫了一下，毕竟李大都督是命他即刻返回长安的，自己继续待在凉州已经是违命了，再讲经……

可是佛门弟子宣扬佛法也是天经地义，何况清应寺在这种情况下收留自己，这份恩德着实难以为报……

略一思忖，玄奘终于合掌道："大师太客气了，清应寺与玄奘有缘，玄奘虽不才，亦愿与这里的同修们共同切磋佛法，以结殊胜法缘。"

见他答应，慧威法师欣喜万分，当即命弟子们去安排讲经法会。

法会设在清应寺的大殿内，原本是要设在殿外宽敞之处的，但细细的雨丝仍然下个不停。一位居士告诉玄奘，凉州这地方就是这样，要么不下雨，一旦下起来，只怕要好几天才能停。

殿外是冰冷的雨丝，殿内却是热情如火的听经者。在很多人眼里，端坐讲坛上的玄奘真的就像是一尊佛，清晰雄辩，庄严肃穆，给人们留下深刻的印象。

很快，他的名字便不胫而走——

第一天，前来听经的都是清应寺及周边寺院的僧侣居士，大约百人；

第二天，有更多的官绅百姓、西域客商慕名而来，大殿内坐不下那么多人，很多人便冒雨在殿外听讲；

第三天雨停了，讲坛搬到了殿外，此时听经者已逾千人，即使是山门外也挤得水泄不通。

……

到了第七天，听讲的人已经旁及河西各县及西域诸国，甚至还有从河东来的，也不知他们是怎么得到消息的，竟然在如此短的时间内赶到了凉州。

玄奘既然决定在凉州多住些日子，便一改往日只讲一章一节的随缘说法，采取了长卷经文系列讲座的形式。他口才本就无与伦比，对佛经的领悟又深，特别是善于用世俗的语言来讲解出世的佛法，使得听者为之倾倒，如痴如迷，一时盛况空前。

凉州以天凉早寒而得名，南阻雪山，形胜险峻。玄奘到达时，这里已是天寒地冻，一场秋雨过后，更是寒风侵骨。

尽管如此，大众听经的热情却是丝毫不减，上千僧众及善男信女挤满了殿前空地，人们裹着一切能够御寒的衣物，专注地听法师讲经。

凉州的第一场雪悄然落下，现场依旧静谧无声，只有年轻法师清越的嗓音回荡在天地之间，淡淡雪光映照在他的脸上，为他打上了一层清晰的光影和轮廓，令人不敢直视。

讲席完毕时，众人纷纷上前，向法师献上金银、马匹和毛毡，以示敬意。

对于这些布施，玄奘留下一些作为盘缠，其余的全都捐给当地的寺院，以充慈善之金。

不知不觉，玄奘已在凉州滞留了一个多月，每日除了讲经说法，便是到各个寺院、石窟礼佛拜师。

他利用这段时间拜访了一些来自西域及中亚各国的僧人和商旅，向他们学习各国语言，顺便打听他们各自国家的情况及出关事宜。

这期间，他又收到了其他寺院要他讲经说法的邀请，先是白塔寺力邀，盛情难却之下到那里住了四日。紧接着，又有更多的寺院前来邀请……

直到有一天，前来邀请的不再是僧人，而是四名腰挎横刀的武官，面色冷峻地站在他的面前——

“法师，凉州大都督有请！”

“法师现在可是凉州城最为炙手可热的人物啊。”李大亮面沉似水，双目闪着犀利的光，不冷不热地说道。上次见着的那只鹰，还傲然地站在他的手臂上。

“将军，”玄奘双手合十，语气谦卑地解释道，“沙门只是与凉州道俗结个法缘。”

“好个结法缘！”李大亮的脸色越发冰冷，“就连本官的下属，也都尽被你结了缘了！”

玄奘不明白此话何指，因此有些愕然。

“本官念在你是京师名僧的分上，好言好语地劝你回转长安。如今已过去了一个多月，法师居然还滞留在凉州，难道当真是有恃无恐，不把我这个大都督放在眼里了吗？”

他越说越生气，讲到此处，已是声色俱厉。

然而僧人却似乎已经习惯了他的脾气，因而语气平静，没有丝毫的不安：“檀越不必动怒。明日一早，玄奘便离开凉州。”

他不愿打妄语，因而只说离开凉州，并未说明离开后往哪里去。

然而李大亮却不是那么好糊弄的，他冷冷地说道：“离开凉州，谁知道你是往东还是往西！我看你暂且也不要走了，就在凉州呆着，哪儿都不许去！待过些日子时局稳定了，本官自会派人送你回京。”

玄奘怔了一下，一颗心霎时变得冰凉。

看着僧人默不作声地退出都督府，李大亮捋着胡须若有所思。

“大都督，要不要派人将这和尚看管起来？”身边的师爷向他询问。

李大亮摇了摇头：“本官自有打算。”

他突然想起一事：“对了，你最近有没有去听这和尚讲经？”

“没有。”师爷立即否定。

“真的没有？”

“大都督是不相信属下吗？”

李大亮笑了：“不是本官不相信你，实在是这个和尚太麻烦。要不是前段时间军务实在太过繁忙，本官早就派人将他送回长安了。”

“那么都督现在就可以派人……”

李大亮摆了摆手：“本官现在改主意了。”

师爷奇怪地看着大都督。

李大亮沉闷地坐了下来，一言不发。

起初，他只担心玄奘是不是突厥的探子，这个怀疑排除后，就不太在意这个僧人了，即使知道他滞留凉州讲经也不以为意。

直到有一天，他无意中听到几个下属在官衙前同西域客商搭话——

“这位大叔，你可知玄奘法师今日在哪里讲经？”

“在大云寺！”那商人答道，“要去可得趁早，晚了就没位置了！”

李大亮一时大怒，连我这都督府的人都跑去听经了，这还了得！

他的第一想法就是将这个敢于抗命不从的僧人抓起来，押回长安。不过这个念头只在脑中打了个转，就被他否决了。

“他待在这里也有些好处，”李大亮终于开口，沉吟着对师爷道，“本官初到凉州，这几日也看了些史志，听说当年胡僧鸠摩罗什客居凉州之时，是凉州最为兴盛的时期？”

“正是，”师爷立即说道，“当时很多僧人和信徒慕名前来求教，莫说是凉州，就是整个姑臧地区都因佛事的昌隆而兴盛了起来！”

“想不到高僧还有这个作用，”李大亮的脸上露出意味深长的笑容，“也难怪当年符坚会派十万精兵攻打襄阳，只为抢一个黑脸道安了，后来又为了鸠摩罗什大打出手。”

师爷立刻明白了李大亮的意思，点头道：“大都督所言极是，一个高僧的影响力确实出人意料。就拿玄奘来说吧，此人来到凉州只有一个多月，各地信徒就纷至沓来，就连税收都比以往增加了两成。”

“哦？”李大亮深感震惊，“可是本官就不明白了，凉州好像从来就没缺过高僧吧？慧威法师难道不是吗？”

“慧威法师当然是高僧，所以这些年来凉州一直也不差呀。但是大都督您要知道，凡是信佛的地方都有僧人，僧人多的地方必定会产生高僧。然而却不是所有高僧都拥有磁石般的吸引力，那样的人毕竟是凤毛麟角，太稀有了！”

“玄奘就属于这样的人吗？”

“以目前情形来看，确实如此。”

李大亮点头道：“本官也看出来了，所以才决定暂时不将他押回长安。方才我吓唬了他一下，让他老老实实在凉州待着，哪儿都不准去。只要他不继续往西，本官就暂时不去管他。”

师爷点头道：“大都督此举甚妙。圣上派您到凉州来，短时间内应该不会再挪地方。若是凉州在这几年发展起来，圣上定会有所褒奖。”

李大亮忍不住大笑了起来：“你倒滑头。我到这里来，主要是对付突厥人的，至于别的事情，尽心即可。毕竟都是为朝廷做事。”

“是，属下多嘴了。”

“至于那个僧人嘛……”李大亮略略皱了一下眉头，咂了咂嘴，“其实是个麻烦的家伙，绝没有看上去那么文弱绵软。你去发文通知各个城门守卫，盯紧点，别让他跑了。”

“是，大都督放心。”

“还有，传我命令，都督府的人不准去听经！都是刀头上舔血的人，听的什么经啊！”

一回到清应寺，玄奘便开始收拾行囊。

其实也没什么可收拾的，游方僧人能有多少东西？一个经箧便是他的全部了。

虽然并不知道凉州都督的打算，但是很显然，继续留在凉州是不智的行为，他必须走，可是前路茫茫，凶险莫测，又该如何走呢？

这时慧威法师施施然走了进来。

“法师这是要走了吗？”

“正是。”玄奘合掌道，“大师来得正好，这段日子多有滋扰，玄奘感激不尽，正要前去拜辞。”

慧威目光灼灼地盯住了他：“玄奘法师此番离开凉州，是要往东还是往西？”

玄奘迟疑了一下，轻轻说道：“往西。”

慧威心中暗暗叹息，果真是个执著又如法的佛子啊，都这时候了连个谎都不愿意撒。

感慨归感慨，口中却说："可是李大都督已经下了严令，不准法师离开凉州。法师如何还能继续往西呢？"

玄奘小声说道："只能……冒险一试了。"

"冒险一试？"慧威忍不住笑了，慢慢走到他的面前，"法师这段日子住在清应寺里，此事无人不知无人不晓。你这一走，日后大都督追问起来，你叫老僧如何作答？"

玄奘心中一凛，不错！跑得了和尚跑不了庙，他怎能连累慧威法师和清应寺的僧众？

"何况，如今各个城门守卫都已经接到了法师的影像，你是不可能出城的。"

玄奘颓然坐下，心中一阵愁闷，就连慧威法师何时离开的都不知道。

难道我的西行之旅，真的要止步于此了吗？

---

[1]凉州，今甘肃武威。安国寺、清应寺都是当时凉州地区的主要佛寺。

[2]出自《高僧传·鸠摩罗什传》。

第27章

私渡就要像个私渡的样子

独自打坐在寂静的禅房内，看着前方微笑的弥勒法像，嗅着香炉里飘出的自幼便熟悉无比的檀香味儿，玄奘的心中一阵凄然。

微风吹来，摇响了殿外檐角处的风铃，轻盈的铃声让原本寂静的寺院显得更加幽静。

玄奘微闭双目，听着这熟悉的铃声，纷乱的心神渐渐宁静下来……

天色渐昏，再等下去城门可就要关闭了。

玄奘从行李中取出纸笔，开始留书。

他还是决定采取不告而别的方式，就像当初离开长安大觉寺时那样，留下一纸书笺作为交代。反正他不是清应寺的僧人，要走也无人拦得了他，李大都督看到书笺，想必也不会为难慧威法师和清应寺的僧众了吧。

写好之后吹干，将书笺轻轻放在佛前供桌上，然后背起竹箧推门而出。

刚走到禅院门口，迎面撞上两个沙弥，一个清秀一个粗壮。

“咦？玄奘法师，您这是要去哪儿？”看到他，那个清秀点儿的一脸惊讶地问道。

玄奘单掌竖于胸前，回答道：“沙门有事外出，告辞了。”

说罢刚要离开，却被那个粗壮的一把抓住。

“法师莫急！”

这沙弥力气挺大，玄奘被他抓住竟然挣脱不开，却听他对同伴抱怨道：“惠琳师兄你还问什么呀！法师明摆着是要不告而别。都是你刚才磨磨蹭蹭的，若是再来晚点可就碰不上啦，到时候看你如何跟师父交代！”

“二位师兄是——”玄奘有些迟疑，这两个沙弥看上去也就二十出头，看装束应该是这清应寺的，却是面生得很。

听他发问，抓住他的沙弥立即放手，与同伴一起伏在地上顶礼——

“弟子道整，拜见法师。”

“弟子惠琳，拜见法师。”

玄奘伸手扶起他们，两个沙弥看起来很开心，黑红的脸膛上挂着憨憨的笑容。

惠琳开口道：“法师不认得我们，我们可认得法师呢。”

“我们两个前天才从张掖回来。”粗壮的道整解释道，“可了不得！整个清应寺的人都在谈论法师。师父还说，要是我们早几天回来，就可以在寺中听到法师讲经了。不像现在，只能到别的寺里去听。师兄一开始还嫌累不想去呢！”

“谁说我不想听的？”惠琳抗议道，“我这两天一直都在追着听，法师讲得实在太好了！”

“阿弥陀佛。”玄奘低宣了一声佛号，依然猜不透他们来见他是何用意。

“是师父要我们来拜见法师的。”东拉西扯了半天，惠琳终于说到了正题。

道整拉着玄奘回到禅院内，惠琳顺手将门关上。

“师父知法师西行受阻，特命我二人前来相助。”道整小声说道。

“师父有寺务缠身，说要等天黑后再来，怕法师着急，要我们两个先来拜见。”惠琳补充说。

“也幸好我们来了，要不然法师到了城门口，一准被官兵抓到。”道整一脸的得意之色。

“法师若要西行，本来就不能在白天大摇大摆地出城，晚上走还有点可能。”惠琳接着说道。

……

这两个沙弥也不知哪来那么多话，你一言我一语地说个不停，连个磕巴都不打。

玄奘好不容易插了个空，疑惑地问道：“敢问尊师上下？”

“就是慧威大和尚！”

月华如水，静静地洒在清应寺的大殿上，也洒在殿中四个僧人的身上。

慧威法师身披一领褐红色袈裟，端坐于蒲团之上，两个沙弥弟子分坐两旁。

玄奘在佛前点上一支清香，拜了几拜后，便来到慧威法师面前，合掌礼敬。

慧威法师温和的目光注视着他，缓缓说道：“惠琳和道整曾多次去过瓜州，对这一带的山川道路十分熟悉，就让他们两个为法师带路吧。”

“多谢大师。”玄奘感激地说道。

“法师不用谢我，是老衲该谢你才是。”慧威法师淡淡地说道。

此刻的他竟显得苍老了许多，声音中带着几分难言的萧索："凉州城内胡僧众多，各种论点交汇，常令人莫知适从。老衲年轻时，也曾不止一次地起过西行求法的念头。只可惜，各种机缘不合，而老衲又总想把一切都准备具足再走。现在想来，真是愚痴啊，这世间哪有那么方便的事情？是以始终未能成行。"

说到这里，他自嘲地笑了笑："说到底，老衲不过是一介凡夫罢了，福报有限，慧根不具。如今年纪痴长，几十年的疑惑仍未消除，越来越觉得空留遗憾……"

玄奘万万没有想到，这位大师居然也曾有过和自己同样的想法，忍不住问道："大师认为玄奘此行是应该的吗？对弘扬中原佛法有益吗？"

其实这个问题问与不问都一样。因为不管别人怎么回答，他自己对此都是毫无疑问的。

但他还是忍不住地问了出来，这些日子以来，他所遇到的所有人都无一例外地劝他放弃，说他在做一件根本不可能做到的事情，一定会死在路上。

他并不怕死，然而，极度的孤独使他迫切地希望得到哪怕一点点的支持和信心。

慧威法师看着他，目光中闪烁着慈爱的光泽："老衲以为，法师所做之事不仅有益于中土众生，且以法师的决心和智慧，也定是能够做到的！"

听了这话，玄奘心中激动万分，只觉得这一句话比让惠琳、道整护送自己出城更为可贵，也更加令他感激莫名。

他不由得跪了下来，向这位河西地区的佛界领袖深深顶礼："大师一言之恩，玄奘定当铭记于心！"

慧威法师伸手将他扶了起来，心中竟不自禁地感到一阵难过。

他身处凉州这个中原与西方文化交汇之处，对西域佛学的了解自然比普通中原高僧更深，早年听闻各种论点，也确曾有过西行之念，只是由于种种阻滞而未能成行，以至于心底常留遗憾。

可后来说不清为什么，看到一位天资聪慧的青年法师有志于此，他的第一反应竟不是随喜赞叹，而是规劝阻止！

虽说他常在心中为自己辩解说，玄奘没有过所，自己这么做也是为他的安全着想。可是，身为佛家弟子，他还是无法完全说服自己。

这几日，每每思之于此，便深感惭愧。

后来，他看到玄奘遇到了阻滞，但仍执著地坚守自己的本愿，他看到那双清澈的目光中流露出坚不可摧的决心和意志，那种人生的信仰和求道的坚执，令他在佩服的同时也不禁有些伤感。

如果，当年的我有这少年一半的勇气，或许早已完成心中宏愿了吧？

问题是，这世间从来就没有“如果”，逝去的岁月回不来，失去的机会也永远不可能再回来。

他注定将带着遗憾，带着迷惑，离开这个娑婆世界了。

“真的不可能回来吗？”冥冥之中，他似乎听到了一个声音。

不！与其说是“听到”，不如说是感觉到的，因为这声音仿佛就是从他的心底发出，直接印在了大脑里。

“你已经看到了。”那声音平静地说道，“现在，这个沙门正打算做你当年想做却没有做的事情，如果你支持他，尽你的力量去帮助他，不一样可以实现你年轻时的宏愿吗？”

“是啊……”恍如醍醐灌顶，慧威法师终于知道自己该怎么做了。

“这里有几件厚衣服和几条毛毡，法师把它带上吧。”慧威指了指旁边的包袱。

“不用麻烦了。”玄奘赶紧推辞，“远行之人，不宜带太多东西。”

“还是带上吧。”老法师温和地说道，“沙漠的夜晚会冻死人的。即使是白天，也要把自己尽量包裹得严实一些，否则一不留神就会被太阳晒伤。”

“如此，多谢大师了。”玄奘欠身行礼。

慧威点了点头：“河西一向不太平，常有盗匪出没，法师路上可要多加小心。”

“玄奘明白。”

看着这个年轻的沙门，慧威仿佛看到了几十年前的自己，心中升起一丝快慰之情：“玄奘法师，你是老衲这些年来遇到的最具慧根、学识和志向的人。老衲盼你此行能够成功，到佛国取回真经妙典，以解我佛门百年疑难。”

“多谢大师，弟子自当努力为之。”

这时，外面隐隐传来更漏之声，慧威凝神细听了一会儿，轻叹道：“不知不觉竟已三更，你们也该走了。”

玄奘不禁一愣：“现在走？”

“当然现在走。”道整似乎已经等不及了，“大都督不许法师离开凉州，因此法师要在白天出城是不可能的，只能夜里走。”

“可是，夜里城门不会开的呀。”玄奘提醒道。

“没关系。”道整变戏法似的取出一卷绳索，足有十余丈长，小声道，“凉州城墙有几处是死角，虽然士兵巡逻时也会打那儿经过，但是交班的时候却很薄弱。法师您要想出城却又不被凉州都督发现，只能趁夜出发，弟子会告诉你在什么时间、什么地点结索过去。”

听了这话，玄奘不禁大吃一惊！

凉州可是边防重镇哪，那个李大都督不是说，凉州城就像铁桶一般吗？怎么可能会有这样的漏洞存在？

他立即问道："师兄是怎么知道的？可有验证吗？"

"当然有了！要不怎么敢叫法师从那里走呢？"道整不无得意地说道，"弟子也不瞒法师，我小时候就从那里攀越过呢！"

见玄奘一脸难以置信的样子，道整索性把事情的经过和盘托出——

原来，凉州既是边防重镇，也是河西地区重要的收税点之一。很多商贩为了逃税，就铤而走险，带着商品趁夜从城墙拐角处翻墙而过，特别是隋末时期，国家又乱，税务又重，多数商旅都不敢到中原来做生意了，愿意铤而走险的都是些既胆大又逐利的家伙，他们中的绝大多数都干过这种偷越城墙的勾当，道整的父亲就是其中之一。

如今大唐建国已有十年，但国内的各种势力还没有打扫干净，因此也就顾不上边关，所以直到此时，这个问题都还没有引起足够的重视。

道整讲到这里，惠琳又插嘴补充了一句："李大都督来了之后，倒是增了兵，也抓了几个翻墙的，于是最近很少有人打那几处走了。"

玄奘道："既然如此，那我们怎么能……"

"法师放心，守军精力毕竟有限，弟子有把握帮法师翻过去。"道整自信地说道。

"可是，这样做，是不是太鬼祟了？"玄奘脱口问道。

听到这个天真的问题，道整明显愣了一下，好半天才回过味来，笑道："没错，是鬼祟。可是法师你要搞清楚，你现在可是在私渡！你以为你在干什么？"

"道整！"见弟子越说越带劲，慧威法师忍无可忍地制止了他。

随即，老法师目光复杂地看着玄奘，似乎对自己的决定又有些动摇。

许久，他才幽幽叹息了一声："私自出境，便是与朝廷作对。这本来就是件严重的事情，不管是以什么方式出去的，一旦被官兵抓住，那就什么都不必说了……"

他苍老的声音中透着几分忧郁，显然对玄奘十分担心。

玄奘心中也深感不安，倒不是怕被抓住，而是这件事本身让他难以接受。他生于儒学家庭，幼年时又受到佛门的熏陶，从未做过这等事情，所以才会很自然地问出"是不是太鬼祟了"这样的话来。

"大师。"他字斟句酌地说道，"弟子觉得，像凉州这样的边防重镇，城墙上居然有死角，此事关乎国家和百姓的安危，应该让李大都督知道，不然万一哪天出了事，岂不是……"

慧威点头道："法师真乃至诚君子，所言极是。只是这城墙上的死角几乎就在每一任都督的眼皮底下，就看他想不想管了。据说李大都督是打算拿这几处城墙当诱饵，抓那些胆敢越境的人。”

还有这种事？玄奘呆了一呆，却听道整摇头笑道：“这得是多狂妄的人才有的想法呀！依我看，除非哪天真因为这城墙出个大事，李都督才会想到修整。”

惠琳突然说道：“如果这次法师从那里出去了，兴许就能让李大都督感觉到危险，到时候就会重视起来了吧。”

玄奘想想也是，自己出境对国家安全没什么威胁，如果能因此警示这位李大都督，从而避免真正危及边关的大事发生，倒也未尝不是件好事。

这么一想，心情倒是舒畅了许多。

见玄奘的面色平定下来，慧威知道他已想通，便提议两个弟子道：“那城墙惠琳是过不去的，再说西行道路艰远，没有马匹也不方便。你们两个帮法师越过城墙后就暂且回来，等天亮再牵马出城，与法师会合。”

“是，师父。”惠琳、道整一齐合掌应声。

慧威又对玄奘道：“法师出城后，最好还是走小路，昼伏夜行，或可避开官府的盘查。另外，出关前，也尽量不要再讲经了。”

“对呀。”惠琳忍不住插了一句嘴，“法师一讲经，动辄就有上千人来听，动静也太大了！”

“就是。”道整也说道，“私渡就该像个私渡的样子嘛！”

慧威瞪了他们一眼，却也没有驳斥。显然他是觉得，这两个弟子的话虽不中听，却句句都是实言。

玄奘点头道：“弟子记下了，多谢大师相助。”

天上的浮云越来越厚，星星月亮全都不见了，只有街道上的几盏孤灯还在随风摇曳，整个凉州城笼罩在一片浓浓的夜色之中。

玄奘身背竹箧走出清应寺，慧威法师带着两个弟子也跟了出来，四个人谁都不说话。

玄奘回过身，双手合十，向着慧威法师深深一揖。

老法师含泪点了点头，目送着三人离开，消失在暗夜中……

三个僧人很快来到凉州城内一处城墙的角落下，这里的守军果然比别处更多一些。

转过城角，则是一处偏僻又高大的城墙，这里的卫兵就少多了。

趁着城墙上卫兵换班的空隙，道整把绳索扎在自己腰上，然后双手攀住城墙的砖缝，利索地爬了上去。

不一会儿，城墙上甩下一根绳子，惠琳请玄奘上去，自己则在下面护持。

玄奘感觉惠琳的手有些发抖，知道他很紧张，安慰地拍了拍他的手，便抓住绳索向上攀去。

他心中既感激又无奈，长这么大，何曾有过这样的经历？身为京城名僧，他原本可以在长安的皇家寺院里踏踏实实地修行讲经，披着高贵的紫色袈裟接受朝廷的供养和大众的礼拜，而不是像现在这样，在漆黑的夜色中翻越城墙，随时都有可能被守军抓获，一不小心就身败名裂。

他心里纠结难过，脚下却并不慢，这两年来一直在秦岭的大山间攀山越崖，身体已练得相当灵活，想不到这么快就派上了用场。加上两个沙弥的尽力护持，很快便上了城墙。

道整伸手将玄奘接应上来，一脸惊奇地问道："法师以前经常攀越城墙吗？"

玄奘一怔，什么叫经常攀越城墙？你当我是干什么的？

赶紧摇头否认："就这一次。"

"那怎么上得如此快？弟子原本还以为，需要费些力气才能将你拽上来呢。"

玄奘无奈地解释："常行蜀道的缘故。"

"哦。"道整点了点头，随即笑道，"法师想必就是专为此事而生的。要不是惠琳师兄胆小，我就跟你一起下去了，让他自己回去，天亮再牵马追我们多好。"

"真是有劳你们了，为玄奘涉险。"

他的心里很不是滋味儿，明明在做一件光明的事业，偏偏他的行为却是偷偷摸摸的，这简直就是一场心灵的折磨。

但事已至此，逃避已经没有用了，他只能咬紧牙关，按道整所说的，在城墙的外缘悬索而下。

天气寒冷，城外的护城河已经冻住了，玄奘低头在鞋上绑上两条麻布，以增加脚底的摩擦力，快速地从冰面上通过。

夜，像一张巨大的帐幕，笼罩着千里河西走廊，寒风带着戈壁滩的沙砾、祁连山的雪屑，像一头发怒的狮子，一路扑来。远处时不时地传来几声清冷的狼嗥……

这凄厉的声音让玄奘有些紧张，以往他都是在中原、蜀地、江南、关中等地游学，从未到过如此荒凉的地方。常听说河西的狼群十分厉害，在很远的地方就能嗅到其他动物的气味，然后循着气味捕食……

他口诵经咒，沿小路向西北方向一口气走出十余里，已是疲惫不堪，大冬天的竟出了一身汗。

此时天已经快亮了，玄奘担心遇到官兵，于是便找了个沙沟躲在里面打坐休息。

临近中午时，一阵马蹄声由远及近，却原来是惠琳和道整来了，把乌骓也给他带了过来。

这两个沙弥昨晚回去，向师父慧威简单讲述了玄奘出城的经过，休息片刻后，又在清晨城门打开时牵马出城，去追玄奘。

作为慧威法师的弟子，惠琳和道整的性格完全不同，惠琳出家较早，虽然胆小力弱，但胜在性情稳重；道整却是出家未久，身上还有些俗家习气，对佛门的一些规则常常不放在心上。加上他素来胆大包天，经常会做出些令人很无语的事情，甚至违反戒律。因此慧威法师反而对他更不放心，有时便叫惠琳与他结伴出行，去张腋、瓜州等地办事。凉州守门的士兵差不多都认识他们两位，虽然两个人带了三匹马，也不觉得有什么稀奇，路途遥远，多备一匹以防万一嘛。

看到两个沙弥牵马过来，玄奘的脸上露出明朗的笑容，一个人走路是孤独的，能有人陪伴同行，总是令他非常感激。

一只土黄色的小生灵从沙中爬出，它身体的颜色与沙土完全相同，以至于玄奘几乎没有注意到它。

“法师小心！”惠琳将玄奘拉到一边，“这是一只沙漠蝎，毒性猛烈！”

“我说，你能不能别一惊一乍的啊？”道整躺在沙沟里，把那件遮盖住头脸的旧僧衣扯下来，不满地说道。

惠琳白他一眼道：“你皮糙肉厚胆子大，当然不怕了，我是担心法师被它蜇了。”

道整哂笑道：“不就是只蝎子吗？法师放心，那东西的胆子比惠琳还小呢，只要不去招惹它，它才不会蜇人！”

玄奘笑了笑，他感谢惠琳的提醒，让他知道沙地里都有哪些危险。也喜欢道整的爽直和自信。

道整在沙窝里翻了个身，突然问道：“法师，您以前去过敦煌吗？”

“没有。”玄奘摇头道，“师兄去过？”

“我家就在那里。”道整兴奋不已，索性坐了起来，“我们敦煌可好了，有很多石窟、寺院，真正的庄严佛地！法师见了一定欢喜！要不，我带你去那里看看？”

玄奘笑道：“多谢你了，只是路途遥远，还是不要节外生枝的好。”

道整遗憾地叹了口气，重又躺了下去。

在河西的戈壁滩上，被绿洲包围的张掖显然是个另类，它地势平坦，物产丰饶，是丝绸之路上的大商埠，由咸阳分开的南北两路便在此处会合。

张掖东南有焉支山，西北是祁连山。传说，汉将霍去病曾在此地大破匈奴，汉武帝有“断匈奴之右臂，张中国之左肋”的话，张掖因此而得名。

“失我焉支山，令我妇女无颜色。失我祁连山，令我六畜不蕃息……”[1]

这是匈奴人的歌曲，唱的就是那场惨烈的战争。

“法师啊，不如咱们就在这里住上一段日子吧。”望着远方灰色的城墙和周围水草丰美的牧场，惠琳兴致勃勃地提议道，“张掖富庶，寺院的香火旺极了，寺中住持和尚跟我们也熟！”

玄奘奇道：“这才离开凉州没几天，怎么就要住下了？”

惠琳尚未答话，道整便取笑道：“我看惠琳师兄是走不动路了，一出门就想着在哪儿停下来。你要是不想走啊，就自己留下来，我陪法师去敦煌。”

“法师是要去瓜州的，你带他去敦煌做什么？”惠琳不甘示弱地反诘道，“是你自己想回家了吧？”

听着两个沙弥的争吵，玄奘在心底叹了口气。

人心是一块田，不长庄稼，就会长草。这个世界上最大的不同就是人与人的不同，即使走着同一条路，心中的目的地也各不相同。

一行三人绕过张掖，继续往西北方向走了四五十里，前方出现了一座巍峨的古城池——南北两座堡垒对峙，相距四五里；东西正中开门，筑有瓮城，四角有土台，台上建有角楼。

不过，这座城池现在已是一片废墟，墙体倾斜，瓮城坍塌，只剩下荒草漫漫的墩台，残垣断壁与祁连雪峰遥遥相对，更显出荒城的凄凉破败。

道整告诉玄奘，这里便是传说中的黑水城了。

慧琳道：“听说这里的居民都是从葱岭以西过来的昆仑奴，浑身黝黑，所以叫作黑水国。”[2]

这显然是传说，并且也已随风而逝。玄奘默默站立在废城边缘，心中感念，世间一切皆无常，便是这看似坚固的城池，也不例外。

废墟中还有许多黑亮的陶瓷碎片，在惨白的秋阳下闪烁，仿佛无数人的幽魂，睁开眼瞳，眺望迷茫的历史天空……

三个僧人绕过废城，眼前竟出现了一条宽宽的河流，初冬季节寒意料峭，多数河流都结冰了，可是这里却只有河的两边结了一层薄冰，中央的水流仍在汩汩流动，闪烁着诱人的光。

“弱水！”道整欢声叫道，飞奔过去取水。

“小心冰脆！”玄奘赶紧嘱咐。

这就是《山海经·海内经》中记载的“水弱不能载舟，鸿毛不浮”的弱水河吗？

玄奘的双眸顺着河水流过来的方向远远望去——弱水向西延伸至祁连山脉，那是它的源头，这条清澈的河流便是从那座雪山的身体和灵魂中走出来的，在张掖汇成一条宽宽的大河，尔后倒淌向西，在酒泉附近又扭头向北，一直流向那个“风吹不断，流沙不固，瞬即湮灭”的沙漠深处……

难怪，这里又被称为“弱水流沙”。

有水就有生命，弱水经过的地方一片碧色——田园，树林，村庄，依托着流水安然生长着。

而在绿色之外，沙漠就像常年的积雪一样，一片雪白。

玄奘走到河床边上，小心翼翼地掬起一捧水，洗了把脸。河水冰冷刺骨，却也令他头脑清醒，倦意顿消。

一些古老的传说和记载重又浮现在他的脑海中——

传说，中华始祖的黄帝便是在这里呱呱落地；

道家鼻祖老子也是在这一带得道成仙的；

周穆公到昆仑山朝觐西王母时，从这里经过；

还有后来的苏武、张骞、霍去病等人，无不在此处留下他们的足印……

但玄奘想得更多的还是法显和鸠摩罗什这两位前辈，他们生活的年代相近，一个往西一个向东。当年的他们，是否也和他一样，站在弱水河畔，看着哗哗奔涌的河水，追忆着典籍中的有关记载和前人的种种事迹呢？

“真舒服啊！”惠琳喝了一口水，仰头舒心地叹了口气道，“佛国净土的水想来也不过如此吧？”

玄奘笑笑，目光转向四周，清晨的弱水极为宁静，或浓或淡的白色雾气从河面上升起，悠悠飘荡在他的身周，竟使他有了一种身处仙境的奇妙感觉。

思绪随着这种感觉飞扬开来——那曾在经文和睡梦中无数次游历过的佛国净土，是否真如自己想象的那般天花绚烂，佛光普照？

只要心中有佛，净土就在眼前。不是吗？看那水面上的点点粼光，这种超然的平静应该就是水的幸福了……

突然，一声惨烈的长嘶打破了他的静思！

那是乌骓，是它发出的一声从未有过的撕心裂肺般的嘶鸣！

玄奘回转身，吃惊地发现，正在河边吃着干草的乌骓已经人立起来，背上的长鬃在风中飘扬，高大强壮的身体剧烈地抖动着，像是正忍受着极大的痛苦。

而紧接着在它旁边，惠琳的马也发起狂来。

“马怎么啦！？”

玄奘急忙向前，却被道整一把抓住：“马惊了，法师千万不要过去！”

几乎是一眨眼的工夫，两匹马就脱离了他们的视线，玄奘只听到狂奔中渐行渐远的剧烈马蹄声以及那令人撕心裂肺的嘶鸣声。

马蹄声和嘶叫声几乎是戛然而止的，紧接着，万籁俱寂，一切声音都消失了。

玄奘不解地看着道整。

道整轻轻嘘出了一口气，解释道：“那边有个悬崖。”

吓呆了的惠琳此时也反应过来，怯怯地朝两匹马吃草的地方望了一眼。

玄奘大踏步朝那边走了过去，两名小僧紧随其后。

拨开枯黄的芦苇丛，他们看到沙地上有两三只被马蹄踩死的沙漠蝎，还有十几只在蠕蠕爬动。

“原来，它们踩到蝎子窝了。”惠琳脸上变色，喃喃地说道。

河边的芦苇已经枯黄，枝头上残存的芦花被劲风吹着，雪一般地漫天飞舞。

玄奘双手结印，趺坐于一棵老干虬枝的红柳树下，如同平常禅坐时一样。阳光照射在他的脸上、肩上，给他周身镀上了一层金色的光，却并没有为他带来多少温暖的感觉。

他努力地想让自己入定，却根本无法做到，小白龙和乌骓的形象不时地交替出现在他的眼前。

两个沙弥无精打采地坐在河边，小声议论着早晨发生的事情。

“幸好还有一匹马，也幸好把行李卸了下来，不然可就走不了了。”惠琳道。

“现在你能走得了吗？”道整悻悻地说道，“就这么一匹马，得用来驮行李，人只能步行。这得走多久才能到瓜州啊？”

“要不，跟法师说说，暂时就在张掖停下来吧。”惠琳小声提议道。

“你这是馊主意！”道整没好气地发作道，“咱们前些天才从张掖回到凉州，你还没住够？那个巴掌大的地方有什么好的？一条街道就捅穿了。倒不如——”

他没有说下去，惠琳却替他说了：“不如什么？去敦煌？得了吧，那比瓜州还远呢。”

“远点怕什么？敦煌是河西佛都，法师去那里至少比去瓜州安全。”

“可是你别忘了，法师是去西天取经的，不是陪你回家探亲的！要安全，回长安不好吗？”

道整低着头不作声。

“好了，都别争了。”玄奘站起身来，向两个同伴吩咐道，“现在都去找地方好好休息一下，我们天黑赶路。”

说到这里，又叮嘱了一句：“小心蝎子。”

两个沙弥无精打采地答应一声，懒洋洋地去择地休息了。

傍晚时分，道整不见了，连同那唯一的一匹马和一部分行李。玄奘和惠琳在附近找了一圈也没找到他。

“这家伙一定是自己跑回敦煌去了。”惠琳愤愤不平地说道，“马也牵走了，真没良心！”

玄奘苦笑：“那本来就是他的马，牵走就牵走吧。对了惠琳，他没留下什么告别的话吗？”

“没有，什么都没有！”惠琳悻悻地说道，“他总这样行事，所以师父才叫我看着他，可我怎么看得住！”

玄奘不禁为那个机灵强壮的沙弥叹息：他是因为不信任我，才会选择不告而别的吧？

“法师。”惠琳看着玄奘，小心翼翼地提议道，“这里离瓜州还很远，我们没有马……不如，转回张掖去吧。”

玄奘摇了摇头：“惠琳，你回去吧，不管是回张掖还是凉州，都行。我是不会走回头路的。”

“可是法师，现在天寒地冻，你一个人，又没有马，会被狼吃了的。”

“不会的，你不用为我担心。”

惠琳垂下了头，一时不知该说些什么才好。

许久，他才抬起头，怯怯地说道：“那，那弟子……走了……”

他声音细小，小得几乎连自己都听不清。

“走吧。”玄奘目视前方，温和地说道，“不管怎么说，玄奘都得谢谢你们，是你们将玄奘带出了凉州城，一路上陪着玄奘昼伏夜行，担惊受怕，也真难为你们了。回凉州后，请代我向慧威法师道谢问安，日后若有机缘见到道整，也代我向他道谢问安。”

惠琳含泪点头，叩拜而别。

两个同伴都走了，茫茫大地上又只剩下了玄奘一个人。

27
私渡就要像个私渡的样子

天地悠远，山河岑寂，苍老的蓬蒿与骆驼草在风中摇荡着，风使得这些干枯的生灵有了一丝蓬勃的气息。

突然，空中传来一声寂寞的鹰哨，在这清冷的地方显得格外响亮。

玄奘抬起头，只见一只鹞鹰正在他的头顶盘旋飞翔，在这一瞬间，他差点怀疑是李大亮的鹰追过来了。

他并不觉得恐惧，也没什么好难过的，自从踏上这段生死难卜的旅程后，他早已把生死置之度外，从一开始就没有抱着途中会得到官府或其他人保护和援助的奢想。这次出凉州，有两位道友护送他走这一段路，他已经很感激了。

人生注定孤独，每个人都有自己的路要走，短暂的结伴终要面临分离。

一片冰冷的东西落在脸上，接着又是第二片、第三片……

玄奘伸出手，接住了一朵小小的雪花。

河西的雪不像中原地区那般蓬松，而是刚硬似铁，打在脸上有一种尖锐的痛感，且看上去棱角分明，晶莹剔透。

雪很快变得纷纷扬扬，那只鹞鹰还在空中盘旋，对它来说，这样的天气最适合打猎了。

玄奘顺手拾起一根胡杨枝，抖了抖身上的雪花，便站起身，背起竹箧，踏着新雪重新上路了。

在他的面前，是一片银白色的莽莽雪原，一直伸向遥远神秘的西方，在天地的相接处融为一体。

雪越下越大，直至遮住了他的视线，风也刮得猛烈起来，如刀子般穿透层层衣襟侵入肌体，他低着头，拢紧身上的僧袍，在风雪中艰难地跋涉……

以后的路程中，玄奘小心翼翼地绕过嘉峪关，并尽可能地避开官道和城镇，昼伏夜出，从最不易被人发现的荒僻的戈壁滩上经过。但他也不敢过度远离官道和驿站，以免迷失方向。

早在隋文帝时期，朝廷便在官道附近设立驿站，大约每隔三十里设一座，以供给旅客食物和提供住宿。而在边关一带人烟稀少、路远难行的地方，驿站的作用更为明显。

驿站属于官方机构，必须持有官府开办的凭据方可入住。对于此时的玄奘而言，这样的地方绝不是他敢靠近的。

但这并不妨碍他将驿站作为一个有效的地标来使用——远远地望一眼从窗口透出的诱人红光，确认自己没有迷路后，便悄悄远离，一头钻进风雪中。

就这样，玄奘与官道若即若离，独自摸索着向西北方向行进。

河西的夜晚幽暗寒冷，山风尖锐刺耳，就像千万头野狼在齐声嗥叫，又似鬼魅在耳边轻声细语，令人茫然不知所在……

好在还有祁连山，这座高大的山脉虽然永远是一副冷峻的表情，却始终不离不弃地伴随着他，就像一条巨龙，忽远忽近地绵延在他的左手边。

对于来自中原的玄奘来说，这是一片完全陌生的土地。从这里开始，他将孤身一人，一步一步地走向未知。

尽管吉凶难卜，但他知道，这条路通向佛国，通向他心中的净土……

---

[1]出自《匈奴民歌》，佚名。

[2]昆仑奴，唐朝时期的黑人奴仆。

图书在版编目（CIP）数据

行者玄奘 / 昌如著. — 北京：北京联合出版公司，2016.6

ISBN 978-7-5502-7761-8

Ⅰ. ①行… Ⅱ. ①昌… Ⅲ. ①长篇小说—中国—当代 Ⅳ. ①I247.5

中国版本图书馆CIP数据核字（2016）第108502号

行者玄奘

作　　者：昌　如
选题策划：北京磨铁图书有限公司
责任编辑：李　征
封面绘画：翁子扬
装帧设计：颜森设计　刘珍珍

北京联合出版公司出版
（北京市西城区德外大街83号楼9层　100088）
北京鹏润伟业印刷有限公司印刷　新华书店经销
字数398千字　700毫米×980毫米　1/16　印张21
2016年6月第1版　2016年8月第1次印刷

ISBN 978-7-5502-7761-8
定价：36.80元
